Inhaltswarnung

Liebe Lesenden,

in diesem Buch sind potenziell triggernde Inhalte zu finden.
Unter anderem werden *Panikattacken / Anxiety* thematisiert.
Weitere (nicht spoilerfreie) triggernde Themen
finden sich am Ende des Buches.

Für Alex. Für uns.
Danke, dass du damals nicht gegangen bist.

Teil 1
Joris

1

»N iemals«, sage ich und starre von dem Display zu meiner
besten Freundin.

»Komm schon, Joris.« Sie schiebt ihre Unterlippe vor
und klimpert mehrmals mit den Wimpern, die ihre glasigen braunen
Augen umringen. Es muss dringend aufhören, dass ich ihr keinen
Wunsch abschlagen kann.

Ich versuche, ihr mit meinem Blick mitzuteilen, wie kacke ich es finde,
dass sie mir vorher nichts gesagt hat. Aber ihr Gesichtsausdruck wird
noch ein Stück flehender.

»Jolene.« Ich muss meine Stimme nicht erheben, sie weiß auch so, dass
ich es ernst meine.

»Das wäre deine Chance, einen Typen zu daten.« Sie fährt sich durch
ihre kinnlangen Haare, eine Frisur, die sie mir zu verdanken hat, und
schenkt mir einen entschuldigenden Blick, bevor sie zum Smartphone
schaut.

»Meinst du nicht, das würde ich ohne eine Mutprobe auf die Reihe
bekommen?«

»Warum hast du es dann noch nicht gemacht?«

»Das … Müssen wir das im Livestream diskutieren?«, frage ich und
verschränke die Arme vor der Brust.

»Natürlich nicht«, sagt sie und legt ihre Hand auf meine. Unsere Blicke
begegnen sich und ich weiß, dass sie es bereut. Dass sie wirklich dachte,
dass das eine gute Idee ist. Und vielleicht ist es das auch, aber sie weiß,
dass ich es nicht mag, in solche Situationen reinmanövriert zu werden.

Ich weiß nicht, was ich mehr bereue. Dass ich Jolene nicht lange böse sein kann, obwohl sie mich zu oft über den Rand meiner Komfortzone schubst, oder dass wir überhaupt mit TikTok angefangen haben.

»Also, die meisten JoJos sind dafür«, sagt sie dann, als ich schon fast damit rechne, dass sie aufgibt. Aber wie immer habe ich die Rechnung ohne Jolene Hauser gemacht, die Schwester, die ich nie hatte. Meine beste Freundin alias der nervigste Mensch in meinem Leben.

»Es ist die letzte Challenge, bevor wir zur Uni gehen.«

Als ob wir dann damit aufhören würden. Das glaube ich erst, wenn es passiert. Wenn sie nicht mehr einfach aus dem Nichts von mir verlangt, jemand Fremdes anzurufen und die Zeit zu stoppen, wer von uns beiden das längere Gespräch führt. Wenn ich nicht mehr die halbe Nacht wachliege, weil ich unbedingt die Challenge mit der schwarzen Soße gewinnen wollte und dann Sodbrennen hatte.

Irgendwann sind all die Mutproben darin geendet, dass wir den größten TikTok-Account auf der Schule hatten und uns keine Sorgen mehr um einen Nebenjob machen brauchen, dem wir während des Studiums nachgehen müssen. Zumindest was das erste Semester angeht. Und das ist das, was ich liebe. Wir verbringen Zeit miteinander, haben in den meisten Fällen Spaß und verdienen damit unser Geld.

Aber an Tagen wie heute weiß ich nicht, ob es damals eine gute Idee war, dass wir aus einer Ferienlangeweile heraus beschlossen haben, einen Account anzulegen.

Ich schaue noch mal zu ihrem Smartphone, auf dem sekündlich mehrere Nachrichten aufploppen, von denen mich die meisten in Großbuchstaben anschreien, die Challenge zu akzeptieren.

»Okay«, sage ich leise, woraufhin sie so laut kreischt, dass ich zusammenzucke. Vielleicht hätte ich sie damals von der Schaukel schubsen sollen, anstatt ihr meinen Platz zu überlassen und sie anzuschubsen.

Sie legt ihre Hände auf meinen Oberschenkeln ab und lächelt so breit, dass ihre Zahnlücke, die sie als Kind verteufelt hat, zum Vorschein kommt. Sie drückt meine Oberschenkel und formt ein Danke mit den Lippen.

Ja, vielleicht sollte ich ihr häufiger sagen, wie sich ihr Verhalten manchmal für mich anfühlt. Dass es nicht ihre Aufgabe ist, mich an meine Grenzen zu bringen. Auch wenn ich weiß, dass sie es nicht böse meint. Und dass es Situationen gibt, in denen ich ihren Aktionismus liebe.

Als sie mich bei einem unserer ersten Kneipenbesuche dazu herausgefordert hat, einen Kerl an der Bar anzusprechen, hat sie mir kein Date verschafft, wie von ihr erhofft, dafür aber einen Pflegepraktikumsplatz. Dass ich mir aber manchmal wünsche, dass sie sich häufiger vor mich stellt, anstatt hinter mich mit der Hand am Rücken, um mich aus der Komfortzone zu stoßen, habe ich ihr noch nicht gesagt.

»Für alle, die gerade einschalten und Joris nicht richtig verstanden haben«, beginnt sie und wirft mir einen Luftkuss zu, den ich mit einem Augenrollen kommentiere. »Ich habe Joris herausgefordert, unsere Dates für morgen Abend zu tauschen, und er hat zugesagt.« Sie klatscht in ihre Hände und dann begegnen sich unsere Blicke wieder. »Ich hätte das vorher mit dir absprechen sollen, Joris, das tut mir leid«, sagt sie und meint es auch so.

Woher ich das weiß? Jolene ist mein Lieblingsmensch. Meine Person. Die Liebe meines Lebens. Gut, vielleicht ist Letzteres zu dick aufgetragen, schließlich haben wir gerade erst Abitur gemacht, aber ich habe nie einen Menschen so gefühlt, wie ich Jolene fühle.

Also ziehe ich sie in meine Arme und drücke ihr einen Kuss auf die Stirn, auch wenn ich weiß, dass der Ausschnitt des Streams wieder auf unzähligen Accounts repostet wird, die uns nach zwei Jahren immer noch zusammen sehen wollen.

»Hör …«, murmelt sie und drückt mich noch einmal grinsend, bevor sie sich von mir löst. »Wie immer versuchen wir, euch so gut es geht, mitzunehmen, aber sobald andere Personen involviert sind, wird das schwierig.«

»Und wenn wir beide unterwegs sind, haben wir niemanden, der filmt«, werfe ich ein und grinse in die Frontkamera von Jolenes Handy.

»Genau. Danke, dass ihr euch Zeit genommen habt und bis morgen«, kommt es von Jolene und wir winken beide zum Abschied, bevor sie den Livestream beendet.

2

Ich hätte niemals zusagen sollen. Das war die dümmste Idee, die wir jemals hatten, und von mir kam überhaupt erst der Vorschlag, uns bei Dating-Apps anzumelden.

»Jetzt entspann dich mal, Joris. Was soll schon schiefgehen?«

»Entspannen?« Ich schaue meine beste Freundin, die sich gerade ihre aschblonden Haare lockt, fassungslos an. »Dir ist schon klar, dass ich die letzten Jahre bewusst keine Kerle gedatet habe, weil es alles verkompliziert? Und jetzt gehe ich mit einem aus, der nicht mal weiß, dass ich zu der Verabredung erscheine«, erkläre ich und lehne mich gegen die Schranktür, weil mich der Anblick der Kleiderauswahl von Jolene für mich nervös macht.

»Unsere Generation ist so viel toleranter«, erwidert sie und ich schnaube nur genervt.

Es ist nicht so, dass ich in meinem Leben ein Geheimnis daraus gemacht habe, dass ich auch Jungs mag. Weder in meiner Familie noch in der Schule. Und ich weiß, was Jolene meint. Am Steinmeier-Gymnasium haben sich in der Oberstufe viele für LGBTQIA+-Menschen eingesetzt, wir hatten sogar einen eigenen Club. Aber nachdem die ersten Videos viral gegangen sind und das erst der Beginn unseres Erfolgs war, war es schon schwer genug bis unmöglich, mit Mädchen auszugehen.

Ich lehne den Kopf zurück, bis er die kühle Oberfläche der Schiebetür berührt, und versuche, all die Szenarien in meinem

Kopf zu ignorieren, wie schlimm der Abend enden wird. Denn in keinem einzigen geht der ganze Dating-Tausch gut aus.

»Du malst dir wieder das Schlimmste aus, oder?«

»Nein«, lüge ich.

Wenig später taucht Jolene in einem Jeanskleid neben mir auf und stemmt ihre Hände in die Hüften. »Es wird alles gut gehen, Joris.«

»Wieso bist du dir da so sicher?«, frage ich und starre die Wand hinter ihr an.

»Er hat ein Regenbogen-Emoji in seiner Profil-Beschreibung«, erwidert sie und versucht, durch irgendwelche Tanzbewegungen meinen Blick einzufangen.

»Vielleicht mag er einfach Regenbögen? Oder denkt, es bedeutet Frieden oder so?«

»Joris«, sagt sie und zieht dabei das O so in die Länge, bis ich sie doch wieder anschaue. »Sollen wir es abblasen?«

Genau das ist das Ding. Wir haben immer gesagt, dass wir nur so weit gehen, wie wir beide dahinterstehen und sonst aufhören. Wenn der Preis zu hoch ist, machen wir es nicht. Also warum nehme ich ihr Angebot nicht an und gehe mit Kathy zu dem Date, was ich geplant habe, und überlasse ihr den Typen?

Weil es einen ganz kleinen Teil von mir gibt, der die Hoffnung noch nicht aufgegeben hat. Die Hoffnung, irgendwann die eine Person für mich zu finden. Oder zumindest mal irgendeinen Menschen, der mit mir eine Beziehung eingehen will. Und bisher bin ich eben nur mit Frauen ausgegangen.

»Ist okay«, murmele ich und lasse den Blick durch den Raum wandern.

»Es ist wegen der ganzen Fluch-Sache, oder?«

»Nein«, sage ich, dabei ist es genau deswegen.

»Dir ist schon klar, dass ich dir ansehe, wenn du lügst, oder?«

»Und dir ist hoffentlich klar, dass ich bisher noch gar nichts über den Typen weiß, außer dass er sich Glück oder Weltfrieden wünscht.«

»Oder queer ist«, sagt sie mit einer optimistischen Entschlossenheit, die mein Hirn nicht mal kennen würde, wenn ich sie ihm einpflanzen würde.

»Klar«, erwidere ich schulterzuckend.

»Da gibt es eigentlich nicht so viel zu wissen.« Ihr Tonfall lässt genau das Gegenteil vermuten.

»Ihr habt euch Nudes geschickt«, spreche ich das aus, was in ihren Augen geschrieben steht. Daraufhin wird ihre Gesichtsfarbe einige Nuancen röter. »Das ist nicht dein Ernst, Jolene! Ich will nicht mehr.«

»Es waren keine Nacktbilder. Nur ein paar ... heiße Nachrichten.«

»O mein Gott«, sage ich und lege mir die Hände vors Gesicht.

»Dein Ernst, Joris? Als hättest du noch nie Sexting gemacht.«

Habe ich nicht. Aber das werde ich ihr ganz sicher nicht erzählen, weil das zu viel Stoff für die nächste Mutprobe liefert.

»Na schön. Also wie heißt er denn?«, gebe ich nach und drehe mich zurück zum Schrank, um wenigstens den Anschein zu erwecken, dass ich mich in den nächsten Minuten für ein Outfit entscheide.

»Das ... weiß ich nicht.«

»Jolene!« Ich drehe mich augenblicklich zurück zu ihr.

»Er hat M. in seinem Profil stehen. Mehr nicht.«

»Zu beschäftigt, um ihn nach dem Namen zu fragen?«

»Vielleicht«, entgegnet sie und schaut mich aus großen Augen entschuldigend an.

»Irgendwas, womit ich für später nur ansatzweise vorbereitet bin?«

»Was willst du jetzt hören? Ein Sternzeichen? In welchem Jahr er geboren ist, damit du nachgucken kannst, wie eure Sterne stehen?«

»Fuck you«, sage ich und zeige ihr den Mittelfinger. Daraufhin schubst sie mich und lacht laut, als ich mich gerade so aufgefangen bekomme, bevor ich in den Schrank gefallen wäre.

»Kann sich ja nicht jeder beim Kennenlernen so systematisch abarbeiten wie du«, sagt sie dann und schaut mich immer noch belustigt an.

»Ich bin eben gerne vorbereitet.«

»Ich weiß nicht mal von Heike die Lieblingsfarbe, geschweige denn ihr Lieblingsmeerestier«, erwidert sie und rollt so übertrieben mit den Augen, dass ich hoffe, dass sie Kopfschmerzen bekommt.

»Ich habe doch schon gesagt, dass wir zufällig darauf kamen, dass wir beide Delfin-Fans sind.«

7

»Vielleicht sorgt der Tausch mal dafür, dass du entspannter wirst und beim Dating nicht so vorgehst, als würdest du für die nächste Matheklausur lernen.«

Nur dass Mathe so viel einfacher ist.

»Wo habt ihr euch verabredet?«, frage ich, ohne auf ihre Bemerkung einzugehen.

»Im *Flamingo*?« Ihre Stimme geht am Ende des Satzes hoch und ich kann nicht einordnen, ob sie es nicht weiß oder ob sie selbst merkt, wie dumm das ist.

»Der Nachtclub?«

»Ja«, antwortet sie kleinlaut.

»Du verabredest dich mit einem Typen, von dem du nicht mal den Namen kennst und mit dem du nur Sexnachrichten verschickt hast, in einem Nachtclub?«

»Slutshaming ist out.«

»Ihr verabredet euch auf ein klares Sexdate und du denkst, der Typ ist damit fein, dass ich da auftauche?«

»Ja«, sagt sie und nickt so oft, dass mir schon beim Zusehen schwindelig wird.

»Das war die dümmste Idee, die du jemals hattest.«

»Du wirst mir später noch danken«, sagt sie entschlossen.

»Träum weiter«, entgegne ich und widme mich wieder der Kleidungsfrage, die mich jetzt noch mehr überfordert.

Welches Outfit sagt: Es tut mir leid, dass ich kein Mädchen bin, und ich hoffe, du magst auch Typen? Einfache Antwort: Keins. Ich seufze frustriert und fahre mit den Fingern über das dunkelblaue Hemd mit dem schwarzen Samtmuster.

»Das wäre für das Date mit Kathy perfekt«, kommt es kleinlaut von Jolene. Und sie hat recht. Genauso wie das Restaurant die ideale Auswahl an Pizzen und Pasta hat, eine ruhige Atmosphäre bietet, es ist nicht zu hell, aber auch nicht dunkel, und die Preise sind in Ordnung. Ich habe nichts dem Zufall überlassen und das perfekte Date geplant. Nur damit Jolene jetzt hingeht und ich nicht mal den Namen meiner Verabredung kenne.

»Wie wäre es hiermit?« Jolenes Vorschlag besteht aus einem weißen Crop-Shirt, das ich letztes Jahr auf der Pride getragen habe und einer schwarzen, zu engen Jeans, die eigentlich schon beim Kauf nicht gepasst hat.

»Genau. Wie wäre es, wenn ich mir dann schon mal ein Bett im Krankenhaus reserviere für den Homophoben-Faustschlag, der definitiv kommen wird«, entgegne ich genervt und schiebe zum hundertsten Mal die Kleiderhaken über die Stange, nur um irgendwas Passendes zu finden. Dabei landet mein Blick im Spiegel, was das nächste Problem offenbart. Meine dunkelblonden Strähnen hängen unordentlich gelockt bis zu meinem Kinn und ich bin mir nicht sicher, ob ich sie zurückbinden oder Jolene nach Styling-Tipps fragen sollte.

»Ich weiß nicht, warum du alles immer so pessimistisch siehst.«

Realistisch.

Ich antworte nichts, weil es hoffnungslos ist mit ihr. Jolene ist die Träumerin von uns beiden. Mama sagt immer, weil wir so gegensätzlich sind, brauchen wir uns, um die Balance zu halten. Und während ich es manchmal genieße, in Jolenes grenzenlosem Optimismus zu baden und die Welt durch ihre Augen zu sehen, weiß ich ganz genau, was mich erwartet, wenn ich aufhöre zu träumen.

Ich greife an ihr vorbei nach dem weißen Shirt und einer schwarzen Jeans, die nicht ganz so eng sitzt wie die, die Jolene ausgesucht hat.

»Auf keinen Fall«, protestiert sie und schüttelt mit dem Kopf.

»Gut, dass du da kein Mitspracherecht hast«, erwidere ich und mache mich auf den Weg ins Bad, dicht gefolgt von meiner besten Freundin, die weder Taktgefühl besitzt noch persönliche Grenzen akzeptiert. Und die ich ganz sicher nicht in meine Frisurprobleme einweihen werde.

»Joris, das Outfit ist so langweilig und straight.«

»Wusste gar nicht, dass Kleidung plötzlich eine sexuelle Orientierung hat«, erwidere ich und mache einen Abstecher nach rechts, vorbei an einer Wand mit Familienfotos.

Bis ich acht war, spielte ich noch die Hauptrolle in den Bildern, aber dann kam Jolene. Und irgendwann ihre Mum. Seither sind es immer wir fünf auf den Weihnachtskarten und Straßenfestfotos. Mama, Papa, Jolene, Heike und ich.

»Du weißt genau, was ich meine.«

»Wenn du willst, dass ich gleich noch ein Video von deinem Outfit drehe, dann lässt du mich im Bad besser alleine.«

»Aber …«, sagt sie, aber da habe ich ihr schon die Tür vor der Nase zugeschlagen.

3

Einige Stunden und eine Flasche Sekt später umklammere ich das Geländer und versuche, nicht daran zu denken, was mich auf der Tanzfläche erwartet. Genauer gesagt, mit wem ich an der Bar verabredet bin.

Nachdem ich unzählige Videoclips von Jolene aufgenommen habe, hat sie mir erzählt, dass M. auf sie an der Bar mit zwei Gin Tonic wartet. Es könnte also jeder Kerl zwischen zwanzig und dreißig sein, der sich was zu trinken bestellt.

Ich musste Jolene anflehen, mir wenigstens mal ein Bild von ihm zu zeigen. Jetzt weiß ich, dass er einen Sixpack hat und welche Boxershorts-Firma er bevorzugt, ein Gesicht kenne ich immer noch nicht.

Ich atme tief durch und nehme ein paar Stufen, bis ich auf der Tanzfläche angekommen bin. Entweder ist es die Aufregung oder der Bass, der mein Herz schneller schlagen lässt. Keine Ahnung.

Ich schiebe mich weiter durch die Menge. Manche drehen ihren Kopf in meine Richtung, andere wirken wie gefangen in der Musik, die durch den Raum dröhnt. Ich würde mich auch lieber in Melodien anstatt in meinen Gedanken verlieren.

Aber ich schaffe es nicht, weil meine Aufmerksamkeit einer Notfallstrategie unterliegt. Weil ich nur daran denken kann, wie ich eine Stunde auf die Bahn warten muss, wenn das Treffen so läuft, wie ich es erwarte.

Vielleicht könnte ich mir ein Taxi rufen. Wobei das wahrscheinlich schwierig wird an einem Samstagabend mitten in der Tourismus-Saison.

Ich schaue die Frau, an der ich mich Richtung Theke vorbeischiebe, entschuldigend an. Wahrscheinlich ist er nicht mal da. Wir haben kurz nach elf. Normalerweise wäre ich schon früher hier gewesen, aber ich habe mich dazu entschieden, noch zwanzig Minuten am Bahnhof zu warten, weil es komisch gewesen wäre, zu früh da zu sein. Was hätte ich dann gemacht?

»Sorry«, sage ich, als mich jemand gegen einen Typen schubst, der auch auf dem Weg zur Bar ist.

Warum zur Hölle musste sich Jolene in einem Nachtclub verabreden?

Ich beobachte die Leute vor mir und versuche zu erkennen, ob irgendwer zwei Getränke vor sich stehen hat und so verloren wirkt, wie ich mich fühle. Fehlanzeige. *Cool.*

Ich sollte einfach nach Hause fahren. Was will ich hier? Genervt greife ich nach meinem Smartphone und gehe durch den Chatverlauf mit Jolene. Ich habe sie in den letzten zwei Stunden zweimal gefragt, wie es läuft. Keine Antwort. Was so viel bedeutet wie, dass es deutlich besser läuft als bei mir.

»Zwei Gin Tonic«, bestellt der Kerl, der sich vor wenigen Sekunden neben mich gedrängt hat.

Ganz plötzlich ist das kribbelnde Gefühl in meinem Bauch zurück. Ich umklammere mein Smartphone und beobachte ihn aus dem Augenwinkel. Dunkle Haare, die geordnet unordentlich von seinem Kopf abstehen. Enges schwarzes Shirt. Unheimlich schöne Arme. *Großartig.*

Er lässt immer wieder den Blick durch den Raum gleiten und ich muss mein Smartphone wegstecken, weil ich meinen zitternden Händen nicht zutraue, es weiter zu halten.

Unter seinen dunklen Brauen liegen helle Augen, die freundlicher aussehen, als ich ihn mir vorgestellt habe.

Ich schlucke hart, während er die Getränke entgegennimmt und an der Theke stehen bleibt.

Was mache ich jetzt?

Gehen?

Ihn ansprechen?

Mit den Händen reibe ich mir über die Jeans und bereue meine Kleiderwahl. Die Hose hat keinen Sitz und das weiße Shirt ist so verwaschen, dass man bestimmt alles durchsehen kann. Nicht, dass es da irgendwas Spannendes zu entdecken gäbe.

Der Kerl mit den hohen Wangenknochen und brünetten Haaren steht immer noch an Ort und Stelle.

Ich könnte einmal in meinem Leben mutig sein und ihn von seinem Leid erlösen. *Einmal.*

Beim nächsten Ausatmen mache ich ein paar Schritte auf ihn zu. Sein Blick bleibt kurz an mir hängen, bevor er wieder zu den Tanzenden gleitet.

»Hey«, bringe ich hervor und bereue meinen kleinen Mutausbruch nur Sekunden später. Dann, als sein irritierter Blick auf meinen trifft.

»Hi, kann ich dir helfen?«

Er wird mich nicht schlagen, oder? Niemand, der gewalttätig ist, bietet vorher seine Hilfe an, oder?

»Wir … sind verabredet«, sage ich und schließe kurz die Augen.

»Was?«, brüllt er, um die lauter werdende Musik zu übertönen.

Was hat sich Jolene dabei gedacht, sich hier zu treffen?

»Wir sind verabredet!«, rufe ich, so laut ich kann, ohne mich noch näher lehnen zu müssen. So muss er sich wenigstens für den Schlag oder die Beleidigungen anstrengen.

»Warum?«, fragt er und mustert mich.

Warum? Ich dachte ehrlich gesagt nicht, dass ich so weit komme, mich erklären zu müssen.

»Date getauscht«, sage ich, weil der Sekt, der mir immer noch schwer im Magen liegt, wohl auch mein Sprachzentrum im Frontallappen angegriffen hat.

Dann lehnt er sich zu mir und ich schließe die Augen.

Drei. Zwei. Eins.

Doch als mich etwas Kühles an der Hand berührt, schaue ich ihn verwirrt an.

»Ich bin immer noch auf die Erklärung gespannt«, sagt er, und ich spüre seinen warmen Atem an meinem Hals. Okay. *Hilfe.*

Als er mir etwas Abstand gibt, verliere ich mich kurz in seinen hellen Augen, in denen kein Funke Abneigung liegt.

»Jolene ist auf meinem Date und ich hier«, sage ich und stelle mich auf die Zehenspitzen, damit er mich versteht.

»Warum?«

Ich zucke mit den Schultern, weil ich ihm dafür keine logische Erklärung liefern kann.

»Okay«, antwortet er und grinst mich an. Und es ist eher die Antwort als die Grübchen in seinen Wangen, die mich fast an dem Schluck Gin Tonic ersticken lassen.

Ich trinke das halbe Glas leer, um das Kratzen im Hals zu töten, während ich versuche, mir eine Antwort zu überlegen. »Du … Das ist okay für dich?«, frage ich und muss mich räuspern, weil meine Stimme beinah versagt hätte.

»Warum nicht?«

Vielleicht weil die meisten Kerle damit ein Problem hätten? Weil unsere Gesellschaft heteronormativ ist? Weil bi sein, sich immer anfühlt wie nirgendwo dazuzugehören?

»Cool«, antworte ich und leere den Cocktail.

»Wie heißt du?«, fragt er. Dabei tanzt sein Atem über meine Haut und hinterlässt überall Spuren von Gänsehaut.

»Joris. Du?« Beim letzten Wort rauscht das Blut in meinen Ohren so laut, dass ich für einen Moment nichts höre. Nicht die Musik und nicht seine Antwort.

»Ma…«

Der Rest geht unter in meinem rasenden Herzschlag. Und ich will nicht noch mal nachfragen, sondern nicke einfach nur, so als hätte ich genau verstanden, dass er Martin heißt. Marvin. Oder Marlon?

»Cool«, murmele ich, weil die ganze Situation schon unangenehm und peinlich genug ist, dann muss ich ihm mit einer Frage nicht noch Gründe liefern, mich dumm zu finden. Den NC fürs Medizinstudium zu meistern, habe ich auf die Reihe bekommen, ihm im richtigen Moment zuzuhören nicht.

»Auch?«, frage ich und halte mein leeres Glas hoch. Doch er schüttelt nur mit dem Kopf.

Nachdem ich zwei Shots und noch einen Gin Tonic bestellt habe, versuche ich, meinem Körper klarzumachen, dass es keinen

Grund zur Aufregung gibt. Das interessiert mein sympathisches Nervensystem aber weniger. Und mein Herz schlägt weiter so, als müsste es sich auf einen Kampf oder eine Flucht vorbereiten. Vielleicht wäre Letzteres keine so schlechte Idee.

Nur Sekunden nachdem mir die Bedienung die Getränke hingestellt hat, habe ich die beiden Tequila getrunken. Mein Hals brennt, aber es lenkt wenigstens kurz von der nervigen Aufregung ab, die durch meinen Körper schwirrt.

Ich umgreife den Cocktail, um irgendwoher Halt zu bekommen, während ich mich an den Wartenden vorbeidrücke.

Je näher ich Martin komme, desto weniger bereit fühle ich mich, jemals Jungs zu daten. Auch wenn er sehr schön anzusehen ist.

Er bewegt die Hüften im Takt der Musik. Sein Shirt spannt genau an den richtigen Stellen. Und auf seinen Gesichtszügen liegt ein gelassener Ausdruck.

Vielleicht bilde ich mir auch ein, dass seine Augen etwas heller strahlen, als er mich sieht.

»Willst du tanzen?«, fragt er, und ich nehme einen Schluck, weil ich keine Ahnung habe, was ich darauf antworten soll.

Dann greift er einfach nach meiner freien Hand, zwinkert mir zu und zieht mich mit sich. Wie entspannt kann man bitte sein? Kein Wunder, dass er und Jolene sich gut verstanden haben.

Mein Blick klebt den ganzen Weg über an den definierten Schultern unter dem dünnen Stoff.

Er schaut nach hinten und ich kann nicht schnell genug wegguken. Daraufhin zwinkert er mir zu und mir bleibt fast der nächste Atemzug im Hals stecken.

Vielleicht träume ich auch? Vielleicht bin ich nach dem Sekt zu Hause auf der Couch neben Heike eingeschlafen? Das würde auch erklären, warum mir die Menschen um mich herum nichts ausmachen. Weil ich sie nicht mal wirklich wahrnehme. Immer wenn Jolene mich in einen der beiden Clubs in unserer kleinen Touri-Stadt mitnimmt, bin ich nach zwei Stunden so sozial übersättigt, dass ich am liebsten eine Woche niemanden sehen will. Aber selbst die plötzliche Feuchte an meinem Arm, die bestimmt von dem verschütteten Getränk von dem Typen neben mir kommt, macht mir nichts mehr aus.

14

Vielleicht hätte ich früher auf Jolene hören und mal mehr als ein Bier trinken sollen.

Die Berührung an meiner Hüfte reißt mich aus dem Gedankenchaos und ich starre meinen Tanzpartner, der mir plötzlich viel näher ist, fassungslos an.

»Ich mag deine Haare«, sagt er, und ich weiß nicht mehr, ob das kribbelnde Gefühl in meinem Körper vom Alkohol kommt oder von seiner Nähe. Ob sich der Raum dreht oder ob ich es tue.

Dann streicht er mir eine Strähne hinters Ohr und schenkt mir sein Grübchen-Grinsen. Ich weiche seinem Blick aus, weil ich nicht weiß, was ich sagen oder machen soll.

Den ganzen Tag bin ich alle Szenarien durchgegangen. Habe mir vorgestellt, wie er mich schlägt. Wie er mich abschätzig oder angewidert anguckt und dann stehen lässt. Wie ich den Club verlasse und er mir mit seinen Freunden vor der Haltestelle auflauert. Ich habe mir vorgestellt, wie ich im Krankenhaus aufwache. Wie ich meine Eltern und Heike mitten in der Nacht anrufen muss, damit sie mir Kleidung für die nächsten Tage ins Krankenhaus bringen. In manchen Szenarien war ich nicht mal in der Lage, zu telefonieren.

Ich habe sogar noch vor der Abfahrt gecheckt, ob ich meinen Organspendeausweis und meinen Allergiepass dabeihabe. (Natürlich war alles wie immer an Ort und Stelle.)

Ich bin nicht darauf vorbereitet, dass er ein Bein zwischen meine schiebt und mich praktisch dazu zwingt, mich mit ihm im Takt der Musik zu bewegen.

Dann legt er seine Fingerspitzen an mein Kinn, hebt es an, und ich bin für einen Moment zu überwältigt von dem Glitzern in seinen Augen, dass ich die plötzlich aufsteigende Übelkeit nicht direkt zuordnen kann.

Bis ich sie schmecke und zwei Schritte zurückstolpere. Dabei stoße ich gegen irgendwen und kühles Nass trifft auf meinen Rücken. Ich drehe mich um, halte mir die Hand vor den Mund und versuche, mich durch die Menge zu pressen. Dabei zieht sich mein Magen immer wieder zusammen und beißende Flüssigkeit sammelt sich in meinem Mund. *Fuck.*

4

Ich umklammere die Klobrille und versuche, die Augen aufzuhalten, um mich nicht von den Bildern der gestrigen Nacht ablenken zu lassen. Und ich kann nicht sagen, was ekliger ist: Mein Mageninhalt, den ich mit einem Drücken verschwinden lassen kann oder der Gedanke an die widerliche Toilette im *Flamingo*, wo ich mich auf den Boden knien musste.

Ich habe mich so oft geduscht, seitdem ich gestern Abend nach Hause gekommen bin, dass Heike mich vorhin im Flur zur Seite genommen und gefragt hat, ob mir gestern etwas passiert ist. Im ersten Moment habe ich nicht verstanden, worauf sie hinauswill. Dann hat sie ihre Hand ganz vorsichtig auf meinen Arm gelegt und mir erklärt, dass auch Jungs Opfer von sexueller Gewalt werden können, und wie wichtig es ist, nicht zu schweigen und zur Polizei zu gehen. Also habe ich ihr erklärt, dass ich mich gestern auf der Clubtoilette übergeben musste und dabei nicht nur das Klo, sondern auch den Boden berührt habe.

Sie hat daraufhin erleichtert aufgeseufzt und mich so fest gedrückt, dass ich kurz Angst hatte, mich auf ihr übergeben zu müssen.

»Guten Morgen, Sonnenschein«, dringt Jolenes Stimme durch die Badezimmertür und ich stöhne genervt.

»Hau ab!«, krächze ich und spuke bittere Alkoholreste ins Wasser.

Doch anstatt zu gehen, klopft sie in einem melodischen Rhythmus gegen die Tür, wie diese eine Eisprinzessin aus dem Disney-Film, den sie mich immer zwingt zu schauen. Dabei habe ich gerade keine Zeit, mit ihr einen Schneemann zu bauen, weil ich damit kämpfe, mich nicht noch mal übergeben zu müssen.

Zwei Atemzüge später verliere ich und spucke Selbsthass und Scham in die Toilette. Dabei halte ich meine Haare zurück, damit sie mir nicht ins Gesicht fallen. Ich schrecke beinah zusammen, als ich ihre Finger spüre, die meine Aufgabe übernehmen. Ich will was sagen, aber dann krampft sich mein ganzer Körper wieder zusammen.

Erst als ich merke, dass die Übelkeit weniger wird, spüre ich Jolenes sanfte Berührungen auf meinem Rücken.

»Nie wieder«, murmele ich und drehe mich von ihr weg. Obwohl der Anblick meines Mageninhalts garantiert nicht mehr oder weniger eklig ist als mein Atem.

»Ist was passiert?«, fragt sie besorgt und tanzt mit den Fingerspitzen über meine nackten Unterarme.

»Du meinst, außer, dass ich mich total blamiert habe?«, entgegne ich und drücke die Spülung, weil ich ihre aufmunternde Antwort gerade sowieso nicht ertragen könnte.

»Das glaube ich nicht. Er hat mir gestern noch eine Nachricht geschrieben, ob es dir gut geht.«

»Blockier ihn«, verlange ich, während ich aufstehe und zum Waschbecken wanke. Zähneputzen die Zehnte.

»Ach komm schon, Joris. Wenn er sich nicht für dich interessieren würde, dann hätte er sich doch nicht erkundigt.«

Unsere Blicke begegnen sich im Spiegel und ich schüttele mehrfach den Kopf.

»Aber, vielleicht …«

»Nein«, sage ich und ignoriere die Zahnpastaspritzer, die danach auf dem Spiegel landen. Jolene ist diese Woche sowieso dran, das Bad sauber zu machen.

»Warum?«

Ich spucke aus, stelle die Zahnbürste zurück in den Becher und drehe mich zu ihr um. »Ich bin fertig mit Jungs und Alkohol.«

»Joris«, fleht sie mit weit aufgerissenen Augen.

»Nope«, sage ich und lasse sie stehen, als ich den Raum verlasse. Doch Jolene hat sich schnell gefangen und ist auf der Treppe bereits neben mir.

»Ich wette, es war gut und du mochtest ihn«, sagt sie und in ihrem Tonfall liegt etwas, das ich nicht zuordnen kann.

»Hat er was geschrieben?« Ich bleibe mitten auf der Treppe stehen und drehe mich in ihre Richtung.

»Nein?« Ihr Blick ist ausweichend.

»Jolene?«

»Okay«, sagt sie und hebt die Hände entschuldigend. »Vielleicht wusste ich, dass der Regenbogen bedeutet, dass er auch Jungs mag.«

»Was?« Hitze brennt sich durch meinen Körper und ich kann nicht zuordnen, warum. Wut. Scham. Verrat. Oder alles zusammen. Es kotzt mich an, dass sie mir das nicht gesagt hat, obwohl sie wusste, dass ich mir den ganzen Abend Gedanken mache. Den ganzen Abend? Seit sie diese dumme Challenge vorgeschlagen hat, macht mein Hirn Überstunden.

»Na ja … Wir kamen beim … Sexting drauf. Also, dass er auch Jungs mag. Weil ich geschrieben habe, dass mich das anmacht, wenn sich zwei Kerle küssen. Nicht mal, wenn sie schwul sind, sondern wenn sie sich so sicher in ihrer Sexualität fühlen, dass …«

»Mich interessieren deine Vorlieben nicht.«

Sie schließt sofort ihre Lippen und guckt mich aus weit geöffneten, glasigen Augen an und das schlechte Gewissen überfällt mich augenblicklich.

»Ich bin einfach sauer, dass du mir nichts gesagt hast. Du hättest doch erwähnen können, dass er auch Typen mag.«

»Ich weiß … aber ich dachte, dass du so vielleicht … dass du dir nicht mehr die allerschlimmsten Szenarien ausmalst«, sagt sie leise.

»Das ist nicht deine Aufgabe.«

»Ich weiß. Es wird nicht mehr vorkommen. Versprochen.«

»Okay. Blockierst du ihn?«

»Sicher? Vielleicht …«

»Kein Vielleicht mehr, Jolene.«

»Ja, okay.«

Ich warte darauf, dass sie noch etwas erwidert, aber sie hat offensichtlich gemerkt, dass ich es ernst meine.

Mehrere Stunden und zwei Toastscheiben später sitzen Jolene und ich wieder vor ihrer Ringleuchte. Da, wo alles angefangen hat.

»Ich habe zum ersten Mal ein Mädchen geküsst«, sagt Jolene und schaut dabei in die Frontkamera ihres Smartphones.

»Nicht dein Ernst.« Ich habe bei ihrer Einleitung nur mit halbem Ohr hingehört, weil mein Hirn immer noch in den Erinnerungs- und Alkoholresten vom gestrigen Abend gefangen ist.

»Warum erzählst du das erst jetzt?«, frage ich, als sie mich endlich wieder anguckt.

»Dir gings nicht gut … und das war meine Schuld«, murmelt sie und schaut mich entschuldigend an.

Ich weiß nicht, wann und warum wir aufgehört haben, uns alles zu erzählen. Ob das mit dem TikTok-Account angefangen hat. Oder ob sich das irgendwann eingeschlichen hat. Aber ich vermisse es. Will, dass die Aufmerksamkeit mal nur bei uns liegt und nicht bei den Tausenden Followern. Irgendwann haben wir angefangen, uns Sachen zum ersten Mal vor der Kamera zu erzählen. Damit wir so authentisch wie möglich sind. Aber ich weiß nicht, ob ich weiterhin bereit dazu bin.

Es ist nicht so, als würden wir nicht mehr reden. Wir reden. Aber auf die wichtigen Dinge kann ich nicht so reagieren, wie ich will.

»Ich will alles wissen«, murmele ich und greife nach ihrem Gesicht, damit sie sich nicht wieder abwendet. Ich muss den Chat nicht lesen, um zu wissen, dass jetzt alle abgehen. Dass es wieder unzählige Screenshots von meinen Händen an ihrem Kinn gibt, aber das ist mir scheißegal.

Ich lege den Kopf schräg, um sie zu fragen, ob sie darüber reden will.

Sie nickt leicht, wendet ihren Blick kurz ab, bevor sie meinen festhält. »Es war … schön. Eigentlich gar nicht so anders als Jungs zu küssen.« Dann grinst sie breit. Und es sind plötzlich nur wir beide. Jolene und ich.

»Wenn ich das wäre, würdest du definitiv mehr Details fordern«, sage ich neckend.

»Wir haben uns supergut verstanden. Das Essen war ein Traum. Danach sind wir noch was trinken gegangen. Und zum Schluss habe ich sie zur Haltestelle gebracht. Na ja … und dann standen wir uns so nah, dass ich sie einfach geküsst habe.« Das aufgeregte Glitzern in ihren Augen schwappt auf meinen Körper über und ich greife nach ihren Händen.

»Das freut mich so«, erwidere ich mit klopfendem Herzen.

»Danke, Joris«, flüstert sie und kommt mir noch näher, bis ihre Stirn meine berührt. »Es tut mir leid, dass ich dich zu dem Date-Tausch überredet habe. Und dass ich dir nicht die Wahrheit über den Regenbogen gesagt habe.«

»Danke. Und du hast recht … Ich muss lernen, mich ein bisschen mehr zu entspannen.«

Dann lächelt sie so breit, dass ich genau weiß, woran sie gerade denkt. Dass wir ab dem nächsten Monat auf die Uni gehen und sie mich garantiert auf alle möglichen Partys mitschleppen wird.

»Trotzdem meine ich das ernst mit dem Alkohol«, sage ich also, woraufhin sie die Augen weit aufreißt.

»Aber …«

»Aber was? Wie wäre es, wenn wir nicht nur ein diverser, sondern auch ein verantwortungsvoller Account werden und ich dich herausfordere?«, frage ich und schenke ihr ein breites Grinsen. Eins, das ihr signalisieren soll, dass sie jetzt schon verloren hat.

»Was mein… Nein. Nein, Joris.« Sie schüttelt vehement den Kopf, als ihr klar wird, was ich meine.

Doch da habe ich mich schon zurück zum Smartphone gedreht, das in der Ringleuchtenhalterung steckt. Auf die Entfernung kann ich den Chat nicht erkennen, aber heute sollte es sowieso nicht so interaktiv werden.

»Wer zuerst wieder anfängt, Alkohol zu trinken, muss drei Monate die Wohnung sauber halten.«

»Zwei«, wirft sie ein, bevor ich den Zuschauenden erklären kann, dass wir uns bald eine Wohnung in Tannstein teilen werden.

»Angst?«, frage ich und blicke herausfordernd zu ihr.

»Träum weiter«, sagt sie selbstbewusst, aber ich sehe genau das unsichere Flackern in ihren Augen.

»Dann wäre das ja geklärt. Zwei Monate«, entgegne ich und strecke ihr die Hand zum Einschlagen hin.

»Schön«, sagt sie und drückt fest zu.

»Das wirst du bereuen«, flüstere ich und zwinkere ihr zu.

»Niemals«, erwidert sie überzeugender, als ich ihr zugetraut hätte.

Nachdem wir den Stream beendet haben, sitzen wir uns gegenüber und starren uns an. Und zum ersten Mal sagt keiner von uns beiden was. Ich weiß nicht, woran es liegt. Normalerweise bin nur ich still, weil ich in Streams meistens mehr rede als sonst am Tag. Weil das Zerdenken und sich zeitgleich darüber bewusst sein, dass alles live ist, manchmal zu anstrengend ist.

In der Regel fängt mich Jolene danach auf. Füllt die Stille mit Witzen, ihren Gedanken oder neuen Ideen. Sie hat ein Talent dafür, dass diese aufgeregte Stream-Angespanntheit schon nach wenigen Augenblicken einfach abfällt.

Jolene ist nicht nur fordernd, grenzüberschreitend und laut, sondern auch meine Normalität in all dem Abnormalen. In diesem immer noch surrealen Internetuniversum, das immer mehr in unseren Alltag schwappt.

Aber heute ist alles anders. Und ich glaube, Jolene merkt es auch. Der Blick in ihren braunen Augen, die Leute, die uns gerade erst kennengelernt haben, glauben lassen, dass wir wirklich Geschwister sind, ist so leer, wie ich mich gerade fühle.

Als hätte diese Challenge mehr zwischen uns und in uns verändert als je zuvor.

»Es tut mir leid, dass ich dich zu dieser Challenge überredet habe. Ich dachte nicht, dass TikTok die Grenzen in unserem Alltag so verschwimmen lässt, dass ich anfange, unsere Bedürfnisse hinten an zu stellen. Ich …« Jolene wischt sich mit dem Handrücken über ihre Augen.

Mein Hals schnürt sich zu und ich schlucke so lange, bis ich wieder Luft bekomme. »Ich … wollte es ja irgendwie auch. Sonst wäre ich nicht hingegangen«, sage ich leise. Ich greife nach ihren Fingern, damit sie mich endlich anschaut. Obwohl wir uns schon so lange kennen, hat Jolene immer noch Probleme damit, vor mir zu weinen.

»Lass uns bitte wieder mehr reden. Die Challenge war ja nicht das Problem, sondern dass du mir nicht erzählt hast, dass er auch Jungs mag.«

Ihre Unterlippe zittert, eine Träne läuft ihr über die Wange, die ich mit meinen Fingern auffange.

»Ja, aber … ich will nicht, dass du denkst, mir wäre die Arbeit wichtiger als unsere Freundschaft … Nichts ist wichtiger.« Einen Augenblick später schließt sie ihre Arme um mich. »Ich liebe dich«, murmelt sie.

»Ich dich auch.«

5

3 Monate später

Ich grunze irgendwas in den Hörer, das Papa wahrscheinlich nicht zuordnen kann, aber ich habe ihm eben gesagt, dass ich auf dem Campus bin. Und er weiß eigentlich, dass ich Telefonate in der Öffentlichkeit zu vermeiden versuche.

»Hast du denn schon einen netten jungen Mann oder eine nette junge Frau kennengelernt? Oder eine tolle non-binäre Person getroffen?«

»Papa«, sage ich genervt und entferne mich noch ein paar Schritte von dem großen Platz vor der Bib.

»Ich dachte, dafür ist die Orientierungswoche da?«

Dachte ich auch, aber mir war schon von Anfang an klar, dass das nichts für mich ist. Zufällig Gruppen zugeordnet zu werden und eine Woche lang Trinkspiele zu zelebrieren, wenn ich keine Lust auf Alkohol habe, ist nicht meine Art von Spaß. Also bin ich nur zur Stadtrallye und dann in unsere Wohnung. Jolene ist irgendwann in der Nacht nach Hause gekommen und hat mir stolz ihr Bier-Bachelor-Zertifikat gezeigt, das ihr zwei Monate Putzdienst in der Wohnung eingebracht hat. Und Freundschaften, die ich sowieso nicht innerhalb von einer Woche schließen könnte.

»Ist alles in Ordnung, Junge?«, fragt Papa und ich blinzele mehrmals, um meine Umgebung wieder wahrzunehmen. Das rege Treiben. Gemurmelte Gespräche. Lautes Lachen.

»Klar«, antworte ich verzögert und betrachte die Gruppen von Studierenden, die sich wie kleine Fischschwärme über den Campus bewegen.

»Mama und Heike wollen im nächsten Jahr …«

»Du, Papa, ich muss jetzt auch los«, unterbreche ich ihn und fahre mit den Fingern über den Bund meiner Jacke.

»Natürlich. Ich wollte nur hören, wie es dir geht. Ob du zurechtkommst … Du weißt schon, weil die Uni ja viel größer ist als deine Schule.« Wir wissen beide, dass er nur checken will, dass ich nicht die ganze Zeit alleine bin.

Dabei muss er sich keine Sorgen machen, schließlich bin ich die verantwortungsvollste Person in unserer Familie. Die einzige Person, die irgendeinen Plan hat. Jolene hat sich, ohne nachzudenken, für irgendeinen Studiengang eingeschrieben, weil sie mit mir hierherkommen und von zu Hause ausziehen wollte. Nicht, weil sie später unterrichten möchte.

Und Mama und Papa haben in den letzten Jahren so viele Unternehmen gegründet und wieder geschlossen, und unzähligen Träumen nachgejagt, dass ich mich wundere, dass wir nie Geldsorgen hatten.

»Das klappt schon alles, Papa, und wenn nicht, habe ich immer noch Jolene«, sage ich, obwohl uns beiden bewusst ist, dass ich eher ein Auge auf *sie* haben muss. Hätte ich sie gestern nicht dazu gezwungen, mit mir die Buslinien abzufahren und uns die Gebäude auf dem Campus anzugucken, hätte sie heute wahrscheinlich nichts gefunden, weil sie verschlafen hat.

»Das weiß ich doch. Grüß sie ganz lieb und ruf mich mal an. Ich will *alles* wissen.« Dann lacht er und ein warmes Gefühl ist zurück in meinem Bauch, das ich die letzten zwei Wochen vermisst habe.

»Okay. Bis dann.«

»Hab dich lieb, Joris.«

Wir legen beide auf und ich starre noch einen Moment das Smartphone in meiner Hand an, bevor ich mich auf den Weg mache. Mit gesenktem Kopf zähle ich die dunkelgrauen, regengefärbten Steinplatten bis zur Eingangstür. Dabei treten immer wieder Schuhe in mein Blickfeld, die ich auszublenden versuche.

Im Gebäude werden das Gemurmel und die Geräuschkulisse lauter. Überall sind nasse Schuhabdrücke, die übereinander, nebeneinander und ineinander über gehen. Die in nicht differenzierbaren, feuchten Spuren enden.

Auf meinem Weg muss ich nicht einmal meinen Kopf heben, weil ich die Strecke vom Lageplan auswendig kenne. Worauf mich die Zeichnung nicht vorbereitet hat, ist der verlassene Gang ein Stockwerk unter dem Erdgeschoss.

Ich hebe den Blick und starre für einen Moment die doppelflügelige weiße Metalltür vor mir an.

Wenn ich einer Sache bei all der Recherche und dem Orientierungs-gruppen-Treffen mehr Aufmerksamkeit geschenkt habe als allem anderen, dann dem Präparierkurs. Ich habe alles an Informationen aufgesaugt, was ich gefunden habe. Ich weiß, wie viele Studierende an einem Körperspender arbeiten. Wie lange der Kurs dauert. Dass in der ersten Stunde ein Seelsorger dabei sein wird. Ich weiß, dass es ungefähr ein Jahr dauert, einen Körperspender zu präparieren.

Trotzdem überfällt mich das Herzrasen und Ohrenrauschen, je näher ich der Tür komme, hinter der wahrscheinlich noch niemand wartet.

Was ist, wenn ich es nicht kann? Was ist, wenn ich schon in der ersten Woche merke, dass ich am praktischsten Kurs des gesamten Studiums nicht teilnehmen kann? Was ist, wenn ich umkippe?

Das krampfhafte Ziehen meines Magens zwingt mich dazu, mich an die Wand zu lehnen. Dabei lasse ich die Tür nicht eine Sekunde aus den Augen.

Es sind genau sieben Bodenfliesen. Sieben Stück, die darüber entscheiden, ob ich weiter studieren darf oder nicht. Ob ich mich zum Gespött des Semesters mache oder nicht. Sieben Bodenfliesen, die mich daran zweifeln lassen, ob Medizin die richtige Wahl war.

Dabei sollte ich mir mehr Gedanken darüber machen, ob ich es schaffe, all den Lernstoff für die erste Prüfung in Osteologie in drei Wochen zu verinnerlichen. Als der Prof das gestern Morgen in der Anatomie-Vorlesung verkündet hat, ist der Druck der anderen Studierenden beinahe greifbar gewesen.

Auch ich hatte ein flaues Gefühl im Magen. Nicht vergleichbar mit den Krämpfen, die gerade meinen Körper beherrschen. Wahrschein-lich bilde ich mir die Schritte nur ein, weil bestimmt niemand über dreißig Minuten früher hierherkommt außer mir. Aber zusätzlich zu dem regelmäßigen Pochen in meinen Ohren ist das Geräusch von Gummisohle auf Steinfliesen stetig, bis ich jemanden neben mir spüre.

Er trägt Stoffhosen, einen dunkelblauen Pullover über einem weißen Hemd. Im Gegensatz zu seinem faltenfreien, ordentlichen Outfit, sieht der Ausdruck in seinem Gesicht nicht so gefasst aus. Eher so chaotisch wie die Gefühle, die in meinem Inneren toben.

»Hi«, murmele ich. Nicht, dass ich gerade das Bedürfnis verspüre, mich mit jemandem zu unterhalten, aber ich kann ihn auch nicht einfach weiter anstarren, ohne was zu sagen.

»Hi.« Er spricht so leise, dass ich ihn kaum verstehe. Seine schwarzen Haare liegen lockig und geordnet auf seinem Kopf. Der Ausdruck in seinen dunklen Augen wirkt ängstlich und aufgeregt. Hilft es mir, zu wissen, dass es noch jemanden gibt, dem es so geht wie mir? Nein. Das unangenehme Gefühl in meinem Inneren wird nicht weniger.

»Ich bin Joris.« Vielleicht hilft es ihm ja.

»Fiete.« Mehr kommt von ihm nicht. Und ich weiß auch nicht, was ich sagen soll. Dass ich Angst habe? Dass ich mir nicht vorstellen kann, in die Haut eines Menschen zu schneiden? Dass ich mir nicht sicher bin, ob es die beste Entscheidung war, heute nichts zu essen?

Aber er lehnt sich einfach nur schweigend neben mich an die Wand, bis irgendwann die Studierenden kommen und an uns vorbei in den Präpariersaal gehen. Keiner schenkt uns einen zweiten Blick. Wahrscheinlich, weil alle ähnlich in Gedanken gefangen sind wie wir. Weil niemand von ihnen wirklich weiß, was auf uns zukommt.

Irgendwann sind alle drinnen. Fiete und ich lehnen immer noch an der Wand. Sein Brustkorb hebt und senkt sich beinah im gleichen Rhythmus wie meiner. Viel zu schnell.

»Sollen wir auch rein?«, frage ich und drehe mich in seine Richtung.

Er zuckt nur mit den Schultern, bleibt aber an Ort und Stelle. Seine Gesichtsfarbe hat mittlerweile die der Wand hinter uns angenommen.

Ich mache einen Schritt in Richtung Saal, lasse ihn dabei aber nicht aus den Augen. »Alles klar?«, frage ich, weil er sich immer noch nicht gerührt hat.

»Klar«, flüstert er und löst sich endlich.

Sechs Bodenfliesen später stoße ich die kalte doppelflügelige Tür auf und würde am liebsten umkehren. Der Geruch in dem

25

Seziersaal ist stechend. Irgendwie süß. Und irgendwie auch nicht. Überall in dem kunstbeleuchteten Raum stehen kleine Gruppen an Studierenden. Ich bin froh, dass ich nicht alleine bin, und stelle mich mit Fiete zu einer Gruppe Frauen, die mir aus der Vorlesung irgendwie bekannt vorkommen.

Neben den Tutoren, die nur ein paar Jahre älter als wir wirken, sind auch ein Prof und eine Seelsorgerin dabei. Sie erzählt darüber, dass Leben und Tod unweigerlich miteinander verbunden sind. Dass das Präparieren für jeden anders ist. Dass sie nur heute mit dabei ist, aber wir jederzeit das Gespräch mit ihr suchen sollen. Dass sie weiß, wie hoch der Druck im Medizinstudium ist. Dass wir dieses Gefühl vor den Türen lassen sollen. Dass es nicht schlimm ist, wenn wir uns heute noch nicht vorstellen können, einen Schnitt zu setzen. Dass jeder sein eigenes Tempo hat.

Trotzdem wird mein Herzklopfen nicht weniger. Auch nicht als wir unsere Skripte ausgeteilt bekommen und uns in Gruppen an die Tische stellen müssen.

Ich schaue von dem abgedeckten Körperspender in den Raum. Allen stehen ähnliche Gefühle ins Gesicht geschrieben. Alle betrachten die Tische vor ihnen mit Respekt und Angst. Und ich habe keine Ahnung, was bei mir gerade überwiegt. Bis meine Aufmerksamkeit zurück zu der Seelsorgerin gleitet und ich weiß, dass ich nicht ganz alleine bin, wenn ich es doch nicht schaffe.

»Wenn ihr euch bereit fühlt, dann darf einer in eurer Gruppe die Füße aufdecken«, kommt es von Martin, einem unserer Tutoren.

Ich gucke der Blonden, die mir gegenübersteht, in die grünen Augen, die genauso ängstlich und unentschlossen wirken, wie ich mich fühle. Sie weicht meinem Blick aus und betrachtet den Körperspender, der vor uns unter einem weißen Tuch auf dem Bauch liegt.

Am Ende ist es die Dunkelhaarige, die von uns allen noch am meisten Farbe im Gesicht hat, die die Füße aufdeckt.

Der farbliche Kontrast zwischen den fahlen Füßen, dem weißen Tuch und dem kalten Metalltisch ist absolut surreal. Keine Ahnung, ob das flaue Gefühl in meinem Magen irgendwann wieder verschwindet.

»Unwirklich, oder?«, murmelt die Blonde mir gegenüber und ich kann nur zustimmend nicken.

Als die Seelsorgerin an unseren Tisch tritt und fragt, ob alles in Ordnung ist, blicke ich zum ersten Mal auf. Es ist Fiete, der auf Frau Hofmann zutritt und leise um ein Gespräch bittet.

»Alles klar mit deinem Freund?«, fragt die Blonde.

»Ich weiß es nicht«, sage ich und berichtige sie nicht. Keine Ahnung, ob Fiete und ich Freunde werden.

»Ich bin übrigens Lou.«

Ich weiß nicht, ob nur ich es seltsam finde, aber ich kann meinen Blick einfach nicht lange von den Füßen vor mir abwenden.

»Joris«, murmele ich.

»In dem Skript, das ich euch ausgeteilt habe, sind die einzelnen Arbeitsschritte für die nächsten Wochen aufgezeichnet. Ich würde euch bitten, euch sorgfältig vorzubereiten. Heute geht es darum, euch mit dem Körperspender und dem Gefühl hier zu stehen, vertraut zu machen. Ich kann mich noch genau an meine erste Stunde erinnern und weiß, dass es nicht einfach ist. Aber es wird mit jedem Mal realer.« Nach seiner Ansprache wechselt Martin zu einer anderen Gruppe und beantwortet Fragen.

Gewöhnt man sich an den unangenehmen Formaldehyd-Geruch? An das Gefühl, dass da wirklich ein Mensch vor uns liegt und nicht nur Füße?

»Ich bin richtig erleichtert, dass der Prof nur heute mit dabei ist«, sagt Lou leise und tritt neben mich.

»Warum?«, frage ich, weil meine Aufmerksamkeit nur zwischen dem Körperspender und meiner gekippten Gefühlswelt schwankt.

»Irgendwie machen mir die Professoren Angst. Komisch, ich weiß.« Sie lacht kurz, aber es wirkt nicht fröhlich. Keine Ahnung, was ich dazu sagen soll. Oder ob sie darüber reden möchte. Sie weicht meinem Blick aus und nestelt an ihrem Ärmel.

Vielleicht ist sie nervös? Vielleicht tut sie sich genauso schwer wie ich mit dem Neue-Leute-Kennenlernen?

»Vielleicht können wir mal zusammen zur Vorlesung und …« Ich weiß nicht, wie ich den Satz beenden will, weil sie bestimmt nicht weniger Angst hat, nur weil ich neben ihr sitze.

»Das wäre schön«, sagt sie und lächelt zum ersten Mal.

»Okay«, sage ich.

Als ich das nächste Mal zurück zu unserem Körperspender schaue, ist das flaue Gefühl in meinem Magen nicht mehr so übermächtig.

Fiete kommt irgendwann zurück an unseren Tisch. Keiner spricht ihn darauf an, warum er verschwunden ist.

Zum Ende der drei Stunden haben wir den Körper immer weiter aufgedeckt und erfahren, dass unser Körperspender an Krebs gestorben ist. Er ist männlich und sechsundachtzig Jahre alt geworden. Er hat keinen Namen. Nur eine Nummer. 204/19. Die erste Ziffernfolge steht für seinen Namen. Die Zweite für das Jahr, in dem er gestorben ist.

Romy, die mutige Dunkelhaarige, hat ihn Lars-Christian getauft. Und irgendwie hat es das einfacher gemacht. Realer. Es hat das surreale Gefühl seiner kalten Haut unter meinen behandschuhten Fingern lebendiger gemacht.

Trotzdem weiß ich beim Verlassen des Präpariersaals nicht, ob ich den Raum jemals betreten werde ohne Herzrasen und flauem Gefühl im Magen.

6

Es ist nicht so, als hätten wir die gesamte Woche nichts zusammen gemacht. Wir haben meistens gemeinsam zu Abend gegessen und mehrere Videos produziert. Ich kann also nicht nachvollziehen, warum Jolene darauf besteht, mich heute mitzunehmen.

»Ich muss noch lernen«, sage ich, weil es die Wahrheit ist. Obwohl ich jeden Tag die Vorlesungen nach- und vorbereitet habe, habe ich das Gefühl, hinterherzuhängen. Außerdem bin ich mir nicht sicher, ob ich die richtige Technik zum Lernen für mich gefunden habe. Alles mehrfach zu verschriftlichen, ist zeitökonomisch eine Vollkatastrophe. Aber als ich Jolene gestern Abend bei ihrer berühmten Reste-Spaghetti gefragt habe, was ihre Lerntechnik ist, hat sie mich bestimmt zehn Minuten lang ausgelacht.

Ich schaue kurz aus dem Fenster. Betrachte die gleichmäßig fallenden Regentropfen, die mich weniger ablenken als die Anwesenheit meiner besten Freundin.

»Joris, ich habe dich die ganze Woche nicht gesehen, weil du so viel gelernt hast. Meinst du nicht, dass da ein paar Stunden freie Zeit gut wären?« Jolene schaut mich entschlossen mit vor der Brust verschränkten Armen an. Vielleicht sollte ich dankbar sein, dass sie dabei vor mir steht und sich nicht mit ihren Straßenklamotten auf mein Bett setzt.

»Was ist, wenn ich keine Lust habe?«, erwidere ich und versuche, ihren Gesichtsausdruck zu imitieren. Daraufhin zieht sie nur eine ihrer Augenbrauen hoch.

»Ich rufe Papa Heinz an.«

»Hör auf, meinen Vater *Papa* zu nennen«, sage ich. Unsere Familie ist schräg genug, das gibt Jolene nicht das Recht, alles noch verrückter klingen zu lassen.

Anstatt mir zu antworten, greift sie nach dem Smartphone, was sie sich umgehängt hat.

»Das traust du dich nicht«, sage ich und mache einen Schritt auf sie zu, doch sie ist schneller als ich. »Jolene«, sage ich warnend.

»Es wählt schon«, kommt es lachend aus der Küche, in der ich einen Atemzug später auch stehe.

»Jolene, mein Kind.«

Ich sagte ja *schräg.*

»Hi. Ich versuche, Joris zu überreden, mit mir zum Eishockey zu gehen, aber er weigert sich.«

Bitch, forme ich mit den Lippen, woraufhin sie mir einen stummen Luftkuss zuwirft.

»Hörst du mich, Joris?«, ruft er so laut in den Hörer, dass wir beide zusammenzucken.

»Ja«, antworte ich und stupse Jolene mit meiner Schulter an, um ihr zu signalisieren, dass das hier noch ein Nachspiel hat.

»Junge, es wird Zeit, dass du mal ein bisschen lebst …«

»Ich habe keine Lust«, unterbreche ich ihn.

»Junge, Heike, deine Mutter und ich machen uns Sorgen, dass du vereinsamst.«

»Ich habe doch Jolene«, antworte ich.

Sie öffnet ihren Mund, doch ich bin schneller und verschließe ihn mit meiner Hand. Nur noch unzusammenhängende Töne verlassen ihre Lippen.

»Hast du was gesagt, Joris?«

»Nein. Aber ich gehe mit … Jolene zum Eishockey«, sage ich, und der genervte Ausdruck in den braunen Augen meiner besten Freundin wird nur Sekunden später weich und liebevoll.

»Super, melde dich danach. Schönen Tag euch.«

»Okay, bis dann, Papa«, sage ich, löse die Hand von Jolenes Mund und lege auf.

Nur einen Moment später umschließt sie meine Mitte und drückt ihr Gesicht gegen meine Brust. »Danke, danke, danke.«

»Ich gehe nur mit zum Spiel und fahre danach direkt heim«, sage ich, woraufhin sie sich von mir löst und mich mit glasig-bettelndem Blick anstarrt.

»Nope, das zieht heute nicht.« Ich drücke sie von mir weg und verlasse den Raum, um mir etwas anderes anzuziehen.

Eine halbe Stunde später nehmen wir die Drei zum Bahnhof, um dann noch mal zwanzig Minuten mit der Zwei zum Stadion zu fahren.

»Warum tun wir uns das noch mal an?«, frage ich Jolene, die gerade aus dem Fenster guckt. Den vorbeiziehenden Gebäuden schenke ich nur einen kurzen Blick. Während Jolene schon mehrere Shoppingtouren hinter sich gebracht hat, habe ich unserer neuen Heimatstadt keine Aufmerksamkeit geschenkt. Aber wann hätte ich das auch tun sollen? Neben den Pflichtveranstaltungen und meinen Bibliotheksbesuchen bleibt nicht viel Zeit für Sightseeing. Vor allem, weil es immer früher dunkel wird.

»Habe ich dir doch gestern Abend schon erzählt.«

»Nicht aufgepasst«, erwidere ich, woraufhin sie mir einen Stoß mit der Schulter gibt. Aber ganz ehrlich, wenn wir abends zusammen essen, erzählt sie manchmal so viel, dass ich kaum hinterherkomme. Geschweige denn mir irgendwelche Namen merken kann, die sie nennt.

»In meinem Yoga-Kurs sind ein paar Hockeyspieler«, sagt sie und schenkt mir einen vielsagenden Blick.

»Deswegen bist du jetzt plötzlich Fan?« Jolene ist so begeisterungsfähig, dass ich mir manchmal wünschte, sie würde mir etwas davon abgeben.

»Wärst du auch, wenn du Sportler in engen Shorts beim herabschauenden Hund beobachtest«, erwidert sie und zwinkert mir zu.

Ich schenke ihr mein bestes Augenrollen und lehne mich wieder zurück in meinen Sitz.

Am Stadion angekommen, würde ich am liebsten wieder in den Bus steigen und zurückfahren. Als Jolene mir erzählt hat, dass Eishockey in Tannstein total beliebt ist, habe ich ihr nicht eine Sekunde geglaubt. Ich habe den Hype um Sportarten sowieso noch nie nachvollziehen können, aber Hockey?

Die laut grölenden Menschenmassen um uns herum sind auf jeden Fall der Beweis für das Gegenteil. Es gibt dunkelgrüne Fahnen, auf denen ein gelb umrandetes Logo zu erkennen ist. Es werden Lieder angestimmt, wo der Text kaum zu verstehen ist, weil alle möglichen Menschen in unterschiedlichen Tonlagen und Lautstärken singen.

Jolenes Blick spiegelt nichts von dem Entsetzen wider, was in meinem Inneren herrscht. Ihr Lächeln ist so breit, als würden wir in einen Freizeitpark spazieren und nicht in eine kalte, menschenüberfüllte Hölle.

»Sollen wir lieber wann anders wiederkommen, wenn nicht so viel los ist?«, frage ich laut und hoffe, dass sie mich versteht.

»Es ist Saisonauftakt, Joris«, erwidert sie nur. Dann greift sie nach meiner Hand und verschränkt unsere Finger miteinander. Und ganz vielleicht wird das unangenehme Ziehen in meinem Magen weniger.

Wir kommen nur langsam voran, und ich hoffe, dass wir keine Karten bekommen. Dann könnten wir wieder heimfahren und ich kann mich weiter um die Karteikarten zum Knochenskelett kümmern.

»Hättest du nicht mit einem deiner neuen Freunde gehen können?«, frage ich sie und ziehe sie noch ein Stück zu mir, weil ich keine Lust habe, sie in dem Gedränge zu verlieren.

»Kann sein, dass wir uns später noch treffen, aber ich wollte den Tag mit dir verbringen.«

»Hätten wir dann nicht auch irgendwas machen können, was mir gefällt?« Ich mustere den Typen neben mir, der in meine Richtung schwankt und nach Alkohol riecht.

»Ich habe keine Lust, mir irgendwelche Tierskelette in Museen anzugucken.«

»Aber das Tannsteiner Naturkundemuseum kennst du doch noch gar nicht.«

»Joris, die sehen doch alle gleich aus«, antwortet sie und zieht mich an einer Gruppe von singenden Menschen vorbei, bis wir an der Kasse stehen.

Natürlich wurden meine Bitten nicht erhört und wir bekommen zwei Karten für den Oberrang. Die Wände bis zur Tribüne sind behangen mit Fotos, und ganz groß in der Mitte ist das Logo der *Tannstein Tigers*. Jetzt kann ich auch das Gesicht des Tigers erkennen, der über dem Schriftzug prangt.

»Es wird dir bestimmt gefallen«, kommt es von Jolene, die sich bei mir untergehakt hat.

»Ich kenne nicht mal die Regeln.«

»Ich auch nicht.«

»Dein Ernst, Jolene?«

»So schwer wird das nicht sein. Dachte, wir blicken bestimmt durch, wenn wir zugucken«, sagt sie und ich erwidere nur ein genervtes Seufzen, weil mir manchmal die Worte fehlen.

Eine halbe Stunde später habe ich immer noch absolut keinen Plan, was da unten auf dem Eis abgeht. Es ist kalt, laut und zu schnell für meine Augen und mein Hirn. Das Einzige, was ich mir herleiten kann, ist, dass das eine Team die schwarze Scheibe ins Tor des anderen Teams befördern muss. Was dazwischen passiert? Keine Ahnung.

Im nächsten Moment springen plötzlich alle um uns herum auf, ein lautes Geräusch erklingt im Stadion und *Eye of the Tiger* von Survivor ertönt in der Halle. Damit ist wohl ein Tor für die Mannschaft mit den dunkelgrünen Trikots gefallen, die sich gerade in der Mitte der Eisfläche in einem Kreis versammelt und sich gegenseitig auf den Rücken klopft.

Nach einer kurzen Auszeit geht es weiter. Ich habe das Gefühl, dass das Spiel noch gewalttätiger geworden ist, weil das Team in den gelben Trikots wahrscheinlich den Ausgleich machen will.

Ich musste häufiger mit Papa zum Fußball ins Stadion, wo es wesentlich ruhiger zugeht. Hier wird geschubst, bis irgendwer gegen die Wand kracht.

In der Spielpause macht sich Jolene auf den Weg, uns was zu trinken zu holen. Mein Bedarf, mich durch Menschenmengen zu quetschen, ist auf jeden Fall für heute gedeckt, deswegen verbleibe ich lieber auf meinem Sitz, auch wenn ich immer wieder mit meinem Nachbarn zusammenstoße, wenn ich meinen Arm etwas zu viel bewege. Alles in allem eine Erfahrung, auf die ich auch verzichten könnte.

Ich lasse meinen Blick noch einmal über das Publikum gleiten, das wesentlich lauter geworden ist, und es ist wieder das Lied zu hören, das auch draußen angestimmt wurde.

Nach zehn Minuten ist das dunkelgrüne Team, also unseres, wieder zurück auf dem Eis. Das Spiel geht los, bevor Jolene es zurückgeschafft hat.

Das Tempo auf der Eisfläche ist höher als noch in der ersten Hälfte. Zwischendurch muss ich den Blick immer über das Publikum gleiten lassen, weil mir beinah übel wird von dem Tempo, das die Teams an den Tag legen.

Irgendwann entdecke ich Jolene, die einen großen Becher in der einen Hand hält und ihr Smartphone, mit dem sie filmt, in der anderen.

Ich schenke ihr ein genervt freundliches Lächeln, als sie die Kamera genau in mein Gesicht hält. Sie hatte mir am Mittwoch, als wir abends unsere Videos für die Woche vorproduziert haben, erzählt, dass sie plant, Vlogs zu drehen und zu schneiden.

»Die Leute vermissen dich«, sagt sie und macht einen Moment später noch ein Selfie von uns beiden.

»Kann ich mir nicht vorstellen«, erwidere ich und greife nach dem Becher Cola.

»Die JoJos lieben dich. Die meisten wollen auch mal deine Woche als Medizinstudent sehen.«

»Ich überleg es mir mal.« Nicht. Keine Ahnung, wann ich noch die Zeit finden soll, meinen Alltag zu filmen.

»Ich will auch was zu trinken.«

»Dann solltest du nächstes Mal einfach zwei Becher kaufen, Jolene«, erwidere ich und nehme noch einen Schluck, obwohl meine Hände jetzt schon kalt von den Temperaturen in der Halle sind.

»Dann hätte ich aber nicht filmen können«, sagt sie und schiebt ihre Unterlippe vor.

»Prioritäten setzen«, entgegne ich und will ihr gerade den Becher zurückgeben, als plötzlich wieder alle um uns herum aufspringen und ich mir auf die Hose kleckere. *Super.*

Jolene schaut mich mitleidig an, bevor sie nach dem klebrigen Becher greift.

Ich wische mir die kalten Hände an meiner Jeans ab, was allerdings nichts ändert.

»Das Spiel dauert bestimmt nicht mehr so lange« kommt es von Jolene.

Sie täuscht sich. Eishockey besteht nicht aus zwei Halbzeiten, sondern aus Dritteln. Und die Uhr wird wegen jeder Kleinigkeit angehalten.

Ich wette, wenn wir das Stadion verlassen, ist es schon dunkel. Aber das scheint alle anderen, die immer noch mitfiebern, aufspringen, schreien und jubeln, nicht zu stören.

Irgendwann endet das Spiel endlich und Jolene und ich kämpfen uns zum Ausgang durch. Wieder durch Fangesänge und schubsende Menschen, aber irgendwie ist es mir egaler. Vielleicht liegt das an der Müdigkeit. Oder daran, dass ich es gar nicht so schlimm fand. Und nachdem die Gelben im zweiten Drittel das Zwei-zu-zwei gemacht haben, war das letzte Drittel überraschend spannend. So fesselnd, dass ich gar nicht mitbekommen habe, als Jolene mich gefilmt hat.

Vielleicht ist die Idee mit den Vlogs doch nicht so schlecht. Mit dem Lernpensum, das bei mir ansteht, und der wenigen Zeit, die wir nur noch zu zweit haben, werden wir die Challenges nicht mehr schaffen. Zumindest nicht in den regelmäßigen Abständen wie zuvor.

Vielleicht wären wir trotz Kälte besser auf unseren Plätzen geblieben, anstatt zu gehen, wenn alle raus wollen. Und mit allen sind auch die beiden Eishockey-Teams gemeint, deren Weg wir kreuzen.

Ich hebe den Kopf, weil mich jemand von der Seite anrempelt. Doch bevor ich etwas sagen kann, wird meine Aufmerksamkeit von einem Eishockeyspieler angezogen, der sich gerade den Helm vom Kopf zieht.

Braune feuchte Haare fallen ihm in die Stirn. Und dann begegnen sich unsere Blicke. Mein Herz rast in meiner Brust. Das kann nicht wahr sein.

Ich schließe die Augen, nur um beim Aufmachen das Profil von Martin zu sehen. Dem Martin vom Date-Tausch. Der Martin, der mit mir tanzen wollte. Der Martin, vor dem ich geflüchtet bin.

Wie hoch ist bitte die Wahrscheinlichkeit, dass er auch hier ist?

Ich kralle meine Finger in Jolenes Ärmel.

»Was ist los?«, schreit sie fast, um die Menge um uns herum zu übertönen. Die Menschenmassen, von denen ich kaum noch was mitbekomme, weil ich nur Augen für Martin habe.

»Das ist der vom Date«, erwidere ich und nicke in seine Richtung.

»Wo?«

»Guck nicht so auffällig«, verlange ich panisch und drehe mich mit dem Rücken zu Martin, damit er von Jolenes auffälliger Musterung hoffentlich nichts mitbekommt.

»Du meinst den mit den hohen Wangenknochen und der Fuck-Boy-Frisur?«

Bei unserem Date hatte er die Haare anders. Aber das ist schon Monate her.

»Jaha«, sage ich und nicke mehrmals.

»Die Nummer zweiundzwanzig?«

»Jolene, ich hatte gerade keine Zeit, auch noch seinen Rücken anzustarren.«

»Entspann dich.«

»Ich wüsste nicht, wie das gehen soll. Das ist der Typ, vor dem ich geflüchtet bin«, sage ich und streiche mir die Haare hinter die Ohren.

»Er ist echt süß.«

»Starr nicht so dahin.« Ich schiebe sie noch ein Stück weiter, in der Hoffnung, dass sie dann mal endlich von ihm ablässt.

»Er ist bei mir im Yoga.«

»Was?« Offensichtlich muss meine Stimme lauter als zuvor gewesen sein, weil sich der Typ neben uns zu mir dreht. Ich forme mit den Lippen ein *Sorry* und hoffe, dass er sich jetzt wieder um seine Angelegenheiten kümmert.

»Willst du wissen, wie er heißt?«

»Nein!«, schreie ich und rufe damit noch mehr Aufmerksamkeit der Umstehenden auf den Plan. *Großartig.* »Lass draußen weiterreden.«

Sie nickt nur und wir schieben uns weiter durch die Menschenmassen.

Draußen empfängt uns die Dämmerung und genauso eisige Luft wie in der Halle.

»Alsooo?«, kommt es von Jolene.

»Was?«, frage ich, obwohl ich ganz genau weiß, worauf sie hinauswill. Aber ich habe keine Lust, dass sie mitbekommt, wie nervös mich die Begegnung macht. Dass ich mich frage, ob er mich vielleicht auch erkannt hat. Was er machen würde, wenn er mich sehen würde.

Ich versuche, mir unauffällig meine schwitzigen Hände an der Cordjacke abzuwischen, weiß aber natürlich, dass es nichts bringt.

»Sag es«, verlangt sie und greift nach einer meiner Hände.

Ich rolle seufzend mit den Augen. »Wie heißt er?«

Auf meine Frage hin grinst sie nur breit, als hätte sie damit gerechnet, dass ich irgendwann einknicke. »Malte Gruber.«

Malte. Also nicht Martin.

M-A-L-T-E. Ein schöner Name.

»Zufällig weiß ich auch, wo die Jungs nach dem Spiel hingehen, wenn sie gewonnen haben.«

»Ich habe gesagt, ich komme nur fürs Spiel mit.«

»Du willst ihn also nicht noch mal sehen? Dich interessiert nicht, ob er vielleicht noch mal mit dir ausgehen würde?«, fragt sie, legt ihren Kopf schräg und mustert mich wissend.

Natürlich würde es mich interessieren. Aber ich bin einfach weggelaufen und habe mich nicht mehr bei ihm gemeldet. Ich kann mir nicht vorstellen, dass er noch mal mit mir ausgehen möchte. Was, wenn doch?

»Ein Getränk«, sage ich, woraufhin sie mich freudestrahlend mit sich zur Haltestelle zieht.

Das *Abseits*, die Bar, in die Jolene mich geschleppt hat, ist so voll, dass ich am liebsten wieder umkehren will. Es ist beinah lauter als im Stadion, aber das Publikum ist das gleiche.

»Sollen wir lieber wann anders herkommen?«, schreie ich, in der Hoffnung, dass Jolene mich über das lautstarke Grölen der zwei Typen neben uns verstehen kann.

»Komm schon«, sagt sie und greift nach meiner Hand. Sie umschließt meine Finger und zieht mich mit in die Menge. Dabei ist es ihr egal, dass wir währenddessen Menschen anrempeln. Ich setze jedes Mal eine entschuldigende Miene auf, wenn sich jemand umdreht.

Aber es scheint hier niemanden zu interessieren, dass man hier kaum einen Schritt vor den anderen setzen kann. Ich will mir gar nicht ausmalen, wie viele virusgeschwängerte Aerosole in der kleinen Kneipe herumschwirren.

Ich schlucke hart und versuche, Jolene in der Menge nicht zu verlieren. Erst in der Nähe der Bar ist die Musik, die das lautstarke Publikum zu übertönen versucht, zu hören. Es klingt wie ein Country-Hit. Das Musikgenre passt zu dem holzlastigen, etwas abgewohnten Inventar.

»Was willst du trinken?«

»Wasser«, erwidere ich, woraufhin Jolene nur mit den Augen rollt und meine Hand loslässt. Sobald sie nicht mehr in meiner Nähe ist, ist das nervöse Kribbeln in meinem Bauch wieder präsenter.

Mein Blick gleitet über die Menge, in der Hoffnung, Malte zu sehen. Vielleicht hatte er auch keine Lust darauf, nach dem Spiel hier abzuhängen. Oder vielleicht kommen die Eishockeyspieler später, weil sie noch duschen müssen.

Mir kommt sonst kein Gesicht bekannt vor, was womöglich daran liegt, dass alle Menschen, mit denen ich studiere, lernen, anstatt hier zu sein.

Irgendwann stupst mich Jolene an und gibt mir mein kaltes Wasser. Natürlich hat sie sich ein Bier genommen. Seit sie die Wette direkt am ersten Tag der Orientierungswoche verloren hat, trinkt sie wieder. Und ich werde weiterhin auf Alkohol verzichten. Vor allem heute Abend. Sonst müssen wir wahrscheinlich umziehen, wenn es wieder so laufen wird wie beim letzten Mal. Vielleicht war das hier eine verdammt schlechte Idee.

Was soll ich sagen, wenn er fragt, warum ich gegangen bin?

Doch bevor ich mich zu Jolene drehen und sie mit mir nach draußen ziehen kann, explodiert die gesamte Kneipe in lautstarken Applaus. Und ich muss nicht mal zur Tür gucken, um zu wissen, dass die Spieler angekommen sind.

»Das ist so verrückt.« Ich beuge mich zu Jolene, damit sie mich verstehen kann.

Doch anstatt zu antworten, umschließt sie meine Finger und zieht mich mit zu der Traube dunkelgrün gekleideter Eishockeyspieler.

Mein Herz rast plötzlich schneller als eben alleine in der Menge. Meine Hände sind feucht und ich weiß, dass es nicht von dem Glas Wasser in meiner Hand kommt.

Aber je näher wir den Spielern kommen, desto nervöser werde ich.

»Jolene, jetzt warte«, sage ich und ziehe sie ein Stück zu mir.

»Du wolltest doch mit, um ihn kennenzulernen.«

»Ja, aber was soll ich denn sagen?«

Aber sie hört nicht auf mich, sondern dreht sie sich um, und wir stehen wenig später hinter ihnen. Und egal, wie viel Mut ich versuche mir zuzusprechen, mir schlägt das Herz bis zum Hals und ich bezweifele, dass ich überhaupt ein Wort herausbekomme. Muss ich aber auch nicht.

Nur einen Atemzug später dreht er sich um und unsere Blicke begegnen sich. Und zur gleichen Zeit läuft *Blank Space* von Taylor

Swift. Für einen Moment fühlt es sich an, als würde die Welt stehen bleiben. Als wäre das hier mein Filmmoment. Nur, dass sein Blick einfach weitergleitet, als hätte er mich nicht erkannt.

Dabei stehen wir, getrennt durch zwei andere Personen, nur wenige Meter auseinander. Aber das reicht wohl, mich daran zu erinnern, dass das hier mein Leben und nicht irgendeine RomCom ist.

»Lass uns gehen«, sage ich laut zu Jolene. Aber sie klopft im selben Moment dem Typen neben Malte auf die Schulter. Seine dunklen Haare kleben ihm feucht am Kopf und er schaut einen Moment irritiert, bis er Jolene erkennt und seine Augen zu leuchten anfangen.

Das erklärt auch, warum wir zum Hockey sind.

Die beiden umarmen sich, als würden sie sich schon seit Jahren kennen, dabei wohnen wir erst seit zwei Wochen hier. Vielleicht sollte ich auch mal den Yoga-Kurs besuchen.

Dann tippt er Malte an, der sich zu uns umdreht, und mir bleibt der nächste Atemzug im Hals stecken. Ich nehme die letzten Schlucke von meinem Wasser, um dem Ganzen zu entkommen. Schaffe es aber natürlich nicht.

Jolene zieht mich Sekunden später mit in die viel zu enge Runde und bevor ich mich versehe, stehen wir genau voreinander. Es ist beinah wie vor drei Monaten. Ich bin total aufgeregt und er ist die Ruhe selbst. Zumindest wirkt er so. Außerdem sieht er irgendwie anders aus. Seine Augen sind vielleicht heller. Vielleicht liegt es auch einfach daran, dass ich dieses Mal nüchtern bin. Und mutiger.

»Hey«, sage ich, woraufhin er mir nur kurz zunickt. Er will sich gerade umdrehen, als ich nach seinem Ärmel greife.

Er dreht sich irritiert in meine Richtung.

»Sorry … Ich wollte mir was zu trinken holen. Willst du vielleicht auch was?« Schließlich schulde ich ihm noch mindestens ein Drink, nachdem ich ihn mitten im *Flamingo* stehen gelassen habe.

Er mustert mich einen Moment. Ich hätte meine Haare, die mir unordentlich gelockt bis zum Kinn gehen, dringend schneiden sollen. Doch auch drei hektische Atemzüge später ändert sich sein Blick nicht.

Hauptsache, er erkennt mich nicht. So als hätte er häufiger spontane Dates mit Typen.

»Ich … wollte gerade eigentlich weiter«, erwidert er, ohne den Blick von mir zu nehmen. Auch wenn sich sein Tonfall nett anhört, fühlt sich seine Aussage wie ein Korb an. Den ich natürlich verdient habe, so, wie ich ihn zurückgelassen habe. Aber irgendwie hatte ich mir eine zweite Chance erhofft.

»Klar«, antworte ich und versuche, das aufkommende eklige Gefühl runterzuschlucken.

Er hebt kurz die Hand, bevor er in der Menge verschwindet, ohne sich noch einmal umzudrehen. Warum auch? Das hier ist kein Film. Das hier ist mein Leben und der erste Typ, den ich gedatet habe, kann sich nicht mal mehr an mich erinnern. *Großartig.*

Wenn ich also zu Jolene sage, dass ich verflucht bin, meine ich genau das.

Es fing schon mit Leon im Kindergarten an. Meinem besten Freund, den ich mehr mochte als meinen gelben Bagger. Und den habe ich fast überall mit hingenommen. Aber als ich Leon auf der Rutsche einen Kuss auf die Wange gegeben habe, durfte er nicht mehr mit mir spielen.

Mit Mila in der Schule ging es weiter, die mich nur mochte, weil ich ihr jeden Tag meinen Schokoriegel gegeben habe. Später kam dann Sandy, in die ich das erste Mal Hals über Kopf verliebt war, die sich aber nur mit mir getroffen hat, weil sie in Jolene verliebt war. Und dann kam die Oberstufen-Zeit, in der wir so bekannt mit unserem Account wurden, dass ich keinen mehr an mich herangelassen habe.

Und jetzt? Jetzt stehe ich inmitten von Menschen. Aus den Boxen tönt Shawn Mendes mit *Mercy*. Und ich fühle mich nur alleine. Warum kann ich nicht einmal einen netten Menschen kennenlernen, der sich auch für mich interessiert? Der sich wenigstens an mich erinnern kann?

Ich drehe mich weg. Schaue ihm nicht mehr hinterher. Versuche, sein Lachen und die Grübchen zu vergessen.

Jolene tanzt gerade innig mit dem dunkelhaarigen Hockeyspieler und ich will sie nicht stören. Also gehe ich zur Bar, stelle mein leeres Glas auf die Theke und verlasse das *Abseits*.

Auf dem Weg zur Haltestelle schreibe ich Jolene eine Nachricht, damit sie sich keine Gedanken macht.

8

Es könnte sein, dass ich Jolene aus dem Weg gehe. Und vielleicht lasse ich mir etwas zu lange Zeit mit dem Beantworten ihrer Nachrichten. Aber wenn ich abends von der Uni heimkomme, bin ich meistens so erledigt, dass ich direkt ins Bett gehe. Ohne auf ihr Klopfen zu reagieren.

Ich weiß, dass das nicht fair ist. Dass sie nichts dafürkann, dass Malte sich nicht mehr an mich erinnert. Ich habe offensichtlich keinen bleibenden Eindruck hinterlassen.

Wobei … Eigentlich kann sie doch eine ganze Menge dafür. Sie belächelt die ganze Fluchttheorie, sodass ich ihr in den letzten Monaten kaum noch davon erzählt habe. Es ist schon ätzend genug, ohne dass sie mir das Gefühl gibt, dass ich verrückt bin. Die Einzige, mit der ich darüber rede und die meine Ängste ernst nimmt, ist Heike. Vielleicht sollte ich mich diese Woche bei ihr melden und sie nach Rat fragen. Wobei ich schon ganz genau weiß, was sie mir raten wird. Dass ich meinen Fokus verändern muss, weil es kein Fluch, sondern eine Universumssache ist. Ihre Ratschläge sind mir oft zu spirituell, aber ich mag es, wie ich mich nach einem Gespräch mit ihr fühle.

Wie letzte Woche bin ich früh dran. Aber dieses Mal lehne ich mich nicht an die Wand. Heute ist mein Herzrasen weniger. Meine Hände zittern kaum, als ich die doppelflügelige Metalltür aufdrücke. Der Geruch von Formalin, der mich noch zwei Tage nach der ersten Stunde verfolgt hat, erschlägt mich beinah.

Letzte Woche war der Raum mit Leben gefüllt. Mit Mitstudierenden. Mit Gemurmel. Mit Gefühlen.

Heute stehen nur zwei weitere Menschen mit mir im Saal. Plötzlich wirken die gefliesten Wände und die Metalltische beängstigender. Und wesentlich realer als letzte Woche.

Das flaue Gefühl in meinem Magen ist zurück. Genau wie das Rauschen in meinen Ohren.

Wahrscheinlich macht es das nicht besser, dass ich mich die letzten Tage mit dem Skript zum Kurs auseinandergesetzt habe. Dass ich jetzt weiß, dass wir uns Stück für Stück vorarbeiten. Dass wir Extremitäten abtrennen werden und zum Schluss nur noch der Kopf von Lars-Christian übrig ist. Den wir bisher nur von hinten betrachten konnten. Zum Ende des Kurses ist eine Trauerfeier für die Körperspender geplant.

»Hey.«

Die Stimme von Lou unterbricht mein Gedankenkreisen. Und beruhigt mich. Irgendwie. Wir haben in der letzten Woche in Vorlesungen immer mal wieder nebeneinandergesessen. So richtig unterhalten konnten wir uns nie. Sie wirkt im Vorlesungssaal anders als hier. Angespannter und verschlossener. Trotzdem weiß ich, dass sie es nicht mag, wenn jemand Möhren in der Vorlesung isst. Dass sie es aber dafür umso mehr mag, wenn jemand eine Mandarine isst, weil sie das an Weihnachten erinnert. Und daran, dass es gar nicht mehr so lange bis zu den Ferien dauert, in denen sie nach Hause fährt. Sie ist ein Familienmensch. So wie ich. Nur, dass ihre garantiert nicht so verrückt ist wie meine. Aber das habe ich ihr nicht gesagt.

»Wie gehts dir?«, frage ich, im Augenwinkel die abgedeckten Beine von Lars-Christian. Der Bereich, der mir zugeordnet wurde.

»Ich hänge zurück mit dem Lernstoff. Aber wird schon.« Das Lächeln, das daraufhin auf ihren Lippen liegt, wirkt anders. Nicht ernst gemeint. Um das beurteilen zu können, müsste ich Lou wahrscheinlich besser kennenlernen. Bevor ich eine Nachfrage stellen kann, treten Romy, Fiete und Romys rothaarige Freundin, von der ich noch nicht weiß, wie sie heißt, an den Tisch.

»Ich habe mich die ganze Woche auf heute gefreut«, kommt es von Romy, während Fietes Gesichtsausdruck Gegenteiliges widerspiegelt. Obwohl wir uns oft über den Weg gelaufen sind, habe ich keinen passenden Moment gefunden, ihn zu fragen, wie es ihm nach letzter Woche ergangen ist.

»Du bist verrückt«, kommt es von Romys rothaariger Freundin. Entweder kannten sich die beiden schon vor dem Studium oder sie gehören zu denjenigen, die schon in der Orientierungswoche Freundschaften fürs Leben geschlossen haben. Ein bisschen so wie Jolene, zumindest fühlt es sich so an, wenn sie von den verschiedenen Menschen redet, deren Namen ich mir nicht mal merken kann.

Einer der Tutoren, dessen Namen ich wieder vergessen habe, eröffnet den Kurs mit einigen Worten zur letzten Stunde. Er erinnert uns noch mal an die Seelsorgerin, die wir jederzeit kontaktieren können, bevor er uns darauf vorbereitet, heute den ersten Schnitt zu setzen.

Es ist nicht so, dass das für mich überraschend kommt. Das hindert meine Finger trotzdem nicht daran, zitternd über den Griff des Skalpells zu gleiten. Es fühlt sich kühl und zart an. Wenn ich den aufgedeckten Unterschenkel betrachte, wirkt es beinah unscheinbar. Nicht so, als könnte ich damit wirklich arbeiten.

»Wie immer gilt: Jeder in seinem Tempo. Das hier ist kein Wettkampf«, sagt Martin, was unser Signal zum ersten Schnitt ist.

Ich umgreife das Skalpell, das leicht in meiner Hand liegt. Ich betrachte das fahle Areal vor mir, bevor ich die Spitze aufsetze. Mit Druck fahre ich eine imaginäre Linie entlang, die parallel zum Metalltisch verläuft. Erst beim Ausatmen erkenne ich, dass ich deutlich tiefer geschnitten habe als beabsichtigt. Mein Blick wandert zu Lous überraschtem Ausdruck.

»Ich hätte nicht gedacht, dass es so scharf ist«, spricht sie das aus, was mir auf den Lippen liegt.

Meine Aufmerksamkeit wandert kurz zu den anderen. Zu Romy, in deren dunklen Augen Ehrfurcht und Faszination liegen. Zu ihrer Freundin, deren Blick ich nicht ganz deuten kann.

Dann schaue ich zu Fiete, der kreidebleich ist und sein Skalpell immer noch in der zitternden Hand hält, ohne einen Schnitt gemacht zu haben.

»Du musst das heute noch nicht machen«, murmelt Lou und nickt Fiete verständnisvoll zu. Obwohl wir uns noch nicht kennen, kommt mir der Zwiespalt, den Fietes Ausdruck widerspiegelt, bekannt vor. Der Kampf zwischen gehen und bleiben. Zwischen Ekel, Angst und Interesse.

Sein Skalpell fällt klappernd zurück in die Nierenschale, bevor er mit den Händen den Tisch umgreift.

»Vielleicht hilft es dir, uns dabei zuzusehen«, schlägt die Freundin von Romy vor.

Fiete sagt immer noch nichts. Also liegt es nicht an mir, dass wir kaum miteinander reden, wenn wir zusammen sind. Vielleicht ist er einfach schüchtern?

»Vielleicht«, murmelt er dann nach einigen Sekunden des Schweigens und überrascht uns alle damit.

Die Zeit im *Präpkurs* verfliegt. Das surreale Gefühl, mit dem Skalpell zu arbeiten, bleibt, auch als wir den Saal schon längst verlassen haben.

»Wollen wir alle zusammen essen gehen?«, fragt Romy. Das flaue Gefühl in meinem Magen ist nicht mehr so überwältigend wie letzte Woche, aber an Essen will ich eigentlich nicht denken.

»Find ich eine gute Idee«, kommt es von Romys Freundin.

»Wie heißt du eigentlich?«, frage ich. Wahrscheinlich ist es dafür schon längst zu spät. Vielleicht hätte ich lieber Lou fragen sollen?

»Sasha«, antwortet sie und lächelt mich an.

»Joris.«

»Ich weiß«, erwidert sie und ihr Grinsen wird noch breiter.

Doch bevor ich mich dafür entschuldigen kann, so unaufmerksam gewesen zu sein, unterbricht uns Romy wieder.

»Seid ihr beim Essen jetzt dabei?«

Eine Viertelstunde später stehen wir alle hintereinander in der Schlange an der Essensausgabe. Selbst Fiete, der immer noch keinen gesunden Farbton im Gesicht trägt.

Als ich an der Reihe bin, entscheide ich mich für den Kartoffel-auflauf.

»Hey«, kommt es von links und ich lasse den Teller im selben Moment los, in dem ich Malte erkenne.

Die Küchenkraft schaut mich tadelnd an und reicht mir einen neuen Teller, bevor sie den alten zur Seite stellt und die Kartoffeln

45

vom Tresen wischt. Das Einzige, woran ich denken kann, ist, dass Malte natürlich hier zur Uni geht und sich auch für Kartoffeln zu interessieren scheint.

»Hi«, sage ich und halte das Tablett mit beiden Händen fest, damit mir nicht noch ein Unglück passiert.

»Alles klar?«, fragt er und nickt im selben Augenblick jemandem zu, der hinter mir ist.

»Ja. Bei dir?« Ich weiche dem Blick aus seinen grünen Augen, die mich zu intensiv mustern, aus.

»Sicher«, erwidert er. Auf seinen Lippen liegt ein Lächeln, das da immer zu sein scheint. Zumindest hat er bei den letzten Malen auch aufgeschlossen und freundlich gewirkt.

Ob zwischen all den Studierenden und dem Geruch nach Frittiertem der richtige Zeitpunkt ist, ihn zu fragen, warum er sich nicht an mich erinnern kann? Wahrscheinlich nicht. Außerdem hat er mich als Erster angesprochen.

»Ich muss leider weiter«, sagt er, bevor ich mich dazu durchringen kann, ihn zu fragen.

»Okay.«

»Man sieht sich«, sagt er, hebt kurz die freie Hand und verschwindet dann mit seinem Tablett.

Ich stehe umgeben von Menschen, die ich nicht kenne, und habe keine Ahnung, ob das Herzrasen vom Präpkurs, vom Fallenlassen des Tellers oder von Maltes Anwesenheit kommt. Doch bevor ich nur einen Schritt in irgendeine Richtung machen kann, entdecke ich die anderen.

»Du kennst den Kapitän des Eishockey-Teams?«, kommt es von Sasha, noch bevor ich mein Essen abgestellt habe.

»Seid ihr befreundet?«, fragt Romy und mustert mich interessiert.

Mein Blick wandert zu dem von Lou. Ich habe keine Ahnung, was ich ihnen sagen soll. Wir wissen nichts voneinander und ich will nicht, dass das erste Persönliche, was ich ihnen erzähle, ein Date ist, an das nur ich mich erinnern kann. »Ja. Irgendwie«, sage ich nur, setze mich hin.

»Sasha ist ein absoluter *Tigers-Fan* und das, obwohl wir erst seit ein paar Wochen hier wohnen«, sagt Romy und grinst ihre rothaarige Freundin an.

»Die *Tigers* haben gegen unsere Stadt gewonnen und seither bin ich Fan und folge ihnen auf TikTok«, sagt Sasha und klaut sich ein Stück Mozzarella aus Romys Salat.

Malte ist auf TikTok unterwegs?

»Ich habe da weder einen Account, noch habe ich ein Eishockey-Spiel gesehen«, kommt es von Lou.

»Wir müssen unbedingt mal hin! Es gibt keinen ästhetischeren Sport als Hockey.«

»Als ob, Sasha. Das ist der Sport, bei dem sich am meisten geprügelt wird«, sagt Romy kopfschüttelnd.

»So oft passiert das gar nicht.« Sasha verschränkt die Arme vor der Brust und schaut in die Runde.

»Ich habe keinen Plan von Eishockey«, sagt Fiete leise und widmet sich dann wieder seinem Essen.

»Ich auch nicht … Jolene hat mich mit zur Saisoneröffnung geschleppt«, sage ich und nehme mir noch eine Gabel Kartoffeln.

»Es war total spannend, oder?«, fragt Sasha und ich nicke. Nur, dass ich nicht das Spiel meine, sondern die Wendung in meinem Leben, als die Mannschaft das Eis verlassen hat.

Vielleicht erzähle ich ihnen irgendwann davon. Wenn ich verstanden habe, warum ich mich erinnere und Malte nicht.

9

Es ist schon dunkel, als ich aus dem Bus steige. Was zum größten Teil daran liegt, dass wir den gesamten Nachmittag zu fünft in der Bib verbracht haben. Vielleicht bin ich nicht so produktiv mit dem Lernen vorangekommen, wie wenn ich alleine bin, aber Papa und Jolene werden glücklich darüber sein, dass ich Freundschaften geschlossen habe. Und ehrlich gesagt, hat mir das gefehlt, mit jemandem über den ganzen Lernkram zu sprechen. Als wir noch zur Schule gegangen sind, habe ich das immer mit Jolene zusammen gemacht. Ich kann einfach am besten lernen, wenn ich mir Fragen überlegen kann.

Natürlich musste ich noch zwei Stunden dranhängen, damit ich das Pensum für heute geschafft habe, und nicht, um mich vor Jolene zu drücken.

Ich atme tief durch, bevor ich unsere Wohnungstür aufstoße. Überall liegen einzelne Schuhe herum, ein Schal hängt über der Türklinke im Bad und es riecht, als wäre den ganzen Tag nicht einmal gelüftet worden.

Manchmal hasse ich das Zusammenleben mit Jolene. Aber ich versuche, das Bedürfnis zu unterdrücken, an ihre Tür zu klopfen und meinem Ärger Luft zu machen.

Nachdem ich meine Jacke aufgehängt habe, sammele ich die Schuhe zusammen und ordne sie in Jolenes Fach ein. Danach lege ich auch noch den Schal an seinen Platz.

Ich muss nicht mal das Licht anmachen, als ich die Küche betrete. Das Chaos, das Jolene hinterlassen hat, ist fühlbar.

Sie weiß, wie wahnsinnig mich das macht. Ich habe ihr schon so oft erklärt, dass ich mich nicht fokussieren kann, wenn ich weiß, dass in irgendeinem Raum in meinen vier Wänden keine Ordnung herrscht. Dass meine Finger dann kribbeln. Dass ich meine Füße nicht stillhalten kann, ohne mich dem Chaos anzunehmen.

Aber ich zwinge mich dazu, zwei Schritte zurückzumachen. Durchzuatmen. Daran zu denken, dass das schon immer Jolenes Art war, meine Aufmerksamkeit zu erlangen. Und so, wie ich sie die letzten Tage behandelt habe, habe ich das auch verdient.

Ich greife nach meinem Rucksack im Flur und stelle ihn in meinem Zimmer direkt neben dem Schreibtisch ab. Genau parallel zur Tischplatte. Ich drehe mich einmal im Kreis und versuche, die Ordnung in meinem Zimmer aufzusaugen. Was rein biologisch natürlich ein Ding der Unmöglichkeit ist. Aber ich habe in neutral und minimalistisch eingerichteten Räumen immer das Gefühl, dass meine Gedanken ruhiger werden. Dass alles um mich herum leiser wird. Dass der ganze Tag ein bisschen in den Hintergrund rückt. Wenn ich die Tür zu meinem Zimmer zumache, vergesse ich beinah das ungewaschene Geschirr und die geöffneten Konservendosen in der Küche.

Ich lasse meinen Blick weiter durch den Raum gleiten. Über das große Bett, das genau mittig an der Wand ausgerichtet ist. Ich habe ewig gebraucht, um den passenden Beigeton für die Tagesdecke zu finden, der zu meinen Kissenbezügen passt. Über dem Bett hängen zwei Regale, auf denen fein säuberlich Bücher nach Farben sortiert stehen. Mich hat es fast einen Tag gekostet, Sachbücher neben Erfahrungsromane zu stellen und auf die Genreeinordnung zu verzichten, damit die Farben zum Konzept des Raums passen. Natürlich besitze ich nur Bücher in gedeckten und möglichst neutralen Farbtönen.

Als meine Finger endlich aufhören, über den Stoff meiner Hose zu streichen, gehe ich zu Jolene.

Vor ihrer Tür verharre ich einige Minuten. Vielleicht hat sie ja auch Besuch und gerade keine Zeit. Dann würde ihr Besuch allerdings Schuhe in ihrem Zimmer tragen, und so schlimm habe ich Jolene jetzt auch nicht behandelt, dass sie das zulassen würde.

Von drinnen ist leise Musik zu hören, aber ansonsten ist es ruhig. Niemand spricht. Es sind keine anderen Geräusche zu hören. Ich klopfe ganz leicht gegen die Tür. Nichts.

Habe ich definitiv verdient.

»Hey, Jolene, mach bitte auf«, sage ich und klopfe lauter gegen das hellbraune Holz.

Ich halte die Luft an und zähle die Sekunden, bis ich ihre trampelnden Schritte hören kann. Sie ist eingeschnappt.

»Was?«, fragt sie, als sie die Tür aufreißt.

»Ich …«, beginne ich, habe aber keine Ahnung, was ich eigentlich sagen möchte.

»Du?«

»Es tut mir leid, dass ich dich die letzten Tage ignoriert habe«, murmele ich kleinlaut und versuche, mich nicht von dem Chaos in ihrem Zimmer ablenken zu lassen. Wie kann sie in der Unordnung überhaupt atmen?

»Joris?«

»Was?«, frage ich und schenke ihr ein entschuldigendes Lächeln.

»Warum hast du mich ignoriert?«

»Jaaa …«, sage ich und werde von dem Berg Wäsche abgelenkt, der über ihrem Schreibtischstuhl hängt. Wie kann sie sich so auf ihre Vorbereitungen für die Vorlesungen konzentrieren?

»Joris.« Ihre Stimme ist deutlich genervter. Wahrscheinlich hat sie irgendwas gesagt und ich habe nichts mitbekommen, weil das Chaos im Hintergrund viel zu laut ist.

»Können wir vielleicht in mein Zimmer gehen?«, frage ich, ohne den Blick von ihrem Bett zu nehmen, wo ihr Laptop steht und mehrere geöffnete Tüten mit Süßigkeiten liegen. Und wenn ich es von hier aus richtig erkenne, sind da Chipskrümel auf dem rosa Laken.

»Von mir aus.« Dann geht sie an mir vorbei, ohne mir noch einen Blick zu schenken, und ich folge ihr stumm.

»Ich … Malte konnte sich nicht mehr an mich erinnern«, murmele ich und lasse den Blick von dem weißen Kleiderschrank zu meinem Schreibtisch gleiten.

»Okay? Aber was hat das mit mir zu tun?« Das ist eine völlig berechtigte Frage.

»Ich … wollte mir nicht schon wieder anhören, dass ich nicht verflucht bin. Dass es nichts mit mir zu tun hat, obwohl es das hat. Denn offensichtlich habe ich keinen bleibenden Eindruck hinterlassen, wenn er sich schon nach wenigen Monaten nicht mehr an mich erinnern kann.«

»Joris, das glaub ich nicht. Wie sicher bist du dir überhaupt, dass es der gleiche Mensch ist? Du hattest schließlich an dem Abend schon ein bisschen was getrunken.«

»Erinnere mich nicht daran«, erwidere ich und vergrabe den Kopf in meinen Händen.

»Kann es nicht sein, dass sie sich einfach nur sehr ähnlich sehen, aber Malte jemand anderes ist?«

»Er hat die Haare anders. Und ich glaube, seine Augen waren dunkler. Aber er sieht ansonsten ganz genauso aus. Lange Wimpern, hohe Wangenknochen, volle Lippen … Grübchen.«

»Er hats dir echt angetan, oder?«, fragt sie und ich kann nicht in ihre Richtung blicken. Nicht nur, weil sie unzählige Falten auf der Tagesdecke macht, die ich heute Morgen mit viel Arbeit glatt gezogen habe. Nein, weil ich nicht zugeben will, dass er mir gefällt.

»Nein.«

»Komm schon, Joris! Seit wann lügen wir uns an?«

»Vielleicht. Ein bisschen«, sage ich und hebe den Kopf. Jolene grinst mich wissentlich an.

Und dann erzähle ich ihr von heute. Dass er mich gegrüßt hat und ich fast gestorben wäre. Also wirklich. Ihre Augen tränen, weil sie so laut lachen muss. Aber anstatt sauer zu sein, schließe ich mich ihr an. Spüre seit Tagen endlich noch mal eine Leichtigkeit und ein Kribbeln in meinem Bauch, für das während des Lernens keine Zeit ist.

»Es tut mir leid, dass ich dich ignoriert habe«, sage ich, nachdem unsere Lacher verklungen sind.

»Ich habe dich vermisst«, entgegnet sie und weicht meinen Blicken aus.

»Zwischen Yoga und all den neuen Freundschaften, die du so geschlossen hast? Das glaube ich kaum.«

Aber sie schaut mich immer noch nicht an. Mein Versuch, die Stimmung aufzuheitern, ist damit wohl gescheitert.

»Was ist los?«, frage ich und setze mich neben sie. Ich greife nach ihren Fingern und warte darauf, dass sie zu mir sieht.

»Ich … vielleicht hast du mich angesteckt mit deinem Fluch«, kommt es dann und sie lacht frustriert auf.

»Erzähl es mir«, bitte ich sie und halte ihren Blick fest.

»Du erinnerst dich an Kian? Den Typen aus der Kneipe? Ich habe heute erfahren, dass eine meiner Kommilitoninnen mit ihm ausgeht. Er hat sie Samstagabend im *Abseits* gefragt.«

»Du fragst dich, warum er nicht mit dir ausgehen will?«

»Ich frage mich, warum all die Kerle, an denen ich Interesse habe, immer nur mit mir befreundet sein wollen«, sagt sie und seufzt frustriert auf. Dann schenkt sie mir einen komischen Blick, den ich nicht deuten kann.

»Redest du von mir?« Das kann eigentlich nicht sein, oder?

»Mit dir hat alles angefangen.«

»Du machst Witze.«

»Komm schon, Joris. Ich hätte mich damals nie vor dich gestellt, als Adam dich schlagen wollte, wenn ich nicht wenigstens einen Kuss erwartet hätte.«

»Wir waren in der zweiten Klasse.« Warum habe ich das nicht kommen sehen?

»Ja, und? Ich habe dann Tage später Adam geküsst, woraufhin er mich von der Schaukel geschubst hat.«

»Und ich dachte, er wäre sauer gewesen, weil du dich eingemischt hast«, sage ich und mustere meine beste Freundin, die mir nach so vielen Jahren nicht wirklich beichten will, dass sie in mich verliebt ist.

»Nope. Aber jetzt guck mich nicht so schockiert an, ich bin über dich hinweg. Außerdem wäre das jetzt wirklich schräg.«

»Ich bin mir unsicher, ob ich mich jetzt bedanken oder beleidigt sein soll«, erwidere ich und streiche vergeblich mit meiner freien Hand die Falten in der Tagesdecke glatt.

»Ich habe das nicht erzählt, damit du dich schlecht fühlst. Vielleicht hätte ich einfach nichts sagen sollen.«

»Tut mir leid, dass mein siebenjähriges Ich nicht begriffen hat, was du fühlst. Trotzdem bin ich froh, dass du immer noch meine beste Freundin bist.«

»Ich auch«, murmelt sie und schenkt mir ein breites Lächeln, das die Zahnlücke zwischen ihren Schneidezähnen entblößt.

Warum ist das mit Jolene nie was geworden? Warum hat sich mein Leben dafür entschieden, anstatt den unkomplizierten Weg mit meiner besten Freundin zu gehen, mir Menschen vorzusetzen, die meine Gefühle nicht erwidern? Oder sich überhaupt nicht an mich erinnern können?

»Heißt das, wir sind jetzt beide verflucht?«

»Du sagst das so, als müssten wir darauf anstoßen«, erwidert sie grinsend.

»Aber bitte nicht in der Küche«, flehe ich sie an, woraufhin sie mich schubst. Ich bekomme mich noch abgefangen, aber das scheint sie nicht dulden zu wollen, weil wir so lange rangeln, bis ich auf dem Rücken liege und sie über mir kniet.

»Das Chaos ist eine Strafe dafür, dass du keinen Studenten-Vlog gemacht hast und vergessen hast, Nachrichten zu beantworten.«

O Fuck. Ich habe die letzten Tage nicht eine Sekunde daran gedacht, mitzufilmen, geschweige denn daran, dass ich diese Woche mit Hintergrundarbeiten dran bin.

»Tut mir leid. Ich verspreche dir, dass ich ab morgen mitfilme, okay?«

»Ich weiß, dass du viel zu tun hast«, sagt sie und schaut mich verständnisvoll an.

»Ja, aber ich will den Account weitermachen. Wenn ich einen Studentenjob hätte, müsste ich schließlich auch arbeiten gehen.«

Sie betrachtet mich einen Moment, bevor sie sich seufzend neben mich fallen lässt. »Wann hat das eigentlich angefangen, dass TikTok nur noch ein Job geworden ist? Wir haben das mal gemacht, weil wir Spaß daran hatten.«

»Keine Ahnung«, antworte ich und verschließe ihre Finger mit meinen.

»Vielleicht sollten wir uns mal überlegen, ob wir den Account noch weitermachen wollen oder nicht. Und wenn ja, dann müssen wir was verändern.«

»Wie wäre es, wenn ich die Küche aufräume und auf dem Rückweg Eis mitbringe? Dann können wir auf unseren Verfluchten-Status anstoßen und brainstormen, was wir anders machen können.«

»Das mit der Küche macht dich echt verrückt, oder?«

»Halt die Klappe, Jolene«, sage ich, greife mit der freien Hand nach einem Kissen, das ich ihr ins Gesicht haue.

»Noch mehr Chaos!«, schreit sie, rollt sich zur Seite und greift nach einem weiteren Kissen, das ich heute Morgen im perfekten Abstand zu den anderen platziert habe.

Und dann bricht das Chaos aka Jolene über mein Zimmer herein. Es dauert, bis das kribbelige Gefühl in meinen Händen verschwindet und ich zurückschlagen kann.

»Das ist unfair!«, schreit sie, als ich das Kissen fallen lasse und sie einfach kitzele. Sie windet sich lachend unter mir und es fühlt sich zum ersten Mal, seit wir nach *Tannstein* gezogen sind, nach zu Hause an. So richtig. Mit Leichtigkeit im Bauch und Flattern in der Brust.

10

Romy greift mit ihren tätowierten Fingern nach meinem Handy und ich gebe es ihr nur widerwillig. Als ich ihnen eben davon erzählt habe, was ich mache, um mir neben dem Studieren Geld zu verdienen, waren sie alle hingegen meiner Befürchtungen begeistert. Lou habe ich gestern schon beim Mittagessen davon erzählt, weil sie so niedergeschlagen gewirkt hat. Ich dachte, wenn ich etwas von mir erzähle, dass sie dann den Mut findet, sich zu öffnen. Hat sie aber leider nicht. Aber das Anschauen der Videos hat sie aufgeheitert. Und dass sie ihr gefallen haben, hat mich stolz gemacht. Und mutig. Sonst hätte ich den anderen nichts davon erzählt.

»Du musst das nicht machen«, sage ich zu Romy und schiebe den Stapel Karteikarten so zusammen, dass alle Blätter exakt aufeinanderliegen.

»Ich will aber«, erwidert sie und pustet sich die Strähnen ihres Ponys aus dem Gesicht, bevor sie mich fixiert. Das Bedürfnis, meinen Blick zum dunkelblauen Teppich abzuwenden, unterdrücke ich.

»Dürfen wir eigentlich mit in den Vlog?«, kommt es von Sasha, die nicht unterschiedlicher zu Romy aussehen könnte. Romy ist kurvig und trägt ihre fast schwarzen Haare schulterlang, während Sashas roten Locken ihr bis zur Hüfte reichen.

Sobald man etwas mehr Zeit mit den beiden verbringt, merkt man, wie ähnlich sie sich sind. Und da wir seit letzter Woche jede freie Sekunde zusammen in der Bib verbringen, hatten wir alle die Gelegenheit, uns besser kennenzulernen. Fast alle. Sasha und Romy sind schon seit dem Kindergarten beste Freundinnen und sind zusammen nach *Tannstein* gekommen, um Medizin zu studieren.

»Joris?« Romy hängt mir mit dem Handy genau vor dem Gesicht und ich brauche einen Moment, um mich auf die Situation zu konzentrieren. »Du musst schon was machen, wenn ich Videoclips aufnehmen soll«, sagt sie und schaut mich über den Rand des Handys irritiert an.

Hilfesuchend blicke ich zu Fiete, der uns nur einen kurzen Blick geschenkt hat, bevor er sich wieder seinen Unterlagen zugewendet hat. Ich wünschte, ich wäre an seiner Stelle. Oder zumindest, dass Lou heute nicht krank ist, damit ich jemanden an meiner Seite habe.

»Ehm, ja«, erwidere ich und greife nach den neuen Karteikarten, um mir Fragen und Antworten zu notieren.

»Das ist viel zu steif. Sasha, hilf ihm mal.«

»Ich weiß nicht, ob es für Joris okay ist, wenn wir mit auf dem Video sind«, antwortet sie und ich will gerade etwas sagen, da unterbricht mich Romy.

»Na, ihm wird es lieber sein, wenn jemand mit drauf ist und das Video echter wirkt.« Ich muss Romy dringend Jolene vorstellen, die beiden sind sich gruselig ähnlich.

»Wenn du magst, kannst du gerne mit aufs Video. Aber ich warne dich vor, die Menschen im Internet sind manchmal … intensiv«, gebe ich Sasha zu bedenken, die aber nur mit den Schultern zuckt und sich in Romys Richtung dreht.

»Am besten wäre es, wenn ihr einfach lernt und so tut, als wäre ich nicht da«, schlägt Romy vor und bewegt sich ein Stück durch den Raum, der etwas abgelegen im hinteren Teil der Bib liegt. Keine Ahnung, ob sie das häufiger macht, aber sie verändert immer wieder ihre Position, um die richtigen Lichtverhältnisse einzufangen. Dabei haben wir Oktober und von den Fenstern hinter uns kommt nicht viel. Und ich kann mir nicht vorstellen, dass das weiße Licht, das von den Neonröhren über uns kommt, vorteilhaft ist.

»Joris, guck mal ein bisschen freundlicher«, kommt es von Romy, die ihren Job definitiv zu ernst nimmt. Aber ich will nichts sagen, weil ich sonst mit hoher Wahrscheinlichkeit bis Mittwoch kein Video liefern kann, und dann wäre Jolene sauer. Zurecht. Sie hält mir gerade den Rücken frei, arbeitet Mails, Kooperationsanfragen und Nachrichten ab. Nebenbei überlegt sie sich neue Videoideen, die wir Mittwoch produzieren müssen. Nachdem wir letzte Woche lange darüber geredet haben, was wir mit dem Account machen wollen, sind wir beide zu dem Entschluss gekommen, die Arbeitsaufgaben flexibler aufzuteilen. Wenn meine Klausur am Freitag erledigt ist, werde ich ihre Aufgaben übernehmen, damit sie auch mal ein paar Tage frei hat, sodass sie sich auf ihr Studium konzentrieren kann.

»Okay, gut so, jetzt stellt euch mal ein paar Fragen, damit wir ein bisschen mehr Dynamik reinbekommen.«

Ich versuche, mir nichts anmerken zu lassen, aber Sasha verdreht auf Romys Anweisung hin nur seufzend die Augen.

»Die hormonelle Regulation des Knochenstoffwechsels erfolgt durch?«, fragt Sasha, und ich brauche ein paar Sekunden, um die Informationen unter all den Bergen an Lernstoff in meinem Kopf zu finden.

»Parathormon und Calcitonin?«, antworte ich und Sasha stimmt mir grinsend zu. Wir starren uns einen Moment an, bevor sie mir zunickt, dass ich die nächste Frage stellen soll.

»Cut«, kommt es von Romy, woraufhin Sasha so laut lacht, dass mein ganzer Bauch kribbelt. Dass sich der Raum, in dem wir Stunde um Stunde gelernt haben, nicht mehr ganz so bedrängend anfühlt. Dass zwar alles nach alten Büchern, Medizin und Versagensängsten riecht, aber gleichzeitig auch nach Studentenleben schmeckt. Zumindest ein ganz kleines bisschen. Und vielleicht nur in diesem Moment, aber trotzdem kann ich das Lachen nicht aufhalten, das meine Lippen verlässt.

»Eure Chemie vor der Kamera war *insane*«, kommentiert Romy, nachdem sie sich noch mal den Ausschnitt angeguckt hat.

»Ehm, danke«, sage ich und strecke die Hand für mein Handy aus.

»Sag mal, Joris, sind du und Jolene nur Mitbewohner oder *Mitbewohner*?« Romy betont das letzte Wort so auffällig doppeldeutig, dass ich nicht verstehe, warum sie nicht direkt fragt, ob wir miteinander schlafen.

»Zwischen uns läuft nichts«, sage ich und greife nach den Textmarkern, um sie genau parallel nebeneinander auszurichten.

Jolene und ich haben nicht noch einmal darüber geredet, dass sie anfangs in mich verliebt war.

Sie hat mir versichert, dass es schon Jahre her ist, aber was ist, wenn sie das nur sagt, weil sie weiß, dass ich nie für sie so empfunden habe? Seit letzter Woche fällt mir erst auf, wie oft wir uns berühren oder nah sind. Vielleicht verletzt sie das? Vielleicht ist das der Grund, warum sie sich mehr erhofft, weil ich zu oft das Bedürfnis nach Nähe habe, und anstatt mir jemanden zu suchen, nutze ich immer Jolene aus.

»Okay, Joris, was ist da los?«, fragt Romy und reißt mich aus meinen Gedanken.

»Romina Wagner, könntest du Joris mal bitte in Ruhe lassen?«

Ich weiß nicht, ob ich froh darüber sein soll, dass Sasha eingegriffen hat, oder ob ich ihnen lieber von meinen Gedanken erzählt hätte, aber ich lächele meine rothaarige Lernpartnerin nur dankbar an und greife nach der nächsten Karte.

Ich weiß nicht, welchen Tag wir haben, weil sich jeder gleich anfühlt und aussieht. Nicht, dass ich Konsistenz und strukturierte Ordnung nicht bevorzuge, wenn es um meine Alltagsgestaltung geht. Aber zwischen Präparieren, Vorlesung besuchen, Lernen, Schlafen und Essen, fehlt mir das Leben.

Wahrscheinlich würde mein Alltag immer so aussehen, wenn ich Jolene nicht hätte, die mich oft über den Rand meiner Komfortzone schubst. Die mit dem chaotischen Gefühl von Freiheit durch mein Leben fegt und mich häufig mit sich zieht. In den letzten Tagen habe ich ihr wieder keine Gelegenheit dazu gegeben und bereue es.

So lange, bis ein dezenter Pfirsichduft in der Luft liegt und ich zum ersten Mal seit Tagen etwas fühle, als sich Lou neben mich setzt.

»Hey«, flüstert sie, weil der Prof schon angefangen hat.

»Hi«, antworte ich und versuche, nur kurz zu ihr zu schauen.

Ihre dunkelgrünen Augen wirken müde und ihre Gesichtszüge angespannt. Das blonde Haar hat sie unordentlich in einen Pferdeschwanz gebunden. Sie sieht ganz anders aus als noch in der ersten Woche des Studiums.

»Alles klar?«, frage ich leise.

Sie nickt nur leicht, bevor sie ihr Tablet auspackt.

Natürlich bekomme ich danach kaum noch was von der Anatomievorlesung zum Bewegungsapparat mit. Egal, wie sehr ich mich konzentriere, meine Aufmerksamkeit wandert immer zurück zu Lou, die sich nervös mit der Rückseite ihres Stifts auf den Handrücken klopft.

»Lou«, flüstere ich, in der Hoffnung, dass sie mir endlich sagt, was los ist, aber sie schüttelt mit dem Kopf.

Nach den sechzig längsten Minuten meines Lebens ist die Vorlesung endlich vorbei und ich bin zu dem Entschluss gekommen, dass Lou oder eine Person aus ihrer Familie Krebs haben muss. Unrealistisch? Mein Kopf hat die letzte Stunde damit verbracht, alle möglichen Szenarien zu spinnen, um zu erklären, warum Lou so wirkt, als wäre sie total am Ende. Ihre Augen haben mal gesprüht vor Leben, jetzt sind sie nur noch ein mattes Abbild von dem, was ich kenne. Aber was weiß ich schon? Wir kennen uns ja erst seit kurzer Zeit.

Vielleicht bin ich auch die falsche Person. Vielleicht hat sie andere Freunde, denen sie alles anvertraut. Ich habe keinen blassen Schimmer davon, wie Lou lebt. Vielleicht wohnt sie auch ganz alleine und hat außer uns niemanden.

»Hast du eine tödliche Krankheit?«, frage ich, als wir mit dem Strom der anderen Studierenden den Hörsaal verlassen. Gibt es vielleicht noch einen besseren Zeitpunkt, eine Person danach zu fragen?

Sie schaut mich total entgeistert an und bleibt mitten im Gang stehen. Irgendwer stöhnt hinter uns und zwei Mädchen werfen Lou genervte Blicke zu. Aber meine Aufmerksamkeit landet wie automatisch wieder bei ihr. In dem grauen Oversized-Pulli und der weiten, ausgewaschenen Jeans scheint sie beinah in der Menge unterzugehen. Vielleicht ist das ihr Plan? Vielleicht versteckt sie auch irgendwelche Verletzungen unter der Kleidung?

Ich greife nach ihrer kalten Hand und ziehe sie mit mir aus dem Gang. Sie sagt kein Wort, verschränkt aber ihre Finger mit meinen. Die Tische im Wartebereich vor den Hörsälen sind belegt, also gehen wir weiter zum Treppenhaus. Am liebsten würde ich mit ihr zu den Präpariersälen gehen, aber da wird es ihr zu kalt sein. Und obwohl es still ist und eine ganz andere Atmosphäre dort unten herrscht, ist das wahrscheinlich der unpassendste Ort, um über ihre Erkrankung zu sprechen.

Mittlerweile gehe ich davon aus, dass es um sie geht. Ihre Wangen sind eingefallen. Sie ist total blass. Und wahrscheinlich hat sie abgenommen und versteckt es unter der weiten Kleidung.

Wir nehmen die Treppen ein Stockwerk höher, in dem sich Büros und kleine Seminarräume befinden. Oft findet man hier abgelegene Tische, die manchmal von Gruppen belegt werden, die keinen Platz mehr in der Bib gefunden haben.

Aber wir haben Glück und wenige Minuten später sitzen wir uns am Ende des Gangs gegenüber.

»Erzähl mir bitte, was los ist … Ich mache mir Sorgen«, sage ich und will wieder nach ihrer Hand greifen, die sie aber in den Ärmeln ihres Hoodies versteckt.

»Ich glaube, ich kann das nicht mehr«, murmelt sie und dann sammeln sich Tränen in ihren Augen. Und mein Hals fühlt sich wie zugeschnürt an.

»Was?«, frage ich und erkenne meine Stimme kaum wieder.

»Am Freitag … ist die Klausur, und ich konnte nicht mal die Hälfte der Fragen gestern«, sagt sie und ihre Stimme zittert. Sie vergräbt das Gesicht in ihren Händen und ich weiß nicht, was ich machen soll. Ja, ich bin erleichtert, dass mein Kopf wieder falschlag. Zumindest, was die Ausmaße ihres Zustands angeht. Aber zu sehen, dass es ihr so schlecht geht …

Ich stehe auf und setze mich neben sie. Dann lege ich einfach ungefragt meine Arme um ihre Schultern und ziehe sie zu mir. Ihr ganzer Körper ist angespannt. Vielleicht mag sie keine Nähe? Oder keine von mir? Vielleicht hätte ich sie vorher fragen sollen?

Doch dann lässt sie ihre Hände fallen und vergräbt ihren Kopf an meiner Brust. Von außen sieht das wahrscheinlich absolut unbequem aus, aber ich will, dass es so lange anhält, bis sie sich etwas besser fühlt. Für sie. Und für mich. Umarmungen sind völlig unterschätzt und ich brauche diese mindestens genauso sehr wie Lou.

Ich vergrabe meine Nase in ihren Haaren und streiche ihr über den Rücken. »Ich weiß, dass du alles schaffen kannst«, sage ich leise, weil ich mir nicht sicher bin, ob das die richtigen Worte für so einen Moment sind. Wie soll man jemandem Mut zusprechen, ohne den Druck zu erhöhen? Wie soll man jemanden aufbauen, wenn man selbst nicht weiß, was einen erwartet?

Mein Bauch zieht sich zusammen. Ich weiß nicht, ob das ihre Anspannung ist, die ich spüre oder meine.

»Und was, wenn nicht?«, fragt sie mit brüchiger Stimme.

»Darüber machen wir uns Gedanken, wenn es so weit ist«, sage ich das, was Mama immer zu mir sagt. Was bei mir nicht wirkt, weil ich mir immer viel zu viele Gedanken mache. Aber vielleicht ist Lou anders.

»Kannst … du mir helfen?«, fragt sie und drückt ihren Kopf noch etwas mehr gegen meinen Brustkorb, unter dem mein Herz viel zu schnell schlägt.

»Natürlich«, antworte ich.

Wir bleiben beide noch einen Moment so sitzen. Ihre Atmung normalisiert sich wieder. Kein Schluchzer mehr, der ihren Körper schüttelt.

Irgendwann hebt sie ihren Kopf und wischt sich mit dem Ärmel über die Augen. Ihre Haare stehen in alle Richtungen ab. Ihre Wimpern sind tränenverklebt und trotzdem wirkt ihr Blick nicht mehr so wie vorher.

»Wenn wir die Klausur geschafft haben, will ich die ganze Nacht durchfeiern«, sagt sie, dabei zittert ihre Unterlippe immer noch leicht.

»Sag mir, wann und wo – ich bin dabei«, erwidere ich und schenke ihr ein Lächeln. Wir sind uns immer noch nah, ohne dass einer von uns beiden Anstalten macht, den Abstand zu vergrößern.

»Versprochen?«, fragt sie.

»Ja«, antworte ich, und das dankbare Lächeln, das sie mir daraufhin schenkt, ist das Schönste, was ich heute gesehen habe.

11

Ich versuche, mir nichts anmerken zu lassen, als ich die Küche betrete. Versuche, Jolene nicht zu zeigen, dass ich erschöpft bin, weil sonst verschieben wir den Livestream schon wieder. Doch als ich die Tür aufstoße, bin ich für einen Moment von dem Set-up geblendet, das sie aufgebaut hat.

Beleuchtungstechnisch könnte in dem Raum eine Kochshow gedreht werden, wären da nicht die braungelben Fliesen über der Küchenzeile, über die sich Jolene regelmäßig beschwert. Sie hat schon angekündigt, uns Fliesenaufkleber zu besorgen. Ich hoffe einfach, dass sie im Gegensatz zu heute, mich und TikTok aus dieser DIY-Aktion raushält.

»Also, wer neu hier ist und sich gefragt hat, ob das nur mein Account ist … Nein. Wir sind beide ein Teil davon. Auch wenn Joris euch und mich in letzter Zeit ganz schön stehen gelassen hat.«

Ich stoße einen Seufzer aus und setze ein Lächeln auf. Schließlich will ich nicht, dass Jolene weiterhin Rücksicht auf mich nimmt, also muss ich wohl damit leben, dass ich nicht mal Ordnung in den Raum bringen kann.

»Ich räume das gleich noch weg«, sagt Jolene und nickt zu dem Topf Suppe, der auf dem ausgeschalteten Herd steht.

»Wem willst du das erzählen? Ihnen oder mir?«, frage ich und zwinkere ihr zu.

»Gut … Wahrscheinlich wird es so enden, dass Joris meinen Kram wegräumt, weil er einen absoluten Sauberkeitstick hat«, sagt sie und verdreht die Augen.

»Korrekt«, stimme ich ihr zu und lasse mich auf dem Stuhl gegenüber nieder, den Jolene vor dem Ringleuchten-Stativ mit Smartphone aufgestellt hat.

»Wie war dein Tag?«, fragt sie.

»Lang.«

»Gib uns nicht zu viele Infos, nicht, dass sich noch jemand für dich interessiert«, erwidert sie und gibt mir einen Klaps gegen die Schulter.

»Was willst du wissen? Ich habe meine Vorlesungen besucht und gelernt. Erzähl lieber mal von deinem Tag. Warst du überhaupt an der Uni?« Ich lege den Kopf schräg, woraufhin sie mir nur die Zunge rausstreckt.

»Lass uns mal die Fragen beantworten, die seit dem Vlog gestern am häufigsten in unserem Postfach gelandet sind. Vielleicht weiß der Chat ja, worum es geht«, kommt es von Jolene, die sich zum Smartphone dreht und durch die Live-Kommentare scrollt. »Soll ich dir mal vorlesen, was die JoJos wissen wollen, Joris?«

Ich kanns mir schon denken. Nachdem ich gestern Morgen früher aufgestanden bin, um meinen Uni-Vlog zu schneiden, der nicht besonders spektakulär geworden ist, hat Jolene ihn mittags hochgeladen.

»Von mir aus«, sage ich verzögert und warte mit verschränkten Armen.

»Wer ist das Girl im Vlog? Wer ist die hotte Rothaarige? Hat Joris jetzt eine Freundin? Ist Jolene eifersüchtig? Wer ist eigentlich die Frau in den Videos?«, spricht Jolene genau das aus, was ich mir schon gedacht habe.

»Also, Joris, wer ist denn das Mädchen, das in deinem Video zu sehen war?«

Ich habe versucht, Sasha nur so kurz wie möglich zu zeigen, weil ich genau wusste, dass die Leute wieder total darauf abgehen.

»Eine Freundin«, antworte ich ehrlich, woraufhin Jolene nur lachend die Augen verdreht. Wir wissen beide, dass es den Leuten zu wenig ist. Ja, ich liebe es, dass wir mit TikTok Geld verdienen. Dass wir uns keine Gedanken um Jobs machen müssen. Dass wir manchmal sogar erkannt werden. Zusätzlich ist es natürlich toll, dass wir Geld damit verdienen, indem wir einfach Zeit miteinander verbringen.

Aber was wirklich stressig ist, ist der zunehmende Druck durch die Kommentare. Ich habe das Gefühl, dass es online keine Grenzen gibt. Und ja, ich bin auch für Freiheit und alles, aber bei manchen Themen ist es gut, wenn man nicht direkt das schreibt oder sagt, was man denkt. Nur wenige Monate nachdem wir damit angefangen haben, habe ich in einem der Videos ein bauchfreies Shirt getragen, und einige haben kommentiert, dass ich doch nächstes Mal etwas anziehen soll, was meinen speckigen Bauch bedeckt. Es hat ewig gedauert, bis ich das T-Shirt noch mal getragen habe, und wohl habe ich mich dabei nicht gefühlt.

»Komm schon, Joris, gib uns mehr.«

»Ich habe sie und ein paar andere Frauen in meinem Präparierkurs kennengelernt, der auch kurz in dem Video zu sehen war. Und nein, ich bin mit keiner von ihnen zusammen.«

Falls ich mal irgendwann meine Person finde, werde ich sie unter keinen Umständen online zeigen. Ich fühle mich so schon manchmal nicht wohl bei den Dingen, die ich hier teile.

»Das muss reichen. Außer du magst uns noch einen Namen verraten. Oder ob wir sie häufiger sehen werden.«

»Den Namen lassen wir erst mal, und ich garantiere für nichts bei den nächsten Videos«, sage ich und schaue kurz zum Chat.

»Okay«, kommt es von Jolene, die in die Hände klatscht und mir ein Zwinkern schenkt. »Wir sind ja nicht zum Spaß hier …«, beginnt sie und ich unterbreche sie direkt.

»Jolene!« Ich wusste, dass sie wieder irgendwas geplant hat. Seit unserer letzten Challenge, der Alkohol-Abstinenz, hat keiner den anderen mehr herausgefordert.

Ich schließe die Augen und atme tief durch. Hoffentlich nur irgendwas Ekliges essen. Oder dass sie mein Zimmer wieder auf den Kopf stellt und ich mehrere Tage in dem Chaos leben muss. *Bitte nicht.* So kurz vor der Klausur brauche ich meinen Rückzugsort.

»Ich fordere dich heraus, mit mir zum Yoga zu gehen«, sagt sie und lächelt dabei so breit und scheinheilig, als hätte sie mir einen Gewinn versprochen.

»Nein«, sage ich, ohne lange darüber nachzudenken. Mein Leben ist gerade anstrengend genug, da muss ich nicht noch zusätzliches Drama hinzufügen.

»Sicher? Wenn du nicht mitkommst, musst du die nächsten drei Monate die Wohnung sauber machen.«

Ich weiß nicht, wie Jolene es bei ihren Aussagen schafft, so unschuldig auszusehen. Es muss an den großen braunen Augen liegen. Oder der vorgeschobenen Unterlippe.

»Ich hasse dich«, sage ich laut, und wir wissen beide, dass es nur gelogen ist.

»Du liebst mich.«

»Musst du den Leuten noch mehr Stoff für Zusammenschnitte geben?«, entgegne ich und seufze genervt.

»Lenkst du ab?«

»Möglich«, sage ich und lehne mich mit verschränkten Armen im Stuhl zurück.

»Joris hat einen Crush, der meinen Yoga-Kurs besucht.«

»Wie wäre es, wenn du ihnen auch noch meine Lieblingspornokategorie verrätst?«

»Das war jetzt nicht so schlimm«, kommt es von ihr und sie schiebt die Unterlippe vor.

»Warum reden wir nicht über deinen *Crush*, der auch in diesem Kurs ist?«, frage ich und lehne mich ihr wieder ein Stück entgegen.

»Weil das bei mir hoffnungslos ist«, erwidert sie schnippisch.

»Klar. Und bei mir ist es das nicht. Ernsthaft?«

»Könntest du herausfinden, wenn du mit in den Kurs kommst.«

Wir starren uns an, ohne dass einer von uns beiden wegguckt. So lange, bis es in mir kribbelt. Bis ich das Gefühl habe, dass sie mir in den Kopf guckt. Dass sie ganz genau sieht, dass ein Teil von mir mit in den Kurs will. Dass dieser armselige kleine Teil immer noch Hoffnung hat. Ich kann aber nicht nachgeben. Egal, wie unangenehm der Augenblick ist.

Natürlich habe ich das Duell verloren. Das war von vornherein klar. Auch wenn ich länger durchgehalten habe als sonst. Ob das der Grund ist, warum wir bei acht Grad und strömendem Regen an der Bushaltestelle stehen? Nein.

Ich habe auch gegen den Teil von mir verloren, der offensichtlich immer noch daran glaubt, dass die Begegnung mit Malte schicksalhaft war. Und wenn ich es mir recht überlege, passt das eigentlich auch. Das Schicksal wollte mir nur noch mal zeigen, was ich haben könnte, wenn das hier nicht mein Leben wäre.

»Warum machen wir das noch mal?«, frage ich genervt, nachdem ich auf die Uhr gesehen habe. Es sind noch sieben Minuten, bis die Acht endlich kommt. Wahrscheinlich hätte ich auf Jolene hören sollen. Aber worauf ich noch viel weniger Lust habe, als mitzukommen, ist, zu spät zu kommen.

»Damit wir uns hotte Eishockeyspieler in engen Sportsachen beim Dehnen angucken können«, erwidert sie und schaut dabei nicht mal von ihrem Smartphone auf.

»Hätte ich das gesagt, hättest du mir wieder einen Vortrag gehalten.«

»Ich habe nur das ausgesprochen, was wir beide gedacht haben.«

Wir verbringen die restliche Wartezeit schweigend und ich bereue es, dass ich mich überzeugen lassen habe. Ich habe es gerne sauber, aber drei Monate lang Jolenes Haare aus allen Abflüssen zu sammeln, ist mehr Bestrafung, als meinem Körper neunzig Minuten zu erklären, dass er *nicht* interessiert ist.

Als wir den Raum zusammen in unseren Sportklamotten betreten, weiß ich, dass ich auf Jolene hätte hören müssen. Sie hat versucht, mich davon zu überzeugen, eine kurze Hose und ein definiertes Shirt zu tragen. Hingegen ihres Rats stehe ich in meiner weiten grauen Jogginghose und einem noch weiteren schwarzen, verwaschenen Shirt mitten in der kleinen Turnhalle. Alle Frauen tragen figurbetonte Hosen und viel zu knappe Oberteile. Und zu den Kerlen vom Eishockey-Team will ich gar nicht gucken.

Ich ziehe am Stoff meine T-Shirts und schaue Jolene an. Sie braucht die Worte gar nicht auszusprechen, weil ich ganz genau weiß, was sie sagen würde. *Ich habs dir doch gesagt.*

Ich wollte aber etwas tragen, in dem ich mich wohlfühle. Nur, dass das jetzt nicht mehr der Fall ist.

Mein Blick wandert von dem blauen Bodenbelag zum Ende des Raums, wo eine Gruppe von Kerlen in kurzen Hosen und engen Oberteilen steht. *Super.*

Auch wenn es nur Sekunden sind, die ich hinschaue, ich erkenne ihn sofort. Genau wie mein Körper. Mein Herz, das einfach mal den Takt ändert. Meine Hände, die nicht mehr nur regennass sind.

Ich will meinen Blick gerade abwenden, als er über die Schulter schaut und meine ganze Welt kurz aus den Angeln hebt. Denn hingegen meiner Erwartung nickt er mir zu und schenkt mir ein knappes Lächeln, bevor er die Hand hebt und Jolene grüßt. Dann dreht er sich wieder zurück und ich weiß nicht, wohin mit mir. Habe keine Ahnung, was ich mit dem kribbeligen Gefühl in meinem Inneren anfangen soll.

»Er hat dich erkannt«, spricht Jolene zum Glück sehr leise genau das aus, was ich denke.

»Was soll ich jetzt machen?«, flüstere ich. Am liebsten würde ich nach Hause gehen. Nicht nur wegen meiner schlechten Kleiderauswahl. Auch, weil ich mir nicht sicher bin, ob er mich wirklich wegen des Dates erkannt hat oder wegen unserer Begegnung im *Abseits*.

»Hallo, zusammen. Jeder sucht sich einen Platz aus, den er oder sie heute am meisten fühlt. Fühlt euch frei und probiert auch gerne einen anderen Fleck im Raum aus.«

Ein Mann mit grauen längeren Haaren tritt barfuß in den Raum und die Stimmung ändert sich augenblicklich. Das Gemurmel und die Lautstärke, die vorher in der kleinen Halle herrschten, verstummen.

»Ah, wie ich sehe, haben wir heute ein neues Gesicht dabei.« Seine Stimme ist ruhig, melodisch und trotzdem mag ich die Aufmerksamkeit nicht, die wenig später auf mir liegt.

»Hi, ich bin Joris«, sage ich und bin froh, überhaupt einen Ton rauszubekommen.

»Was für ein zauberhafter Name. Schnapp dir eine Matte, dann können wir starten.«

Wenige Minuten später hat jeder einen Platz in dem Raum gefunden. Manche Matten liegen dicht nebeneinander, andere weiter entfernt. Jolene hat mir augenzwinkernd und flüsternd erklärt, dass sie am liebsten einen Platz in den hinteren Reihen nimmt.

Ich beobachte sie dabei, wie sie ihre Schuhe loswird, und schaue zu all den anderen, die sich barfuß durch den Raum bewegen. Alles in mir zieht sich zusammen. Mein Blick fällt zum wiederholten Mal auf die Matte, die optisch einen sauberen Eindruck macht. *Optisch.*

Keine Ahnung, wie oft hier die Geräte gereinigt werden. Keine Ahnung, wie viele Studierende schon in das weiche Material geschwitzt und sie dann einfach zurück ins Regal gelegt haben.

»Joris«, zischt Jolene und ich setze mich schnell, ohne meine Schuhe auszuziehen. Ich bin doch nicht lebensmüde. Jetzt macht sich die lange Hose endlich bezahlt.

»Wie immer gilt: Lasst den Wettbewerb vor der Tür. Hier und jetzt müsst ihr niemandem etwas beweisen. Ihr geht nur so weit, wie ihr könnt, und bleibt dabei ganz bei euch. Das hier ist ein Safe Space, niemand wird verurteilt, wenn er oder sie die Übung nicht schafft. Vertraut auf euer Bauchgefühl.«

Er schließt für einen Moment die Augen und der ganze Raum ist still. Ich habe keinen blassen Schimmer, was ich jetzt machen soll. Ich schaue nach rechts zu Jolene, die den Trainer fokussiert.

Dann sind von irgendwoher leise Klänge zu hören.

»Wir kommen ganz langsam an diesem Ort an und nehmen ein paar tiefe Atemzüge.«

Ein paar Minuten später bin ich mitten in den Übungen, zu denen der Lehrer immer wieder Begriffe reinwirft, aber ich muss mich zu stark darauf konzentrieren, nicht umzukippen, meine Standbeine zu kontrollieren, und darauf achten, dass mein Rücken nicht durchhängt und meine Schultern von den Ohren weg sind.

Warum behaupten Menschen, dass Yoga entspannend sei? Schon zwei Minuten nach dem Start will ich am liebsten nach Hause. Bis wir weitere zehn Minuten später in den herabschauenden Hund wechseln und ich den Fehler mache, den Kopf zu heben. Nicht, weil ich das Ziehen in meinem verspannten Nacken spüre oder weil ich die Stabilität in den Beinen verliere. *Nein.* Weil mein Blick auf Maltes Hintern landet und ich für einen Moment vergesse, wie atmen funktioniert. Dabei erklärt uns der Trainer das bei jeder Übung.

»Und beim nächsten Ausatmen in eine Blank-Position kommen.« Leichter gesagt als getan, wenn mein Herz rast und meine Hände so schwitzig sind, dass ich beinah von der Matte rutsche.

Position halten. Bauch anspannen. Nicht auf Maltes Hintern starren. Warum muss er so eine verdammt enge Hose tragen?

Gabs die nicht in seiner Größe?

»Hör auf zu sabbern«, flüstert Jolene lachend und ich falle zusammen. Meine Arme brechen einfach ein, so als hätte ich keine Muskeln, dabei kann ich jeden einzelnen benennen.

Nicht mit den Händen, die gerade den Schweiß der letzten Jahre berührt haben, durch die Haare fahren.

Also puste ich mir die Strähnen aus der Stirn und bleib so lange liegen, bis wir in die nächste Übung wechseln.

Am Ende der Stunde habe ich viele Dinge über mich gelernt.

Ich sollte mehr Sport machen.

Keinen Kurs mehr besuchen, in dem Malte ist.

Mein Crush geht nicht einfach weg, nur weil er kein Interesse hat, und ich dem logischen Anteil von mir erkläre, dass wir enttäuscht von Malte sind.

Wenn ich noch mal einen Kurs mache, bringe ich meine eigene Matte oder Desinfektionsmittel mit.

Natürlich verlassen wir den Raum nicht direkt nach der Entspannung. Nein. Was mich zur letzten Erkenntnis des Abends bringt: Die Rache für Jolene muss es in sich haben.

Wir stehen in einer kleinen Gruppe vor dem Trainingsraum. Natürlich ist Malte mit von der Partie, genau wie einige andere Eishockeyspieler. Ich halte mich im Hintergrund, weil ich einfach nur duschen will. Weil ich mich verdammt eklig fühle und weil ich nicht weiß, was ich sagen soll. Schließlich habe ich Jolene nicht zum letzten Spiel begleitet und kann nicht mitreden. Könnte ich wahrscheinlich auch nicht, wenn ich da gewesen wäre, aber was solls.

»Niemand hat so eine weiße Weste wie Gruber.« Natürlich fällt meine Aufmerksamkeit auf einen der Hockeyspieler mit blonden Haaren.

»Stimmt. Nicht ein Gerücht oder ein Girl, das er enttäuscht hat. Ich habe ihn nicht mal beim Masturbieren erwischt«, kommt es von dem dunkelhaarigen Mitbewohner von Malte, mit dem Jolene im *Abseits* geflirtet hat. *Kian.*

»Ich bin für einen Themenwechsel«, sagt Malte und läuft dabei nicht mal rot an. Sekunden später gleitet sein Blick kurz zu mir, bevor er wieder bei den Jungs landet.

»Verrat mir einfach, wie du das machst. Lässt du deine Freundinnen vorher eine Verschwiegenheitserklärung unterschreiben?«, hakt Kian nach, woraufhin er von dem Blonden einen Schulterstoß bekommt.

»Qualität vor Quantität, Alter. Und jetzt geh duschen, du stinkst.« Malte schenkt mir noch einen Blick, der irgendwie entschuldigend wirkt, und dann gehen sie, während Kian noch irgendwas über die Anzahl seiner Schweißdrüsen erzählt.

Mit einhundertprozentiger Sicherheit werde ich nicht hier duschen. Zum Glück habe ich meine Tasche nicht in der Kabine gelassen.

»Wir müssen los«, sage ich und ziehe Jolene am Saum ihres Shirts.

»Ich muss noch duschen.«

»Zu Hause«, erwidere ich nur.

Sie nickt mit dem Kopf zur Herrenumkleide, in der die Hockey-spieler verschwunden sind.

»Nein.« Meine Stimme klingt wahrscheinlich so entschlossen wie nie zuvor, weil Jolene ihre Tasche aus der Kabine nimmt und wir uns auf den Weg machen.

»Ich wollte dir nur die Chance geben, dich mit ihm zu unterhalten«, unterbricht Jolene das Schweigen.

»Wie lange kennst du mich schon? Als ob ich in einer Gruppe, wo ich nur dich wirklich kenne, ein Gespräch initiiere. Komm schon, Jolene.«

»Ich habs ja nur gut gemeint.«

»Ich wette, auf den Satz folgten schon die schlimmsten Sachen.«

»Jetzt übertreibst du wieder.« Sie verschränkt die Arme vor der Brust.

Ich antworte nichts, sondern ziehe nur am Gurt meiner Sport-tasche, damit sie mir nicht von den Schultern rutscht.

»Komm schon, Joris, das war doch schön.«

»Ich glaube, Yoga ist nicht mein Ding.«

»Aber Malte, oder?«

»Jolene«, sage ich und gehe schneller, damit ihr hoffentlich der Atem fehlt, noch irgendwelche dummen Sachen zu sagen.

Zwanzig Minuten später erreichen wir die Wohnung, ohne dass das Thema Malte noch einmal aufkommt. Heißt nicht, dass mich die Gedanken an ihn loslassen.

12

Ich steige aus der Neun in die Zehn am Zentralplatz und vergrabe meine Hände nach dem Vorzeigen meines Studierendenausweises wieder in der Jacke. Heute ist es nicht nur regnerisch, sondern richtig kalt, also die perfekten Wetterverhältnisse für einen Abend alleine zu Hause.

Nur, dass ich nicht auf dem Weg in unsere Wohnung bin. Nein. Ich habe mich zu einer Party, in einer fremden WG überreden lassen.

Wahrscheinlich wäre ich besser mit Jolene in die Heimat gefahren. Aber Lou hat nach der Klausur noch mal betont, wie sehr sie sich auf heute Abend freut, da konnte ich sie nicht versetzen.

Romy und Sasha wollten später nachkommen. Und Fiete fährt zu seiner Familie, deswegen stehe ich eine Viertelstunde später vor der Wagnerstraße 12 und überlege, ob ich wieder fahren soll. Beim Aussteigen bin ich mit meinen Sneakers in eine Pfütze getreten und mein rechter Fuß ist jetzt nass.

Vielleicht schreibe ich Lou einfach, dass ich krank geworden bin. Ich hasse nichts mehr, als alleine auf eine Party zu gehen, wo ich niemanden kenne. Vielleicht hat mich das Erlebnis mit Malte doch mehr verstört, als ich zugeben will.

In einigen Metern Entfernung nähert sich eine ziemlich laute Gruppe von Leuten. Meine Hoffnung, dass sie weitergehen, erlischt, als ich bemerke, dass sie genau auf mich zukommen. Sie tragen dunkelgrüne Shirts unter ihren offenen Winterjacken.

Zwei von ihnen kenne ich aus dem Yoga-Kurs. Super.

»Hey, willst du auch zu Williams?«, fragt der Blonde, dessen Namen ich immer noch nicht weiß.

»Nee, Maier«, antworte ich und senke den Blick zu meinen nassen Schuhspitzen.

»Jost, Maier, Williams«, liest Kian, der dunkelhaarige Typ, vom Klingelschild ab und ich wünschte, ich wäre unsichtbar. Oder heute nicht hergekommen. Natürlich finden keine zwei Partys in einem Gebäude statt. Wie zufällig wäre das bitte?

»Wir nehmen dich mit hoch, Bro«, kommt es von Kian, der seinen Arm um meine Schultern legt, als würden wir uns seit Jahren kennen. Es ist nicht so, als wäre ich gegen Körperkontakt. Aber von fast Fremden?

Einen Atemzug später schiebt er mich mit den anderen in den Hausflur.

»Zum ersten Mal hier?«, fragt er und sein Atem riecht nach Bier.

»Jap«, sage ich und versuche, seinen Arm von mir abzuschütteln.

»Kennen wir uns nicht irgendwoher? Wie heißt du?« Sein Gesicht ist meinem jetzt so nah, dass ich seine glasigen, fast schwarzen Augen genau erkennen kann.

»Joris aus dem Yoga-Kurs«, antworte ich, woraufhin er lacht. Keine Ahnung, wieso.

Einen Moment später muss ich mich am Treppengeländer festhalten, weil er uns beide beim Übersehen der Stufe beinah umgerissen hat.

»Pass doch auf«, sage ich genervt und schaffe es endlich, seinen Arm loszuwerden.

»Entspann dich, Yoga-Joris«, entgegnet er nur und zwinkert mir zu.

Ich lasse ihn einfach im Flur stehen und folge den anderen, die schon viel weitergekommen sind, weil sie sich besser im Griff und nicht aneinandergeklammert haben.

»Ich bin übrigens Kian!«, ruft er mir noch nach und ich habe keine Lust, ihm zu sagen, dass ich seinen Namen schon längst kenne.

Laute Musik wummert durch das Treppenhaus und ein paar Stufen später stehe ich vor der Wohnung, in der die Typen vom Eishockey gerade verschwunden sind. Das einzig Gute daran: Malte ist nicht dabei.

Trotzdem stehe ich jetzt alleine in einer WG, von einer Person, die ich erst seit wenigen Wochen kenne. Das macht es nicht besser.

Irgendein Remix von Ed Sheeran läuft und ich weiß genau, was Jolene dazu sagen würde.

Joris, die Party kann nicht gut sein, wenn Ed läuft.

Klingt vielleicht so, als hätte Jolene was gegen den Musiker, ist aber nicht so. Sie liebt es, zu seiner Musik zu weinen. Absolut schräg. Aber sie legt einen Tag im Monat ein, wo sie sich mit seinen Songs zurückzieht und weint.

»Was stehst du hier so im Eingangsbereich?«

Ach, Mist.

Ich habe Kian vergessen. Kian, der versucht, sich seine Jacke auszuziehen. Dabei sieht er nicht hin, was er macht, sondern guckt zu mir. Er schwankt und ich kann ihn gerade so am Arm festhalten, bevor er umgefallen wäre.

»Du bist mein Held«, lallt er und lächelt mich an. Dabei kann ich seine Pupillen kaum in dem dunklen Ton seiner Regenbogenhaut erkennen. Keine Ahnung, warum man vor einer Party so viel trinken muss.

»Ich … muss dann mal«, sage ich, lasse ihn los und verschwinde in der Wohnung. Das Lied hat gewechselt und als ich das Wohnzimmer betrete, bereue ich den dunkelgrauen Hoodie, den ich angezogen habe, weil es unwahrscheinlich warm ist. Heiß und voll. Jungs, Mädchen und alle anderen stehen dicht aneinandergepresst. Manche tanzen, andere singen und wieder andere trinken. Natürlich sehe ich Lou immer noch nicht. Wie auch, bei so vielen Leuten, die blondes langes Haar haben?

Mein Blick gleitet über die Menge und bleibt an einem mir leider zu bekannten Hinterkopf mit brünetten Haaren hängen. Ganz vielleicht könnte es auch an dem Trikot mit seiner Rückennummer zusammenhängen. Hat er keine anderen Klamotten im Schrank? Geht die Eishockey-Mannschaft eigentlich auch zusammen aufs Klo?

Bevor ich es verhindern kann, schieben mich die Umstehenden in seine Richtung. Ich wehre mich natürlich. *Nicht.*

Doch bevor ich ihn erreiche, entdecke ich Lou, die sich selbstverständlich mit ihm unterhält. So, als wären nicht fünfzig andere Personen in ihrer Wohnung, mit denen sie reden könnte.

Malte steht mit dem Rücken zu mir und überragt Lou um einige Zentimeter. Trotzdem entdeckt sie mich ein paar Sekunden später. Sie reißt die Augen auf und beginnt, wie wild zu winken. Und obwohl sie versucht, mich mit ihrem Blick zu fixieren, driftet sie immer wieder ab. Sie hat offensichtlich wie Treppenhaus-Kian schon einiges getrunken. Ein weiterer Grund, warum ich froh bin, auf Alkohol zu verzichten. Irgendwer muss schließlich auf sie aufpassen.

»Hiiii!«, ruft sie, greift nach meinem Arm und zieht mich in eine wilde Umarmung, die ich so nicht kommen gesehen habe. Ich mag den Körperkontakt zu ihr deutlich mehr als den zu Kian.

»Das ist Malte«, sagt sie und nickt zu ihrem Gesprächspartner, den ich schon kenne. Denn wenn ich ihm nicht über den Weg laufe, ist er die Hauptperson in all meinen Träumen. Denen in der Nacht und am Tag. Letzteres ist mir absolut unbegreiflich und unangenehm, lässt sich aber nicht ändern.

»Du bist in meinem Yoga-Kurs, oder?«, sagt er und lächelt mir nett zu. Und ich würde ihn so gerne dafür schlagen. Aber ich bin gegen Gewalt. Und wenn ich mir so seine definierten Arme angucke, würde ich wahrscheinlich verlieren.

Also nicke ich nur. Klar kennen wir uns nur aus dem Yoga. Wir hatten kein Date. Und er hat mir keinen Korb gegeben, als ich ihm im *Abseits* ein Getränk ausgeben wollte.

»Wie war dein Name noch mal?«, fragt er und lehnt sich mir noch ein Stück entgegen. Und mein verräterischer Körper verharrt an Ort und Stelle.

»Joris«, kommt es von Lou, die ihren Arm um meine Mitte legt und sich an mich drückt.

Aber ich habe nur Augen für Malte, in der Hoffnung, dass er sich zumindest an meinen Namen erinnert. Aber er schaut nur von Lou zu mir, nickt und sagt: »Verstehe.«

Was versteht er? Warum kann er sich nicht mehr erinnern? Warum ist er so nett, wenn er gleichzeitig so tut, als hätte dieser Date-Tausch nicht stattgefunden?

Wenn Jolene mich das nächste Mal fragt, warum ich nie Kerle date, werde ich ihr genau das hier als Beispiel nennen. Ich meine, Frauen sind schon schwer zu lesen, aber Jungs … Keine Chance.

Was ist flirten und was scherzen? Was sind freundschaftliche Berührungen und was nicht?

»Tanzt mit mir«, verlangt Lou und greift nach Maltes Oberarm, sodass er noch dichter bei uns steht.

Lou beginnt, ihre Hüften zu bewegen, und Malte? Malte macht einfach mit. So, als wäre es nicht schräg, dass wir uns so nah sind, dass ich sein Bein an meinem spüre.

Ich schaue ihm in die Augen, während ich versuche, dem Takt der Musik und nicht dem meines Herzens zu folgen, der gerade in meinen Ohren pocht.

Lous Hände streichen über meinen Rücken, während meine Beine immer wieder die von Malte streifen. Und ich habe überhaupt keine Ahnung, warum ich eben nicht gegangen bin. Warum ich den beiden keine Zeit zu zweit gelassen habe. Warum Malte mich so komisch anlächelt.

Aber es ist mir egal, weil ich so sein will wie jeder andere in diesem Raum. Unbeschwert. Frei. Keine Regeln. Keine penible Struktur.

Ich will einfach mal für wenige Sekunden so sein wie Jolene. Optimistisch und träumerisch. Wild und offen.

Es läuft Dua Lipa, die Stimmung im Raum verändert sich, wir drehen uns und ich schließe die Augen. Bewege mich zur Musik, ohne sagen zu können, ob es Lous oder Maltes Hände sind, die meine Arme berühren. Aber für den Augenblick ist es mir egal. Genau wie die Tatsache, dass wir garantiert zu viele Menschen für die Wohnung sind, was bei einem Brand eine Evakuierung beinah unmöglich macht.

Rufe hallen durch das Wohnzimmer, aber in der Musik geht alles verloren. Jedes Gespräch und jeder Gedanke. Jede Unsicherheit und jeder Selbstzweifel.

Als ich das nächste Mal die Augen öffne, ist Lou mir so nah, dass ihr Atem meine Lippen streift. Sie hat ihre Hände in der Luft und bewegt sich sinnlich zu den Klängen. Die Hand an meiner Hüfte kann also nicht von ihr sein. Unsere Blicke begegnen sich und ich bin froh, dass ihre Augen vom Alkohol und nicht wegen Tränen so glänzen.

Sie kommt mir noch ein Stück näher. Mein Bauch kribbelt. Mein Herz schlägt viel zu schnell. Doch bevor meine Lippen ihre berühren und meine Welt zum Stillstand kommt, schieben sich Arme zwischen uns.

»Ey, Captain!«, ruft Kian und drängt sich zwischen uns.

Ich schaue von Lou zu Malte. Das Flattern in meiner Brust ist leiser geworden. Aber ich weiß nicht, ob ich enttäuscht bin oder froh. Ob ich meine Gelegenheit bei Lou verspielt habe oder ob es besser so ist.

Malte scheint im ersten Moment nicht begeistert zu sein, dass wir unterbrochen wurden. Vielleicht deute ich sein Kopfschütteln und die hochgezogenen Augenbrauen auch falsch. Wenn ich etwas nicht kann, dann diesen Kerl einschätzen. Und wenig später nickt er uns zu, bevor er mit seinem Mannschaftskollegen verschwindet.

Aber spätestens als ich zu Lou schaue, weiß ich, dass der Augenblick, den wir hatten, vorbei ist.

Ihre Wangen sind gerötet und sie schaut mich nicht direkt an. Ich müsste lügen, wenn ich sage, dass es mich nicht verletzt. Dass es mir nichts ausmacht, dass sie sich dafür schämt. Dabei kam es nicht mal zu einem Kuss. Keine Ahnung, was ich jetzt sagen soll. Lass uns das vergessen? Du warst betrunken und ich … gefangen im Moment?

»Möchtest du was trinken?«, kommt sie mir mit ihrer Frage zuvor.

»Klar«, antworte ich und begleite sie in die Küche. Nicht, weil ich mich jetzt doch für Alkohol entscheide, sondern weil ich nicht will, dass es ab jetzt komisch wird. Ich mag Lou. Ich mag, dass wir Freunde sind.

Sie greift nach der halb leeren Flasche Wodka und schüttet sich etwas in ihren Becher. Während sie ihn mit Orangensaft auffüllt, greife ich nach einer der letzten Sprudelflaschen.

»Du trinkst nicht?«, fragt sie und nippt an ihrem Getränk.

»Hab mal schlechte Erfahrungen gemacht«, erwidere ich und würde ihr am liebsten sagen, dass sie dafür nur den Typen fragen muss, der eben so eng mit uns getanzt hat, aber ich halte meinen Mund. Schließlich scheine ich die einzige Person zu sein, die sich daran erinnert. Was vielleicht auch besser so ist.

Keiner von uns sagt mehr ein Wort. Ich kann sie nicht einschätzen. Liegt es an dem Beinahe-Kuss oder weil sie mich plötzlich komisch findet und jetzt nicht weiß, wie sie mich loswerden soll?

»Sollen wir wieder rein?«, frage ich und zeige mit dem Daumen über meine Schulter zum überfüllten Wohnzimmer.

»Klar«, antwortet sie und nickt verhalten.

13

Zum wiederholten Mal greife ich nach meinem Smartphone, in der Hoffnung, dass Jolene mir geantwortet hat. Keine Nachricht. Ich lasse den Kopf auf die Lehne der Couch fallen und starre an die Decke. Die Musik ist so laut, dass ich Schwierigkeiten habe, meine Gedanken zu hören. Deswegen habe ich meine beste Freundin um Rat gefragt.

Am liebsten würde ich nach Hause gehen. Ich kenne hier niemanden außer Lou, und Romy und Sasha haben vor ein paar Minuten in die Gruppe geschrieben, dass sie es nicht mehr schaffen. Vielleicht hätte ich Sasha früher schreiben sollen, wie viele Eishockeyspieler hier sind. Sie hätte sich bestimmt darüber gefreut.

Ich kann trotzdem nicht gehen und das zwischen mir und Lou so stehen lassen. Aber wenn ich nicht mal weiß, was ich will oder was das zwischen uns war, wie soll ich dann mit ihr darüber reden?

Ich nehme noch einen Schluck von der Cola, die mittlerweile lauwarm und kohlensäurearm ist, und versuche, mich nicht von dem küssenden Paar neben mir ablenken zu lassen. Der Typ hat eben einmal nach meiner Hand gegriffen, was für uns beide ziemlich seltsam war. Aber ihn scheint das trotzdem nicht aufgehalten zu haben.

Und obwohl der Raum nicht nur von Musik, Lachern und lauten Gesprächen gefüllt ist, kann ich trotzdem ihr Stöhnen klar und deutlich vernehmen. Genau wie seine tiefen Seufzer.

Ich hoffe, dass sie sich bald ein Zimmer nehmen, sonst frage ich, ob ich mitmachen darf. Wahrscheinlich würden sie sowieso nur lachen. Ganz ehrlich, ich schaffe es schon nicht, mit einer Person zu schlafen.

Als der Typ ihr in den Nacken beißt und sie daraufhin den Kopf zurückwirft und aufschreit, bin ich so kurz davor zu fragen. Aber ich richte nur meine Hose und stehe auf. Kein Bock, der seltsame Kerl auf der Party zu sein, der einen Ständer bekommt, weil neben ihm zwei Leute heftig miteinander rummachen. Ist ja nicht so, als hätte ich bewusst hingeschaut.

Ich schiebe mich durch die Menge auf dem Weg zur Toilette, an der viel zu viele Leute anstehen.

Ich stelle mich hinter einem Typen mit blond gelocktem Haar an und schaue noch mal auf mein Handy, um beschäftigt zu wirken. Jolene würde mir jetzt lang und breit erklären, dass es das Konzept von WG-Partys sei, Leute kennenzulernen, aber sie schafft es nicht mal, mir zu antworten, also hat sie gar nicht die Möglichkeit, mein Verhalten zu kritisieren.

Ich öffne TikTok, weil ich die Zeit nutzen könnte, um Nachrichten zu beantworten und etwas zu arbeiten. Aber als ich die über einhundert Benachrichtigungen sehe, schließe ich die App wieder.

Ich schaue auf und begegne dem Blick des Blonden.

»Bist du zum ersten Mal hier?«, fragt er.

»Ehm … ja«, erwidere ich und zucke mit den Schultern. Gespräche kann ich.

»Cool. Ich bin Josh.«

»Joris«, sage ich und versuche mich an einem Lächeln.

»Spielst du mit Isaiah in einer Mannschaft?«

»Nein, ich … Lou hat mich eingeladen«, sage ich und wir bewegen uns ein Stück voran.

»Studierst du dann auch Medizin?«, kommt es von ihm, während er die Hand hebt, um eine vorbeigehende Person zu grüßen.

»Ja. Du?«, frage ich.

»Stehe kurz vor meinem ersten Stex«, antwortet er und schenkt mir ein nettes Lächeln.

»Cool«, sage ich, weil ich offensichtlich nicht cool bin und keine Ahnung habe, was man zu jemandem sagt, der kurz vor dem ersten

Staatsexamen steht. Ich habe gerade erst angefangen, ich weiß nicht, wie das ist, wenn der erste große Meilenstein ansteht.

»Aufgeregt?«, fragt er und ich weiß nicht, ob er das Studium oder die Party meint.

»Ja.«

»Das erste Jahr ist das schlimmste. Danach wird es besser. Versprochen.« Er lächelt mir ermutigend zu.

»Okay. Danke.« Ich betrachte kurz meine Füße und schaue dann wieder zu Josh. Er öffnet die Lippen, wahrscheinlich um die Kennenlernphase zu verlängern, aber dann kommt irgendein Typ von der Seite und reißt ihn in eine Umarmung.

»Bro, keine Angst, ich drängele nicht vor, ich habe Joshi nur so lange nicht mehr gesehen.« Der Kerl nickt mir kurz zu, bevor er sich wieder dem Mitbewohner von Lou zuwendet.

»Du hättest nicht ausziehen müssen, Maxi, dann würden wir uns häufiger sehen«, erwidert Josh, woraufhin sich die Stimmung zwischen den beiden veränderte. Irgendwie wirkt das Lächeln, was der Brünette eben noch auf den Lippen getragen hat, gezwungen. Woher ich das weiß? Ich bin Spezialist in vorgetäuschter Freude und Entspanntheit. Gibt kaum eine Disziplin, in der ich besser bin. Wobei, wenn ich mir das Chaos um mich herum so anschaue, würde ich am liebsten anfangen aufzuräumen. Aber zumindest konnte ich mir diesen Drang in fremden Wohnungen irgendwann abgewöhnen, auch wenn es mir immer noch schwerfällt.

Irgendwann schaffe ich es endlich auf die Toilette und checke nach dem Händewaschen den Busplan. Es hat sowieso keinen Sinn, mit Lou zu reden, wenn sie etwas getrunken hat.

Mein Blick ist auf das Handy gesenkt, als ich den Raum verlasse. Ich glaube, ich hinterlasse ihr nur eine Nachricht, dass ich gehen musste. Sie wird schon Verständnis dafür haben.

Doch weit komme ich nicht, weil ich wenige Atemzüge später mit Lou zusammenstoße und dabei fast mein Handy fallen lasse. Jolene hätte mich getötet, wenn es kaputtgegangen wäre und sie wieder die ganze Arbeit übernehmen müsste.

»Hier bist du«, kommt es von Lou und ihre Augen strahlen, als wäre ich alles, auf das sie gewartet hat. Wahrscheinlich ist sie einfach betrunken und freut sich über jeden hier.

»Ich habe dich auf der Tanzfläche vermisst«, sagt sie und schiebt ihre Unterlippe vor.

»Malte ist bestimmt eingesprungen«, murmele ich und bin froh, dass sie angetrunken ist, denn nüchtern würde sie definitiv den genervten Unterton heraushören.

»Der will auch dich«, sagt sie so undeutlich, dass ich mir nicht sicher bin, sie richtig verstanden zu haben.

»Das glaube ich nicht«, erwidere ich und mache einen Schritt nach hinten.

»Komm schon«, verlangt sie, greift nach meiner Hand und verschränkt unsere Finger miteinander.

»Sollten wir nicht besser darüber reden, was eben war?«, spreche ich genau das aus, was mich seit einer Stunde beschäftigt.

»Könnten wir … oder wir wagen einen neuen Versuch«, sagt sie und weicht meinem Blick aus.

»Ich glaube, das ist keine gute Idee.«

Oder doch? Einfach mal nicht alles zerdenken und alle Konsequenzen im Kopf durchspielen.

Klingt nach einem Traum.

»Ich will mit dir tanzen.« Dann macht sie ein paar Schritte auf mich zu und ist mir plötzlich wieder so nah wie eben im Wohnzimmer. Und ich? Ich scheine eine Schwäche für Menschen zu haben, die mir ihre Aufmerksamkeit schenken, anders kann ich mir nicht erklären, warum ich Minuten später wieder mit ihr in der Menge stehe. Warum meine Hand an ihrer Hüfte liegt und ich sie immer näher zu mir ziehe, anstatt den Abstand zu wahren. Scheiß auf Distanz. Ich weiß nicht, wann ich das letzte Mal Nähe hatte.

Lou hält meinen Blick, während sich unsere Gesichter aufeinander zu bewegen. Ich spüre ihren Atem, bevor ihre Lippen meine berühren. Ganz sanft und ohne Kribbeln überall. Sie schmeckt nach Alkohol und Abenteuer. Ihr Seufzen vibriert in meinem Körper. Ich ziehe sie noch ein Stück zu mir, streiche mit den Fingerspitzen über den Stoff ihres Oberteils.

Ich öffne die Augen, weil ich mir nicht sicher bin, ob ich nicht vielleicht doch auf der Couch neben dem heftig knutschenden Pärchen eingeschlafen bin.

Mein Blick begegnet dem von Lou. Keine Ahnung, was sie gerade denkt. Dann trennt sie ihre klebrigen Lippen von meinen.

»Ich habe gar nicht gefragt … ob das okay für dich ist«, kommt es von ihr und ich muss mich vorbeugen, um sie überhaupt verstehen zu können.

Doch bevor ich ihr antworten kann, tritt Malte in mein Blickfeld und alle Gedanken verstummen mit einem Schlag. Er lässt uns nicht aus den Augen, während er vom anderen Ende des Raums in unsere Richtung kommt. Und vielleicht ist er das: mein Filmmoment. Der Moment, auf den ich eigentlich schon im *Abseits* gewartet habe. Nur dass heute kein perfekter Song, sondern irgendein Lied, das ich nicht kenne, durch den Raum tönt. Malte scheinen weder die Musik noch die Leute um ihn herum aufzuhalten. Dabei warte ich nur darauf, dass er die Person hinter mir meint. Dass er Lou will und ich ihm ein Dorn im Auge bin.

Er kommt mir immer näher, und sein Blick ist alles, aber garantiert nicht feindlich.

Lou dreht sich in seine Richtung. Nur wenige Atemzüge später steht er vor ihr. Unsere Blicke begegnen sich kurz, bevor er sich ihr zuwendet. Ich habe absolut keine Ahnung, was passiert. Dann hebt er seine Hand und legt sie an ihr Gesicht. Sie ist mir immer noch viel zu nah. Unsere Finger sind verschränkt.

Er bewegt seine Lippen, aber ich verstehe nicht, was er sagt. Lou schon, denn sie nickt, als er fertig ist. Dann schaut er noch mal zu mir, bevor er sich nach vorn beugt und sie küsst. *Okay?*

Sie drückt meine Hand und ich kann nicht aufhören, die beiden zu beobachten. Offensichtlich habe ich einen Drang zum Voyeurismus. Keine Ahnung, wo das herkommt. Oder warum es mich nicht stört, dass er Lou küsst, so kurz nach mir.

Sie legt den Kopf in den Nacken und ihre Haare kitzeln an meinem Hals. Ich halte sie nicht auf. Bin völlig gefangen in dem Moment. Malte und Lou auch, weil sie nicht aufhören, sich zu küssen. Und ganz langsam ist das Kribbeln da, das ich eben vermisst habe.

Ich drücke Lous Hand. Vielleicht, um sie zu bestärken. Vielleicht, weil ich auch noch einen Kuss brauche. Sie noch mal schmecken will und dabei das Feuer spüren möchte, was sich gerade durch meinen Körper brennt.

Ich bin froh, dass wir so dicht beieinanderstehen, weil meine Hose enger wird. Ich reiße meinen Blick von ihnen los und lasse ihn durch den Raum gleiten. Niemand schenkt uns Beachtung, alle sind gefangen in ihrem ganz persönlichen Partyerlebnis. Hätte Jolene gewusst, wie wild die Party wird, wäre sie bestimmt mitgekommen.

Wobei, wenn ich ihr davon erzähle, dass ich Lou geküsst habe und dann dabei zugeschaut habe, wie Malte das Gleiche tut, würde sie mir wahrscheinlich sowieso nicht glauben. Denn ganz ehrlich, ich war schon immer der Langweiligere von uns beiden. Wenn ich es mir recht überlege, sogar aus der ganzen Familie.

Der Zug an meiner Hand reißt mich aus meinem Gedankenchaos. Und der lustverhangene Blick in Maltes braunen Augen zerstört meinen Verstand. Anders kann ich mir nicht erklären, warum ich Augenblicke später in Lous Zimmer stehe. Ich gehe zumindest davon aus, dass es ihr Raum ist, viel geredet haben wir nicht. Warum?

Weil sie ihre Lippen auf meine gepresst hat, sobald wir die Tür hinter uns zugemacht haben. Die Musik ist nur noch dumpf zu hören. Unsere angestrengten Atemzüge sind dafür umso lauter. Mit den Fingern streiche ich durch ihre Haare, bis ich ihren Nacken erreiche und meine Hand Maltes berührt.

Ich schlage die Augen auf. Unsere Blicke begegnen sich, bevor er seine Lippen auf ihre nackte Schulter senkt.

Das Feuer in meinem Körper hat sich in ein nervöses Kribbeln verwandelt. Liegt mittlerweile schwer in meinem Magen, weil ich keinen blassen Schimmer habe, was ich hier mache. Ich mag ihre Lippen an meinen. Mag, wie sanft ihr Mund ist. Aber mich würde so viel mehr interessieren, wie er schmeckt. Was er für Geräusche macht, wenn sich unsere Zungen berühren.

Und ich weiß nicht, ob ich das will.

Sie küssen und an ihn denken.

Als hätte sie meine Gedanken gehört, löst sie sich nur Atemzüge später von mir. Vielleicht auch, weil ich so gebannt von seinem Anblick war, dass ich vergessen habe, sie zu küssen. Denn ich spüre ihre zarten und feuchten Berührungen immer noch. Auch Minuten nachdem wir uns voneinander gelöst haben.

»Ist das okay für dich?«, fragt sie und schaut kurz zu Malte, bevor ihre Aufmerksamkeit wieder bei mir landet. Ihre dunkelgrünen Augen sind so glasig, dass ich nicht erkennen kann, ob es der Alkohol oder die Lust ist. Ob sie mich wirklich dabeihaben will.

»Ich weiß es nicht«, antworte ich ehrlich und schaue zu meinen Fingern, die immer noch in ihrem weißen Spitzenoberteil vergriffen sind.

»Du musst …«, beginnt sie, doch ich unterbreche sie direkt.

»Ist schon okay.«

Daraufhin lächelt sie mir zu und ich traue mich nicht, zu Malte zu schauen. Weiß nicht, was er dazu sagt. Und am liebsten würde ich meine Entscheidung dem Alkohol zuschreiben aber ich bin absolut nüchtern. Trotzdem komme ich Lou entgegen, als sie wieder ihre Lippen auf meine senkt. Vielleicht hat mir auch irgendwer etwas ins Getränk gemischt, als ich nicht aufgepasst habe.

Aber logisch lässt sich nicht erklären, warum ich wenig später kein Shirt mehr trage und Lous Finger auf meiner nackten Brust liegen, während sie Malte küsst. Ich finde es okay. Wenn ich schon selbst nicht erfahren darf, wie es sich anfühlt, ihn zu küssen, kann ich wenigstens dabei zuschauen.

Irgendwann löst sie ihre Hand von meinem Körper, oder ich mache ein paar Schritte zurück. Keine Ahnung.

Ich fahre mir über meine Hose und versuche, von außen meinen Penis dazu zu bewegen, sich zu beruhigen. Funktioniert natürlich nur semi-gut. Er ist derjenige, der mich an Ort und Stelle verharren lässt. Mich dazu zwingt, zuzuschauen, während Malte Lou das Oberteil auszieht.

Mein Blick wandert über ihre helle, weiche Haut. Über ihre Brüste, die in einem weißen, transparenten BH stecken. Lust brennt sich durch meine Adern, hält mich gefangen im Augenblick.

Maltes Finger streichen über Lous Bauch und meine Haut kribbelt an der gleichen Stelle. So, als würde er mich berühren. Ich will die Augen schließen, aber dann verschwinden seine Finger in ihrer Hose. Ihr Seufzen erfüllt den Raum und hallt in meinem Körper wider. Mit dem Handballen fahre ich mit immer mehr Druck über den rauen Jeansstoff und unterdrücke ein Stöhnen, um die beiden nicht abzulenken.

Als ich das nächste Mal die Augen öffne, kniet sie vor ihm und ist gerade dabei, seine Hose zu öffnen. Sie schiebt den Stoff samt der schwarzen Briefboxers nach unten. Sein Penis ist … groß und hart. Ich lasse meine Hand fallen und schließe die Augen. Mein Herz schlägt wie verrückt.

Mein erstes Mal mit einem Kerl habe ich mir nicht so … angsteinflößend und komisch vorgestellt.

Vielleicht stehe ich gar nicht auf Männer. Oder auf Malte. Vielleicht ist das alles nur ein schräger Traum.

Letzteres bestätigt sich nicht. Dann, als ich Lou dabei zuschaue, wie sie ihre Finger um seine Härte legt. Ob sich das genauso anfühlt wie bei mir?

Dann legt sie den Kopf in den Nacken und sieht zu Malte. Ich folge ihrem Blick.

Aber seine Aufmerksamkeit liegt auf mir. Nicht auf ihr. Und ganz plötzlich wird mir heißer. Mein Herz schlägt einen anderen Rhythmus an als noch vor wenigen Sekunden.

Ein Stöhnen verlässt seinen Mund, und mein Blick gleitet über seinen definierten Oberkörper zu Lous Hinterkopf, der sich vor und zurück bewegt. Ihre Lippen liegen dabei um seine Härte. Und ich weiß nicht, ob es mich anmacht, sie so zu sehen, oder ob ich mir wünschte, ich wäre an ihrer Stelle. Letzteres wahrscheinlich nicht, weil er mir schon aus den wenigen Metern Entfernung zu groß vorkommt.

Wie soll das bitte funktionieren? Ich schaffe es nicht mal, eine Schmerztablette runterzuschlucken, ohne sie vorher durchbrechen zu müssen.

Es ist das erste Mal in meinem Leben, dass ich wirklich dankbar für meinen Kopf und seine Angewohnheit, alles zu zerdenken, bin. Der Drang, die Hand um meine Erregung zu legen, ist deutlich abgeflacht, bis ich einen Fehler mache und den Kopf hebe.

Erst als sich unsere Blicke begegnen, nehme ich die Töne im Raum wahr. Seine tiefen Seufzer und ihre eindeutig zweideutigen Geräusche. Wie automatisch wandern meine Finger zum Knopf meiner Hose. Alles kribbelt. Lust brennt in jeder Zelle meines Körpers. Und ich bin so endorphintrunken, dass meine Aufmerksamkeit weiterhin an ihm klebt. Dass ich von hier die

Erregung in seinen Augen sehen kann. Die leicht geöffneten Lippen, die immer wieder von seinem Stöhnen liebkost werden. Klänge, die eine direkte Verbindung zu meinem Schwanz haben.

Ich presse den Handballen gegen den Hosenschlitz, in der Hoffnung, etwas von dem Druck abzubauen. Offensichtlich lerne ich nicht dazu. Denn das Einzige, was ich gerade wirklich will, ist, die Hose zu öffnen. Aber wie seltsam wäre das?

Als hätte Malte meine Frage gehört, legt er den Kopf schief und nickt leicht. Was genau will er? Warum schaut er nicht zu Lou, die ihm gerade einen Blowjob gibt?

Dann nickt er noch mal und sein Blick fällt auf meine Finger, die am Knopf der Jeans liegen.

Ich streiche viel zu langsam über den rauen Stoff. Atme tief ein und öffne dann doch den Verschluss.

Ein anzügliches Lächeln, das seine Grübchen hervorbringt, breitet sich auf seinen Lippen aus. Ich bin verloren. Schnell öffne ich auch die anderen Knöpfe. Als ich endlich meine Härte umgreife, verlässt ein Seufzen meine Lippen, das ich nicht aufhalten kann.

Er bekommt alles mit. Genau wie ich bei ihm. Und nur Atemzüge später bewege ich meine Hand schneller und härter über meinen Ständer. Selbst das Fehlen von Gleitgel hält mich nicht auf, wenn ich dem Feuer in seinen Augen begegne.

Er legt den Kopf in den Nacken und ein »Fuck« verlässt seine Lippen. Keine Ahnung, was Lou macht. Ich bin zu abgelenkt von seinem Adamsapfel. Von den Adern, die an seinem Hals hervortreten.

Dann senkt er den Kopf. Braune Strähnen fallen in seine Stirn. Ich weiß nicht, ob ich je jemanden gesehen habe, der so schön ist.

»Ich … komme gleich«, stöhnt er und mit den Fingern befreit er sich von Lous Kopf. Mit der linken Hand greift er nach seinem Schwanz und dann landet sein Blick wieder bei mir, während er meine Bewegungen imitiert.

Ein Stöhnen vibriert durch meinen Körper, das alle Nervenenden beinah zum Zerreißen bringt.

Maltes Geräusche sind alles, was ich brauche. Heiße Lust ergießt sich über meine Hand.

Ich schließe die Augen. Atme mehrmals tief durch und dann ist der Nebel in meinem Kopf verschwunden. Meine Hand ist nass.

Ich stehe mitten in einem fremden Zimmer und mein Penis hängt über der Boxershorts aus meiner Jeans.

Alles in mir zieht sich zusammen. Übelkeit brennt sich meine Speiseröhre hoch.

Was ist gerade passiert?

Mein Blick fällt auf meine Handflächen. Bunte Punkte tanzen in meinem Sichtfeld.

Ich habe mir einen runtergeholt. Während ich zwei Menschen beim Rummachen beobachtet habe. Meine Freundin und meinen Crush.

Mein Hals fühlt sich an wie zugeschnürt. Mein Herz schlägt viel zu schnell.

Ich muss hier raus.

Meine Aufmerksamkeit schnellt durch den Raum, ohne irgendwas wirklich wahrzunehmen. Bis meine Aufmerksamkeit von dem T-Shirt auf dem Boden angezogen wird.

Mit zitternden Händen wische ich mir die Spuren an der Jeans ab und mache sie zu.

Wieso habe ich sie zurück geküsst?

Warum bin ich heute zu dieser Party gegangen?

Warum beruhigt sich meine Atmung einfach nicht?

Dann hebe ich den Kopf und bemerke meinen Fehler. Es sind ihre Atemgeräusche.

Lou liegt auf dem Bett und Malte mit dem Gesicht zwischen ihren Beinen.

Mein Zeichen, den Raum zu verlassen.

Mich von der Uni abzumelden.

Wegzuziehen.

Ich greife nach meinem Shirt und stolpere dabei beinah über meine eigenen Füße. Mein Hirn ist beschäftigt mit den Selbstvorwürfen. Mein Körper mit dem Fight-or-flight-Modus. Und meine Aufmerksamkeit hängt immer noch an dem, was gerade auf Lous Bett passiert.

Endlich angezogen, öffne und schließe ich die Zimmertür so leise wie möglich.

Mit gesenktem Kopf schiebe ich mich durch die tanzende Menge und atme erst wieder aus, als ich die Wohnungstür hinter mir schließe.

Das wars dann wohl mit neuen Freundschaften. Und mit Malte.

Obwohl es regnet und eiskalt ist, verharre ich einen Moment vor dem Fachwerkhaus, in dem sich gerade in nur wenigen Stunden mein Leben komplett verändert hat.

In der Grundschule war ich komisch, weil ich einen Jungen geküsst habe. In der Oberstufe war ich der seltsame Typ, der tatsächlich mit TikTok erfolgreich wurde. Auf der Uni bin ich dann wohl der Kerl, der nicht mal einen normalen Dreier haben kann, sondern davon kommt, Leute beim Sex zu beobachten.

Ich lasse den Kopf in den Nacken fallen und kalte Regentropfen rinnen mein Gesicht hinab, aber es ist mir egal. Mein Herzschlag pumpt heiße Wut viel zu schnell durch jede meiner Zellen.

Was zur Hölle ist falsch mit mir?

14

Am Sonntagabend klopft es leicht an meiner Tür und ich antworte nicht. Das Licht in meinem Zimmer ist schon lange aus, weil ich morgen früh an der Uni sein will, aber eingeschlafen bin ich immer noch nicht.

Ich will aber auch nicht, dass Jolene reinkommt. Sie bemerkt sowieso direkt, dass etwas nicht stimmt. Und ich will nicht mit ihr darüber reden. Das Ganze ist, ohne ihr unter die Augen treten zu müssen, schon unangenehm genug.

Das restliche Wochenende habe ich mit Lernen und TikTok-Arbeit verbracht, um mich abzulenken. Und der Dank dafür ist, dass ich, sobald ich die Augen schließe, Freitagnacht sehe. Und zwar nicht aus meiner Perspektive. Nein. Ich sehe es so, wie sie es gesehen haben müssen. Einen Typen, der mitten im Raum steht und sie beim Blowjob beobachtet.

Die Übelkeit ist wieder da. Ich drehe mich zurück auf den Rücken und starre die Decke an, in der Hoffnung, dass das Gedankenrasen aufhört. Dass die Hitze, die vor lauter Scham mein Gesicht versengt, endlich versiegt. Genau wie die Erinnerungen.

Aber ich kann mir noch so oft mit den Nägeln über die Kopfhaut fahren oder meine Schlafposition ändern, es wird nicht weniger. Weder das Gefühlschaos in meinem Inneren noch die Reaktionen meines Körpers. Der Kloß in meinem Hals bleibt. Genauso wie die Übelkeit.

Ich kann Lou und Malte nicht mehr unter die Augen treten.

Ich muss mir ab morgen einen neuen Unialltag antrainieren. Aufeinandertreffen mit Malte verhindern. Kein Yoga. Kein Eishockey. Keine Mensa. Vielleicht kann ich auch von hier aus lernen?

Ich atme tief ein. Halte die Luft an. Und atme wieder aus. Aber mein Herz rast immer noch. Ich zähle die Atemzüge. Bei hundert drehe ich mich zur Seite.

Irgendwann muss ich eingeschlafen sein. Auch wenn die wenigen Stunden nicht ausgereicht haben, um mich richtig auf den Lernstoff vor mir zu konzentrieren. Mein Blick wandert durch den Raum und bleibt nur kurz an den anderen Studierenden hängen. Normalerweise sitze ich mit den anderen in unserem Gruppenarbeitsraum. Heute nicht. Die nächsten Tage und Wochen wahrscheinlich auch nicht mehr. Mein Blick wandert wieder zurück zu den Unterlagen vor mir. Ich bin so müde, dass ich kaum erkennen kann, was da steht. Und dass es mir egal ist, dass nicht alles parallel zur Tischkante angeordnet ist. Irgendwie schaffe ich es, einige Fragen zu den Vorlesungsunterlagen vorzubereiten, die ich später zum Lernen nutzen kann.

Müdigkeit scheint das Motto für den Tag zu sein, der an mir vorbeizieht, als würde ich nicht wirklich daran teilnehmen. In der Vorlesung suche ich mir einen Platz weit hinten und genau neben dem Bereich, wo wir normalerweise sitzen.

Trotzdem habe ich sie gesehen. Von der Seite und aus der Entfernung. Und ihr Anblick? Der hat mich daran erinnert, wie er auf ihrem Gesicht gekommen ist.

In der Mensa laufe ich ziellos mit dem Tablett durch die Gegend, bis ich mich an eine Tafel setze, an der auch andere sitzen, die wohl alleine sind.

Auf dem Smartphone gehen den ganzen Tag irgendwelche Benachrichtigungen ein, die ich ignoriere, bis ich es irgendwann ausschalte. Vielleicht sollte ich aus der Gruppe austreten, dann nerven mich die Nachrichten auch nicht, wenn ich später TikTok-Kommentare beantworten muss.

Mittwoch habe ich mich mit meiner neuen Uni-Routine abgefunden. Und schaffe es nachmittags sogar, zu Hause zu lernen, weil Jolene unterwegs ist. Die Ruhe hält allerdings nicht lange an, denn nur wenige Stunden später betritt sie meinen Raum wie ein Wirbelwind. Tagsüber scheint sie ganz aufs Anklopfen zu verzichten.

»Joris, ich habe das Gefühl, dass wir uns noch weniger sehen, obwohl wir zusammenwohnen«, sagt sie und lässt sich mit ausgebreiteten Armen auf mein Bett fallen.

»Hallo, Joris, hättest du ein paar Minuten oder bist du mit Lernen beschäftigt?«, sage ich und drehe mich mit dem Stuhl zum Bett.

»Du lernst viel zu viel. Langsam habe ich das Gefühl, das ist eine Ausrede, um mir zu entkommen. Ist es, weil ich gesagt habe, dass ich dich mal mehr mochte?« Sie hat sich auf den Ellbogen aufgerichtet und mustert mich aufmerksam.

»Du hast die Haare anders«, sage ich. Die aschblonden Strähnen, die ihr vor dem Wochenende noch zottelig bis zur Schulter hingen, sind kinnlang und gerade abgeschnitten.

»Paar Nuancen dunkler, Bobschnitt und Curtain Bangs«, erwidert sie, und ich habe keine Ahnung, was das zu bedeuten hat. »Und jetzt sag endlich, was los ist«, verlangt sie und setzt sich auf.

»Ja … vielleicht habe ich mir Gedanken darüber gemacht, was du gesagt hast.«

»Ich habe viel gesagt«, antwortet sie und zieht ihre Augenbrauen hoch.

»Okay … Ich habe mich gefragt, ob ich dich zu oft berührt habe und dich das jedes Mal verletzt hat, weil du Gefühle für mich hattest und ich nicht für dich.«

»Na ja, ich hoffe, dass du zumindest irgendwelche Gefühle für mich hast«, sagt sie und ich verdrehe seufzend die Augen.

»Was willst du jetzt von mir?«, frage ich genervt und bereue es nur Sekunden später. Ist nicht so, als hätte ich gerade viele Freunde und könnte es mir mit meiner besten Freundin verscherzen.

»Du weißt, was deine Mama immer sagt: Entweder wir sprechen konkret über unsere Gefühle und Gedanken, oder wir lassen es ganz bleiben. Um den heißen Brei herum reden nur Narzissten.«

»Das ist politisch so —«

»Joris, sag jetzt, was Sache ist.«

Wir starren uns an. Sie verengt ihre Augen zu Schlitzen, als wäre sie irgendein Comic-Bösewicht.

»Soll ich vielleicht noch epische Musik unter das Blickduell legen?«, schlage ich vor, ohne sie aus den Augen zu lassen.

Daraufhin greift sie hinter sich und wirft mir ein Kissen zu.

»Okay«, sage ich laut, weil ich keine Lust habe, dass sie wieder so viel Chaos stiftet. »Du hast mir gesagt, dass du in mich verliebt warst. Habe ich dich damit verletzt und alles noch schlimmer gemacht, weil ich so viel Körperkontakt wollte?« Ich schließe für einen Moment meine Augen.

»Nein, hast du nicht. Ich mag es, dass wir uns Nähe schenken. Und ich bin über das Verliebtsein hinweg«, antwortet sie mir und streckt ihre Hand nach meiner aus.

»Okay, danke«, sage ich und verschränke meine Finger mit ihren. Ich schenke ihr ein Lächeln, woraufhin sie den Kopf schief legt.

»Das war nicht alles«, kommt es von ihr.

»Doch!«, antworte ich viel zu schnell.

»Joris.«

»Wie war das Wochenende mit Mama, Papa und Heike?«

»Joris!«

»Ich habe zwei Kooperationsanfragen in die nähere Auswahl gezogen. Vielleicht kannst du dir die später noch anschauen?«

»Joris.«

»Ich habe Lou geküsst«, sage ich und bereue es nur Augenblicke später. Ich kenne Jolene, sie wird mich löchern, bis ich ihr auch den Rest erzähle. Und mit Rest meine ich den peinlichsten Dreier, seit es Dreier gibt. Ist das eigentlich einer, wenn eine Person einfach nur zuguckt?

»O. MEIN. GOTT.«

»Kein Grund für dramatische Pausen und Geschrei«, erwidere ich und rolle ein paar Meter mit dem Stuhl zurück.

»Wie war es? Wann ist es passiert?«

»Gut. Freitag.«

»Freitag? Freitag? Wir haben heute Mittwoch!«

»Sorry?«

»Tut dir sowieso nicht leid.« Sie schüttelt theatralisch den Kopf. »Warum hast du nichts erzählt?«, fragt sie dann sanfter.

»Weil ich nicht darüber reden möchte.«

»Aber ...«

»Nein, Jolene. Kannst du bitte einmal meine Grenzen respektieren?«, frage ich und hoffe, dass sie es dabei belässt. Ich bin nicht bereit, über Freitagabend zu sprechen.

»Es gibt zu viele Grenzen in deinem Leben.«

»Wie du schon gesagt hast, es ist *mein* Leben.«

Sie seufzt laut und dramatisch, nickt dann aber. »Von mir aus.«

»Danke schön«, erwidere ich und rolle wieder ein Stück in ihre Richtung.

»Wann hast du Zeit, um live zu gehen? Wie sieht der Upload-Plan für heute aus?«

»An dir ist wirklich eine Geschäftsfrau oder Social Media Managerin verloren gegangen«, entgegne ich.

»Mhm ... Vielleicht hätte ich anstatt Lehramt besser was mit Medien studieren sollen.«

»Kannst du das nicht noch ändern?«, frage ich.

»Kein Plan. Ich gucke mal. Aber zurück zu meinen Fragen.«

»Den Upload-Plan habe ich bei *Notion* aktualisiert. Mein Vlog ist für diese Woche schon geschnitten. Live habe ich für achtzehn Uhr eingeplant.« Der Vorteil, wenn man in der Uni allein unterwegs ist? Man kann genügend Material filmen, weil keine Ablenkung da ist.

»Alles klar. Was war das mit den Kooperationsanfragen?«

»Eine Firma, die Geschmackspulver herstellt, und ein Nahrungsmittelergänzungs-Drink.«

»Klingt ja spannend«, erwidert sie mit gelangweilter Stimme.

»Ich finde den Drink ziemlich interessant – aus medizinischer Sicht.«

»Von mir aus, aber ich trink den Kram nicht.«

»Dann bist du die Kontrollgruppe.«

»Wenn du meinst«, kommt es von ihr und sie schaut desinteressiert auf ihre Fingernägel.

»Komm schon, ich habe keine Lust, immer nur Hörbuch-Partner zu haben. Ich weiß nicht, wann ich das alles konsumieren und dann noch Werbung dafür machen soll.«

»Okay. Kommst du später mit zum Yoga?«

»Nein!« Meine Antwort kommt so schnell und panisch, dass ich weiß, dass Jolene etwas vermutet. Aber sie sagt nichts. *Ungewöhnlich.*

Wenige Stunden später sitzen wir nebeneinander vor ihrem Smartphone in der Küche. Während sie von ihrem Wellnesstrip mit Mama und Heike am Wochenende erzählt, sitze ich neben ihr und lasse den Blick durch den Raum gleiten. Obwohl sie erst drei Tage zurück ist und ich das Wochenende genutzt habe, um die ganze Wohnung sauber zu machen, sieht es schon wieder aus, als wäre sie nie weg gewesen.

»Ich habe mir die Zeit genommen, eine Challenge vorzubereiten, während Jolene nicht da war«, sage ich, als sie mit ihrem Monolog fertig ist.

»Was?«, fragt sie und ich muss nicht in ihre Richtung schauen, um zu wissen, dass sie damit heute nicht gerechnet hat.

»Na ja, du warst beim letzten Mal dran, also ist es jetzt wohl an mir.«

»Willst du nicht lieber von deinem Wochenende und dem …« Doch weiter kommt sie nicht, weil ich ihr die Hand auf den Mund lege.

»Manchmal vergisst Jolene, dass wir nicht *alles* mit euch teilen können. Es gibt Grenzen. Zumindest bei mir«, sage ich an die Selfie-Kamera gewandt und nehme langsam die Hand weg.

»Dir ist schon klar, dass wir jetzt wieder in irgendwelche *Asphyxiophilie-Kink-Clips* reingeschnitten werden?«

»Was?«

»Atemkontrolle. Es gibt wohl noch mehr Leute in diesem Haushalt, die mit lateinischen Begriffen um sich werfen können«, erwidert sie und grinst mich selbstsicher an.

»War klar, dass du nur lateinische Begriffe kennst, wenn es um Sex geht.«

»He, kein Sex-Shaming.«

Ich hoffe, das behält sie im Hinterkopf, wenn ich ihr irgendwann mal von meinem Freitagabend-Desaster erzähle.

»Bist du jetzt bereit oder nicht?«, frage ich und lächle sie siegessicher an.

»Das Grinsen bedeutet nichts Gutes. Und nein, ich war erst beim Friseur, noch mal lasse ich dich nicht an meine Haare dran.«

»Keine Sorge. So schlimm wird es auch nicht, es ist ja schließlich von dir.«

»Was soll das heißen?«, fragt sie und ihre Augenbrauen wandern zu ihrem Haaransatz.

Ich stehe auf und gehe zum Kühlschrank. Bei meiner Aufräumaktion bin ich über einen sehr alten Nudelauflauf gestoßen, der von allen Seiten mit Jolenes Namen beschriftet ist. Meine beste Freundin hat die Angewohnheit, alles für sich haben zu wollen und es dann doch zu vergessen.

Ich nehme die Schüssel und greife nach einer Gabel aus der Schublade und stelle alles vor uns auf den Tisch.

»Nein!«, sagt sie laut und schüttelt mit dem Kopf.

»Okay, Jolene, hier kommt deine Challenge für heute. Du musst zwei Gabeln von deinem Auflauf essen. Was ihr euch jetzt wahrscheinlich fragt: Wo ist da die Herausforderung? Möchtest du dazu was sagen, Jolene?«

»No way.«

»Gut, dann zeige ich es euch.« Ich öffne die Schüssel, und erstaunlicherweise riecht es kaum. Aber der Anblick überzeugt. »Was ihr hier seht, ist kein grünes Pesto, sondern Schimmel.«

»Joris, das ist gesundheitsgefährlich.«

»Ich bin Arzt … in sechs Jahren«, erwidere ich.

»Nicht witzig.«

»Zwei Gabeln, komm schon.«

»Was soll ich machen, wenn ich nicht will?«, fragt sie genervt und verschränkt ihre Arme vor der Brust.

»Einen Monat einkaufen und täglich kochen.« Dann muss ich nämlich nicht mehr in die Mensa, sondern kann mir mein Essen mitbringen und aufwärmen, oder nach Hause fahren und hier essen. Und Jolene lernt vielleicht endlich mal, ihren Kram wegzuräumen. Zwei Fliegen mit einer Klappe, würde ich sagen.

»Zwei Wochen.«

»Ein Monat oder zwei Gabeln Nudelauflauf.«

»Na schön, dann gib mir mal die Gabel.«

»Ich fülle sie.«

»Nein!«

»Doch«, erwidere ich und spieße einige Nudeln auf.

»O mein Gott«, sagt sie, schließt die Augen und öffnet den Mund. Sie verzieht das Gesicht schon, als die Nudeln nur ihre Zunge berühren. Dann beginnt sie, kurz zu kauen, bevor sie versucht, die Portion zu schlucken.

Ich will ihr gerade motivierend zusprechen, da beginnt sie zu würgen und Tränen treten ihr in die Augen.

»Komm schon, Jolene!«, feuere ich sie an, aber selbst die glasigen Augen mindern den tödlichen Blick, den sie mir zuwirft, nicht.

Dann legt sie den Kopf in den Nacken und schluckt alles runter. »Weiter«, verlangt sie mit heiserer Stimme und ich mache die letzte Gabel voll.

Als sie auch diese Portion runtergewürgt hat, verharrt sie einen Moment, bevor sie aufspringt und aus dem Raum läuft. Vielleicht war das doch keine so gute Idee.

»Damit kommen wir zu einem frühzeitigen Ende, sorry. Ich muss jetzt nach Jolene schauen und wir halten euch auf dem Laufenden.« Ich stehe von meinem Platz auf und gehe zum Smartphone. »Bitte nicht nachmachen. Bis dann. Ciao«, sage ich und beende den Stream. »Jolene!«, rufe ich auf dem Weg zur Toilette, von der nur Würgegeräusche zu hören sind. Ich klopfe mehrmals an die Tür.

»Geh weg!«, ruft sie.

Ich kann sie so nicht alleine lassen. Also rutsche ich an der Wand nach unten und lehne mich gegenüber der Tür an. Wie kann man eigentlich in so wenigen Tagen sein Leben so versauen?

Ich schließe die Augen und höre Jolene dabei zu, wie sie sich nochmals erbricht. Fuck. Aber wenn ich sie hören kann, dann erstickt sie wenigstens gerade nicht.

15

Ich bin froh, dass Jolene mir die Aktion von Mittwoch verzeihen konnte. Über die Jahre unserer Freundschaft haben wir beide gelernt, was Vergebung bedeutet, trotzdem hätte ich es ihr nicht verdenken können, wenn sie noch länger sauer auf mich gewesen wäre.

So wie Sasha und Romy, die mich heute Morgen vor der Bib abgefangen haben. Dabei dachte ich, dass samstags die Wahrscheinlichkeit, auf einen von ihnen zu treffen, gering ist. Falsch gedacht.

Ich hatte natürlich keine richtige Erklärung parat. Also habe ich Romy einfach auf mich einreden lassen, bis sie irgendwann die Geduld verloren und gesagt hat, dass es von nun an mein Problem sei.

Sasha hat nur gemeint, dass sie verletzt und enttäuscht sei, weil sie dachte, wir wären Freunde und könnten über alles reden.

Und es hat verdammt wehgetan. Ich kenne die beiden erst seit wenigen Wochen, deswegen habe ich nicht damit gerechnet, dass es mir etwas ausmacht, ohne sie an der Uni zu sein. Dass es sich falsch anfühlt, nichts gesagt zu haben. Aber was wäre meine Erklärung gewesen? Ich bin nicht bereit dazu, ihnen davon zu erzählen. Ihnen zu sagen, was passiert ist.

Also habe ich geschwiegen und sie sind irgendwann gegangen.

Ich auch. Einsamer als an meinem ersten Tag an der Uni.

Es hat bestimmt eine Stunde gedauert, bis ich das eklige Gefühl in meinem Magen losgeworden bin und mich aufs Lernen konzentrieren konnte. Die nächste Klausur ist nicht weit und ich bin echt genervt von dem Drama in meinem Leben, das mich schon die ganze Woche vom Lernen abgehalten hat.

Vor der großen Fensterfront zeichnet sich ein Sonnenuntergang ab, als ich das nächste Mal von den Vorlesungsunterlagen hochschaue. Obwohl ich nur die Hälfte von dem geschafft habe, was ich mir für heute vorgenommen habe, sollte ich vielleicht Schluss machen und nach Hause fahren. Um mich herum sitzt niemand mehr und langsam sind meine Fingerspitzen auch so kalt, dass ich sowieso keinen Stift mehr ordentlich halten kann.

Vorsichtig, ohne zu viele Geräusche zu verursachen, packe ich meine Lernsachen in den grauen Korb. Der farblich passende Teppich, der in der gesamten Bib zu finden ist, schluckt meine Schritte auf dem Weg zu den Fächern.

Ich schließe meines auf, verstaue die Sachen aus dem Korb in meinem Rucksack und verlasse die Bib.

Auf dem Weg zur Bushaltestelle greife ich zum ersten Mal seit Stunden nach meinem Smartphone. Bis auf eine Nachricht von Jolene habe ich keine weiteren Benachrichtigungen.

Bist du schon auf dem Heimweg?

Jolene, 18:23

Stehe an der Haltestelle.

Joris, 19:05

Kannst du mir einen Gefallen tun?

Jolene, 19:06

Klar.

Joris, 19:06

Du müsstest kurz einkaufen, bitte.

Jolene, 19:07

Okay. Ich steige früher aus.

Joris, 19:07

Schicke dir gleich die Liste.

Jolene, 19:07

Gibt 'ne Überraschung zu Hause.

Jolene, 19:08

Ich hoffe, dafür müssen wir nicht live gehen.

Joris, 19:08

Du tust so, als wäre ich die schlimmste Stiefschwester überhaupt.

Muss ich dich daran erinnern, dass ich wegen dir das letzte Mal 'ne halbe Stunde auf dem Klo verbracht habe?

Jolene, 19:09

Es tut mir leid. Immer noch.

Aber bitte hör mit dem bösen S-Wort auf. Eklig.

Joris, 19:09

Seit wann bist du so prüde? Heike schläft mit deiner Mum, das macht uns zu Stiefgeschwistern.

Jolene, 19:10

Dieser Anschluss ist vorübergehend nicht erreichbar.

Joris, 19:11

Sex. Sex. Sex.

Jolene, 19:12

Albern.

Joris, 19:15

Was brauchst du jetzt? Ich stehe vorm Supermarkt?

Joris, 19:25

Vollgepackt stehe ich eine halbe Stunde später vor unserer Wohnung und bereue es, Jolene nicht wegen der zwei Flaschen Wodka belehrt zu haben. Eine hätte sicherlich auch gereicht. Ich stelle die Einkäufe ab und krame in meiner Tasche nach dem Schlüssel. Schon vor der Tür höre ich laute Musik aus unserer Wohnung. Großartig. Nach einem langen, frustrierenden Lerntag und der Konfrontation mit Sasha und Romy kann ich mir nichts Schöneres als eine Party und Chaos in unseren vier Wänden vorstellen.

Ich stoße die Tür auf, hebe die Taschen über die Schwelle und entledige mich meiner Schuhe, Jacke und meines Rucksacks. Selbstverständlich müssen die Geräusche aus der Küche kommen, so kann ich nicht einmal unbemerkt die Einkäufe abstellen und mich in mein Zimmer verziehen.

Ich atme tief ein und bewege mich in Richtung der lauten Stimmen und Lacher, die mich *nicht* an letztes Wochenende erinnern.

»Überraschung«, sagt Jolene, als ich im Türrahmen stehe. Einen Augenblick später sehe ich Malte zwischen all den anderen Typen und Frauen, die sich in unserer Küche befinden.

Wortlos drücke ich Jolene die schwere Tasche in die Arme und verschwinde, so schnell ich kann. Ich schlage meine Zimmertür etwas zu heftig hinter mir zu. Scheiß drauf.

Mein Herz pocht so hart, dass ich einen Moment brauche, um zu verstehen, dass es in meinem Raum dunkel ist, weil das Licht aus ist und nicht, weil ich kurz davor bin, umzukippen. Wäre selbst für mich und mein Leben etwas zu dramatisch.

Mit schwitzigen Fingern betätige ich den Lichtschalter und versuche, meine Atmung irgendwie in den Griff zu bekommen.

Er wird sich wahrscheinlich nicht an letztes Wochenende erinnern.

Er weiß ganz genau, wie du aussiehst, wenn du dir einen runterholst.

Mit den Fingern fahre ich immer wieder durch meine Haare und schaue mich im Raum nach einer Ablenkung um. Nach irgendwas, das meine Gedanken leiser stellt.

Ist er jetzt mit Lou zusammen?

Hat er diese Woche an mich gedacht?

Ist ihm bei meinem Anblick auch eingefallen, wie ich nackt aussehe?

Warum weiß ich, wie sein Penis aussieht, aber habe keine Ahnung, was er studiert, wo er lebt oder welche Interessen er hat?

Warum kann mein Leben nicht *unkompliziert* sein?

Ich mache die Türen zu meinem Kleiderschrank auf, greife nach den Pullovern im ersten Regal und lege den Stapel auf dem Bett ab. Ich will gerade auch die restlichen Sachen aus dem Schrank räumen, als es an der Tür klopft.

Mein Puls, der sich bei der Aussicht auf Umsortieren so langsam beruhigt hat, schießt bei dem Geräusch in die Höhe.

»Ja.« Meine Stimme zittert.

Lass es bitte nicht Malte sein.

Lass es Malte sein.

Gott, wie ich meinen Kopf liebe.

Aber es ist Jolene, die mein Zimmer betritt.

»Alles klar bei dir?«

»Was soll los sein?«, frage ich, drehe ihr den Rücken zu und nehme den nächsten Stapel Kleidung aus dem Fach.

»Du sortierst«, stellt sie fest und kommt näher.

»Und?«

»Das machst du nur, wenn du gestresst bist.«

»Vom Lernen«, lüge ich und packe den Stapel neben den anderen. Vielleicht sollte ich meine Oberteile lieber nach Art und nicht nach Farbe sortieren? Wobei ich die Farbsortierung die letzten Tage schleifen gelassen habe. Vielleicht kann ich das jetzt korrigieren.

»Joris.« Der auffordernd besorgte Unterton in ihrer Stimme nervt mich. Was soll ich ihr sagen? Ich habe schon mehr als einmal zu ihr gesagt, dass ich kein Interesse an Malte habe und sie mich damit in Ruhe lassen soll.

Hört sie auf mich? Nein.

Bin ich ihr eine Erklärung für mein Verhalten schuldig? Nein.

Sie tritt hinter mich und legt ihre Arme um meine Mitte. Ich verharre an Ort und Stelle mit dem grau-grünen Longsleeve-Stapel in meiner Hand. Sie presst ihren Kopf zwischen meine Schulterblätter und nimmt damit ein bisschen Druck weg, der seit dem Betreten der Küche auf meiner Brust gelastet hat.

»Es ist wegen Malte, oder?«

»Wegen wem sonst?«, erwidere ich und lege den Stapel zurück ins Fach.

»Können wir darüber reden?«, bittet sie.

»Keine Ahnung, was das bringen soll, schließlich habe ich dir zu dem Thema schon mehrfach meine Meinung gesagt.«

»Ich weiß ... Aber diese Woche hast du so unglücklich gewirkt, und ich dachte ... vielleicht freust du dich.«

»Du hast das nicht böse gemeint ... Aber trotzdem hast du meine Meinung nicht respektiert.« Ich drehe mich um und halte ihren Blick.

»Ich habe das Gefühl, dass ich in letzter Zeit alles falsch mache, wenn es um uns geht«, sagt sie leise und ich fühle ihre Verzweiflung, ohne ihren Ausdruck deuten zu müssen.

»Vielleicht bin ich es auch ... Keine Ahnung.«

»Ich weiß es nicht«, antwortet sie frustriert.

Der Fehler liegt nicht nur bei ihr. Ich habe nicht mit ihr geredet. Versucht, alles für mich zu behalten. Vielleicht kam sie deswegen zu falschen Schlüssen, wenn ich ihr kaum noch etwas erzähle.

»Wir hatten irgendwie Sex«, sage ich so schnell, dass ich nicht glaube, dass sie es verstanden hat oder meinen Gedankengängen folgen kann.

»Was? Wer?«

»Malte«, murmele ich.

»Warte. Du und Malte? Was heißt *irgendwie* Sex?« Sie macht ein paar Schritte zurück und mustert mich skeptisch.

»Ich habe dir doch von dem Kuss mit Lou erzählt?«, frage ich und fahre mit den Fingern durch meine Haare, bevor ich sie mir hinter die Ohren streiche.

»Ja.«

»Ich weiß nicht, wie ich das jetzt sagen soll ...« Ich lasse den Kopf in den Nacken fallen, weil ich lieber die Decke anstarre, anstatt meine beste Freundin angucken zu müssen.

»Lou, Malte und ich haben danach ... Also ich war dabei, als die beiden ... Sex hatten?«

»Was?«, schreit Jolene so laut, dass ich Angst habe, irgendwer hört sie über den dumpfen Bass, der auch in meinem Zimmer noch deutlich zu vernehmen ist.

Ich schließe die Augen, bevor ich zu ihr schaue.

»Das war kein verurteilender Ausruf. Ich bin einfach nur überrascht … Und enttäuscht, dass du mir jetzt erst davon erzählst.«

»Jolene, ich habe mir einen runtergeholt, während die beiden miteinander rumgemacht haben. Das erzählt man nicht einfach so beim gemeinsamen Abendessen oder kurz vorm Streamen.«

»Was?«

»Wie was?«

»Du hast ihn nicht geküsst oder angefasst?«

»Nein.«

»Du hast nur zugeschaut?«

»Ist nicht so, als wäre ich stolz auf diesen Glanzmoment.«

»Joris, ich bin die letzte Person, die dich wegen irgendwas verurteilt. Wenn es dir gefallen hat und für alle Beteiligten einvernehmlich war, ist doch alles in Ordnung.«

»Gar nichts ist in Ordnung«, sage ich und kann das Zittern in meiner Stimme nicht mehr unterdrücken. Genauso wenig wie den Kloß in meinem Hals. Oder das Brennen in meinen Augen.

»Warum bin ich so, Jolene?«, frage ich und fahre mir härter als nötig mit den Händen über das Gesicht.

»Meinst du liebevoll, ordnungsliebend, verrückt und loyal?«

»Das meine ich nicht«, sage ich.

Doch bevor ich ihr erklären kann, dass ich ihre Aufmunterungsversuche nicht brauche, umarmt sie mich einfach. Und alles fühlt sich nicht mehr ganz so scheiße an.

»Ich weiß nicht, warum du denkst, dass irgendwas mit dir nicht okay ist.«

»Weil ich doch einfach nur studieren, Arzt werden will und jemanden treffen möchte, in den ich mich verliebe und der mich auch liebt. Ich verstehe einfach nicht, warum das zu viel verlangt ist.«

»Joris, du bist neunzehn.«

»Ich hatte noch nie jemanden«, sage ich frustriert.

»Ich auch nicht.« Der Druck auf meiner Brust ist zurück, während ich Jolenes Antwort sacken lasse. »Und das sage ich nicht, um dir ein schlechtes Gefühl zu geben. Vielleicht … gibts nur das hier für uns. Und die Verrückten zu Hause«, kommt es von ihr.

»Ich vermisse Mama, Papa und Heike«, sage ich leise.

»Sie dich auch.«

Keine Ahnung, wie lange wir so dastehen, während Menschen in unserer Küche einfach weiterfeiern. Aber vielleicht finde nur ich das komisch.

»Was ist jetzt mit dir und Lou?«

»Ich gehe ihr aus dem Weg.«

»Sehr erwachsen«, kommentiert sie und vergräbt ihr Gesicht weiter in meinem Hoodie.

»Wehe, du sabberst auf mein Oberteil, dann machst du mal die Wäsche«, sage ich und stupse sie spielerisch an.

»Du könntest jetzt aus diesem Zimmer gehen und die Sache mit Malte klären … Und dann mit Lou.«

»Jolene, ich habe Malte nicht in der Bauecke geschubst oder sein Lieblingskuscheltier in der Toilette versenkt … Ich habe ihm dabei zugeguckt, wie er einen geblasen bekommen hat und … mochte es.«

»Dann sag ihm das.«

»Genau«, antworte ich und drücke sie von mir weg.

»Du kannst das doch nicht einfach so stehen lassen.«

»Ich rede nächste Woche mit Lou«, sage ich und weiß nicht, ob ich das wirklich so meine.

»Und Malte?«

Ich schüttele nur den Kopf, weil ich keine Ahnung habe, was ich dazu sagen soll.

»Okay. Aber versprich mir was, ja?«

»Was denn?«

»Wenn du dich gut fühlst, ist es ganz egal, dass andere das vielleicht verrückt finden. Wenn du Malte und Lou magst, dann ist das so. Aber nur, weil irgendwas nicht in die Norm passt, musst du dich deswegen nicht davor verschließen.«

Das Problem an der Sache ist nur, dass ich Lou mag, aber nicht so, wie ich Malte mag.

»Ich bin nicht wie Mama.«

»Okay. Aber es ist in Ordnung, wenn doch.«

»Willst du nicht wieder raus zu deinen Gästen?«, frage ich, weil ich erschöpft bin und nicht mehr darüber reden will.

»Kommst du mit?«

»Ich bin müde«, antworte ich.

Wir drücken uns noch einmal, bevor sie den Raum verlässt. Ich mache weiter und sortiere die Oberteile nach Farben so lange, bis meine Finger nicht mehr zittern.

16

Am Montagmorgen mache ich mich mit dem Entschluss auf den Weg zur Chemievorlesung, dass ich heute mit Lou spreche.

Aber noch bevor ich den Vorlesungssaal betreten kann, tritt mir Fiete in den Weg.

»Hey, was gibts?«, frage ich.

»Ich wollte mit dir reden.«

»Okay?« Unsere Bekanntschaft hat sich von Beginn an eigentlich nicht dadurch gekennzeichnet, dass wir wirklich miteinander geredet haben. Eigentlich dachte ich immer, wir haben nur zusammengefunden, damit keiner von uns beiden alleine ist.

»Ich weiß nicht, was zwischen dir und den Frauen vorgefallen ist, weil niemand reden will. Und eigentlich bin ich ein Freund davon, wenn wenig geredet wird, aber nicht, wenn der Grund dafür Unausgesprochenes ist.«

Ich starre ihn wortlos an. Nicht, weil ich ihn nicht verstehen kann, sondern weil ich nicht damit gerechnet habe, dass ihn das beschäftigt.

»Ich weiß nicht, was ich sagen soll«, antworte ich ehrlich.

»Könntest du dir vorstellen, dass wir uns alle zusammensetzen, damit wir darüber reden können?«

Mein Blick bleibt für einen Moment an seinen dunklen Haaren hängen, die heute unordentlicher aussehen als sonst. Ansonsten wirkt er genauso geordnet wie immer. Der weiße Hemdkragen unter seinem dunkelblauen Pulli ist faltenfrei und steht perfekt. Vielleicht war es auch das, was mich dazu gebracht hat, ihn anzusprechen.

»Ich muss das mit Lou alleine klären«, erwidere ich.

Er zieht die Augenbrauen hoch und sieht für einen Moment überrascht aus. Lou scheint nichts erzählt zu haben, weil auch Sasha und Romy so gewirkt haben, als wüssten sie den Grund wirklich nicht.

»Okay. Wann hattest du das vor?«

»Nach Anatomie«, antworte ich und werfe einen Blick auf meine Uhr. Es sind nur noch drei Minuten, bis die Chemievorlesung startet, und ich habe keine Lust, zu spät zu sein.

»Alles klar. Soll ich ihr Bescheid sagen?« Seine Frage hinterlässt ein komisches Gefühl in meinem Magen. Lou war als Erstes meine Freundin, bevor ich Fiete mitgebracht habe. Und jetzt ist er die Person, mit der sie spricht. Und das alles nur, weil ich sie geküsst habe und nicht aufgehört habe.

Aber warum zur Hölle macht mir seine Aussage Bauchschmerzen, aber dass Malte mit ihr rumgemacht hat, hat mir gar nichts ausgemacht?

»Joris?«

»Ich schreib ihr«, antworte ich und gehe an Fiete vorbei, ohne noch was zu sagen.

Drei Stunden später warte ich im Studi-Café auf Lou. Mein Blick wandert zu der großen Fensterfront, gegen die Regen prasselt. Ich beobachte die Tropfen dabei, wie sie das Glas hinunterrinnen und sich auf dem grauen Asphalt sammeln. Ich mag den Herbst. Weil ich Regen eigentlich am liebsten habe. Aber all die kleinen und großen Tropfen erinnern mich daran, wie ich vor Lous WG gestanden habe.

Ich drehe dem Fenster den Rücken zu und beobachte die anderen Studierenden dabei, wie sie ihre Bestellung aufgaben, sich mit Freunden treffen und miteinander lachen. Und ich stehe mitten unter ihnen, ganz alleine, aber niemand schenkt mir einen zweiten Blick. Außer das Mädchen, das aus der Richtung der Hörsäle kommt. Sie trägt einen grauen, zu großen Kapuzenpulli und geht direkt auf mich zu. Selbst auf die Entfernung kann ich erkennen, dass es Lou ist.

Zwischen all den unbeschwert wirkenden Menschen, die um den Verkaufstresen herum an den Tischen stehen, wirkt sie total verloren. So wie ich.

»Hey«, begrüßt sie mich und vergräbt ihre Hände in dem Pulli, der sie zu verschlucken scheint.

»Hi«, sage ich und versuche, ihr dabei nicht in die Augen zu schauen, weil ich Angst davor habe, wie sie mich ansieht.

»Willst du was trinken?«

»Ich brauche nicht unbedingt was ... aber wenn du möchtest ...«

Wieso mussten wir uns küssen und alles komisch machen? Warum bin ich nicht einfach gegangen, noch bevor ich zur Toilette bin? Warum wollte ich das unbedingt noch an diesem Abend klären? Und warum gerät mein Leben aus den Fugen, obwohl ich auf Alkohol verzichtet habe?

»Ich habe zwar gefragt, ob das Küssen und alles, was danach gekommen ist, für dich in Ordnung ist, aber ich kann mich nicht an deine Antworten erinnern ... Es tut mir leid, dass du dich ... gezwungen gefühlt hast, mitzumachen.«

Mein Blick schnellt zu ihr. Was?

In ihren Augen liegt all die Verzweiflung, die ich auch seit Tagen spüre. Sie lässt ihre Schultern fallen und ein Seufzen verlässt ihre Lippen. Eins, das mich nicht in die Vergangenheit zurückwirft, weil es ganz anders ist. Weil es schwerer und hoffnungslos wirkt.

»Ich ...« Wie soll ich ihr erklären, dass ich es mochte? Dass ich es schön fand? Dass ich trotzdem lieber mit ihr befreundet wäre? Wenn es darauf überhaupt noch eine Chance gibt.

Lou befreit ihre Hände aus der Tasche und schlingt die Arme um ihren schmalen Körper. Mein Herz schlägt so hart, dass ich es in meinem Hals spüre. Dass sich all die Worte, die in meinem Kopf sind, keinen Weg daran vorbeizwängen können.

Ich hatte schon Schwierigkeiten, Jolene davon zu erzählen. Wie soll ich meine Gefühlswelt also jemandem erklären, den ich nur wenige Wochen kenne? Jemandem, der mitbekommen hat, wie ich mich selbst befriedigt habe, während ich anderen beim Sex zuschaue. Wahrscheinlich will sie mit so einem perversen Typen sowieso nicht mehr befreundet sein.

»Gott … Ich habe dich wirklich dazu gezwungen, oder?« Ihre rot umrandeten und glasigen Augen werfen mich zurück in die Realität.

Erinnern mich daran, dass es nicht fair ihr gegenüber ist, so egoistisch zu sein. Übelkeit klettert meine Speiseröhre rauf, bei dem Gedanken daran, dass ich sie einfach in dem Glauben gelassen hätte, dass sie mich zu irgendwas überredet hat.

»Ich mochte es. Du … musstest mich nicht dazu überreden. Ich habe dich gern geküsst«, sage ich und meine Stimme wird am Ende immer leiser, weil ich keine Lust habe, dass uns jemand dabei zuhört.

»Okay …«, erwidert sie, ihr Gesichtsausdruck sagt mir aber was anderes. Dass sie mir nicht glaubt. Weil sie sich wahrscheinlich die ganze Zeit über die Schuld dafür gegeben hat.

Ich mache einen Schritt auf sie zu. Ich kann besser mit Nähe als mit Distanz umgehen kann.

»Es tut mir leid, dass … ich dir aus dem Weg gegangen bin. Aber …« Ich schließe die Augen und atme tief durch. »Ich habe mich vor mir geekelt«, spreche ich das aus, was ich seit dem Abend fühle. Ekel. Abscheu. Andersartigkeit.

»Warum?«

»Ich … Können wir das woanders besprechen?«, frage ich und lasse den Blick durch den Raum gleiten. Ich bin mir sicher, dass alle anderen mit ihrem eigenen Drama beschäftigt sind, aber ich kann das hier trotzdem nicht.

Sie nickt nur und wir verlassen den Café-Bereich in Richtung Treppenhaus. Wir haben nicht darüber geredet, wohin wir gehen, und trotzdem enden wir an dem Ort, wo ich mit ihr vor der Klausur gesessen habe. Damals, als alles noch platonisch, unkompliziert und schön war. Und ich will das wieder zurück.

»Ich … weiß gar nicht genau, wo ich anfangen soll«, gebe ich zu, weil ich will, dass sie alles versteht.

»Ich weiß, wir kennen uns noch nicht lange, aber ich … würde dich nie für irgendwas verurteilen«, sagt sie und ich glaube ihr. Wirklich.

»Euch … dabei zuzusehen, hat mir gefallen. Wahrscheinlich mehr, als wenn ich … mitgemacht hätte. Und … das ist seltsam, oder?«

Ihre Wangen haben einen leichten Roséton angenommen, der wahrscheinlich auch auf meinem Gesicht zu sehen ist. »Warum? Ich … mochte es, dass du uns zugesehen hast«, sagt sie leise und schaut hinter mich zum Treppenhaus.

»Wirklich?«

»Ja, ich würde dich nicht anlügen.«

»Okay«, sage ich und stoße meinen angehaltenen Atem aus. Ich weiß, dass das nicht alles ist, worüber wir reden sollten.

»Was ist jetzt mit … uns?«, stellt sie die Frage, vor der ich am meisten Angst habe.

»Ich … mochte es, dich zu küssen, weil ich dich mag. Aber …«

»Du hast nichts gefühlt.« Ich habe keine Ahnung, wie sie das meint. Was die Tonlage zu bedeuten hat.

»Nichts … würde ich jetzt nicht sagen.«

Ein Lächeln stiehlt sich auf ihre Lippen. »Joris, du kannst ruhig sagen, dass du keine Schmetterlinge im Bauch hattest, weil es mir genauso ging.«

»Und mit Malte?«, frage ich, ohne ihre Aussage zu bestätigen.

Sie mustert mich einen Moment zu lange. »Lief da mal was zwischen euch?«

Und dann erzähle ich ihr alles. Von dem Date. Dass er mich nicht erkannt hat. Und davon, dass er mich die ganze Zeit, während die beiden rumgemacht haben, angeguckt hat. Dass ich nicht weiß, was das zu bedeuten hat.

»Aber ich verstehe nicht, warum er dich nicht erkannt hat.«

»Danke! Das habe ich bis heute nicht kapiert.«

»Also nur, damit das klar ist: Ich hatte Spaß am Freitagabend, aber hätte ich gewusst, wie scheiße die Tage danach werden, hätte ich das niemals gemacht«, kommt es von ihr, und ich bin froh, dass sie nicht sagt, dass sie Malte mag. Eine Dreiecksbeziehung und noch mehr Drama in meinem Leben brauche ich wirklich nicht.

»Was machst du jetzt wegen ihm?«, fragt sie und spielt mit dem Ärmel ihres Pullis.

»Nichts. Vergessen. Bis irgendwer Neues in mein Leben tritt.«

»Okay. Wenn du reden willst oder Hilfe brauchst … Ich bin immer für dich da.« Tränen glitzern in ihren dunkelgrünen Augen, als sie einen Schritt näher tritt. Ich zögere einen Moment, bevor ich meine Arme um sie lege. Obwohl alles um uns herum nach Stress und Prüfungsdruck riecht, duftet sie immer noch nach Pfirsich-Shampoo. Und Karamell. Irgendwie.

»Wie gehts dir?«, frage ich das, was ich vielleicht schon zu Beginn hätte machen sollen. Aber eigentlich ist es dafür nie zu spät.

»Ich bin erleichtert, dass wir wieder miteinander reden.«

»Kein Kuss und kein Sexabenteuer mehr, versprich es mir«, sage ich, woraufhin sie in meinen Pulli lacht. Ich bin so froh, dass ich sie so wieder erleben darf.

»Hoch und heilig«, murmelt sie und ihre Stimme ist irgendwie belegt.

»Geht es dir wirklich gut?«, frage ich noch mal.

»Ich glaube nicht.«

»Erzähl mir davon, Lou«, bitte ich und halte sie fest, während sie mir berichtet, dass sie kaum schläft, keinen Appetit mehr hat und jede Sekunde versucht zu lernen.

»Selbst jetzt krampft sich mein Magen zusammen, weil ich mit dir rede und die Zeit nicht fürs Lernen nutze ... Dabei will ich mit dir reden.« Dann beginnt sie zu weinen. »Ich weiß nicht, wie ich das alles schaffen soll«, sagt sie unter Schluchzern.

Meine Brust zieht sich so eng zusammen, dass ich für einen Moment das Gefühl habe, keine Luft zu bekommen. »Es tut mir leid, dass ich nicht für dich da war. Dass du das alleine durchstehen musstest«, murmele ich mit zitternder Stimme und streiche ihr übers Haar.

»Ich habe mit den anderen nicht darüber reden können.«

»Ist okay. Ich helfe dir.« Und vielleicht wäre es nicht schlecht, wenn sie sich professionelle Hilfe suchen würde. Aber das kann ich ihr immer noch sagen, wenn sie aufhört zu weinen. Wenn sie nach der nächsten Klausur sieht, dass ihre Ängste unbegründet sind.

Irgendwann wird sie ruhiger. Ihre Schluchzer verebben, aber ich lasse sie nicht los.

»Ich bin so froh, dass wir das geklärt haben, Joris.«

»Ich auch«, murmele ich.

17

Vielleicht ist es nicht die beste Idee, an dem Wochenende vor der nächsten Klausur etwas zu unternehmen. Aber ich will Jolene endlich meinen Freunden vorstellen. Und Lou kann die Ablenkung auch gebrauchen.

Ich habe für heute alles genau durchgeplant.

Nachdem wir die Sache zwischen mir und Lou in der Gruppe angesprochen haben, ist die Stimmung deutlich gestiegen, und Romy hat sich bei mir für ihren Ausbruch entschuldigt. Allerdings haben Lou und ich ihnen nur von unserem Kuss und nicht von Malte erzählt. Das hatte mehrere Gründe, nicht nur den, dass ich mich immer noch nicht wohl dabei fühle, anderen davon zu erzählen, sondern vor allem, weil weder Lou noch ich wissen, wie Malte dazu steht, also haben wir es ausgelassen. Sasha und Romy konnten nachempfinden, dass wir deswegen nicht miteinander geredet haben. Fiete hat nichts gesagt. Vielleicht weil es ihm egal war. Keine Ahnung.

»Wo ist der Wodka?«, kommt es von Jolene, die einen Blick über meine Schulter in den Kühlschrank wirft.

»Im Laden«, erwidere ich, drehe den Wein in der Tür mit dem Etikett nach vorn, bevor ich den Kühlschrank schließe.

»Ist das dein Ernst?«, kommt es von Jolene, die mit hochgezogenen Augenbrauen die angerichteten Snacks auf der Küchenzeile betrachtet.

»Wir schreiben nächste Woche eine Klausur. Außerdem wollten wir uns nur ein paar Stunden zum Spielen treffen und damit sie dich mal kennenlernen«, sage ich. Vielleicht sollte ich noch eine Paprika schneiden. Bin mir nicht sicher, ob wir genug haben.

»Was soll das bitte für ein Saufspiel mit zwei Flaschen Wein und zehn Bier für sechs Personen werden?«

»Keins.«

Sie schaut mich total verwirrt an und greift dann in die Schüssel mit den veganen Gummibärchen für Sasha.

»Hast du dir die Hände gewaschen?«

»War gerade noch auf Toilette und habe mir draufgepinkelt«, erwidert sie und steckt sich das Gummitier in den Mund.

»Du bist so eklig.«

»Was spielen wir denn?«, kommt es von ihr. Sie lässt den Blick durch den Raum gleiten, den ich vor einer Stunde komplett grundreinigen musste.

»Monopoly, Karten, irgendwas, bei dem man nichts trinken muss.«

»Langweiler«, entgegnet sie und verdreht ihre Augen. Doch bevor ich etwas sagen kann, klingelt es an der Tür.

»Vielleicht kannst du heute ein bisschen weniger verrückt sein«, bitte ich Jolene.

»Wenn ich mich für deine Freunde verstellen muss, sind sie nicht wirklich deine Freunde.«

»Jolene«, flehe ich.

»Von mir aus. Ich ziehe mir jetzt aber nicht noch was anderes an.« Sie trägt eine schwarze enge Ripped Jeans und ein oversized Karohemd, das verdächtig nach einem Holzfällerhemd aussieht, das Papa so im Schrank haben könnte.

»Musst du auch nicht«, sage ich auf dem Weg zur Gegensprechanlage.

»Wo kann ich den Tequila kühl lagern?«, kommt es von Romy, womit sie bereits eine Minute nach ihrem Eintreffen meinen Plan für den heutigen Abend über den Haufen wirft.

»Ich könnte dich dafür küssen «, kommentiert meine beste Freundin und streckt mir die Zunge raus.

»Vielleicht komme ich später auf das Angebot zurück«, erwidert Romy und zwinkert Jolene zu, die daraufhin rot anläuft. *Jolene.* Jolene, der mutigste Mensch überhaupt. Die Person, der nichts unangenehm ist, ist plötzlich sprachlos wegen eines Flirts.

»Wenn ich gewusst hätte, dass Romy dich zum Schweigen bringen kann, hätte ich sie schon viel früher eingeladen«, sage ich und ernte dafür Lacher von den anderen, die an mir vorbei in die Küche gehen.

»Witzig, Joris«, sagt Jolene, bevor sie dem Rest folgt.

»Ich schneide schon mal die Zitronen«, schlägt Sasha vor, und nur Minuten später fühlt es sich so an, als wären sie dauernd zu Gast.

»Wie gehts dir heute?«, frage ich Lou, die ähnlich wie ich nur ein paar Schritte in den Raum gemacht hat.

»Ich bin vor drei Uhr eingeschlafen«, sagt sie leise, weil sie den anderen immer noch nicht von ihrem Stress erzählt hat.

»Okay. Das heißt, du hast besser geschlafen?«, hake ich nach.

»Ja, etwas«, antwortet sie.

»Schön«, sage ich und stupse ihren Arm an. Sie schenkt mir ein müdes Lächeln.

»Ich habe ein Partyspiel mit Fragen mitgebracht«, sagt Sasha und zerstört damit auch den Monopoly-Plan.

Zehn Minuten später sitzen wir alle um den Küchentisch, der eigentlich nur für vier Personen ausgelegt ist. Jolene hat irgendwoher noch zwei Klappstühle aufgetrieben und mein Schreibtischstuhl musste auch dran glauben, weil ihrer mit Kleidung zugelegt war. Die Snacks sind in der Mitte aufgetischt. Jolene hat alle mit Getränken versorgt, während ich mit Lou geredet habe. Ich hoffe, ihr geht es wirklich etwas besser. Sie wirkt immer noch ein wenig verloren, trägt aber heute zumindest ein Oberteil, in dem sie nicht untergeht. Und sie hat schon von den Paprika-Sticks genommen.

Während Jolene, Romy und Sasha darauf bestanden haben, Wein und Kurze zu trinken, sind Fiete, Lou und ich bei Apfelschorle geblieben.

»Seid ihr bereit?«, fragt Romy.

»Nein«, erwidere ich und stoße einen gespielt genervten Seufzer aus.

»Joris musste man schon immer zu seinem Glück zwingen. Am besten fängt er auch an«, kommt es von Jolene, die mir mit dem Weinglas in der Hand zuzwinkert. Ich unterdrücke das Bedürfnis, ihr eine Nuss gegen den Kopf zu werfen.

113

»Dann stellt Lou die Frage und danach gehts im Uhrzeigersinn weiter«, schlägt Sasha vor und alle stimmen ihr zu.

»Was ist, wenn ich die Frage nicht beantworten will?«, frage ich, weil ganz sicher nicht meine Lieblingsfarbe oder mein Lieblingsessen die Themen der Karten sein werden.

»Trinken«, kommt es sofort von Romy.

»Ich trinke keinen Alkohol.«

»Dann musst du eben irgendeine Aufgabe erledigen, die wir uns ausdenken. Damit haben du und Jolene ja Erfahrungen.« Sasha erntet auf ihren Vorschlag hin zustimmendes Nicken von allen Seiten.

»Von mir aus«, sage ich und bereue es, nicht Monopoly vorgeschlagen zu haben. Das wäre deutlich lustiger gewesen.

»Wie lange hast du am Stück nicht geduscht?«, fragt Lou.

»Keine Ahnung. Zwei Tage vielleicht«, antworte ich und zucke mit den Schultern.

»Das Traurige ist, das stimmt bei Joris auch noch.«

»Was ist daran traurig? Wie lange hast du denn schon ohne Dusche ausgehalten, Jolene?«

»Eine Woche. Oder mehr, keine Ahnung«, antwortet sie und lehnt sich mit verschränkten Armen in ihrem Stuhl zurück.

»Eklig«, erwidere ich und schüttele mit dem Kopf.

»Wie wäre es, wenn die Person, die die Frage beantworten muss, noch jemanden auswählt, der auch eine Antwort geben muss?«, schlägt Romy vor.

»Dann kann die Person auch weitermachen und das Spiel ist ein bisschen dynamischer«, merkt Sasha an und der Rest der Runde stimmt zu.

»Wenn du Diktator wärst, welches Gesetz würdest du als Erstes erlassen?« Ich drehe mich zu Sasha, die ihre roten Haare zusammengebunden hat, was ihre hohen, mit Sommersprossen gesprenkelten Wangenknochen mehr zur Geltung bringt.

»Das ungefragte Versenden von Dick-Pics unter Strafe stellen. Wobei, lieber die Gesetze, die offline gelten, auch online einführen. Also Beleidigungen, Mobbing – alles viel schärfer bestrafen.«

»Das ist so eine gute Idee«, kommt es von Jolene, die ihr anerkennend zunickt.

»Du musst jetzt noch jemanden auswählen, der die Frage auch beantwortet«, erinnere ich sie und lege die Karte auf den Stapel mit den gestellten Fragen.

»Fiete?«

»Ehm, ja … Also ich fand deine Idee schon richtig gut.«

»Komm schon, Fiete, du musst schon was Eigenes sagen«, verlangt Romy, steht auf und geht zum Kühlschrank.

»Dass alle Menschen das gleiche Recht auf Bildung bekommen. Also dass auch einkommensschwachen Familien geholfen wird«, sagt er und weicht dabei den Blicken aus.

»Bitte lass jetzt mal die spannenden Fragen kommen«, kommt es von Jolene, die ihre Hände faltet, als würde sie beten wollen.

»Auf was könntest du eher verzichten: Alkohol oder Sex?«

»Sex«, kommt es beinah augenblicklich von meiner besten Freundin.

»Was?« Romy ist so geschockt, dass ihr die Zitronenscheibe aus der Hand in das Schnapsglas fällt.

»Was soll ich sagen? Ich kann das solo deutlich besser«, sagt Jolene und zuckt mit den Schultern. Wahrscheinlich wirkt das auf jeden in der Runde so, als wäre ihr das egal. Als wäre sie super entspannt. Aber ich bemerke genau ihren ausweichenden Blick und das Nesteln am Rand ihres Shirts.

»Vielleicht hast du einfach noch nicht die richtige Person gefunden. Oder das richtige Geschlecht«, kommt es von Romy, und ich weiß nicht, ob es der Alkohol bei ihr ist oder ob es an meiner Wahrnehmung liegt, aber Letzteres klingt fast wie ein Angebot.

Jolene öffnet den Mund, schließt ihn aber nur Atemzüge später wieder. Für einen Moment sagt niemand was und es ist schwer, die Stimmung am Tisch zu deuten.

Als Sasha den Fragenstapel an Jolene weitergibt, erwacht diese aus ihrer Sprachlosigkeit und legt mit der nächsten Frage nach.

Die darauffolgenden Runden verlaufen ähnlich unaufgeregt und scheinen nur denen Spaß zu machen, die dabei Alkohol trinken. Zumindest, wenn man die Lautstärke als Maß dafür nimmt. Denn während Jolene, Romy und Sasha immer lauter werden, wird unsere Seite immer stiller.

Nachdem Fiete die Frage nach seiner Sex-Toy-Sammlung mit rotem Kopf verneint hat, ist Lou an der Reihe.

»Hattest du schon mal mit einem aus der Runde Sex oder hast dir vorgestellt, mit einer der anwesenden Personen zu schlafen?« Fiete liest die Frage so schnell und atemlos vor, dass es bei mir einen Moment dauert, bis ich das Ausmaß begreife.

Nicht zu Lou schauen.

Jolenes Blicken ausweichen.

Die Frage ist nicht an mich gerichtet, also muss ich auch nicht darauf reagieren.

Lou scheint ähnliche Ziele zu verfolgen, zumindest was die Reaktionslosigkeit angeht. Denn von ihr kommt nichts. Stille.

»Du kannst auch einfach eine Pflichtaufgabe erfüllen«, schlägt Sasha nach Sekunden des Schweigens vor, die sich anfühlen wie Stunden.

»Oder du erzählst uns einfach davon«, kommt es von Romy.

»Du weißt, dass wir dich nicht verurteilen werden.« Sasha schenkt Lou ein auffordernd es Lächeln und ich mache den Fehler, nach rechts zu gucken.

Lou und mein Blick kreuzen sich und ich glaube, keiner von uns muss ein Wort sagen, weil alle sehen, dass was gelaufen ist.

»Nicht euer Ernst.«

»Romy, manchmal frage ich mich, ob du jemals einen Filter entwickelst«, sagt Sasha und blickt ihre Kindergartenfreundin kopfschüttelnd an.

In Lous Ausdruck liegen so viele Fragen, Emotionen und Geschichten, dass ich keine Ahnung habe, ob sie etwas sagen will oder nicht. Ob es für mich okay ist, wenn die ganze Runde davon erfährt.

»Ich glaube, heute ist der falsche Abend, um darüber zu reden«, sagt Lou, hält dabei noch einen Moment meinen Blick, bevor sie sich wieder an die Runde wendet.

Irgendwie ist danach die Luft raus. Zumindest für mich. Aber ich sage nichts, weil ich es schön finde, alle beisammen zu haben. Weil ich es mag, dass Lou immer wieder lächelt und sie für ein paar Minuten den Stress der Woche vergisst. Ich freue mich über die roten Wangen und leuchtenden Augen von Jolene immer dann, wenn Romy sich näher zu ihr lehnt und ihr irgendwas erzählt. Und ich kann Jolene verstehen. Romy erzählt mit tanzenden Händen und strahlendem Lächeln. Mit so viel Ausdruck und Leidenschaft, dass jeder in ihren Erzählungen gefangen wäre.

116

Trotzdem landet mein Blick immer wieder bei den Krümeln auf dem Tisch, den leeren Schüsseln auf der Spüle und den klebrigen Ringen, die all die Gläser auf der Holzplatte hinterlassen haben. Wie komisch wäre es, jetzt aufzuräumen und sauber zu machen? Ich fahre mit den Fingerspitzen über den Tisch und versuche, nicht an all das Chaos zu denken.

»Was haltet ihr davon, noch ins *cliché* zu gehen? Da ist heute 2000er-Party«, sagt Romy und schaut begeistert in die Runde.

»Bin dabei«, erwidert Jolene, wenig überraschend. Auch Sasha ist direkt begeistert.

»Ich bin zu müde«, kommt es von Lou und ich will mich ihr gerade anschließen, als sich Jolene und mein Blick begegnen. Und während ich Lous Gesichtsausdrücke die halbe Zeit nicht deuten kann, weiß ich ganz genau, was meine beste Freundin will. Das Flehen in ihren braunen Augen ist unverkennbar.

18

Eine Stunde später bereue ich meine Liebe für Jolene. Ich klammere mich an meine Cola, während sie mitten in der Menge eng mit Sasha und Romy tanzt. In einem »Club«, der nicht größer ist als der Keller bei uns zu Hause. Der Bass dröhnt so laut von den Wänden wider, dass er meinen Herzschlag außer Kontrolle bringt. Ansonsten hat mir schon jemand sein Getränk über die Hose geschüttet, die jetzt an meinem Bein klebt. Genau wie die feine Schweißschicht auf meinen Armen.

Einfach großartig. Jolene hat mich, bevor wir die Wohnung verlassen haben, zur Seite gezogen und mir gestanden, wie toll sie Romy findet. Nicht, dass mir das bis dato noch nicht aufgefallen ist, aber sie war zum ersten Mal seit Monaten so aufgeregt und nervös, dass ich ihr keinen Wunsch abschlagen konnte. Sie musste also nur sagen, dass sie Angst hat und dass sie sich besser fühlen würde, wenn ich dabei bin, und ich habe zugesagt. Ich stehe mehrere Meter und durch viele Körper getrennt von ihnen entfernt, und Jolene scheint die Zeit ihres Lebens zu haben. Ich bin mir also nicht wirklich sicher, wie viel ich ihr dabei geholfen habe.

Ich greife nach meinem Smartphone, um mich bei Lou zu erkundigen, ob sie gut nach Hause gekommen ist, und habe natürlich keinen Empfang. Großartig. Noch dazu haben wir weit nach Mitternacht und ich muss morgen zwei Themen mehr schaffen, weil ich heute zu viel mit der Vorbereitung für heute Abend zu tun hatte.

Nach der Cola werde ich Jolene Bescheid sagen und nach Hause fahren. Sie ist mit Sasha und Romy in guter Gesellschaft, und zur Not kann sie bestimmt auch bei einer von beiden schlafen, wenn sie nicht mehr alleine nach Hause will.

Ich stecke mein Smartphone zurück in die Tasche, hebe den Kopf und lasse beinah die Cola los, als ich Maltes Blick begegne.

Er bewegt die Lippen. Ich schaue hinter mich, weil ich mir nicht vorstellen kann, dass er gerade mich meint und mit mir reden will.

Doch er greift nach meinem Handgelenk und zieht mich ein Stück zu sich.

»Hey«, sagt er und mir bleibt alles im Hals stecken, einschließlich des Schlucks Cola, der es noch nicht in meinen Magen geschafft hat und jetzt die falsche Abzweigung genommen hat.

Ich drehe mich von ihm weg. Huste. Versuche, Luft zu bekommen. Huste so lange, bis ich endlich wieder atmen kann.

Mein Hals fühlt sich gereizt an und meine Augen tränen.

Erst jetzt spüre ich die Hand, die immer noch viel zu leicht auf meinen Rücken klopft.

Wie peinlich soll mein Leben eigentlich noch werden?

Mit den Händen fahre ich mir über die Augen und drehe mich in seine Richtung.

»Danke«, murmele ich, weiß aber, dass er mich über *Low* von Flo-Rida nicht hören kann. Vor allem, weil das Geschrei und die Rufe in dem kleinen Club noch lauter werden.

Aber anstatt dass Malte verschwindet, ich meine Cola leeren und einsam sterben gehen kann, kommt er mir wieder näher.

Und ich hasse meinen Körper dafür, dass er sich so nach Nähe sehnt. Das hat uns schon mal in eine bescheidene Situation gebracht, aus der wir uns gerade erst gerettet haben.

Aber egal, mit wie viel Logik ich an die Sache gehe, sobald seine Finger über meinen Unterarm streichen, kribbelt mein gesamter Körper. Vom großen Zeh bis zum Hypothalamus.

»Cool, dass du auch hier bist.«

Ich spüre seinen heißen Atem auf meinem Hals. Er verharrt einen Moment zu lange an der Stelle und ich fühle jede Sekunde, die sein Geruch meine Sinne flutet.

Obwohl alles um uns herum nach Alkohol und Schweiß riecht, hat er einen Duft an sich, von dem mein Körper offensichtlich nicht genug bekommen kann. Wäre ich poetischer veranlagt, würde ich es wahrscheinlich als den Geruch von einem Morgenspaziergang im Herbst beschreiben. An dem es regnet und die Blätter bunt sind.

Anscheinend habe ich zu viel Zeit damit verbracht, über sein Parfüm nachzudenken – anders kann ich mir nicht erklären, dass sich meine Beine plötzlich im Takt der Musik bewegen. Oder warum wir uns immer noch so nah sind, dass ich jede seiner verblassten Sommersprossen auf der Nase erkennen kann. Keine Ahnung, warum sie mir nicht schon bei unserer ersten Begegnung aufgefallen sind. Warum seine Finger immer noch über meinen Arm streichen. Wieso ich ihn nicht aufhalte, als er ein Bein zwischen meine schiebt und sich noch näher an mir bewegt.

Ich schließe die Augen. Fühle seine Bewegungen. Spüre die Musik, die durch meinen Körper hallt. Für einen Moment ist alles leicht. Und mein Kopf leise.

Ich weiß nicht, was das hier wird. Was wir zwei sind. Warum ihm egal ist, dass er so eng mit mir im Club tanzt. Warum es *mir* egal ist.

Seine Finger wandern zu meiner Hüfte und ich halte ihn nicht auf. Wie auch? Mein Körper ist von der Musik, den Menschen und dem Gefühl von Nähe trunken. Von all den bunten Lichtern, die immer wieder aufleuchten.

Mein Blick findet seinen. Ich weiß nicht, was ich sagen soll. Ob es okay ist, wenn ich mich weiter nach vorn beuge. Ob er, wenn er mit den Fingern höher streicht, mein rasendes Herz spürt.

Ein Lächeln liegt auf seinen Lippen. Vielleicht, weil er das hier auch genießt. Weil er auch mehr will.

Die Grübchen in seinen Wangen machen mich verrückt. Ich will seine Lippen berühren. Will sein Lächeln küssen. Will, dass der Augenblick nicht endet.

Ich beuge mich noch ein Stück vor. Atme Herbstspaziergang ein und Aufregung aus. Vielleicht ist gerade der richtige Zeitpunkt, um mutig zu sein.

»Darf ich dich küssen?« Meine Stimme zittert, aber ist hoffentlich laut genug.

Ich lehne mich zurück, warte auf seine Antwort.

Rote Scheinwerfer streifen über seine schönen Gesichtszüge.

Beim nächsten Atemzug beugt er sich nach vorne. Blut und Musik rauschen in meinen Ohren, als sich unsere Lippen berühren. Es dauert nur Sekunden, bis wir einen Rhythmus gefunden haben. Unseren. Als ich dachte, dass sein Lächeln meinen Körper schon verrücktspielen lässt, habe ich die Rechnung ohne seine Küsse gemacht.

Ohne all die kleinen Berührungen von seinem Mund an meinem, die mein Herz höherschlagen lassen. Die alles andere in den Hintergrund rücken. Küsse, die Farben hinter meinen geschlossenen Lidern explodieren lassen.

Seine Lippen auf meinen sind das Gesamtpaket, das ich bei Lou vermisst habe. Das alle Küsse aus der Vergangenheit in den Schatten stellt.

Ich will wissen, wie er schmeckt. Wie sich seine Zunge an meiner anfühlt. Aber er löst sich viel zu schnell von mir.

Er verteilt zarte Küsse auf meinem Hals, die überall Gänsehaut auslösen. Bis ich seinen warmen Atem an meinem Ohr spüre.

»Wo … ist deine Freundin?«

Ich erstarre. Laute Musik hindert meinen Kopf daran, den richtigen Schluss zu ziehen. Schließlich kann er das nicht so gemeint haben, oder?

»Was?«, frage ich und drehe meinen Kopf in seine Richtung.

»Die vom letzten Wochenende.« Mir ist schon klar, welche Freundin er meint.

»Ist das dein Ernst?« Mein Herz schlägt so wild gegen den Brustkorb, dass es schmerzt.

»Hat doch Spaß gemacht, oder?« Ernsthaft?

Ich öffne den Mund, habe aber keine Ahnung, was ich darauf sagen soll.

Er lehnt sich zurück und ich nutze den Moment, um Abstand zwischen uns zu bringen. Ich würde ihm gerne sagen, was ich davon halte, dass er mich nur geküsst hat, um wieder mit Lou schlafen zu können, aber mir fehlt die Energie.

Meine Hand zittert. Jolene würde ihm jetzt wahrscheinlich den Rest der Cola überschütten und ihn zum Teufel jagen, aber so bin ich nicht.

Also drehe ich mich wortlos um, leere mein Getränk und verschwinde aus dem Club, den ich besser nie betreten hätte.

Auch Stunden später, als ich endlich die Wohnungstür höre, liege ich immer noch wach. Ich hasse es, dass ich Malte so viel Raum in meinem Hirn gebe. Dass ich nicht aufhören kann, an den Kuss zu denken. Dass ich aber noch viel detailreicher die letzten Sekunden unseres Zusammentreffens im Kopf habe. Wie er mich angeguckt hat, nachdem er mir eröffnet hat, dass er Lou lieber dabeihaben will.

Ich halte die Luft an, in der Hoffnung, dass mich der Sauerstoffmangel müder macht, und all die Erinnerungen in die Knie zwingt. Aber nichts passiert.

Dann klopft es ganz leicht an meiner Tür.

»Komm rein.«

»Hab ich dich geweckt?«, flüstert Jolene, als sie den Raum betritt.

»Nein«, sage ich und rücke ein Stück zur Seite, um ihr Platz im Bett zu machen.

Als sie sich neben mich legt, bereue ich es fast, weil sie nach Alkohol und Rauch riecht und ich morgen meine Bettwäsche waschen muss, aber ich bin einfach froh, nicht allein sein zu müssen.

»Was ist passiert?«, fragt sie und ich hasse den Kloß in meinem Hals und das Brennen in meinen Augen.

»Malte war da … Wir haben uns geküsst und dann hat er nach Lou gefragt. Also, ob sie da ist. Und erst dachte ich, ich hätte ihn falsch verstanden und es wäre wieder mein Kopf, der zu viel reininterpretiert … Aber dann meinte er, dass es ja spaßig war letztes Wochenende.« Meine Stimme zittert die ganze Erzählung über, aber sie bricht nicht und keine Träne verlässt meine Augen.

»Das ist nicht dein Ernst!?« Ich kann Jolenes Gesichtsausdruck nur schemenhaft ausmachen, weil der Lichteinfall vom Flur gering ist, brauche ich aber auch gar nicht, weil sie genauso sauer ist, wie ich es war.

»Doch«, erwidere ich.

Er ist es nicht wert, dass ich so viel über ihn nachdenke!

»Jedes Mal, wenn ich ihn getroffen habe, ob beim Yoga oder nach den Eishockeyspielen, wirkt er immer so entspannt und nett … Ich kann echt nicht verstehen, wie er sich so scheiße dir gegenüber verhalten kann.«

Mit ihren Fingerspitzen streicht sie durch meine Haare und das Gefühl von ihren Nägeln auf meiner Kopfhaut lässt eine Gänsehaut meinen Rücken hinabrieseln.

»Ich bin fertig mit ihm. Und mit Feiern gehen. Ich habe so keinen Bock mehr auf dieses Drama in meinem Leben«, sage ich leise und Jolene summt zustimmend. »Irgendwann wird schon jemand kommen, der mich so liebt, wie ich bin«, sage ich und glaube nicht wirklich daran.

»Davon bin ich überzeugt«, kommt es leise von Jolene und ich kann die Träne nicht aufhalten, die mir über die Wange läuft.

Wir liegen schweigend nebeneinander. Alles riecht nach Party und fühlt sich wie zu Hause an.

»Romy und ich haben uns geküsst.«

Ich habe einen Moment Angst, dass ich mich nicht für sie freuen kann, aber das Lächeln auf meinen Lippen fühlt sich echt an.

»Ich freue mich so«, murmele ich, greife nach ihrer Hand und verschränke unsere Finger miteinander.

»Es war so schön und hat sich so richtig angefühlt. Ich hatte Schmetterlinge im Bauch und wollte nicht, dass es endet«, erzählt sie und ich weiß genau, wie sich das anfühlt.

Aber am Ende hat er sich wieder nicht für mich entschieden, also ist es jetzt meine Aufgabe, das zu tun.

Teil 2
Malte

19

Ich presse die Schuhe fest ins Eis und drücke meinen Schläger noch ein Stück mehr in die Lücke, um den Pass abzufangen. Es gelingt mir. Eine Sekunde später werde ich zwischen zwei Spielern zusammengequetscht und muss mit ansehen, wie mir einer von beiden den Puck wieder abnimmt.

Obwohl mir der eiskalte Wind beim Fahren ins Gesicht bläst, herrscht in meinem Inneren brennender Siegeswille. Fürs Team. Für die letzten Monate, die wir hart an uns gearbeitet haben, mit einem Ziel: der Aufstieg.

Beim nächsten Blinzeln sind so viele Spieler mit weißen Trikots in unserer Hälfte, dass ich es vor ihrem Torschuss nicht rechtzeitig zurückschaffe.

Zum Glück pariert unser Goalie Schmitt den Angriff. Mein Körper singt vor Erschöpfung und Ratlosigkeit. Es ist nur noch eine Frage der Zeit, bis Sigheim den Anschlusstreffer erzielt.

Im gesamten zweiten Drittel treten sie deutlich angriffslustiger auf als noch im ersten. Und anstatt mich darauf zu konzentrieren, wie wir unsere herausragende Leistung halten können, versuche ich herauszufinden, was sich bei den Typen in Weiß geändert hat.

Haben sie sich im ersten Drittel mehr darauf konzentriert, unsere Schwächen zu finden, als zu spielen?

Beim letzten Reihenwechsel haben sie mit einem anderen Aufbau gespielt.

Ich bin so gefangen in meinen Gedanken, dass ich den Pass von Kian Arslan beinah verpasst hätte. Nur knapp schaffe ich es, die Scheibe an der Kelle an dem Verteidiger vorbeizuführen. Allerdings musste ich außen herum, was mich Zeit kostet. Damit können wir unsere zahlenmäßige Überlegenheit vergessen und mein Torschuss wird von der Verteidigung abgefangen.

Beim nächsten Wechsel versuche ich, von außen den Fehler zu finden. Denn obwohl ich das Eis verlassen habe, scheint eine Unruhe im Team zu sein, die ich nicht fassen kann. Die Pässe sind ungenau. Wir sind immer einen Schritt zu langsam.

Ulrich fliegt schon wieder mit zwei Minuten vom Eis. Er kickt mehrmals gegen die Bande. Seine Frustration hallt in jedem von uns wider. Mein Kiefer schmerzt. Und die Schwere in meiner Magengegend ist auch nicht hilfreich dabei, eine Lösung zu finden.

»Was ist los mit den Jungs, Gruber?«, kommt es von Trainer Thomas, dem der Frust ins Gesicht geschrieben steht.

»Kann ich nicht sagen, aber ich bin dabei, es herauszufinden«, bringe ich zwischen zusammengebissenen Zähnen hervor.

Vielleicht liegt es auch an mir, dass zusammen mit der überraschenden Überlegenheit der Leoparden immer wieder Erinnerungsfetzen von gestern Abend auftauchen.

Ich hatte nicht geplant, auszugehen. Wir sind seit zwei Spielen ungeschlagen und das soll auch so bleiben.

Aber Arslan ist in mein Zimmer gekommen, hat mich einfach hochgehoben, als würde ich nichts wiegen, und mich erst runtergelassen, als ich versprochen habe, sie zu begleiten.

Ich habe allerdings nur mit dem Hintergedanken zugestimmt, dass sie dann weniger trinken und wir zeitig wieder nach Hause können.

Aber am Ende habe ich die drei aus den Augen verloren, weil ich dachte, dass es eine gute Idee wäre, den Typen von vorletztem Wochenende zu küssen. *Joris.*

Nicht, dass ich irgendwas gegen Kerle habe, die gerne Kerle küssen. Überhaupt nicht. Aber ich mag Frauen. So wie seine Freundin.

Warum ich ihn dann trotzdem geküsst habe? Keine Ahnung. Er hat irgendwas an sich, was mich schon beim ersten Mal, als wir uns im *Abseits* gesehen haben, fasziniert hat. Vielleicht sind es die blonden, kinnlangen Haare, die ihm so gut stehen. Oder dass sein ganzes Gesicht rot aufleuchtet, wenn ihm etwas unangenehm zu sein scheint.

Vielleicht bewundere ich auch seinen Mut, dass er mich auf ein Getränk einladen wollte, obwohl er nicht wissen konnte, dass ich nicht auf Kerle stehe.

Ein Hupen tönt durch die Halle und reißt mich aus meinen Gedanken.

Sie haben den Anschlusstreffer gemacht. *Fuck.*

»Gruber, Ansprache und dann rein«, kommt die Anweisung von Thomas.

Und ich habe keinen Plan, was ich sagen soll, weil ich die letzten Minuten damit verbracht habe, über Joris nachzudenken.

Aber jetzt kommt es darauf an. Und ich will mit einem Sieg hier raus. Ulrich rollt mit den Augen, als ich mich vor der Bank aufstelle, aber das ist mir egal.

»Wir haben die letzten zwei Spiele gewonnen. Haben letzte Woche endlich Krainburg zum ersten Mal geschlagen. Das ist die Energie, die wir heute brauchen. Die vom ersten Drittel. Es ist gut, dass Sigheim stärker auftritt, weil sie es uns offensichtlich zu leicht gemacht haben. Es wird Zeit, dass wir ihnen zeigen, wozu wir in der Lage sind.«

Ich schaue von Isaiah Williams zu Jan Fink und sehe endlich die Entschlossenheit in ihren Augen, die in den letzten Minuten auf dem Eis gefehlt hat.

»Wir gehen jetzt da raus und holen uns den Sieg, den wir uns verdient haben. Es wird nicht einfach. Es wird hart. Aber wir haben uns. Und unser Mindset.«

»Wer sind wir?«, schreit Arslan und zwinkert mir zu.

»*Tigers*!«, brüllen alle, bevor wir wieder zurück aufs Eis gehen.

Wir haben gewonnen. Haben Sigheim mit einem knappen 6:5 geschlagen. Nichts schmeckt so gut wie ein Sieg. Wie eine Feier zusammen mit meinem Team im *Abseits*.

Nur, dass heute alles anders ist. Dass ich viel zu oft zur Tür schaue, in der Hoffnung, dass er heute Abend vielleicht auch kommt. Aber warum sollte er? Und warum ist es das, woran ich die gesamte Zeit über denke? Anstatt mich von den glücklichen Gesichtern von Fink, Williams, Luca Jenssen und dem Rest des Teams mitreißen zu lassen?

Nach dem dritten Bier steige ich auf Wasser um. Heute schmeckt alles fade. Nach Fehlern, die ich nicht realisiert habe.

Irgendwann schaffen es Fink und ich, Jenssen und Arslan zu überreden, nach Hause zu gehen. Beim zehnten Anlauf verlassen wir um kurz nach Mitternacht endlich unsere Stammkneipe.

Die beiden schwanken vor uns und bleiben alle fünf Meter stehen. Der Bus ist uns vor der Nase weggefahren, deswegen müssen wir das letzte Stück vom Zentralplatz zu Fuß zurücklegen.

»Sag mal, wer war eigentlich der Typ gestern Abend im Club?«

Ich weiß ganz genau, wovon Fink redet und warum er flüstert. Wobei Letzteres überflüssig ist, weil Arslan und Jenssen laut und schief *Eye of the Tiger* singen. Ist ja nicht so, als würden die meisten Leute in der Wohngegend schlafen. Fink hat eben schon mal versucht, den beiden Vernunft beizubringen. Vergebens. Sie singen dann einfach noch lauter.

»Malte?«

»Bin mir nicht sicher, ob er das okay fände, wenn ich dir seinen Namen sage«, antworte ich und mustere Fink.

Er trägt den dunkelgrünen Trainingsanzug mit *Tigers-Logo* und passender Kappe. Obwohl wir vor ein paar Monaten mit Arslan und Jenssen in eine WG gezogen sind, habe ich Fink noch nie ohne Kopfbedeckung gesehen. Zumindest seltener als ich Arslan komplett ohne Kleidung gesehen habe, dabei war meine Reaktion die gleiche wie in der Kabine, wenn sich die anderen umziehen. Deswegen verstehe ich nicht, warum mir der Kuss nicht aus dem Kopf geht.

»Okay, klar«, erwidert Fink. Und ich weiß, dass er es so meint. Dass es okay ist, wenn ich jetzt nichts mehr zu dem Kuss und Joris sage.

Fink ist vor zwei Jahren zu uns gekommen, als ich noch kein Kapitän des Teams war. Wir haben uns auf Anhieb verstanden. Er hat unabhängig von mir mit Yoga begonnen und irgendwann haben wir dann noch ein paar *Tigers* dazu überredet, mitzukommen. Fink ist die Person aus der Mannschaft, die mir am ähnlichsten ist.

»Ich hoffe, du weißt, dass es für mich keinen Unterschied macht, wenn du Männer magst«, sagt er. Ein weiterer Grund, warum wir uns von Beginn an so gut verstanden haben. Jan Fink würde nie jemanden verurteilen.

»Darüber habe ich mir ehrlich gesagt keine Gedanken gemacht«, antworte ich und betrachte die beiden Chaoten vor uns, die immer noch ihre Arme umeinander gelegt haben und heftig schwankend über den Bürgersteig stolpern.

Ich wünschte, wir würden schneller vorankommen, weil es immer kälter wird. Und wenn ich die letzten Jahre eins in Tannstein gelernt habe, dann, dass das erst der Anfang des Winters ist.

»Dass ich dich verurteile oder ob du auf Männer stehst?«, hakt Fink nach.

Eigentlich mag ich genau das an Fink und unserer Freundschaft. Dass wir reden. Früher hatte ich nur meinen Bruder, mit dem ich über alles reden konnte. Dann hat sich alles geändert und wir haben nie wieder miteinander gesprochen.

Als ich mich mit Fink angefreundet habe, ist mir aufgefallen, wie sehr ich die Gespräche vermisse, in denen es nicht nur um Schule, Hockey und Mädchen geht, so wie in allen vorherigen Freundschaften.

»Ob ich auch auf Männer stehen könnte.« Es ist nicht so, als hätte ich das erste Mal darüber nachgedacht. Schließlich gab es die letzten Jahre kaum ein anderes Thema bei uns zu Hause als die sexuelle Orientierung meines Bruders.

»Willst du darüber reden oder lieber nicht?«

Vielleicht hätte ich damals meine Bachelorarbeit lieber über emotionale Intelligenz schreiben und Fink als Proband nehmen sollen.

»Ein andermal«, sage ich und vergrabe die Hände tiefer in den Jackentaschen.

Man könnte meinen, dass mir die Kälte nichts mehr ausmacht, weil ich seit meiner Schulzeit auf dem Eis stehe. Allerdings bewege ich mich beim Hockey und hier stehen wir fast.

»Ich würde sagen, wir trennen Arslan und Jenssen mal voneinander, sonst kommen wir nie nach Hause.«

Fink hat montags immer einen der ersten Vorlesungstermine, und im Gegensatz zu mir besucht er sie regelmäßig. Ich hätte normalerweise morgen auch Uni, aber Trainer Thomas hat mich und Williams zu den Sponsoren-Gesprächen eingeladen.

Und es ist nicht so, als hätte ich im Bachelor die Vorlesungen besucht. Ich bin mehr der Typ, der sich Lernstoff selbst beibringt, in meinem eigenen Tempo.

»Kian, du wartest auf Malte und ich gehe mit Luca«, sagt Fink und hakt sich bei Jenssen unter.

»Du kannst mich und Jenssen nicht trennen!«, protestiert Arslan und stampft mit einem Bein fest auf, schwankt und fällt nur deshalb nicht um, weil ich ihn gerade noch so an der Jacke gepackt bekomme.

»Arslaaaaaaaaan!«, ruft Jenssen laut.

»Sobald wir zu Hause sind, könnt ihr wieder zusammen sein. Versprochen«, kommt es von Fink, der mit Jenssen schon ein paar Meter entfernt ist, weil sich Arslan immer noch an die Straßenlaterne klammert.

»Wir kommen nach«, sage ich und drehe mich in Arslans Richtung. Genau über der Stelle, wo er den Kopf an den grauen Pfahl stützt, klebt ein *Tigers-Sticker* an der Laterne.

Der Blick unter seinen schwarzen Augenbrauen gleitet überall hin, außer zu mir. Die dunklen Haarsträhnen hängen ihm wirr in die Stirn. Es ist bei weitem nicht das erste Mal, dass er sich so betrunken hat. Trotzdem hätte ich mehr auf ihn achten sollen, anstatt den ganzen Abend in Erinnerungen festzuhängen.

»Alles klar bei dir?«, frage ich und streiche Arslan kurz über den Rücken.

»Wird schon«, murmelt er, schaut aber immer noch nicht zu mir. Sein Gesicht ist blasser als damals, als Ulrich sich ein Schädelhirntrauma zugezogen hat und das ganze Eis vollgekotzt hat. Ich schaue noch mal nach vorn, wo Jenssen und Fink um die Ecke gebogen sind.

Es sind eigentlich nur noch ein paar Meter bis zu unserer Wohnung.

Mein Kopf schnellt zu Arslan zurück, als er Kotzgeräusche von sich gibt. Zum Glück hat er sich in eine andere Richtung gedreht und etwas mehr von der Laterne weggelehnt, ansonsten wären meine weißen Schuhe dran gewesen.

Sein ganzer Leib zittert, während er die letzten Stunden auf dem Boden verteilt.

Irgendwann würgt er nur noch und es kommt nichts mehr. Ich löse einen seiner Arme und lege ihn mir um die Schultern.

»Wie wäre es, wenn wir nach Hause gehen?«, schlage ich vor. Seine Lider sind auf halbmast und der Blick gleitet ins Leere.

Ich schleppe seinen schlaffen Körper die Straße entlang und versuche, mit der anderen Hand in der Hosentasche nach meinem Smartphone zu angeln.

Einhändig wähle ich Finks Nummer und konzentriere mich nebenher darauf, dass Arslan nicht von mir abrutscht oder gegen irgendwas stößt. Ein Fulltime-Job, wenn die zu stützende Person nicht mal die Augen aufhat.

Fünf Minuten später öffnet Fink uns schon die Haustür und hilft mir, Arslan in den zweiten Stock zu bringen.

»Heute bist du dran mit Zähneputzen«, sage ich, nachdem wir Arslan von seinen Schuhen und der Jacke getrennt haben.

»Du bist der Kapitän und hättest aufpassen müssen«, erwidert Fink zwinkernd und lässt mich mit Arslan alleine zurück.

Seufzend schleppe ich den Kerl ins Badezimmer. Dabei murmelt er etwas Unzusammenhängendes. Keine Ahnung, warum er immer so übertreiben muss.

Er lässt sich von mir auf das Klo setzen und ich putze ihm schnell die Zähne. Manchmal frage ich mich, ob er sich nur schlafend stellt und eigentlich alles mitbekommt, weil er sich nie an der Zahnpasta verschluckt. Zum Glück.

Ich fahre ihm noch mit einem Stück Klopapier über den Mund, bevor wir das Bad verlassen.

»Fink, er will heute Nacht bei dir bleiben!«, rufe ich im Flur und warte darauf, dass er Arslan abholen kommt.

»Ich schlafe schon!«, brüllt er zurück.

Ich atme tief ein und aus, was einen gegenteiligen Effekt hat, weil ich nur Sekunden später den Kippen- und Alkoholgeruch von Arslan in der Nase habe.

»Er kann bei mir übernachten«, kommt es von Jenssen, der nur in Boxershorts in seinem dunklen Zimmereingang steht.

»Ihr habt doch gleich viel getrunken.«

»Arslan hatte locker vier Kurze mehr. Jetzt bring ihn rein, ich muss morgen arbeiten.«

Ich sage nichts zu seinem plötzlichen Umschwung, sondern lege Arslan ohne Shirt und Hose in Jenssens Bett.

Vor zwei Jahren haben Arslans Eltern ihn morgens in seinem Erbrochenen vorgefunden. Es ist nichts passiert, aber Frau Arslan hat bei seinem Einzug in diese Wohnung darauf bestanden, dass wir uns um ihren Jungen kümmern. Und ich schlage der türkischen Mutter einer Großfamilie keinen Wunsch ab.

»Nacht«, sage ich und schließe die Tür, ohne eine Antwort von Jenssen zu bekommen.

Hinter den Türen der anderen brennt kein Licht mehr, als ich das Flurlicht lösche und in meinem Zimmer verschwinde, nachdem ich im Bad war.

Ich tapse durch den dunklen Raum, schiebe Kleidungsstücke mit den Füßen von mir weg und lasse mich auf die Matratze auf dem Boden fallen.

Aber während es in der WG ruhig ist, ist es mein Geist, der weiterhin nicht still sein will. Ich drehe mich auf die Seite. Warum kennt Arslan kein Limit? Ich hatte gehofft, dass er aufhört, zu übertreiben, wenn er nicht mehr zu Hause wohnt. Aber es hat sich nichts verändert.

Vielleicht hat Fink eine Idee, was wir machen können.

Warum wusste ich nicht, dass ich es mag, Männer zu küssen? Warum Joris, den ich nicht mal kenne? Was soll ich machen?

Ich drehe mich zurück auf den Rücken und versuche, mich nur auf meine Atmung zu konzentrieren. Einatmen. Ausatmen. Ein. Aus.

Ich muss mich bei Joris entschuldigen.

20

Am nächsten Morgen treffe ich Fink kurz im Flur, bevor er aus der Haustür verschwindet. In der Küche lehnt Arslan mit einem breiten Grinsen und einer Kaffeetasse in seiner rechten Hand. In der linken hält er sein Smartphone und scheint sich irgendein Video anzugucken. Ich weiß nicht, wie er nach so einer Nacht wieder fit sein kann.

Vielleicht liegt es am Altersunterschied. Arslan ist der Jüngste im Team. Er hat diesen Sommer eine Ausbildung zum Holzmechaniker angefangen, weil seine Eltern unbedingt wollten, dass er etwas Handwerkliches lernt, bevor er ein Studium beginnt.

»Alles klar bei dir?«, frage ich, als ich nach dem Wasserkocher greife und ihn unter den Hahn halte.

»Ging mir nie besser«, antwortet er, ohne den Blick vom Smartphone zu nehmen.

»Was hat Jenssen heute Morgen gesagt?«, frage ich.

Arslans dunkle Locken hängen ihm feucht in der Stirn. Zum Glück hat er sich für Shorts und Shirt entschieden. Wobei ich mir bei dem engen dunkelgrünen Oberteil nicht sicher bin, ob es wirklich seins ist. Bei dem Kerl wundert mich nichts mehr. Immer, wenn er die Wäsche macht, wird der Inhalt meiner Unterwäscheschublade weniger, weil er einfach alles bei sich einräumt. Kein Plan, ob das so ein Großfamiliending ist. Mit dem Thema Familie kenne ich mich schließlich nicht gut aus.

»Kein Plan, habe ihn nicht gesehen«, kommt es irgendwann von Arslan, der kurz darauf den Raum verlässt und mich mit meinem Tee und dem letzten Apfel aus der Obstschale zurücklässt.

Im strömenden Regen steige ich an der Eishalle aus der Zehn aus. Zusätzlich ist es verdammt kalt. Normalerweise macht mir das nichts aus, aber heute nervt mich alles. Was möglicherweise am späten Einschlafen oder an meiner unkonzentrierten Morgenmeditation liegt.

Ich muss dringend mit Joris reden und mich für mein Verhalten entschuldigen. Hoffentlich gibt er mir die Möglichkeit, mich zu erklären. Um den Grund für meinen feigen Rückzieher herauszufinden, brauche ich den Bachelor in Psychologie nicht.

Ich war überrascht. Habe nicht damit gerechnet, dass ich den Kuss mag. Dass die Anziehung, die ich auf Williams Hausparty gespürt habe, nicht von ihr rührte. Und nicht daher kam, dass wir zu dritt waren. Nein. Das war alles er und ich habe zu lange gebraucht, um es zu checken.

Warum musste er erst gehen? Warum habe ich das erst jetzt gemerkt und der Reaktion meines Körpers an dem Abend keine Aufmerksamkeit geschenkt?

Ich stoße die Tür auf und gehe nach unten. Dieses Mal nicht nach rechts zu den Umkleiden, sondern nach links zu dem Multifunktionsbereich, in dem heute das Sponsorengespräch stattfindet. Ich war beim letzten Mal schon dabei. Meine Aufgabe bestand nur darin, Thomas' Erzählung abzunicken und zu sagen, dass wir mit den Trikots zufrieden sind.

Heute gehts um Trainingsanzüge und darum, dass das Tannsteiner Sportgeschäft uns die Gelder kürzen will, weil sie überall Einsparungen vollziehen und wir im letzten Jahr zu wenige Eintrittskarten verkauft haben.

Vielleicht muss ich heute also mehr sagen.

Ich betrete den Raum, in dem ein Mann mit weißen Haaren mit unserem Trainer spricht und zwei jüngere Leute weggedreht von mir stehen. Vielleicht Azubis oder Praktikanten. Von Williams gibt es keine Spur, aber es sind auch noch zehn Minuten.

Dann dreht sich der Kerl mit den blonden, kurzen Locken um und mir bleibt der nächste Atemzug im Hals stecken. *Joris*. Joris hat sich die Haare abgeschnitten.

Sein Blick fällt auf mich. Beim nächsten Blinzeln ist sein Ausdruck verhärtet. Er wendet sich ohne ein Wort der Begrüßung wieder zurück zu seiner Begleitung. Jolene. Die dreht sich kurz zu mir um, zieht ihr Augenbrauen hoch, bevor sie ihm etwas zuflüstert.

Fuck. Ich wäre besser meinem ersten Impuls an dem Abend gefolgt und ihm hinterhergegangen. Aber ich habe einfach nicht kapiert, dass ich in seiner Nähe Herzrasen bekomme.

»Zum Glück noch pünktlich geschafft.« Williams steht neben mir und lenkt mich für einen Moment ab.

»Hey«, begrüße ich ihn.

»Hi.« Er legt seine Hand auf meine Schulter und nickt mir zu. »Ich habe immer noch keine Ahnung, was ich hier soll«, flüstert er.

Mein Blick fällt auf Joris und Jolene, die immer noch mit dem Rücken zu uns stehen. »Social Media«, murmele ich und nicke zu den beiden.

Doch bevor Williams etwas erwidern kann, eröffnet Thomas das Gespräch.

Wir setzen uns alle mit Blick in Richtung der kleinen Leinwand, die immer für solche Meetings aufgebaut wird. Oder wenn wir unsere Weihnachtsfeier haben und witzige Bilder aus der Saison gezeigt werden.

Thomas startet mit einer Präsentation über unsere Spielstatistiken. Darauf folgt eine Aufzählung der Ticket-, Getränke- und Speiseverkäufe während der Saison.

Meine Aufmerksamkeit schweift immer wieder zu Joris, dessen Blick wie versteinert auf die Leinwand gerichtet ist.

»Seit dem Sommer hat das Team einen TikTok-Account, der von Isaiah Williams ins Leben gerufen wurde. Wir haben also nicht nur auf dem Eis, sondern auch online die Möglichkeit, Werbung für dein Geschäft zu machen, Jürgen«, sagt Thomas und richtet seinen Blick zu unserem Sponsor, der unverändert und mit vor der Brust verschränkten Armen auf seinem Platz sitzt.

»Und weil ich mir vorstellen kann, dass du so wenig Ahnung von TikTok hast wie ich, haben wir heute Gäste, die uns etwas über die App erzählen. Joris und Jolene, die Bühne gehört euch.«

»Um Ihnen einen kleinen Einblick in die Möglichkeiten von Social Media zu geben, stellen wir unseren Account vor, den wir gemeinsam vor zwei Jahren gestartet haben.« Jolene lächelt in die Runde, während Joris im Hintergrund am Laptop sitzt.

Ich hoffe, dass ich ihn nach dem Vortrag abfangen und mit ihm reden kann.

»Aktuell haben wir fünf Millionen Follower und wie Sie aus dem Diagramm lesen können, gibt es genug Potenzial zur Entwicklung. Doch was hat das jetzt alles mit Ihrem Sportgeschäft und den *Tigers* zu tun?« Jolene dreht sich zu Joris um, der von seinem Platz ein paar Schritte nach vorn tritt.

Mit den Fingerspitzen fährt er mehrfach über den Saum seines Shirts, bevor er den Kopf hebt und einen Punkt am Ende des Raums fixiert.

»Trikotwerbung auf dem Eis ist lokale Werbung. Das ist wichtig, gerade bei Heimspielen, um die Zuschauenden an das Sportgeschäft im Ort zu erinnern. Es gibt sechs Auswärtsspiele. Das heißt, auf sechs verschiedenen Eisflächen ist Ihre Werbung zu sehen. Offline-Werbung hat Grenzen. Online gibt es diese kaum. Jolene hat eben schon ein paar Worte dazu verloren, wie wichtig TikTok für die Zielgruppe ist, die Sie ansprechen wollen. Mit gut produzierten Videos, die Trendpotenzial haben, können Sie die Menge der Zuschauenden erhöhen und damit auch die möglichen Einkaufenden in Ihrem Geschäft.«

Mein ganzer Körper kribbelt, als sein Blick endlich bei mir landet. Seine Augen sind geweitet. Auf seinen Wangen liegt ein tiefer Rotton, der sich bis zu seinem Hals ausbreitet.

Soll ich was sagen? Die Aufmerksamkeit von ihm nehmen? Ist das meine Chance, es wiedergutzumachen?

Doch bevor ich aufstehen und etwas sagen kann, ist der Moment vorbei. Jolene hat ihre Hand auf seinen Rücken gelegt. Ein Blinzeln später ist seine Miene so verschlossen wie zuvor und er geht zurück zu seinem Platz.

Vom restlichen Vortrag bekomme ich nichts mit. Sitze nur da und schaue Joris an, in der Hoffnung, dass er noch mal den Kopf hebt.

Als sich alle erheben, sitze ich immer noch. Dabei müsste mir längst klar sein, dass es hoffnungslos ist, schließlich habe ich damit Erfahrungen. Ich weiß ganz genau, wie es sich anfühlt, wenn eine Freundschaft oder Bekanntschaft endet. Wenn man im gleichen Raum und das Ignorieren beinah greifbar ist. Nur, dass ich dieses Mal dafür verantwortlich bin. Niemand sonst.

»Wärt ihr bereit, Williams und die *Tigers* mit eurem Wissen zu unterstützen? Selbstverständlich würdet ihr dafür auch finanziell entlohnt werden.« Trainer Thomas' Angebot hängt für einige Sekunden in der Luft, ohne dass jemand darauf reagiert.

Jolenes Blick wandert zu Joris, bevor sie sich Thomas zuwendet.

Wenn Joris und Jolene mit uns arbeiten würden, würden wir uns häufiger begegnen. Mehr Möglichkeiten, einen Weg zu finden, mich bei Joris zu entschuldigen.

Jolene schaut zu Joris. Ihr Ausdruck ist unentschlossen und fragend. So, als würde sie ihn entscheiden lassen.

»Wir denken darüber nach und melden uns. Vielen Dank für das Angebot«, kommt es von Joris.

Hoffnung, die ich nicht erstickt bekomme, kribbelt in meinem Bauch. Vielleicht sehen wir uns häufiger. Ich bin schließlich Kapitän des Teams.

Joris' Aufmerksamkeit liegt bei unserem Trainer, bevor er und Jolene nach einer kurzen Verabschiedung den Raum verlassen.

Ich habe keine Ahnung mehr. Weiß nicht, wann es das letzte Mal war, dass ein Kuss alles für mich verändert hat.

»Alles klar, Mann?« Ich schaue zu Williams und zucke nur mit den Schultern. Ich bin nicht bereit, darüber zu reden, lasse meine Konzentration und meinen Fokus lieber von dem Selbsthass auffressen, der immer größer zu werden scheint.

Nach dem Treffen fahre ich zur Arbeit. Ich mache keinen Abstecher mehr zu Hause, um mein Rad zu holen. Am Ende hätte ich noch einen Unfall gebaut, weil ich nicht eine Sekunde nicht an Joris denken kann. An seinen verschlossenen Ausdruck heute. Und die kleine Hoffnung in mir, dass er den Auftrag vielleicht annimmt.

21

An der Franz-Brand-Straße steige ich aus der Zweiundzwanzig aus und gehe Richtung Kirche. Heute wird mir irgendwie nicht richtig warm. Vielleicht liegt es daran, dass es schon wieder kälter geworden ist. Vielleicht aber auch daran, dass mein Körper seine Energie lieber in Selbsthass und Erinnerungen investiert, als mich warmzuhalten.

In der Franz-Brand-Straße stehen die Häuser, die in Tannstein als Erstes gebaut wurden. Alles steht unter Denkmalschutz. Die Laternen, die im Frühling und Sommer mit Blumenkästen behangen sind, sind mit leuchtenden Weihnachtssternen geschmückt. Tannsteins schönste Straße ist also das ganze Jahr über ein Hingucker, und ich habe keinen blassen Schimmer, wie Dora es sich leisten kann, hier zu wohnen.

Ich kann ihre Liebe für die Stadt, seit ich regelmäßig bei ihr arbeite, nachvollziehen.

Dora und ich kennen uns schon von meinem freiwilligen sozialen Jahr aus dem Seniorenheim. Wie damals ist sie nur zum Mittagessen in die Einrichtung gekommen und hat den Rest zu Hause erledigt.

Dora ist wie die Oma, die ich nie hatte. Und ich bin ihr jedes Mal, wenn wir uns sehen, dankbar, dass wir uns kennengelernt haben.

Auf dem Gehweg kommt mir Herr Schuster, einer ihrer Nachbarn, mit seiner Hündin Agathe entgegen. Ich hebe kurz die

Hand und er grüßt mich lächelnd zurück. Seit er sich vor ein paar Monaten den Fuß gebrochen hat, bin ich alle zwei Wochen auch für ein paar Stunden bei ihm zum Arbeiten.

Ich glaube, es hängt immer davon ab, wie viel Geld am Ende des Monats übrig ist, ob er mich fragt oder nicht. Auch wenn er eigentlich weiß, dass ich auch so vorbeikommen würde. Aber dafür ist der alte Mann zu stolz.

Und wenn Dora davon wüsste, dass ich meine Dienste auch kostenfrei anbiete, wäre sie ganz schön enttäuscht und eingeschnappt.

Ich öffne das schmiedeeiserne Tor zu ihrem Häuschen, wie sie das kleine Anwesen liebevoll bezeichnet.

»Hey, Süßer.« Natürlich entgeht der alten Lady nichts, schon gar nicht, wenn sie weiß, dass ich heute vorbeikomme.

»Hi.« Ich nehme die vier Stufen zu ihr und halte ihr die Wange hin, damit sie mich auf ihre Art angemessen begrüßen kann. Sie besteht schon, seit ich sie kenne, darauf und hat das auch als Service mit in unseren Vertrag aufgenommen. Und wenn Dora sich wertgeschätzt fühlt, dann macht mich das glücklich.

»Wie war dein Spiel am Wochenende, Junge?«, fragt sie beim Hereingehen.

»Gewonnen«, antworte ich und lasse meinen Blick durch den offenen und verglasten Eingangsbereich ihrer Stadtvilla gleiten. Im Sommer ist hier alles lichtdurchflutet und grün. Ich habe ihr vor einigen Wochen geholfen, alle Pflanzen in den Wintergarten umzusiedeln.

Jetzt ist der Blick auf die goldgerahmten Gemälde frei und schafft eine ganz andere Atmosphäre. Zudem ist es bei Dora überall sauber und alles hat einen Ort.

Nicht, dass ich darauf viel Wert lege, mein Zimmer ist die meiste Zeit chaotisch. Aber hier bei Dora habe ich Pause von der Unordnung, die in der ganzen WG herrscht.

Alles riecht nach ihrem schweren Parfüm, was ein Gefühl von zu Hause weckt, das ich so nicht gekannt habe. Manchmal habe ich den Verdacht, dass Dora mit ihrer Parfümflasche durch das ganze Haus läuft und jedes Dekokissen ansprüht. Aber ich habe sie nie danach gefragt. Wahrscheinlich würde sie es mir sowieso nicht verraten. Das fällt bestimmt unter die Kategorie von Dingen, über die eine feine Dame schweigt.

»Auch einen grünen Tee, mein Lieber?« Manchmal fühlt sich unser Gesprächsablauf geskriptet an, weil unsere Tage immer gleich ablaufen und sie oft die gleichen Formulierungen verwenden. Aber sie bezahlt mich dafür, dass ich hier bin, also ist sie komplett frei in der Wahl des Tagesablaufs.

»Sehr gerne«, antworte ich und folge ihr durch den Türbogen, den wir im letzten Herbst angefertigt haben. Sie hatte keine Lust mehr auf die Tür, also haben wir online nach Inspirationen geguckt und alles so offen und hell gestaltet, bis sie zufrieden war.

Als ich bei ihr angefangen habe, hat es sich falsch angefühlt, ihr Geld anzunehmen. Vor allem, weil ich damals noch nichts angemeldet hatte. Aber sie hat mir so lange Vorhaltungen dazu gemacht, bis ich zugestimmt habe. Irgendwann hat sie mich dann einigen ihrer Bekannten vorgestellt, und mittlerweile muss ich oft absagen, weil ich Wochen im Voraus ausgebucht bin. Und ich liebe jede Sekunde meines Jobs.

Keine Ahnung, was meine Familie zu meiner Arbeit sagen würde, wenn sie es wüssten. Wahrscheinlich würde mich mein Bruder damit aufziehen, dass ich einen Escortservice für alte Leute führe – womit er recht hätte.

Aber ich habe kein Bock auf sein Urteil. Oder das von meinen Eltern.

»Was beschäftigt dich heute, Malte?«, fragt sie, während sie mir eine von ihren kleinen Tassen reicht, deren Funktion ich noch nie verstanden habe. Die meiste Zeit fühle ich mich, als würden wir eine Teeparty abhalten.

»Nimm Platz und erzähl mir von deinem Kummer«, verlangt sie und deutet auf einen ihrer unnötig pompös bezogenen Sitzplätze.

»Warst du beim Friseur, Dora?«

»Ich durchschaue dich, mein Junge! Du weißt, dass ich jeden Freitag einen Termin im Salon habe.« Sie zieht eine ihrer perfekt gezupften Augenbrauen hoch und mustert mich über den Rand ihrer Tasse.

»Das gleiche wie immer«, antworte ich und nehme einen so großen Schluck von meinem Tee, dass die Tasse danach leer ist.

»Hör auf den Rat einer alten alleinstehenden Frau: Setz dich mit deiner Familie zusammen und sprich darüber.«

Ich greife nach der weißen Teekanne mit den pastellfarbenen Ornamenten, ohne sie dabei anzuschauen. »Können wir heute über was anderes reden?«, frage ich und schenke mir nach.

»Natürlich. Gibt es eine neue Liebe an deiner Seite?« Doras Frage kommt so unerwartet, dass jetzt grüner Tee über den elfenbeinfarbenen Läufer rinnt.

Ich stelle die Kanne zur Seite und mache mich auf den Weg zur Küche, um einen Lappen zu holen.

»Wäsche haben wir gar nicht in deinem Vertrag berücksichtigt«, kommt es von ihr, als ich schon wieder mit Lappen und Küchentuch auf dem Weg zum Tisch bin.

»Wirklich witzig, Lady«, erwidere ich und wische über die Stellen, die ich getroffen habe. Den Läufer muss sie auf jeden Fall waschen lassen, den bekommen wir so nicht gerettet. Zumindest nicht zu ihrer Zufriedenheit.

»Wenn du bei den jungen Frauen auch so einen Ton an den Tag legst, wundert es mich nicht, dass du mir noch keine von ihnen vorgestellt hast«, antwortet sie und hält mir die Tasse zum Nachschenken hin.

Ich lege den Lappen auf den Läufer und komme ihrer Aufforderung nach. »Wo soll die Wäsche hin?«

»Rana kommt morgen früh. Leg sie ins Waschzimmer.«

Fünf Minuten später bin ich wieder zurück und hoffe, dass sie das Thema in der Zwischenzeit vergessen hat.

Natürlich tut sie mir den Gefallen nicht.

»Es gibt jemanden, oder?«

Als ich nichts sage, wird ihr Lächeln immer breiter, was ihr Gesicht mit noch mehr feinen Linien durchzieht.

»Ich weiß nicht, wie du darauf kommst.«

»Es ist unhöflich, Fragen mit Gegenfragen zu beantworten.«

»Und es gehört sich für eine feine Dame nicht, den Gesprächspartner in Verlegenheit zu bringen«, erwidere ich und greife nach meiner Tasse. Ich liebe Doras grünen Tee. Sie hat mir schon oft die Blätter mitgegeben, damit ich mir in der WG auch mal einen guten Tee machen kann, aber er schmeckt da anders.

Vielleicht liegt es auch daran, dass wir keine bodentiefen Fenster in der Küche haben, die den ganzen Raum in wunderschönes Licht tauchen. Zumindest dann, wenn wir nicht gerade November haben.

»Touché, mein Junge«, sagt sie, nachdem sie ihre Tasse abgesetzt hat.

»Ehrlich gesagt bin ich mir nicht sicher, ob es da jemanden gibt«, sage ich irgendwann.

Dann hebe ich den Kopf und warte auf Doras Verhör, aber es kommt nichts. Sie fährt mit ihren Fingern, deren Nägel den gleichen Rotton wie ihre Haare haben, über den Rand ihrer Tasse und schaut verträumt hinter mich.

Ich weiß nicht, ob ich erleichtert darüber bin, dass sie mir gar nicht zugehört hat oder nicht. Es sind nicht nur das Gedankenrasen und die Vorwürfe, die ich mir seit heute Morgen mache. Dazu hat sich auch noch ein Ziehen in meiner Magengegend gesellt, das sich nach Versagen anfühlt. Ein Gefühl, das nach Vergangenheit schmeckt. Nach Erinnerungen an Menschen, die mich irgendwann nicht mehr gesehen haben. So wie Joris. Nur dass ich dieses Mal ganz genau weiß, woran es gelegen hat.

»Gibt es dazu eine Geschichte?«, fragt Dora.

Ja. Und vielleicht wird es endlich Zeit, darüber zu reden. Wenn ich eines in den Therapiesitzungen, die wir als Selbsterfahrung im Studium abhalten müssen, gelernt habe, dann, dass ich keine Lösung finde, wenn ich alles mit mir selbst ausmache. Wenn ich in Vorwürfen und Selbsthass versinke.

Ich schlucke all die kribbelnde Aufregung runter und konzentriere mich nur auf das warme Gefühl, das immer irgendwo in meinem Körper ist, wenn ich hier bin.

»Ich weiß gar nicht, wo ich anfangen soll …« Dora hat eigentlich nie was dazu gesagt, wenn ich darüber geredet habe, dass mein Bruder bisexuell ist. »Ich habe am Samstagabend auf einer Party jemanden geküsst und es war schön. Dann ist er gegangen und seitdem fühlt sich alles scheiße an.«

»Hartes Wort«, sagt sie nur. Dora hat nicht einmal mit der Wimper gezuckt, als ich *er* gesagt habe. »Willst du, dass es sich wiederholt?«

»Ja.«

»Was hält dich auf?«, fragt sie und zieht ihre Augenbrauen hoch. Sie weiß, dass ich ihr nicht alles erzählt habe.

»Ich habe was gesagt, das ihn verletzt hat. Und mir ist es nicht mal aufgefallen. Und jetzt weiß ich nicht, wie ich mich entschuldigen soll. Weiß nicht, ob sich das lohnt, wenn ich in ein paar Monaten weg bin.« Mein Herz rast, aber der Druck in meinem Magen wird endlich weniger.

»Das ist das Leben, mein Junge«, sagt sie und schüttet uns beiden noch Tee nach.

Kein Plan, was ich mit ihrem Rat anfangen soll. Ich möchte mit ihm reden, weil mein Verhalten nicht in Ordnung war. Aber was will ich dann? Ihn noch mal küssen? Mit ihm befreundet sein? Gehen und wissen, wie es sich anfühlt, mit ihm Zeit zu verbringen? Oder lieber gehen und nicht wissen, wie es ist, ihn in meinem Leben zu haben?

Es gibt nur diesen einen Plan, den ich schon seit dem Abi verfolge. Den ich in verschiedene kleine Ziele unterteilt habe: Studieren. Jobben. Geld sparen. Studium abschließen. Nach Neuseeland reisen. Jemanden kennenlernen. Da bleiben.

Alles andere lasse ich auf mich zukommen. Ich kann mich auf mein Bauchgefühl verlassen. Ich habe den Kapitänsposten angenommen, weil es sich richtig angefühlt hat. Habe mein Studium gewählt, und es hat mir viele Fragen beantworten können. Ich bin spontan mit den Jungs in eine WG gezogen, obwohl ich immer dachte, dass ich lieber alleine bin. Ich bin nach einem anstrengenden Telefonat mit meiner Familie am Yoga-Studio vorbeigelaufen und habe mich angemeldet.

Ich konnte mich irgendwie immer darauf verlassen, dass sich alles fügt. Dass alles passiert, weil es passieren muss.

Dann kommt Joris, fragt mich, ob er mich küssen darf, und meine ganze Gefühlswelt spielt verrückt. Keine Ahnung, ob mein Bauch mir gerade sagen will, dass ich eine Magen-Darm-Grippe entwickle, alles daran setzen sollte, mich bei ihm zu entschuldigen, oder ihn ziehen lassen soll.

»Bist du bereit, eine Lady zum Supermarkt zu begleiten?«

»Ich kann mir gerade nichts Schöneres vorstellen«, erwidere ich und schenke ihr mein bestes Sonntagslächeln.

»Frech wie immer«, kommentiert sie nur und steht auf.

Während sie sich ein anderes Outfit anzieht, schließlich gibt es Kleidung, die man im Haus tragen kann und welche für außerhalb, räume ich das Teeservice weg und wische den Tisch ab. Eine Entscheidung habe ich immer noch nicht getroffen.

22

Jolene und Joris haben abgesagt. Was wahrscheinlich der Grund ist, warum ich gerade in der Mensa bin. Und nicht der, dass Arslan nicht wie versprochen einkaufen war. Ich hätte ja selbst gehen können. Oder mir was bestellen können.

Aber ich bin hier, mit Fink und in der Hoffnung, wieder auf Joris zu treffen. Ich habe nicht mal eine Veranstaltung, die ich besuchen könnte.

»Dass du mal freiwillig in der Uni bist«, kommt es von Fink, der nach einem Tablett greift.

Ich lasse meinen Blick suchend durch die Menge streifen. Das letzte Mal habe ich Joris auch hier an Theke sechs getroffen. Gleicher Tag. Gleiche Zeit.

Aber ich sehe ihn nirgendwo.

»Keine Zeit einzukaufen«, sage ich verzögert und mache noch ein paar Schritte nach vorn.

Fink dreht sich um und mustert mich. Er sieht, dass ich lüge, sagt aber nichts mehr.

Ich nehme mir die Portion Kartoffeln mit Fischstäbchen, greife noch nach einem Salat und stelle mich zum Bezahlen an. Keine Ahnung, wie ich von der Menge satt werden soll, aber ich bin ja auch nicht wegen des Essens hier.

Fink bewegt sich in Richtung der Treppen, ich weiß aber, dass Joris und seine Freunde beim letzten Mal weiter hinten bei den Fenstern saßen. Also dirigiere ich Fink, der mir zurecht einen skeptischen Blick zuwirft, in diese Richtung.

Dabei passieren wir einige Leute und werden immer wieder von Fans oder Mitstudierenden von Fink aufgehalten.

Ich schaue mehrfach über ihre Köpfe hinweg, bis ich ihn endlich entdecke.

Er sitzt ganz alleine an einem großen Tisch und starrt sein Essen vor sich an. Selbst aus etwas Entfernung wirken seine Schultern angespannt.

Ich lasse Fink einfach stehen und mache ein paar Schritte in seine Richtung.

Er hebt den Kopf. Mein Herz rast. Und mein Bauch fühlt sich gerade so an, als würde er nicht mal mit der kleinen Menge auf dem Teller, den ich in der Hand halte, klarkommen.

Das ist meine Chance. Ich kann mich zu ihm setzen und mich für mein Verhalten entschuldigen. Vielleicht gibt er mir die Möglichkeit, herauszufinden, was das zwischen uns ist. Wenn er es auch spürt.

Sein Blick gleitet langsam durch die Menge. Ich halte die Luft an. Betrachte für einen Augenblick seine Gesichtszüge. Er wirkt so wie beim Vortrag. So wie in dem Moment, in dem ich dachte, ihn irgendwie retten zu müssen. Und meine Chance verpasst habe.

Vielleicht jetzt. Ich atme aus und gehe los.

Seine Miene verändert sich. Wirkt offener. Strahlender.

Aber er schaut nicht mich an, sondern Lou, die mit zwei weiteren Mädchen und einem Kerl im Schlepptau zu ihm an den Tisch tritt.

Die Enttäuschung, die mich daraufhin trifft, lässt mich an Ort und Stelle verharren. Will mir das Schicksal mit diesen Momenten irgendwas sagen?

»Da ist noch ein freier Tisch.«

Ich brauche einen Moment, bis ich Fink die nötige Aufmerksamkeit schenken kann, um ihm zu folgen. Selbstverständlich setze ich mich mit Blickrichtung zu Joris. Vielleicht finde ich den Mut, ihn nach dem Essen anzusprechen.

»Ich muss los. Hab noch eine Vorlesung«, kommt es von Fink, nachdem wir aufgegessen und uns mehrere Minuten schweigend gegenüber gesessen haben. Er am Smartphone, während ich Joris und seine Freunde beobachtet habe.

»Okay. Bis nachher.«

»Ciao«, sagt er und lässt mich alleine am Tisch zurück. Wie lange kann ich hier sitzen und ihm zuschauen, ohne dass es unangenehm wird? Ohne die Möglichkeit zu bekommen, doch noch mal mit ihm zu sprechen?

Also stehe ich auch irgendwann auf und entsorge mein Tablett. Er hat das gesamte Essen über kein einziges Mal in meine Richtung geschaut.

Wenige Stunden und einen Einkauf später stehe ich bei uns im Flur und warte darauf, dass Arslan aus seinem Zimmer kommt, damit wir loskönnen.

»Ich komme jetzt rein und wehe, du bist nackt!«, ruft Jenssen, der nach wiederholtem Klopfen die Klinke nach unten drückt und Arslans Zimmer betritt. Kurz darauf tönt Jenssens Stimme einige Oktaven höher aus dem Raum. »Wieso habe ich deinen Schwanz häufiger gesehen als meinen?«

Ich wünschte, Fink wäre da und würde etwas sagen, weil mir heute die Energie dazu fehlt. Aber Milous Eltern sind in der Stadt und Fink geht mit ihnen essen. Er und Milou waren schon im Kindergarten beste Freunde. In der Schule haben sie sich dann ineinander verliebt und sind seitdem ein Paar. Ich weiß nicht, warum er mit uns anstatt mit ihr zusammenwohnen wollte, aber ich bin ziemlich dankbar dafür, weil nur mit Jenssen und Arslan hätte ich das nicht durchgezogen.

»Wenn du dein bestes Stück so wenig siehst, würde ich mir echt Gedanken machen. Vor allem aus hygienischer Sicht«, erwidert Arslan lachend.

»Zieh dich jetzt an, Arschlan, damit wir loskommen«, fordert Jenssen laut.

Ich liebe die beiden, aber an manchen Tagen sind sie einfach zu viel. Vor allem, wenn ich wenig geschlafen und meine Meditation konzentrationsbedingt wieder nicht geklappt hat.

»Wenn du unbedingt willst, kannst du meinen Arsch auch aus der Nähe betrachten.«

»Wir fahren jetzt«, sagt Jenssen, bevor er aus Arslans Zimmer tritt und die Tür zuschlägt.

»Ich komme sofort, wartet auf mich!«, ruft Arslan aus dem geschlossenen Raum.

Auf dem Weg zur Bushaltestelle sind die beiden immer noch nicht mit ihrer Diskussion fertig. Und ich nicht mit meinen Gedanken an Joris, mein One-Way-Ticket und unseren Kuss.

»Können wir nicht 'ne Anzeige schalten und einen neuen Mitbewohner suchen, der angezogen durch die Wohnung läuft?«, fragt Jenssen und dreht sich zu mir.

»Stört dich das so, weil du darauf stehst, mich nackt zu sehen oder was ist dein Problem?«, kommt es von Arslan, der Jenssen den Arm umlegen will. Dieser dreht sich aber wieder aus der Umarmung raus.

»Träum weiter.«

»Könntet ihr die Diskussion, wer auf wen steht, vielleicht weiterführen, wenn ich nicht dabei bin?«, frage ich laut.

Daraufhin verstummen beide augenblicklich und drehen sich zu mir um. Normalerweise würde ich nichts sagen. Schließlich geht mich das nichts an, wie Jenssen und Arslan ihre Freundschaft führen, solange sie das Team nicht beeinflusst. Eigentlich waren die beiden schon von Anfang an so. Vielleicht ist es noch mehr geworden, seit wir alle zusammenwohnen. Oder es liegt daran, dass ich es jetzt häufiger mitbekomme. Keine Ahnung.

Entweder liegt es am Fehlen von Fink, dass ich etwas gesagt habe. Oder ich habe die Unzufriedenheit mit mir an ihnen ausgelassen.

Meine Intuition hat mich seit dem Kuss mit Joris verlassen. Wahrscheinlich schon früher. Als ich das Zimmer in Williams WG betreten und sie geküsst und ihn dabei angesehen habe.

»Okay, Kapitän«, kommt es von Arslan, während Jenssen mich weiterhin wortlos anstarrt.

»Alles klar, Malte?«, fragt er, als wir bei der Haltestelle angekommen sind.

»Ich hatte einen schlechten Tag und … hätte das nicht an euch auslassen sollen. Sorry«, sage ich und stecke die Hände in die Jackentaschen.

»Kein Ding, Mann«, kommt es von Arslan, der mir die Hand auf die Schulter legt.

»Wenn du darüber reden willst, jederzeit«, sagt Jenssen und zieht sich die Mütze noch etwas tiefer in die Stirn. Heute regnet es zum

Glück nicht, aber trotzdem bin ich froh, als der Bus endlich vor uns hält.

»Danke«, murmele ich und schenke Jenssen ein Lächeln, das sich nicht richtig anfühlt. Auch wenn die beiden mir oft genug auf die Nerven gehen, sind sie zusammen mit Fink irgendwie zu meiner Familie geworden. Ihnen nichts zu erzählen, fühlt sich nicht nach mir an. Und ich stehe dazu, dass ich mich falsch verhalten habe. Dass ich für meinen Fehler geradestehen muss. Aber ich weiß immer noch nichts mit meiner Gefühlswelt, seinem nachvollziehbaren Wunsch nach Abstand und meiner bevorstehenden Reise anzufangen. Respektiere ich seine Entscheidung und versuche ich, ihn zu vergessen? Versuche ich, noch mal eine Chance zu bekommen, mich zu entschuldigen, und finde heraus, was ich eigentlich fühle? Keine Ahnung.

Ich hoffe, die anstehende Yoga-Stunde hat den gleichen Effekt wie sonst. Und schafft es endlich, meine Gedankenwelt wieder in Einklang zu bringen.

Arslan und Jenssen reden die ganze Busfahrt über das kommende Spiel und unser Training von gestern. Ich habe kaum noch Erinnerungen daran, weil ich so gefangen in meinen Gedanken war. Es wird Zeit, dass ich etwas ändere.

Noch bevor Wolfgang das kleine Studio betritt, ist die Stimmung anders. Vielleicht bin ich es auch.

Ich versuche, mich nur auf mich zu konzentrieren. Schließe die Augen und blende alle Gespräche aus. Spüre den Vinylboden unter meinen nackten Füßen. Atme tief ein und aus.

»Schön, dass ihr alle den Weg durch die nasse Kälte hergefunden habt. Ich hatte einen langen, anstrengenden Tag und habe heute einen Flow aus dem Yin Yoga mitgebracht. Ich weiß, einige von euch sind Sportler und sehen sich eher im Ashtanga, aber ich bitte euch, euch trotzdem einfach darauf einzulassen.«

Und ich mache genau das. Atme eine Stunde lang ein, dann, wenn der Rhythmus es vorgibt. Spüre jede Zelle meines Körpers und lasse all die Gedanken ziehen.

Alles passiert aus einem Grund.

Ich bin genug.

Wir halten die Kriegerposition so lange, dass ich endlich etwas von der Stärke spüre, der ich die ganze Woche hinterherjage.

Nach der Stellung des Kindes gibt es eine Abschlussmeditation, die alles verändert.

In einer Gruppe zu meditieren, bedeutet Vertrauen zu haben, sich komplett fallen zu lassen. Normalerweise habe ich damit keine Probleme, weil die Hälfte der Menschen im Raum meine Jungs sind.

Aber heute denke ich an die zierliche Blonde, die zwei Reihen hinter mir liegt und nicht alleine da ist. *Jolene.* Nur, dass ihre Begleitung nicht Joris ist, sondern eine dunkelhaarige Freundin von ihr.

Es wird Zeit, dass ich handele. Dass ich aufhöre, in Selbstmitleid und Selbsthass zu versinken. Aber wie frage ich sie, ohne seine Grenzen zu übertreten und schon wieder alles falsch zu machen?

»Es ist nicht schlimm, wenn ihr euch von euren Gedanken ablenken lasst. Schaut sie euch kurz an und lasst sie dann ziehen.«

Ich versuche, mich wieder auf Wolfgangs Führung zu konzentrieren. Auf meine Atmung. Wie die Luft in meinen Bauch und Brustraum fließt und sie dann meinen Körper wieder verlässt. Ein. Und. Aus.

Ein.

Halten.

Aus.

Ich muss mit Jolene sprechen. Vielleicht kann sie mir helfen. Hat eine Idee, wie ich mit Joris reden kann. Zu verlieren habe ich nichts mehr.

»Dann kommen wir wieder ganz langsam in dem Raum an.«

Ich weiß nicht, wann ich das letzte Mal so unkonzentriert durch mein Leben gelaufen bin.

»Wir fühlen noch einen Moment nach, bevor wir die Augen aufschlagen.«

Ich starre die Decke an, warte darauf, dass alle aufstehen und ich auch endlich wieder zurück in mein Leben kann. Endlich wieder ich sein kann. Entspannt. Mit Urvertrauen, dass alles gut wird.

Aber als ich mich aufsetze, begegne ich dem Blick von Jolene. Ich stehe auf und gehe los. Ganz ohne Plan, was ich sagen soll. Es wird schon gut gehen.

»Hey«, sage ich und streiche mir die Strähnen, die viel zu lang geworden sind, aus der Stirn.

»Hi. Ich habe eigentlich schon mit eurem Trainer gesprochen, dass wir den Auftrag nicht annehmen«, sagt sie, nickt mir zu und dreht sich dann wieder zu ihrer Begleitung mit den fast schwarzen Haaren und dunklen Augen.

Ich habe damit gerechnet. Warum sollten sie auch mit uns zusammenarbeiten wollen? Warum sollte sie mir helfen, Kontakt zu Joris aufzunehmen? Warum sollte sie mir überhaupt zuhören wollen?

»Okay.« Die Schwere in meinem Magen ist zurück und all die Selbstzweifel, die ich eigentlich *zu Hause* gelassen habe. Bei meinen Eltern und meinem Bruder. Die ich zurückgelassen habe, als ich hierhin gezogen bin.

»Wollte … Joris nicht zum Yoga?« Irgendwo zwischen all dem Selbsthass ist wohl noch ein Funken Hoffnung in mir.

»Ist nichts für ihn«, kommt es von ihr, ohne dass sie sich umdreht.

»Okay. Gibts 'ne Möglichkeit, wie ich Joris erreichen kann?«

»Denke nicht«, entgegnet sie und geht mit ihrer Matte unter dem Arm an mir vorbei. Aber ich gebe nicht auf. Keine Ahnung, warum ich es schaffe, ihr hinterherzulaufen und Joris an dem Abend im Club einfach gehen gelassen habe.

»Ich … wollte ihn nicht verletzen«, sage ich leise.

Wie soll ich ihr zeigen, dass ich es ernst meine? Dass ich mich bei ihm entschuldigen will. Dass ich mein Verhalten bereue. Dass ich ihn gerne kennenlernen würde.

»Kann ja sein, hast du aber trotzdem.« Sie verschränkt die Arme vor ihrem schwarzen Oberteil.

»Ich würde mich gerne für mein Verhalten entschuldigen … Kannst du ihm vielleicht meine Handynummer geben?«

Sie mustert mich von oben bis unten. Mein Herz rast. Mein Mund ist trocken, obwohl ich eben noch was getrunken habe. Ich habe keine Ahnung, was sie sagen wird.

»Nein. Du hattest so viele Möglichkeiten und ich haben ihn immer wieder bestärkt und motiviert, was dich angeht, und lag total falsch. Er hat mir gesagt, dass er keinen Kontakt mehr zu dir möchte, und ich werde seinen Wunsch respektieren.«

»Bitte, Jolene«, flehe ich. Aber sie schüttelt nur mit dem Kopf und verlässt mit ihrer Freundin den Raum. Ich starre immer noch das Regal mit den Matten an.

Was hat sie gemeint mit vielen Möglichkeiten? Dass Joris hier im Yoga war und ich die Gelegenheit nicht genutzt habe? Ich kannte ihn damals gar nicht. Wusste nicht, dass er mich wenige Wochen später nackt sieht. Dass ich ihm dabei zusehe, wie er sich befriedigt. Woher hätte ich damals wissen sollen, wie sich Küsse von ihm anfühlen?

23

Das Training ist heute härter als sonst. Schon beim Aufwärmen bin ich so abgelenkt, dass ich den Zeitpunkt verpasse, Arslan anzuspielen, damit er einen schnellen Abschluss suchen kann. Ich passe verzögert. Und es endet damit, dass Arslan frustriert den Schläger aufs Eis haut, weil er schon Meter weiter ist als der Puck. Manchmal ist er eine kleine Dramaqueen auf dem Eis, heute ist sein lautes »Fuck« angebracht.

Mir sind garantiert schon andere Fehler passiert. Aber das Training mit einem Patzer zu beginnen, wenn das Vertrauen in mich schon vor dem Betreten der Eisfläche gefehlt hat, ist nicht förderlich.

Meine Pechsträhne zieht sich durch die gesamten neunzig Minuten und als ich beim Abschlussspiel noch zwei klare Torchancen verpatze, ruft mich Trainer Thomas zu sich in die Kabine.

Ich höre mir zehn Minuten an, wie enttäuscht er von meiner Leistung der letzten Einheiten ist, ohne ihn zu unterbrechen, weil ich ihm in jedem Punkt zustimme.

Ich bin auch enttäuscht. Von mir als Person. Und von mir als Kapitän.

Ich verlasse seine Kabine mit hängendem Kopf. Vielleicht sollte ich draußen warten, bis niemand mehr in der Umkleide ist.

Aber Fink, Arslan und Jenssen fahren sowieso nicht ohne mich, also bringt es nichts, das Aufeinandertreffen hinauszuzögern.

Als ich unsere Kabine betrete, versiegen die Gespräche der Jungs und ich weiß nicht, was ich sagen soll.

»Sorry«, murmele ich also und bewege mich zu meinem Platz zwischen Williams und Arslan.

»Ist okay, auch mal einen schlechten Tag zu haben, Kapitän«, kommt es von Arslan, der nur mit einem Handtuch um die Hüften vor seinem Platz steht. Was soll ich dazu sagen? Ich zucke nur mit den Schultern und widme mich meinen Schuhen.

»Wenn du mal reden willst, ich bin da«, kommt es von Williams, der mich seltsam von der Seite mustert.

»Okay«, erwidere ich nur.

»Also, über alles. Alles.« Er nickt mehrfach.

»Okay?«, frage ich und versuche, von seinen Augen abzulesen, was er mir damit sagen will.

»Mir wurde über ein Vögelchen zugetragen, dass du vielleicht *meinen* Rat brauchen könntest. Und da ich ja seit Neuestem der LGBTQ-Berater der *Tannstein Tigers* bin …« Williams redet so leise, dass ich ihm mittlerweile unangenehm nah bin.

»Wusste gar nicht, dass es den Posten hier gibt.« Ich habe keinen blassen Schimmer, woher er von Joris weiß. Aber wenn ich mitten in einem Club, wo sich alle möglichen Studierenden aufhalten, einen Kerl küsse, dann sollte mich das nicht wundern.

Es ist nicht so, dass ich daraus unbedingt ein Geheimnis machen will. Aber eben auch nicht so eine riesige Sache. Schon gar nicht, nachdem wie das alles geendet hat. Weil es das offensichtlich ist. *Vorbei.*

»Angebot steht, Gruber«, kommt es nur von ihm, bevor er sich wieder seiner Kleidung widmet.

»Sag mal, hast du Williams von der Sache mit Joris erzählt?«, frage ich Fink auf dem Weg von der Haltestelle nach Hause. Die Stille, die mich daraufhin von rechts erreicht, spricht Bände.

»Ich habe deinen und seinen Namen nicht erwähnt. Ich schwöre«, kommt es nach ein paar Sekunden.

»Warum hast du ihm davon erzählt?«, frage ich und vergrabe meine kalten Hände tiefer in den Taschen.

»Ich hatte das Gefühl, dass ich dir nicht richtig helfen kann. Und ich dachte, wenn ich sage, ich frage für einen Freund, denkt er safe, ich sage das nur, um von mir abzulenken. Es tut mir leid.«

»Nicht schlimm«, erwidere ich und meine es auch so. Ich mag es, dass Fink sich Gedanken um mich macht. Dass er versucht, mir zu helfen, obwohl ich mich selbst in die Situation manövriert habe. »Hat sich sowieso erledigt«, sage ich und kicke ein Steinchen zurück zu dem Vorgarten des Reihenhauses.

Hauptsache, Fink nicht in die Augen sehen, weil er dann weiß, dass etwas los ist.

Ich bin es gewohnt, Gespräche zu führen, über meine Emotionen zu sprechen und dann eine Lösung zu finden. Zumindest mit den Menschen, die mir etwas bedeuten. Nicht mal die Chance zu bekommen, herauszufinden, was Joris in meinem Leben ist, nervt mich. Dabei kann ich ihn verstehen.

»Warum?«, kommt es von Fink, als ich schon dachte, er würde meine Aussage so stehen lassen.

»Ich …« Habe absolut keine Ahnung, wo ich anfangen soll. Ist nicht so, als würden die anderen in der Kabine ein Blatt vor den Mund nehmen, wenn es um Sex geht. Aber ich versuche, mich da immer zurückzuhalten. Nicht nur, weil ich der Kapitän bin, sondern weil es was zwischen mir und der Person, mit der ich schlafe, ist.

»Wir hatten mal was miteinander und eine andere Person war involviert … Und vielleicht habe ich nach dieser Person gefragt, als wir uns geküsst haben«, sage ich, schiebe die Hände in meine Jackentaschen und betrachte den Himmel über uns. Alles besser, als die Emotionen in Finks Gesicht zu sehen.

»Das hat ihm nicht gefallen.«

»Er ist einfach gegangen.«

»Verständlich«, kommentiert Fink und ich seufze frustriert.

»Ich will noch mal mit ihm reden, aber seine Freundin hält das für keine gute Idee.«

»Okay. Dann wirst du ihn sehr verletzt haben.«

»Danke, Fink«, erwidere ich und versuche, irgendwo am Himmelszelt, Sterne zu finden, die jedoch von der ganzen Lichtverschmutzung geschluckt werden.

»Warum braucht ihr so lange?«, kommt es von Arslan, der sich nur ein paar Schritte entfernt anhört.

»Mir ist kalt«, sagt Jenssen, dessen Lippen, seit wir die Halle verlassen haben, mehr an Farbe verloren haben.

»Ich gebe dir nicht meine Jacke.« Arslan mustert Jenssen von Kopf bis Fuß und schüttelt den Kopf.

»Kann mich nicht erinnern, danach gefragt zu haben«, kommentiert der blonde Center und rollt genervt mit den Augen.

»Wir haben hier gerade wichtigere Dinge zu klären. Geht schon mal vor.« Fink greift in seine Jackentasche und reicht Arslan den Haustürschlüssel, weil von den beiden wieder keiner einen eingepackt hat.

»Es ist was mit dir, oder?«, fragt Arslan und guckt mich an. Ich atme tief durch.

Was solls, oder? Ich ignoriere das rasende Herz in meiner Brust. Meine zitternden Finger. Und meine Atmung, die sich anhört, als wäre ich bereit, vom Eis gewechselt zu werden.

Dann erzähle ich auch den beiden davon. Mit geschlossenen Augen. Ich hätte auch warten können, bis wir in der Wohnung sind. Aber vielleicht brauche ich gerade das hier. Die Kälte. Keine Ablenkung.

Nicht in unserer WG zu sein, sodass ich all meine Gedanken und Probleme hier draußen lassen kann. Nur, dass das die letzten Tage nicht erfolgreich war. Aber vielleicht wird es jetzt besser.

»Du hattest einen Dreier?«, kommentiert Arslan pfeifend, woraufhin er sich einen Klaps auf den Hinterkopf von Fink einfängt.

»Du hast einen Kerl geküsst?« Jenssen starrt mich an, als würde er mich heute zum ersten Mal sehen. Dabei kann ich nicht mal sagen, ob der Blick aus seinen grünen Augen wirklich verurteilend ist.

»Keine Ahnung, ob du es wusstest, Jenssen, aber Typen küssen Typen und Girls Girls. Nennt man Love is Love.« Wahrscheinlich ist das eines der wenigen Male, in denen Arslans Stimme ernst klingt. Er mustert Jenssen abschätzig.

»Das Konzept ist mir bekannt«, kommentiert Jenssen und schenkt ihm einen genervten Blick.

»Ich würde einfach gerne mit ihm reden … Ich weiß aber nicht mal, was er studiert«, sage ich, ohne auf die Differenzen der beiden einzugehen.

»Er ist doch mit der kleinen Blonden mit dem schönen Hintern aus dem Yoga befreundet, oder?«, fragt Arslan, der sich zwei Schritte von Jenssen weggestellt hat.

»Ernsthaft, *Arschlan*?«, sagt dieser, ohne dass ich zu Wort kommen kann. Langsam entwickelt sich die Dynamik der beiden in eine ganz falsche Richtung. Keine Ahnung, warum. Ob es am Zusammenwohnen liegt? Ob irgendwas beim Training vorgefallen ist?

»Was ist dein Problem? Ist kein Geheimnis, dass ich Ärsche mag. Geschlechtsunabhängig.«

»Was soll das bitte heißen?« Jenssen hat die Arme vor der Brust verschränkt und sich in Arslans Richtung gedreht.

»Können wir vielleicht einfach wieder zum Punkt kommen?«, fragt Fink und verdreht die Augen.

»Ich wollte eigentlich gerade seinen Arsch komplimentieren, aber das kannst du jetzt vergessen.«

»Das ist nicht mal ein Wort«, erwidert Jenssen mit lauter Stimme.

»Jolene heißt Joris' Freundin, die bei uns im Yoga ist«, sage ich und versuche, ihre alberne Auseinandersetzung zu beenden. Mein Gerede scheint die beiden bei ihrem Blickkrieg aber nicht zu stören.

»Sie ist doch 'ne TikTok-Berühmtheit«, sagt Arslan, ohne die Aufmerksamkeit von Jenssen zu nehmen.

»Ich weiß, wir hatten Anfang der Woche ein Treffen mit ihnen.«

»Dann weißt du doch, wie ihr Account heißt«, sagt Arslan und schaut mich irritiert an.

»Aber Jolene hat gesagt, dass ich es besser sein lassen soll.«

»Mach, was du willst«, sagt Jenssen bibbernd.

»Alter, was soll das für ein Ratschlag sein? Malte, lass Joris doch selbst darüber entscheiden, und schreib ihm«, kommt es von Arslan.

»Und hör auf, an Neuseeland zu denken. Sonst bist du doch derjenige, der uns immer predigt, im Hier und Jetzt zu leben.« Fink schenkt mir ein Lächeln. »Und jetzt lass uns reingehen, Jenssens Lippen sind so blau wie die Trikots der Eisbären.«

Meine Sporttasche berührt gerade den Boden, da habe ich schon mein Handy in der Hand. Ich ignoriere die von der Kälte tauben Fingerspitzen und erstelle mir einen Account. Es ist das erste Mal, dass ich mich mit meinem vollständigen Namen anmelde. Das mache ich normalerweise nicht. Eigentlich nehme ich eine

Kombination aus meinem Vor- und Nachnamen und meiner Trikotnummer. Aber ich will, dass er weiß, dass ich es bin.

Ich gebe meine Daten ein und wenig später werde ich von einer Flut an Videos begrüßt, aber ich bleibe nicht lange, sondern halte Ausschau nach einer Option, ihren Account zu finden. Ich habe noch nicht alle Wörter eingetippt, da wird er mir bereits angezeigt. *JoJo Universe.*

Keine Ahnung, warum ich erst jetzt hier bin. Warum ich nicht schon am Montag ihren Account besucht habe.

Vielleicht habe ich vor lauter Zweifeln nicht daran gedacht. Vielleicht habe ich zu lange darüber nachgedacht, ob es sich lohnt, zu kämpfen. Zumindest darum, mich entschuldigen zu dürfen.

Fink hat recht. Jetzt. Dass Joris und ich so auseinandergegangen sind, belastet mich. Es lenkt mich ab. Es stört mich. Es lässt mich an mir zweifeln. An dem Menschen, den ich dachte, bei meiner Familie gelassen zu haben.

Ich verharre einen Moment über dem Bildschirm, bevor ich auf das Profil klicke und durch ihren Feed scrolle. Überall ist Joris. Mal lächelnd. Mal mit den Händen vorm Gesicht. Mal mit Haaren im Gesicht. Mal hat er seine Strähnen zusammengebunden.

Ich klicke eins der Videos an und bin direkt gefangen. Er studiert Medizin und besucht die gleiche Bib, in die auch ich gehen sollte. Wenn ich mein Studium so ernst nehmen würde wie er.

Nach dem Anschauen weiß ich, dass er viel in seinem Leben ernster nimmt als ich. Denn sowohl der Schnitt als auch die Wahl des Videos wirken in meinen Augen total professionell. Nicht, dass ich die richtige Person bin, das beurteilen zu können.

Ich verfange mich in dem Wäscheberg auf dem Weg zum Bett, weil ich meine Augen nicht von dem Bildschirm nehmen kann. Im letzten Moment kann ich mich an dem vollgestopften Regal, das Dora aussortiert hat, festhalten. Zum Glück ist mein Smartphone bei der ganzen Aktion nicht auf dem Boden gelandet.

Ich lasse mich aufs Bett fallen und klicke das nächste Video an. Jolene filmt dabei nur Joris' Gesicht und erzählt von Geschichten aus ihrer Kindheit, die ihn zum Augenverdrehen und Schmunzeln bringen.

Bei jedem Lächeln, das auf sein Gesicht tritt, kribbelt mein ganzer Körper. Ich habe auf ein Zeichen gewartet. Darauf, dass ich mich wieder auf mein Bauchgefühl verlassen kann. Gerade frage ich mich, wie viele Signale es eigentlich noch geben soll, damit ich endlich etwas unternehme.

Als ich das nächste Mal auf die Uhr schaue, haben wir Mitternacht. Mein Magen schreit nach Essen und geduscht habe ich immer noch nicht.

Dafür weiß ich jetzt, dass sich ihre Fangemeinde im Gegensatz zu mir wünscht, dass die beiden ein Paar werden. Immer wieder dementieren Jolene und Joris die Gerüchte.

Mein Kopf ist so voll an Infos, dass ich bezweifele, dass ich heute noch zur Ruhe komme.

Meine Fingerspitzen kribbeln, als ich endlich auf das Nachrichtensymbol klicke. Jetzt oder nie.

Vielleicht wartet er darauf, dass ich noch mal einen Schritt in seine Richtung mache? Vielleicht will er wirklich nie wieder was mit mir zu tun haben? Aber wenn ich nichts mache, werde ich das nie herausfinden.

> Hey, Joris, ich würde mich sehr freuen,
> wenn wir uns mal treffen könnten. Gerne
> auf einen Tee, wenn du möchtest.
> Ich mag euren Account total. Wahnsinn,
> was ihr so auf die Beine gestellt habt.
> Alles Liebe, Malte.

Malte_Gruber, 00:13

Nach dem zehnten Lesen drücke ich auf *Absenden* und verharre noch einen Moment mit dem Smartphone in der Hand. Er schläft ganz sicher, schließlich ist sein Studium deutlich zeitintensiver als meins.

Dann lege ich das Gerät weg. Die Schwere in meinem Magen ist zurück. Und bleibt. Egal, wie oft ich mir sage, dass er morgen ganz sicher antwortet. Dass es viel zu spät ist. Dass es sein Job ist und er sich garantiert nicht nachts die Zeit nimmt, um Nachrichten zu beantworten.

24

Er hat nicht geantwortet. Weder am nächsten Tag noch an einem der darauffolgenden. Und es stört mich. Dabei weiß ich, dass ich es verdient habe. Aber alle Zeichen haben darauf hingedeutet, einen Schritt auf ihn zuzugehen. Vielleicht ist das irgendein Test. Eine Erfahrung, aus der ich rückblickend lernen kann. Nur, dass ich wünschte, wir wären schon so weit, dann hätte ich endlich wieder meine Konzentration zurück. Dann würde der grüne Tee, den ich mir seit Tagen mache, vielleicht nicht nur nach Wasser schmecken.

Mein Blick wandert von der Tasse zu dem dreckigen Geschirr, das sich mittlerweile bis unter die Hängeschränke türmt. Ich habe Fink gestern darauf angesprochen, der aber nur genervt mit den Augen gerollt und angekündigt hat, die nächsten Tage bei Milou zu schlafen. Ich wünschte, ich könnte auch woanders schlafen und dem Krieg von Arslan und Jenssen aus dem Weg gehen.

Wobei ich heute sogar froh wäre, bei ihren anhaltenden Auseinandersetzungen dabei zu sein, dann müsste ich nicht zurück in mein Zimmer.

Lieber höre ich mir ihre Streitereien tagelang an, auch wenn sie nicht spurlos an mir vorbeigehen, anstatt mich mit meiner Familie zu unterhalten.

Aber da wir unseren gemeinsamen Videocall-Termin schon mehrfach verschoben haben, gehen mir die Optionen aus, noch mal abzusagen.

Ich hoffe, dass wir uns dann wenigstens vor Weihnachten nicht mehr hören müssen.

Der grüne Tee in meiner rechten Hand wird auch nichts gegen die Schwere ausrichten können, die sich beim Anblick des Smartphones in meinem Magen manifestiert.

Das liegt nicht nur am bevorstehenden Gespräch, sondern auch an der ausstehenden Antwort von Joris.

Das Gefühl hat sich gestern noch verstärkt und meine Speiseröhre hochgehangelt, als ich gesehen habe, dass es ein neues Video gibt. Woran ich erkannt habe, dass es kein vorproduziertes war?

Joris hat zum ersten Mal kurze Haare getragen, und den Kommentaren zufolge bin ich nicht der Einzige, dem er gefällt. Und vielleicht habe ich mir heute Morgen das Video noch mal angesehen, anstatt zu meditieren. Auf manche Kommentare gab es Antworten vom *JoJo Universum*. Meine Nachricht ist weiterhin unbeantwortet.

Ich schließe die Zimmertür und nehme einen Schluck von Doras Tee. Aber es hilft nichts. Er schenkt mir keine Ruhe wie bei ihr und das Drücken in meinem Magen bleibt.

Ich schiebe die Vorlesungsunterlagen, die ich mir noch angucken wollte, zur Seite, um meinen Tee abzustellen. Mein Blick wandert kurz über das Chaos, das dem in der Küche in nichts nachsteht. In einer Ecke stapeln sich immer noch Umzugskartons mit Büchern aus dem Bachelor und Sommerkleidung.

Unter meinem Schreibtisch stehen auch zwei offene Kartons, die ich als Schubladenersatz verwende. Die aber auch schon über den Rand gefüllt sind.

Irgendwie schaffe ich es nicht, aufzuräumen. Und ich hätte mir schon längst ein oder zwei Regale kaufen sollen. Dann habe ich mein Geld aber in das Flugticket und einen großen Rucksack gesteckt. Die nächsten Monate muss ich also in dem unordentlichen Provisorium leben.

Zwischen seltenen Unibesuchen, Eishockey und meinem Job bin ich sowieso fast nur noch zum Schlafen hier. Oder um mit meiner Familie zu telefonieren.

Auf die Minute genau vibriert mein Smartphone. Ich schlucke die aufsteigende Aufregung runter und mit ihr auch die Hoffnung darauf, dass es heute vielleicht anders wird als sonst.

Denn noch bevor ich die drei nach der Annahme des Gruppenanrufs begrüßen kann, trifft mich Mutters Missbilligung.

»Schön, dich auch noch mal zu sehen, Malte.« Vielleicht meint sie es nicht so. Vielleicht ist das ein Sender-und-Empfänger-Ding und ich gehe schon mit einer Erwartungshaltung ins Gespräch.

Aber auch ihr Blick mit den zusammengezogenen Augenbrauen und den aufeinandergepressten Lippen wirkt distanziert.

»Hi«, sage ich, weil ich nicht mal weiß, warum wir das hier überhaupt machen. Sie sind nicht glücklich, mich zu sehen, und ich kann auf ihre Vorwürfe auch verzichten. Trotzdem hängen wir alle vor unseren Smartphones und es wirkt zumindest von außen so, als wären wir eine Familie. Vielleicht ist das auch der Grund dafür. Kein Plan.

»Maarten hat am Wochenende eine so nette junge Frau mit nach Hause gebracht. Michelle. Ganz tolles Mädchen. Stimmts, Rainer?« Heute ist Mutter ganz ohne Umschweife zu ihrem Lieblingsthema gekommen: Maarten.

»Ja«, brummt Vater, der nur halb im Bild zu sehen ist, weil Mutter ihr Smartphone wieder nicht richtig hält.

»Ach, Mama«, kommt es nur von meinem Bruder, und ich bekomme mich gerade so zusammengerissen, keine Miene zu verziehen. Wie toll mein Bruder ist. Und wie toll er seine Bescheidenheit über jede Lobrede Mutters kundtut.

»Schön«, sage ich und meine es nicht so.

»Rainer und ich sind schon traurig, dass es kein netter junger Mann geworden ist … Aber gut.« Wahrscheinlich wäre Vaters Wiederwahl als Bürgermeister mit einem Kerl an Maartens Seite gesichert gewesen. Schließlich macht sich so ein Titel als toleranter Vater super.

»Malte, ich habe den Spielbericht online gelesen. Was war denn da los im zweiten Drittel?«, fragt Vater.

»Weiß ich nicht.« Ich muss ihre Enttäuschung in mich nicht noch weiter befeuern und erzählen, dass ich gerade selbst sauer auf meine Unkonzentriertheit bin.

»Als Kapitän musst du wissen, was mit deinem Team los ist. Ich habe letztens einen tollen Bericht zum Teambuilding gelesen, vielleicht könnt ihr ja …«

»Danke Vater, dafür gehen wir schon einmal die Woche zum Yoga.«

»Yoga? Das soll helfen, das Team zu stärken? Ich weiß ja nicht.«

Ich hätte besser nichts gesagt. Ihn von seiner Idee erzählen lassen sollen und fertig.

»Los, Maarten, erzähl doch noch mal von dem nächsten Projekt«, schlägt Mutter vor, weil sie entweder einen Streit zwischen Vater und mir vermeiden will oder weil sie lieber über Maarten spricht.

Wie erfolgreich Maarten ist. Wie frei und tolerant Maarten ist. Lasst uns doch lieber darüber sprechen, was für ein spannendes Leben Maarten führt, bevor wir noch eine Sekunde länger über mich reden.

»Kannst du dir vorstellen, dass er so viel Geld dafür bekommt?«, sagt Mutter wie jedes Mal. Und wie jedes Mal leuchten ihre Augen vor Stolz, den sie mir nie gezeigt hat. Langsam sollte ich gegen die brennende Enttäuschung gewappnet sein, aber sie trifft mich trotzdem jedes Mal.

Ich greife nach meinem Tee, in der Hoffnung, dass er mir eine kleine Auszeit verschafft. Oder mir die Fähigkeit verleiht, diese Gespräche endlich mit dem nötigen emotionalen Abstand zu verfolgen.

Aber es passiert nichts und sie reden einfach weiter über Maarten.

Keine Ahnung, wie viele Projekte er wirklich hat. Und wie viel Geld er angeblich haben soll. Ich weiß nicht, was alles davon stimmt, weil er immer noch in der Einliegerwohnung bei meinen Eltern lebt und den gleichen alten BMW von früher fährt.

Aber ich sage nichts, gebe mir nicht die Mühe zu lächeln, weil sowieso keiner auf mich achtet.

Was einfach daran liegen könnte, dass sie mit Maarten beschäftigt sind. Oder daran, dass sie mit der neuen Technik immer noch nicht klarkommen und nicht wissen, wohin sie gucken sollen und wie das alles funktioniert.

Dass sie mich nicht sehen, muss nicht daran liegen, dass sie immer nur *ein* Kind haben wollten und ich der Unfall bin.

Mutter hat mir vor vielen Jahren mal erzählt, dass sie beim ersten Ultraschall einen zweiten Herzschlag gehört haben und der Frauenarzt ihnen aber erklärt hat, dass es häufiger vorkommt, dass einer der beiden nicht überlebt.

Mutter hat nur gemeint, dass sie gar nicht wussten, ob sie das finanziell schaffen und es dann doch irgendwie geklappt hat.

Jedes Mal, wenn sie davon erzählt oder wir Kinderbilder angucken, schwingt die Enttäuschung mit, dass Maarten mich im Mutterleib doch nicht gefressen hat.

Um mich selbst zu schützen, versuche ich, Besuche zu Hause auf Weihnachten zu beschränken und fertig.

»… Geschäftsreise«, kommt es von Maarten und meine Mutter ist ganz aus dem Häuschen. Ich frage mich, warum sie unbedingt darauf bestehen, dass ich bei diesen Telefonaten dabei bin und sie dieses Gespräch nicht bei ihnen in der Küche ohne mich abhalten.

»… besuchen, Malte.«

Ich schaue auf, weil ich kein Plan habe, warum mein Name gefallen ist.

»Was?«, frage ich Maarten, woraufhin er nur lachend mit dem Kopf schüttelt.

»Malte ist eben ein Träumer, stimmt's, Junge?«, kommt es von Mutter. Manchmal frage ich mich wirklich, ob sie mich überhaupt kennen. Mich je gekannt haben.

»Ich habe dir gesagt, dass ich nächste Woche vorbeikomme.« *Gesagt.* Weil gefragt wäre echt zu viel verlangt.

»Ich habe keine Zeit«, erwidere ich bemüht gelassen. Keine Ahnung, woher ich neben all dem, was gerade abgeht, noch die Energie hernehme, meinen Bruder nicht einfach anzuschreien. Oder aufzulegen. Mein Blick wandert kurz zum Tee, bevor meine Aufmerksamkeit wieder gefragt ist.

»Malte, dein Bruder hat dich seit Weihnachten nicht gesehen. Dann musst du eben mal Prioritäten setzen und deine Termine absagen. Eine Woche nicht die Uni zu besuchen, ist doch egal«, kommt es von Mutter und Vater schnaubt nur zustimmend.

Ich könnte jetzt eine Diskussion anfangen. Ihnen sagen, dass ich arbeiten muss und jeden Tag ausgebucht bin. Dass ich der Kapitän eines ungeschlagenen Eishockey-Teams bin und wir zweimal die Woche Training haben und einmal zusammen ins Yoga müssen.

Ich könnte meinem Ärger endlich Luft machen. Der lodernden Wut eine Bühne geben. Aber nichts davon würde was verändern, weil es ja um Maarten geht.

»Ich habe aber keinen Platz in meiner Wohnung.«

»Ich verstehe nicht, warum du in eine WG gezogen bist«, sagt Vater.

»Schläfst du immer noch mit der Matratze auf dem Boden? Also, das geht nicht. Dann müssen wir ein Bett für nächste Woche …«

Ich höre ihr nicht mehr zu, weil ich versuche, mich auf meine Atmung zu konzentrieren. Nicht den Fokus verlieren. Einatmen. Ausatmen.

»Ich kann sonst auch ins Hotel«, kommt es von Maarten.

»Auf keinen Fall, dein Bruder hat Platz für dich.« Und damit hat Vater das letzte Wort gesprochen. Meine Wut ist immer noch da, lauert nur darauf, endlich auszuteilen, aber ich halte meinen Mund geschlossen. Sage nicht noch einmal, dass ich keine Zeit und keinen Platz für Maarten in meinem Leben habe.

Jetzt geht es um die Nachbarn, die entweder einen neuen Fernseher oder ein neues Auto bekommen haben. Ich höre ihnen nicht mehr zu. Warte darauf, dass das Telefonat endlich vorbei ist. Keine Ahnung, wann ich das letzte Mal so erschöpft war. Mit den Fingern fahre ich über den Henkel meiner Tasse. Um den Rand. Versuche, mich an irgendwas festzuklammern.

»Malte, jetzt hol doch mal die Finger von der Kamera«, sagt Mutter und unterbricht dafür sogar ihren Bericht über den aktuellen Krimi, den sie im Buchclub lesen. Den sie natürlich fortführt, sobald wieder freie Sicht ist.

Wie gerne würde ich mich verabschieden und sagen, dass ich noch was vorhabe, aber das würde sowieso nicht zählen.

»Michelle hat gerade geschrieben, ich muss los«, kommt es von Maarten, als hätte er meine Gedanken gehört.

Allerdings funktioniert bei uns die Zwillingsverbindung nicht so, wie man sie aus dem Fernseher kennt. Meistens sogar genau gegenteilig.

»So ein tolles Mädchen. Malte, haben wir dir schon von Maartens Freundin erzählt?«

»Jutta, du hast eben schon über sie geredet«, kommt Vater zur Hilfe, während Maarten in die Kamera winkt und dann vom Bildschirm verschwindet.

»Ich … muss dann auch mal«, starte ich den ersten Versuch, aus dem Gespräch zu kommen und scheitere.

»Du könntest uns auch mal häufiger besuchen. Sind denn nicht gerade Ferien?«

»Nein, Mutter, wir haben November, es sind keine Ferien.«

»Das Studium geht aber schon sehr lange. Die Tochter von den Zimmermanns ist schon längst fertig und hat nach dir angefangen«, kommt es von Vater und ich muss das Bedürfnis unterdrücken, zu schreien.

Mein Magen ist so verkrampft. Wahrscheinlich bekomme ich den Rest des Tages wieder nichts runter. Aber egal. Hauptsache, wir sind bald fertig.

Im Bachelor habe ich ein Praktikum in einer psychiatrischen Einrichtung für Kinder und Jugendliche gemacht. Ich weiß, dass es Kinder gibt, die es deutlich schlimmer getroffen hat. Ich habe in meinem Einsatz verschiedene Arten von Kindesmissbrauch erlebt.

Meine Eltern haben mich nie angefasst, um mir wehzutun. Aber auch nicht, um mir Liebe zu schenken. Zumindest soweit ich mich erinnere.

»Ich muss jetzt wirklich los«, sage ich noch mal.

»Wenn du meinst«, kommt es von Vater.

»Wir sehen dich so selten.«

Und ich wünschte, Mutter würde das so meinen, wie ich es mir manchmal vorstelle. Dass sie mich wirklich vermissen. Dass sie mich gerne sehen wollen. Dass sie sich für mein Leben interessieren.

Aber sie wollen nur nicht, dass die Leute denken, dass irgendwas in unserer Familie nicht stimmt. Und wenn die Nachbarn anfangen, macht der Rest des Dorfes weiter. Und wie sieht das dann aus, wenn der Sohn des Bürgermeisters nie nach Hause kommt, weil er erst durch seine Arbeit gelernt hat, wie sich ein liebevolles Heim anfühlt?

Wahrscheinlich spielt es ihnen ganz gut in die Karten, dass Maarten und ich uns so ähnlich sind und sie dann behaupten können, dass ich da war.

»Bis zum nächsten Mal«, sage ich und hoffe, dass es nicht vor Weihnachten passiert.

Von ihnen kommt nichts, also klicke ich das Gespräch weg, damit die kleine Hoffnung bleibt, dass sie vielleicht doch noch was Nettes zur Verabschiedung gesagt hätten.

Ich gehe zum Bett und lege mich auf den Rücken. Dabei starre ich die weiße Decke über mir an.

Warum versuche ich es jedes Mal? Warum gebe ich ihnen immer wieder die Chance, mich so zu verletzen? Warum wollen sie mich nicht sehen?

Was ist, wenn Joris sich auch so gefühlt hat, nachdem was ich gesagt habe?

25

Wir sind auf der Rückfahrt von dem ersten Spiel, das wir diese Saison verloren haben. Und ich würde gerne sagen, dass Eishockey immer noch ein Teamsport ist und es nicht an einer einzelnen Person liegt, wenn wir mal nicht gewinnen, aber das war heute nicht der Fall.

Ich lasse den Kopf gegen das Beifahrerfenster fallen und hoffe, dass mich niemand im Auto auf mein Verhalten von heute anspricht, denn eine Antwort darauf, warum ich nicht ich selbst war, habe ich nicht. Mir sind keine Worte eingefallen, mit denen ich mich oder mein Team zurück aufs Eis bringen konnte. Ich habe keine Lösung dafür gefunden, warum es zwischen Williams, Martinez und Ulrich so viele Fehlpässe gab. Ich weiß nicht, was mit Schmitt im zweiten Drittel los war. Warum Arslan und Jenssen ihren Streit heute auf der Eisfläche ausgetragen haben. Davon, wie enttäuscht unser Trainer war und versucht hat, zum Kämpfen aufzurufen, will ich gar nicht erst anfangen.

»Du musst das mit Joris klären«, kommt es leise von Fink. Wahrscheinlich, weil er nicht will, dass Jenssen und Arslan aufwachen. Keine Ahnung, wie sie nach allem, was war, einfach schlafen können.

»Ich weiß«, erwidere ich und schaue in seine Richtung. Unsere Blicke begegnen sich kurz und ich würde ihm am liebsten sagen, dass es nicht nur an Joris liegt. Dass mir das Gespräch mit meiner Familie immer noch nachhängt. Dass ich das Gefühl habe, dass mir gerade mein gesamtes Leben aus den Händen gleitet.

Zu Hause angekommen will ich nur noch in mein Zimmer und keinen mehr sehen. Vor allem nicht Arslan und Jenssen, die sich im Flur schon wieder so missbilligend angucken, dass sich mein Magen zusammenzieht. Finks Hilfe suchender Blick trifft mich, aber ich zucke nur mit den Schultern.

Die zwei sind erwachsen, und so lange sie nicht mit uns oder miteinander darüber reden wollen, können wir sowieso nichts machen.

Wortlos greife ich nach meiner Tasche und gehe in mein Zimmer.

Ich lege mich im Trainingsanzug rücklings aufs Bett und starre die Decke an. Was soll ich machen? Wann ist das alles passiert?

Die *Tigers* und Eishockey waren die Dinge, bei denen ich das erste Mal, seit ich von zu Hause weg war, das Gefühl hatte, ich sein zu können. Und selbst auf dem Eis fühlt sich gerade alles anders an. Geschweige denn in der WG.

Ich greife nach meinem Smartphone, wie jede freie Sekunde am Tag. Keine neue Benachrichtigung. Zumindest keine von TikTok.

Ich klicke auf ihr Profil. Betrachte die sich bewegenden Bilder, bei denen ich schon seit Tagen nichts mehr von der Leichtigkeit und dem Kribbeln spüre, was ich zum ersten Mal gefühlt habe.

Es gibt kein neues Video. Die Schwere in meinem Magen ist mit einem Schlag zurück. Ich will gerade die App verlassen, als die Benachrichtigung kommt, dass die beiden live sind.

Ich zögere einen Moment. Was soll ich gerade sonst tun?

Ich klicke auf das Video.

Beide sitzen in der Küche, in der ich auch schon war. Anstatt mit Fink und Arslan abzuhängen, hätte ich besser mit ihm geredet. Aber ich wusste nicht, was. Schließlich war unsere einzige Gemeinsamkeit, dass wir die gleiche Frau geküsst haben. Das wars. Nur, dass da noch so viel mehr zwischen uns war. Und ich es nicht gecheckt habe.

Ich weiß gar nicht, wie sich die anderen Zuschauenden auf Joris und Jolene konzentrieren können, wenn der ganze Bildschirm voll mit Kommentaren ist.

Zwischendurch ploppen immer wieder Meinungen zu Joris' neuem Haarschnitt auf. Viele stimmen mir zu. Er sieht noch schöner aus als vorher.

169

»Alle JoJos wollen wissen, warum du dir die Haare abgeschnitten hast«, sagt Jolene und schaut in die Kamera. Die beiden sitzen dicht nebeneinander, wobei Joris' Aufmerksamkeit bei seiner besten Freundin und nicht bei uns liegt.

»Hatte Lust auf was Neues«, erwidert er schulterzuckend. Für einen Augenblick schauen sich die zwei nur an und keiner sagt was.

»In Wahrheit hatte Joris eine miese Erfahrung mit jemandem und hat nicht nur die Person, sondern auch seine Haare aus dem Leben geschnitten.«

Ich schlucke hart. Damit bin ich gemeint. Und es fühlt sich scheiße an.

»Witzig. Wie gut, dass wir mein Privatleben hier eigentlich nicht thematisieren«, kommentiert Joris und wirkt genervt.

»Ach, komm schon, Joris.«

»Es sind nur Haare.«

»Die Leute finden, dass du heiß aussiehst«, kommt es von ihr, nachdem sie die Kommentare gecheckt hat.

»Na ja, gut, neben dir …«, sagt er lachend und kassiert einen Fausthieb von Jolene.

»Ich würde bei jeder Abstimmung gewinnen.« Sie verschränkt die Arme vor der Brust.

»Wie wäre es, wenn wir lieber über dich und dein Leben reden anstatt darüber, wer hotter ist? Schließlich will ich nicht, dass du hier mit einem schlechten Gefühl rausgehst. Jetzt, wo du so happy bist.« Joris wirkt anders in dem Video. In allen Videos. Ich habe ihn zurückhaltend und zögernd kennengelernt. So, als würde er jede seiner Entscheidungen mehrfach überdenken.

In den Videos wirkt er sicher, schlagfertig und witzig.

Und ich will ihn so kennenlernen. Will ihm das Gefühl geben, dass er mit mir auch so sein darf. Aber ich weiß nicht, was ich noch machen soll.

»Vielleicht bin ich also auch bisexuell«, sagt Jolene, blickt kurz zu Boden, bevor sie Joris wieder anschaut.

»Ich finde, wir sollten aufhören mit den Labeln. Du magst sie und fertig. Warum müssen wir immer alles kategorisieren und bewerten?«

»Das fragst du? Mister Superorganisiert. Mister Alles-hat-seinen-Platz, und wenn nicht, findest du ihn.«

»Kann ja sein, dass mit dem neuen Haarschnitt auch 'ne neue Lebenseinstellung gekommen ist«, erwidert er und verschränkt auch die Arme vor der Brust.

Die beiden sitzen sich jetzt gegenüber, so, als würden sie nur zu zweit miteinander reden und wir wären gar nicht da. Irgendwie fühlt es sich komisch an, ihnen dabei zuzusehen. Gleichzeitig kann ich aber nicht aufhören. Nicht aufhören, ihn anzusehen.

»Als ob«, sagt sie und schnaubt laut.

»Ich werde dich schon davon überzeugen.«

Sie legt den Kopf schief. Ich kann ihren Gesichtsausdruck nicht sehen, was schade ist, weil beide gerade kommunizieren, ohne dass wir etwas davon mitbekommen.

»Du bist also bereit, was völlig Neues außerhalb deiner Komfortzone zu machen?«

»Jolene«, sagt er und es klingt wie eine Warnung.

»Was denn?«, fragt sie unschuldig.

»Ich tausche mit dir nichts mehr. Kein Date. Keine Kleidung. Komme nicht auf die Idee, dass ich in deinen Sachen über den Campus gehe.«

»Wäre auch 'ne gute Idee«, sagt sie. Dann beginnt lacht sie auf Joris' Reaktion hin, die wir wieder nicht sehen.

Ich will ihm auch mal so nah sein. Seine Gesichtsausdrücke lesen können, *bevor* ich etwas Dummes sage. Ich will mit ihm auch ohne Worte kommunizieren können.

»Du wolltest doch wissen, wer von uns beiden hotter ist.«

»Von mir aus kannst du das in unserer Story abstimmen lassen«, schlägt er vor und lehnt sich ein Stück zurück.

»Das wäre ja zu leicht.«

»Ich bin raus, Jolene«, sagt er sofort, ohne dass ich weiß, worum es geht.

Aber der Chat scheint eine Ahnung zu haben. In jedem Kommentar steht das Wort Challenge. Mal in Großbuchstaben, mal in kleinen. Aber als ich dachte, die Zuschauenden würden schon bei Joris' Frisur ausflippen, ist das nichts im Vergleich zu jetzt. Nachrichten über Nachrichten füllen den Bildschirm.

»Hör mir erst mal zu«, verlangt sie und lehnt sich ihm entgegen.

»Warum weiß ich jetzt schon, dass es mir nicht gefallen wird?«, fragt er.

»Vertrau mir.«

»Nicht, wenn die Kamera läuft.«

»Angsthase«, kommt es von ihr.

»Du kannst mich nicht provozieren«, entgegnet er.

»Stimmt, aber ich kann dich herausfordern.«

»Ernsthaft, Jolene?«

»Jeder von uns legt sich einen Account bei Only Friends an, und wer mehr Geld sammelt, hat gewonnen.«

»Nein.«

»Oder du gehst mit mir die nächsten drei Monate zum Yoga«, sagt sie und für einen Moment tauschen die beiden wieder Blicke aus, die dadurch, dass sie sich gegenübersitzen, nicht von der Kamera erfasst werden.

Zum Yoga würde bedeuten, dass ich ihn häufiger sehen werde. Dass ich noch eine Chance bekomme, mit ihm zu reden. Ihn um Entschuldigung zu bitten.

»Keine Nacktbilder«, verlangt er.

»Natürlich. Wie wäre es, wenn wir die Challenge einen Monat laufen lassen und das Geld spenden?«

Joris würde lieber bei der Challenge mitmachen, als zum Yoga zu gehen. Vielleicht ist auch das das Zeichen, auf das ich gewartet habe.

»Okay. Und was laden wir da hoch?«

»Das ist ja ganz dir überlassen. Fotos. Videos.« Ihr Blick fällt kurz zu uns, bevor sie sich ihm wieder zuwendet.

»Du hast dir schon vor heute Gedanken dazu gemacht, oder?«, fragt er, ohne darauf einzugehen, welche Inhalte er hochladen wird. Was keine Rolle für mich spielt, weil ich ihn allein nur deswegen abonnieren werde, um ihm eine private Nachricht zu schicken. Es könnte schließlich sein, dass sich ausschließlich Jolene um ihren Posteingang kümmert und er vielleicht gar nicht weiß, dass ich ihm geschrieben habe.

Wenn er mir auch da nicht antwortet, sollte ich akzeptieren, dass er kein Interesse an mir oder einer Entschuldigung hat.

»Nö, aber ich habe gestern Abend die perfekten Fotos gemacht«, erwidert sie und dreht sich wieder mehr zu uns.

»Warte, du hast dich gestern Abend mit R–«

»Keine Namen«, kommt es nur von ihr, aber dann nickt sie. Sekundenlang wechseln sie Blicke und ich kann nur das breite Grinsen in Jolenes Gesicht sehen, das ihre Augen zum Glitzern bringt. Wobei Joris' Körperhaltung im Gegensatz zum Beginn des Gesprächs, wo er noch deutlich gelassener auf seinem Stuhl saß, angespannter ist.

»Wann starten wir?«, fragt er und dreht sich mehr in unsere Richtung.

»Meinetwegen sofort.«

»Das war klar. Wir sollten vielleicht erst mal recherchieren, was wir dafür benötigen«, wirft Joris ein.

»Können wir vielleicht einmal eine Sache nicht mit einem riesigen Plan angehen?«

»Jolene, das ist eine pornografische Plattform, auf der wir Inhalte hochladen und dafür Geld erhalten. Es gibt garantiert Regeln und irgendwelche Verifizierungsschritte, die wir gehen müssen, um überhaupt damit Geld verdienen zu können.«

»Es gibt garantiert auch nicht pornografische Inhalte.«

»Ja. Unsere.«

»Wo ist der entspannte und coole Joris hin, der sich die Haare geschnitten hat?«, fragt sie und gibt ihm einen kleinen Schubs gegen die Schulter.

»Jolene, du erwartest doch nicht im Ernst, dass ich gelassen bleibe, wenn ich nächste Woche Bilder von mir auf einer Porno-Plattform hochladen muss?«

»Joris, wir sammeln doch nur Spenden. Du sollst nichts hochladen, mit dem du dich unwohl fühlst.«

»Lass uns einfach noch mal über die Rahmenbedingungen reden, wenn der Stream rum ist.«

»Die Challenge soll Spaß machen, und aus deinem Mund hört sich das wieder viel zu erwachsen an«, kommt es von Jolene, die genervt seufzt.

»Es muss ja einen geben, der wenigstens ein paar Sachen bedenkt.«

»Okay. Dann reden wir gleich über deine Rahmenbedingungen und nehmen euch ein Video auf, wenn wir wissen, wann wir starten. Und am besten sucht jeder von uns schon eine Spendenorganisation raus.«

»Das ist der erste Vorschlag von dir, der wirklich mal gut ist«, sagt Joris, woraufhin Jolene ihn beinah vom Stuhl schubst.

»Dann wäre ja alles geklärt. Vielen Dank an alle, die heute mit dabei waren. Ich habe zwischendurch mal die Zahlen gecheckt und habe das Gefühl, dass wir immer mehr werden. Wenn ihr noch Anregungen oder Wünsche habt, meldet euch gerne. Auch falls jemand unter euch ist, der schon ein Only-Friends-Konto hat und uns bei der Anmeldung helfen kann. Setzt am besten ein Flammen-Emoji an den Anfang der Nachricht, dann können wir das besser filtern. Willst du noch was sagen, Joris?«

»Du hattest schon echt viele dumme Ideen, ich glaube, diese ist die dümmste von allen«, sagt er kopfschüttelnd.

»Danke schön.« Sie schenkt ihm ein breites Grinsen und verabschiedet sich von uns.

Das Video ist schon seit Minuten vorbei und ich starre immer noch mein Smartphone an.

Alles kribbelt und gleichzeitig ist da dieses eklig drückende Gefühl in meinem Bauch. Ist es überhaupt okay, ihn abonnieren und anschreiben zu wollen, wenn er keinen Kontakt möchte?

26

Es ist nicht so, dass ich viel Zeit hatte, ihren TikTok-Account täglich nach Updates zu checken, aber ich habe es trotzdem getan.

Gestern kam endlich ihr Ankündigungsvideo. Es gab einige Verifizierungsschritte und Joris wirkte immer noch nicht überzeugt. Aber für ihn scheint Yoga mit Jolene und mir eine so hohe Strafe zu sein, dass er sich lieber auf Only Friends registriert. Das fühlt sich richtig scheiße an.

Keine Ahnung, wie oft ich mir ihr Video dazu schon angeschaut habe. Ohne eine Antwort gefunden zu haben. Ohne zu wissen, ob ich ihn abonnieren und anschreiben soll.

Seit gestern starre ich also Joris' Profilfoto an und überlege, die zehn Euro für das Abo zu zahlen. Mache dann aber doch jedes Mal einen Rückzieher.

Er muss irgendwann in den letzten Tagen neue Fotos gemacht haben, denn auf dem Profilbild trägt er seine Haare bereits kurz. Und er hat kein Shirt an. Und es nervt mich, dass ich nur dieses kleine Bild habe, auf dem ich nicht mal seinen Gesichtsausdruck richtig erkennen kann.

Ich drehe mich zur Seite, weil ich mein Handy dringend weglegen muss. Morgen startet der Weihnachtsmarkt, der jeden Donnerstag im Dezember stattfindet. Es ist nicht so, dass ich aktuell viel freie Zeit habe. Neben dem Arbeiten, der Mannschaft und den Vorbereitungen für die Klausurenphase habe ich kaum noch Luft zum Atmen. Aber da Trainer Thomas nach unserem Gespräch mit dem Sponsor und Joris und Jolene nicht besonders begeistert war, bestand nicht mal die Option, dieses Jahr keinen Stand auf dem Weihnachtsmarkt zu machen.

Ich lege mich wieder zurück auf den Rücken und starre die Decke an. Nur durch den Schein der Straßenlaternen ist es nicht ganz dunkel im Raum. Schatten und Schemen zeichnen sich überall ab, bringen mich aber von dem Gedankenrasen nicht weg.

Wir haben kurz nach Mitternacht. In der WG ist es schon seit einer Stunde still und ich will auch schlafen. Aber mein Gedankenkarussell hört nicht auf.

Und dann mache ich etwas Verrücktes. Und gleichzeitig nicht. Der alte Malte hätte sich nicht tagelang damit beschäftigt, seine Gedanken abzuwägen. Er hätte nicht alle möglichen Konsequenzen mit in die Entscheidung einfließen lassen.

Der alte Malte hätte auf sein Bauchgefühl gehört.

Ich schließe die Augen und klicke nach dem Öffnen auf *abonnieren*. Mein Herz klopft so schnell, dass ich wieder hellwach bin. Mit zitternden Fingern bestätige ich mein Alter und hinterlege meine Kreditkarte.

In seiner Account-Beschreibung steht nur, dass es private (nicht nackte) Einblicke gibt und dass er das Geld an eine Stiftung für Angstpatienten spendet.

Das erste Bild ist das von seinem Profil. Er trägt kein Shirt, grinst in die Kamera und seine Haare stehen in alle Richtungen ab.

Ich öffne einen weiteren Tab und recherchiere, ob ich das Bild speichern kann, ohne dass er davon etwas mitbekommt.

Als ich lese, wie unklar das mit dem Bildmaterial auf Only Friends ist, ist nichts mehr von der kurzzeitigen Euphorie zu spüren. Auch die Leichtigkeit, die endlich wieder zurückkam, als ich auf abonnieren geklickt habe, ist wie verflogen.

Ich wechsele wieder zurück zu seiner Seite. Hoffentlich teilt er niemals Bilder von sich, mit denen er sich nicht wohlfühlt, und dann landen sie auf Seiten, auf denen er keine Kontrolle mehr darüber hat.

Ich klicke auf mein Postfach, in dem sich eine Nachricht von ihm befindet. Kurz ist die kribbelige Aufregung, die bis in meine

Fingerspitzen zieht, zurück. Eigentlich kann er nicht wissen, dass ich es bin, weil ich dieses Mal nur meine Initialen und meine Rückennummer verwendet habe. Nicht ganz so offensichtlich, aber er könnte auch darauf kommen.

Ich klicke auf die Nachricht, die sich als Video entpuppt. Ein Begrüßungsclip, in dem er erklärt, dass sein Account einer Challenge entspringt und dass seine Einnahmen gespendet werden.

> Hi.
>
> MG_22, 00:22

Anstatt einen Absatz zu machen, wird die Nachricht einfach abgesendet. Mein Herz setzt für einen Moment aus. Vielleicht hätte ich seinen Wunsch respektieren sollen. Nicht weiter versuchen sollen, Kontakt zu ihm aufzubauen, um mich zu entschuldigen.

Ich schmeiße das Handy neben mich und blicke in die Dunkelheit meines Raums, in der erst Sekunden später Schemen zu erkennen sind.

Was soll ich ihm schreiben? Soll ich es dabei belassen? Ihm erklären, wer ich bin? Tippen, dass ich eigentlich noch viel mehr schreiben wollte? Mich schon per Nachricht entschuldigen?

Ich schließe für einen Moment die Augen. Dann greife ich wieder nach meinem Handy.

Da ist eine Nachricht von ihm. Ich muss sie zweimal lesen, weil das Pochen in meinen Ohren so ablenkend ist.

> Fußbilder 10€. Unterwäsche verschicke ich nicht.
>
> JorisJo, 00:23

> Haha?
>
> MG_22, 00:23

Wie unangenehm will ich eigentlich sein? Als ob er mir darauf noch antwortet. Warum ist er noch wach? Den Videos nach zu urteilen, ist sein Studium anstrengend und er ist oft schon früh an der Uni, um in der Bib zu lernen.

177

Ich wünschte wirklich, es wäre ein Scherz.

JorisJo, 00:25

Das tut mir leid für dich.

MG_22, 00:25

Muss es nicht. Ich habe mich ja freiwillig dazu entschieden.

JorisJo, 00:25

Na ja, mehr oder weniger, oder?

MG_22, 00:25

Du hast absolut recht. Ich bin schon in der Planung für die Revanche.

JorisJo, 00:26

Ich bin gespannt. :)

MG_22, 00:27

Ich liege auf dem Bauch und starre immer noch mein Smartphone an. Vielleicht hätte ich ihm besser eine Frage gestellt, damit wir weiter miteinander schreiben können. Oder ich bin mutig. So wie früher. Nur auf mein Gefühl hören und los.

Ich mag deinen neuen Haarschnitt. Und dein Profilbild.

MG_22, 00:29

Danke. Nett von dir.

Was hält dich wach in einer Mittwochnacht?

JorisJo, 00:30

Hab was ziemlich Blödes zu einer Person gesagt, die mir mehr bedeutet, als ich in dem Moment dachte. Dich?

MG_22, 00:32

178

Für all das, was in meinem Kopf ist, reicht
die Zeichenanzahl nicht aus.

JorisJo, 00:33

Verständlich. Bist du morgen auf dem
Weihnachtsmarkt?

MG_22, 00:34

Hätte ich besser nicht direkt durchblicken lassen, dass ich auch zur
Uni gehe? Oder ist jetzt die Gelegenheit, zu schreiben, wer ich bin?

Ja. Ist ein Pflichtprogramm für Medis.
Zumindest für die aus dem ersten Semester. Du?
Studierst du überhaupt?

JorisJo, 00:35

Psychologie. Ich bin auch da. Auch wenn
ich eigentlich keine Zeit dafür habe.

MG_22, 00:36

Das kenne ich so gut! Wir schreiben Montag
eine Klausur und ich müsste eigentlich
jede Sekunde dafür lernen. Stattdessen
verarzten wir Teddys von Kindern.

JorisJo, 00:37

Süß! Ist das etwas, das du später machen
möchtest?

MG_22, 00:38

Teddys verarzten?

JorisJo, 00:38

Mit Kindern arbeiten.

MG_22, 00:39

Ich bin mir noch nicht sicher. Du?

JorisJo, 00:40

Ich werde im Sommer fertig. Habe aber noch
keine Ahnung, was ich dann machen werde.

MG_22, 00:41

Habe mir ein One-Way-Ticket gekauft.

MG_22, 00:42

Krass. Wohin gehts?

Wie alt bist du?

JorisJo, 00:43

Neuseeland. 25. Du?

MG_22, 00:43

Das ist richtig cool! Warst du schon mal da?

19. Im Januar werde ich aber 20.

JorisJo, 00:44

Nope. Ist mein erster Langstreckenflug.

MG_22, 00:45

Warum Neuseeland?

JorisJo, 00:46

Ehrliche Antwort? Ich habe nachgeschaut, was am weitesten weg ist und wo nicht so viele gefährliche Tiere leben.

MG_22, 00:46

Oh, okay. Was hast du vor, wenn du da bist?

JorisJo, 00:48

Meine Masterarbeit schreiben und arbeiten, schätze ich.

MG_22, 00:48

Schätze ich? Du hast noch keinen Plan? Das würde mich wahnsinnig machen.

JorisJo, 00:49

Ich habe für nichts einen Plan. :D

MG_22, 00:50

Du musst mir unbedingt beibringen, wie
das funktioniert.

JorisJo, 00:51

> Ganz ehrlich? Ich habe gerade nicht das
> Gefühl, irgendwas unter Kontrolle zu haben.
> Das fühlt sich zum ersten Mal nicht nach
> mir an.
>
> MG_22, 00:52

Kenne ich.

Ich habe gerade keine Ahnung, wer ich bin.
Oder was ich will.

JorisJo, 00:53

> Scheiß Gefühl …
>
> MG_22, 00:54

Ja.

JorisJo, 00:54

> Ich würde dir ja empfehlen, Yoga zu
> machen, aber du warst in eurem Live nicht
> so begeistert von der Idee.
>
> MG_22, 00:55

Ich drücke auf *Absenden*, bevor ich nachdenken kann. Warum will
ich von ihm hören, was der Grund ist, wenn ich es doch schon
längst weiß?

*Weil da noch ein bisschen Hoffnung ist, dass es vielleicht nicht an
mir liegt.*

> Bei mir hilft es gerade auch nicht.
>
> MG_22, 00:59

Im Yoga gibts jemanden, der mich verletzt
hat. Auf die Begegnung kann ich aktuell
verzichten.

JorisJo, 01:01

181

Obwohl ich es wusste, fühlt es sich scheiße an. So richtig. Auch wenn es verdient ist. Ich wollte nicht der Grund dafür sein, dass sich jemand so fühlt. Will nicht, dass er wegen mir nicht mehr mit seiner Freundin zum Yoga gehen kann. Aber was soll ich sagen? Ihm das einfach schreiben?

> Versteh ich.

> Vielleicht bereut er es.

MG_22, 01:06

Er?

JorisJo, 01:07

Fuck. Ich schließe den Browser und presse das Smartphone an meine Brust. Was soll ich jetzt machen?

Ich will, dass er weiß, dass ich es bin. Aber was dann? Was, wenn er mir dann nicht mehr schreibt?

Ich atme tief durch. Es ist zu spät für eine logische Lösung. Außerdem hatten wir das schon. Und Bauchgefühl läuft besser.

> Tut mir leid.

MG_22, 01:13

Vielleicht schläft er schon. Oder er findet mich total gruselig. Keine Ahnung. Ich starre am Bildschirm vorbei zur Tür. Bunte Flecken tanzen vor meinen Augen, bis meine Lider schwer werden.

27

Ich bin erleichtert, als sich die Türen öffnen und Dora mit wackeligen Beinen den Bus verlässt.

»Du hast es geschafft«, sage ich zur Begrüßung, was mir von ihr einen tadelnden Blick einbringt.

»Ich bin in meinem Leben mehr Bus gefahren als du, mein Junge.« Sie gibt mir einen Klaps auf den Unterarm und lächelt mir kopfschüttelnd zu.

»Ich weiß«, sage ich.

Dora hat heute darauf bestanden, mich auf unserem Weihnachtsmarkt zu besuchen. Und da ich der Frau nichts abschlagen kann, habe ich mich zwei Stunden von meinem Standdienst befreien lassen, um sie abzuholen und mit ihr über das Uni-Gelände zu schlendern.

Der Weihnachtsmarkt findet auf Campus I drinnen und draußen statt. Jede Fachschaft, die möchte, darf teilnehmen. Genauso wie Vereine aus der Stadt. Und da das Sportgeschäft trotz unseres Vortrags die Gelder kürzt, müssen wir in den nächsten Wochen viele Waffeln verkaufen.

»Sehen wir denn heute auch den jungen Mann, über den wir gesprochen haben?«

»Wie war deine Woche, Dora?«, frage ich, anstatt auf sie einzugehen.

»Wie immer. Ich habe gestern beim Poker wieder gewonnen. Vielleicht sollte ich darauf bestehen, dass du mich das nächste Mal in ein Casino begleitest.«

»Gern. Und hör auf, deine Freunde so auszunehmen, du weißt, dass Martha schon wieder ein Enkelkind bekommen hat«, sage ich und gehe mit ihr die Treppen zum Haupteingang hoch.

Ich habe die Uni nicht ausgewählt, weil sie besonders schön ist. Gerade im Winter drücken die basaltgrauen Bodenplatten und die weiß-grauen Fassaden die Stimmung.

»Die fünf Euro Einsatz hat sie überlebt.« Bei der nächsten Stufe strauchelt Dora.

Ich greife nach ihrem Arm und stütze sie. Dieses Mal lässt sie mich ihr helfen, ohne dass sie was sagt.

»Was studiert dein Schwarm denn?«, fragt sie und zwinkert mir zu, als ich zu ihr schaue.

»Medizin.« Es ist zwecklos, das Gespräch noch mal in eine andere Richtung zu lenken.

»Ein sehr nützlicher Studiengang. Ein intelligenter junger Mann, wie du. Das passt ja.« Bei Doras Worten wird mir warm, obwohl es heute so kalt ist, dass ich Handschuhe tragen muss.

»Ich glaube nicht, dass das was wird«, sage ich, um mich daran zu erinnern, dass die kribbelige Hoffnung in meinem Magen aussichtslos ist.

»Wieso?«

»Ich möchte mich bei ihm entschuldigen, aber er will mich nicht sehen«, murmele ich und nicke ein paar vorbeigehenden Menschen zu, die ich noch aus Veranstaltungen aus dem Bachelor kenne.

»Lass ihm Zeit und dann versuche es noch mal.«

»Es sind nur noch ein paar Monate, bis ich fliege«, sage ich.

»Hört sich so an, als hätte es dich wirklich heftig erwischt.«

»Ich kenne ihn kaum«, erwidere ich.

»Ist der Malte, der daran glaubt, dass alles aus einem Grund passiert, unter all den Hormonen begraben?«, fragt sie und grinst mich neckend an.

»Ärgere mich weiter, dann kannst du Montag alleine einkaufen fahren.«

»Malte, meinst du, du bist dem jungen Mann, dessen Name ich noch immer nicht kenne, nur begegnet, damit du ihm die ganze Zeit nachtrauerst, ohne etwas zu unternehmen?«

»Ich würde sagen, wir vertagen das Gespräch«, sage ich, als wir beim *Tigers-Stand* ankommen.

»Glaub nicht, dass ich das vergesse.«

»Ich zähle auf dein Alter«, erwidere ich und schenke ihr ein Lächeln.

»Ganz schön frech«, sagt sie mit einem Grinsen auf den Lippen.

»Wenn das nicht Lady Dora ist«, kommt es von Arslan, der sich über die Theke lehnt.

»Kian Arslan, wie schön.« Sie greift nach seiner ausgestreckten Hand und schüttelt diese. Arslans Mama ist schon seit Jahren Doras Haushälterin.

»Unsere Mitbewohner Luca Jenssen und Jan Fink kennst du ja«, sagt Arslan und nickt kurz zu den beiden, die ihre Arbeit bei Doras Auftauchen unterbrochen haben.

»Freut mich, meine Herren.« Dora nickt ihnen zu, bevor sie wieder ein paar Schritte zurück zu mir macht.

»Ebenso«, kommt es von Jenssen.

»Kann ich Ihnen eine Waffel oder einen Glühwein anbieten?« Fink trägt heute wie Jenssen, Arslan und ich eine grüne *Tigers-Mütze*, weil es ihm wahrscheinlich zu kalt für Basecaps ist.

»Über eine Waffel würde ich mich sehr freuen«, sagt sie und lächelt meinem Mitbewohner zu.

»Kommt sofort«, erwidert er und dreht sich um.

»Kann ich dir sonst was zu trinken anbieten? Wir haben auch Wasser oder Kakao.« Ich bin nicht der Einzige, der von Arslans ungewohnt höflichem Umgang mit Dora beeindruckt ist. Jenssen starrt unseren Mitbewohner an, als würde er ihn heute zum ersten Mal sehen. Dabei ist Arslan mit seiner Mutter und Dora immer auffallend anständig, aber das kommt so selten vor, dass es mich auch immer wieder überrascht.

»Du könntest mir verraten, wo ich den Stand der Medizinstudenten finde«, sagt Dora und grinst mir verschmitzt zu.

Arslans Blick trifft auf meinen. Er zieht eine seiner schwarzen Brauen hoch und mustert mich aus seinen dunklen Augen. Die unausgesprochene Frage schwebt zwischen uns. Aber keiner von uns beiden sagt etwas, bevor er sich wieder Dora zuwendet.

»Wenn ihr dahinten die Treppen nach unten nehmt, siehst du schon die großen Zelte, in denen sie ihre beheizte Teddy-Klinik aufgebaut haben.«

»Danke schön.« Dann bekommt Dora ihre Waffel, die sie natürlich nicht bezahlen muss, dafür aber mehrere Scheine in die Spendenbox schiebt.

Nachdem sie aufgegessen hat, machen wir uns auf den Weg.

»Versprich mir, dass du nichts sagst«, bitte ich.

»Malte, ich werde mich da nicht einmischen, du musst schon selbst den Mut finden, ihn anzusprechen.« Wir nehmen die letzten Stufen und stehen vor der weißen, kleinen Zeltstadt. Überall laufen Familien mit Kindern umher. In dem regen Treiben werde ich ihn wahrscheinlich sowieso nicht sehen und dann kann ich mit Dora noch die restlichen Stände angucken, bevor ich sie zurück zur Bushaltestelle bringe.

Natürlich passiert genau das, was sie prophezeit hat. Lass es Schicksal, Fügung oder Alles-passiert-aus-einem-Grund sein. Egal was, er kommt Augenblicke später in einem weißen Kittel aus einem der Zelte.

Seine blonden Haare stehen lockig von seinem Kopf ab. Ein freundlicher Ausdruck liegt auf seinen sanften Gesichtszügen, während er sich mit einer blonden Kommilitonin, die auch einen weißen Kittel trägt, unterhält.

Erst als sie über etwas lacht, was er erzählt hat, erkenne ich sie. *Lou.* Nach unserem Abend zu dritt bin ich ihr in Williams WG über den Weg gelaufen. Wir haben uns so begrüßt, als wüssten wir nicht, wie der andere schmeckt. Wie sich der andere anfühlt. Vielleicht sollte ich auch zu ihr das Gespräch suchen.

»Das ist er, oder?«, flüstert Dora und schaut auch in seine Richtung.

»Ja«, sage ich, ohne den Blick von ihm zu nehmen. Die beiden wirken vertraut miteinander. Aber das ist mir auch schon an dem Abend aufgefallen.

»Wie schön eure Kinder aussehen würden.«

»Dir ist schon klar, dass das nicht funktioniert, oder?«, erwidere ich lachend.

»Er sieht wunderschön und sehr lieb aus.« Da kann ich ihr nur zustimmen.

»Verrätst du mir auch noch seinen Namen?«, fragt sie.

»Wenn wir jetzt gehen, dann ja«, antworte ich und umgreife ihren Unterarm.

»Irgendwann wirst du ihn mir vorstellen. Und ihr werdet heiraten, bevor ich unter der Erde bin.«

»Könntest du aufhören, von heiraten und Familie zu sprechen, wenn ich es nicht mal schaffe, mit ihm zu reden?«, bitte ich und lenke sie zurück zu den Treppen.

»Du weißt ja jetzt, wo er den restlichen Tag sein wird.«

»Ja.« Aber nach dem Chat-Desaster von gestern Abend bin ich mir nicht sicher, ob ich mein Glück noch mal versuchen soll.

An der Bushaltestelle angekommen, drückt sie mir zur Verabschiedung einen kühlen Kuss auf die Wange. Wir hätten uns besser drinnen die Stände angesehen, nicht, dass sie jetzt wegen des Besuchs krank geworden ist.

»Der Name?«, fragt sie, als der Bus schon zu sehen ist.

»Joris.«

»Ein schöner Name.«

»Das stimmt«, sage ich und hebe die Hand, bevor sie die Bustreppen erklimmt.

Eine halbe Stunde später stehe ich am Waffeleisen unseres Eishockey-Standes und bekomme immer wieder Seitenblicke von Fink, die ich nicht deuten kann. Er sieht einfach nur erschöpft aus.

»Alles klar?«, frage ich leise.

Er schaut nur zu Jenssen und Arslan und schüttelt mit dem Kopf.

»Klar«, lügt er dann. Damit sie nichts mitbekommen? Oder weil er will, dass ich mir keine Sorgen mache?

Alles riecht nach Zimt und Schnee, aber ich spüre es nicht. Ich fühle mich wie ein Zuschauer meines eigenen Lebens. So, als würde ich neben dem Eis stehen und nur zusehen, was auf der Fläche passiert. Als würde ich den Zusammenprall sehen und nicht verhindern können. Nur, dass es nicht nur eine Kollision meiner Teamkameraden ist. Es ist mein ganzes Leben, das gerade vor mir auseinanderbricht.

An unserem Nachbarstand läuft zum zweiten Mal *Last Christmas* und Arslan hat zu viel Glühwein getrunken. Es sollte keinen von uns überraschen. Und trotzdem ist die Spannung, die in der Luft liegt, spürbar. Die unausgesprochenen Worte, die zwischen uns allen liegen. Das Ungesagte, das vor allem zwischen Arslan und Jenssen schwebt.

Letzterer hat, seit ich den Stand betreten habe, noch keinen Ton von sich gegeben. Keine Ahnung, ob vorher was passiert ist oder er nur versucht, zu vermeiden, dass es eskaliert.

»Gruuuuber? Zwei Waffeln mit heißen Kirschen bitte … Mach drei draus, ich kann die Ladys hier nicht alleine lassen«, kommt es von Arslan, woraufhin Jenssen sein genervtes Seufzen nicht mehr zurückhalten kann.

»Problem, Jenssen?«, fragt Arslan und tritt einen Schritt auf unseren Mitbewohner zu.

Jenssen verschränkt die Arme vor der Brust und hebt den Kopf.

»Mein Problem?«, bringt er zwischen zusammengebissenen Zähnen hervor.

»Erhell mich.« Arslans Ausdruck, der nur Sekunden zuvor sorglos und alkoholtrunken war, ist jetzt verbissen.

Jenssens angepisster Blick steht dem in nichts nach.

Doch bevor die beiden ihre Streitereien fortsetzen können, tritt Fink dazwischen.

»Deine Waffeln.« Er schiebt Arslan ein Stück von Jenssen weg, bevor er ihm die beiden Pappteller reicht.

»Was ist mit meiner?«, fragt er nur und ich glaube, Jenssen würde ihm am liebsten eine reinschlagen.

»Wie wäre es, wenn du jetzt einfach die Waffeln verkaufst?«, sage ich und drücke Arslan in Richtung Theke.

»Klar, wenn du es sagst, Kapitän.« Seine Aussage trieft nur so vor Sarkasmus, aber ich lasse mich nicht provozieren. Dann dreht er sich zu den Menschen vor unserem Stand um und setzt wieder sein Lächeln auf, mit dem er sich schon viel zu oft aus brenzligen Situationen gerettet hat.

»Ich kann das nicht mehr«, spricht Jenssen das aus, was Fink und ich denken. Zumindest interpretiere ich Jans Gesichtsausdruck so.

Ohne noch was zu sagen, greift Jenssen unter der Theke nach seinem Stoffbeutel und verlässt unseren Stand.

Fink weicht meinem Blick aus und ich weiß nicht mehr, was ich machen soll. Habe keine Ahnung, ob Arslan und Jenssen das je wieder auf die Reihe bekommen. Wie lange das noch in der WG gut geht.

Arslan scheint unbeeindruckt von Jenssens Abgang, denn er flirtet weiter munter mit unseren Gästen, als hätte es den Zwischenfall nicht gegeben.

Zwei Stunden später lösen uns Williams, Ulrich, Martinez und Schmitt ab. Meine Finger kann ich vor Kälte kaum noch bewegen. Die Schwere in meinem Magen wird sich auf dem Weg nach Hause garantiert nicht legen. Vor allem dann nicht, wenn Jenssen da auf uns wartet.

Wobei ich mir kaum vorstellen kann, dass Arslan mit dem Pegel nach Hause geht. Wahrscheinlich zieht er sich da nur was anderes an, um dann in irgendeinem Club abzuhängen. Und wir können einfach nur zusehen, wie sich Arslan jedes Wochenende betrinkt.

Wir sind schon beinah an der Bushaltestelle, als meine Gedanken wieder bei Joris landen. Und bei dem, was Dora zu mir gesagt hat. Vielleicht sollte ich einen Schritt nach dem anderen machen, anstatt nichts zu tun.

»Ich … muss noch mal zurück«, sage ich, woraufhin sich Fink zu mir umguckt und mich bittend anschaut.

»Wirklich?«, fragt er. Zwischen den Buchstaben höre ich sein stummes Flehen, ihn nicht wieder mit Arslan und Jenssen alleine zu lassen.

»Nur kurz … Du kannst mitkommen.« Ich will mit Joris alleine sprechen. Aber ich will die Freundschaft mit Fink auf keinen Fall aufs Spiel setzen.

»Okay«, sagt Fink und schaut kurz zu Arslan. Der zuckt nur mit den Schultern und tippt wieder irgendwas auf seinem Smartphone.

Fink und ich legen den Weg zur Uni schweigend zurück. Wahrscheinlich weil alles, was wir sagen würden, die Situation zu Hause nicht besser machen würde.

28

Mit kalten Fingern greife ich nach meinem Smartphone. Finks Blick ist auf den Boden vor ihn gerichtet, deswegen aktualisiere ich kurz die Only-Friends-Seite, in der Hoffnung auf eine neue Nachricht von ihm.

Die Enttäuschung, keine vorzufinden, ist gar nicht mehr so groß, weil ich damit gerechnet habe.

Es gibt mehrere Nachrichten in der *Tigers-Gruppe* und ich habe einen unbeantworteten Anruf von meinem Bruder. Darum kümmere ich mich, wenn ich mein Leben wieder im Griff habe. *Also nie.*

»Wo musst du hin?«, fragt Fink, kurz bevor wir beim Team-Stand ankommen.

»Zur Teddy-Klinik«, murmele ich, und dieses Mal bin ich es, der seinem Blick ausweicht.

»Find ich gut. Ich warte an unserer Bude auf dich.«

»Okay«, erwidere ich und schenke ihm ein knappes Nicken.

Vielleicht wäre ich doch besser nach Hause gefahren. Seit einer halben Stunde ist es dunkel und es ist noch mal kälter geworden. Ich vergrabe die Hände weiter in den Taschen.

Vor den Zelten ist weniger los als vorhin, aber es laufen immer noch einige Kinder mit ihren Kuscheltieren in den Armen umher.

Erst jetzt sehe ich die einzelnen Schilder, die an den Zelten angebracht sind. Sie zeigen die unterschiedlichen Abteilungen wie Orthopädie oder Radiologie auf.

Ich gehe noch näher heran, weil ich ihn sehen will. Weil ich will, dass er mich sieht.

Augenblicke später erblicke ich ihn und all die anderen Studierenden mit weißen Kitteln treten in den Hintergrund.

Vor ihm auf dem Tisch sitzt ein Teddybär. Dahinter steht ein Mädchen mit dunklen, geflochtenen Haaren.

Mein Blick wandert zurück zu ihm. Er scheint vertieft in das Gespräch mit der Kleinen, die auf seine Aussagen hin immer wieder nickt. Seine Nasenspitze ist gerötet, genau wie seine Wangen. Wahrscheinlich kommt Letzteres auch von der Kälte und nicht von der Aufregung, weil seine ganze Körperhaltung wesentlich entspannter wirkt als bei dem TikTok-Vortrag im Eisstadion.

Er greift sich an die Brust, dann dem Teddy. Das Mädchen macht es ihm nach und streicht mit ihren Handschuhen über ihre Brust.

Kardiologie steht auf dem Schild zu Joris' Zelt. Ich mache noch ein paar Schritte auf sie zu. Vielleicht sollte ich mir schon mal zurechtlegen, was ich ihm sagen möchte. Wie ich meine Entschuldigung am besten formuliere.

Dann hebt er den Kopf und schaut in meine Richtung. Plötzlich wird mir ganz warm. Soll ich besser gehen?

Unsere Blicke begegnen sich. Seiner wandert kurz weiter. Ich atme erleichtert aus. Stolpere einen Schritt zurück. Bevor sein Kopf wieder in meine Richtung schnellt.

Ich kann seinen Ausdruck nicht deuten. Dabei habe ich genug Videos von ihm gesehen. Aber Jolene hat er so nie angeschaut.

Zwischen seinen braunen Augen hat sich eine Falte gebildet. Seine vollen Lippen sind aufeinandergepresst und ich kann mir kaum vorstellen, dass das von der Kälte kommt.

Trotzdem gehe ich auch noch die letzten Schritte auf ihn zu. Es wird Zeit, dass ich mein Leben endlich wieder in die Hand nehme.

»Hey«, sage ich und das Kind guckt mich beinah so irritiert an wie Joris.

»Ich muss Herrn Braunbär versorgen«, sagt er und wendet sich dann wieder seinem plüschigen Patienten zu.

Ich warte einfach und hoffe, dass er genau *das* zwischen den Zeilen gemeint hat. Und nicht, dass er niemals Zeit für mich hat.

Er erklärt dem Mädchen in einer beruhigenden Stimme, dass Herr Braunbär ein kleines Loch in der Herzwand hat, das sich aber in wenigen Wochen schließen sollte.

»Wenn du zu meiner Kollegin Lou gehst, kann sie gemeinsam mit dir ein EKG machen. Bei der Untersuchung gucken wir uns die Herzströme an.«

Die Kleine hängt gebannt an seinen Lippen und nickt mehrmals, bevor sie sich von dem Tisch wegdreht und zu Lou geht. Sie schaut kurz zu mir, bevor sie sich ihrem Patienten zuwendet.

»Was machst du hier?«, fragt er, immer noch auf seinem Platz sitzend.

»Du ... kannst ziemlich gut mit Kindern.« Ich weiß nicht, was ich sagen soll, damit seine ablehnende Haltung offener wird. Damit er mir zuhört und ich mich entschuldigen kann.

»Malte.« Seine Stimme klingt genervt, sein Gesichtsausdruck ist verschlossen.

»Können wir reden?«, frage ich und lasse meine kalten Hände in die Jackentaschen gleiten.

»Jetzt?«, kommt es nur von ihm und es bilden sich Wölkchen beim Ausatmen.

»Vielleicht können wir ja woanders hin?«, schlage ich vor.

»Glaube, das ist keine gute Idee«, erwidert er, steht aber auf, nachdem er sich kurz umgeschaut hat. Wahrscheinlich will er nicht, dass irgendwer mitbekommt, wie er sich mit mir unterhält.

»Ich bin MG_22.« Wenn ich will, dass er mir zuhört und sein Vertrauen schenkt, muss er alles wissen. Außerdem hätte ich ihm direkt schreiben sollen, dass ich es bin.

Sein Blick bleibt unverändert und er wirkt unbeeindruckt. Joris ist nicht dumm, wahrscheinlich ist er schon längst darauf gekommen. Vor allem nach dem, was ich geschrieben habe.

»Habe ich mir gedacht«, sagt er und verschränkt die Arme vor der Brust.

»Ich wollte dir das eigentlich direkt geschrieben haben, aber dann ... habe ich es einfach vergessen. Es hat irgendwie nicht in die Unterhaltung gepasst.« Ich habe keine Ahnung, was er gerade von mir denkt. Wahrscheinlich nichts Gutes, der Kälte in dem dunklen Braun seiner Augen nach zu urteilen.

Wenn ich ihn nicht kennen würde, würde mir sein Ausdruck wahrscheinlich gar nicht auffallen. Aber ich weiß, wie er aussieht, kurz bevor er etwas Mutiges macht. Mich küssen zum Beispiel. Ich weiß noch immer genau, wie seine Augen vor Neugierde und Verlangen gesprüht haben. Genauso wie ich nie vergessen werde, wie dieser Blick erloschen ist, als ich nach seiner Freundin gefragt habe.

Ich würde ihm gerne sagen, dass ich mutig bin. Dass ich nicht lange nachdenke, bevor ich etwas ausspreche. Dass ich daran glaube, dass wir uns nicht ohne Grund begegnet sind. Nur, dass es jetzt vielleicht zu spät ist, weil ich es nicht gecheckt habe.

Dann sage ich doch nichts, weil ich gerade nicht weiß, wer ich bin. Aber bei einer Sache bin ich mir sicher: Ich will ihn kennenlernen.

»Ich … Es tut mir leid, was ich gesagt habe nach dem Kuss. Ich wollte dich nicht verletzen.«

»Hast du nicht«, kommt es viel zu schnell von ihm.

»Ich … mochte den Kuss. Und hätte gerne die Chance gehabt, dich richtig kennenzulernen.«

»Dein Ernst?« Er klingt richtig sauer. Ich hätte den Mund halten sollen. Nur meine Entschuldigung aussprechen und dann gehen.

»Ich …«, beginne ich und verliere die Worte auf dem Weg zu meinem Mund.

»Ich habe dir unzählige Chancen gegeben, dabei hätte ich direkt checken müssen, wer du bist. Ich meine, wir hatten ein Date und du hast mich nicht mal erkannt.«

Ich schaue ihn fassungslos an. Wovon redet er bitte?

»Date?«, frage ich, weil mein Kopf keine ordentlichen Sätze mehr bilden kann.

Ich kann nachvollziehen, dass es ihn verletzt hat, dass ich, nachdem er mich geküsst hat, nach Lou gefragt habe. Wirklich. Trotzdem komme ich nicht mehr mit. Mit seinen Aussagen und seinem Gefühlsausbruch.

»Du warst eigentlich mit Jolene verabredet, aber sie kam auf die grandiose Idee, das Date zu tauschen.« Es gab ein Video, wo sie von dem Tausch erzählt haben. Aber das war in ihrem Heimatort. Was hat das also mit mir zu tun?

»Ich … Du musst mich verwechseln. Ich hatte keine Verabredung, weder mit Jolene noch mit dir. Daran könnte ich mich erinnern.«

Als ich dachte, dass sein Blick vorher schon kalt und distanziert war, habe ich die Rechnung ohne den abwertenden Ausdruck, der jetzt in seinen Augen liegt, gemacht.

»Malte.«

Ich zucke zusammen, als ich die Stimme von meinem Bruder höre, die weder in den Kontext des Gesprächs noch an diesen Ort gehört.

Wahrscheinlich spielt mir mein Gehirn irgendeinen Streich. Wahrscheinlich verliere ich langsam den Verstand und kann mich deswegen nicht daran erinnern, wovon Joris gerade redet.

»Malte!«

Ich drehe mich um und bereue es noch in der gleichen Sekunde. Natürlich war die Stimme keine Einbildung.

Mit einem langen schwarzen Mantel und selbstbewussten Schritten kommt mein Bruder auf mich zu. Er hat wie immer ein lockeres und überlegenes Lächeln auf den Lippen, das ich noch nie mochte. Genauso wie die Tatsache, dass sich alles direkt um ihn dreht, sobald er einen Ort oder Raum betritt.

Genervt drehe ich meinen Kopf zurück zu Joris, der aber nur noch Augen für meinen Bruder hat. Und der erschrocken ehrfürchtige Ausdruck in seinem Gesicht sorgt dafür, dass sich alles in mir zusammenzieht.

Das Gefühl katapultiert mich geradewegs in all die vergangenen Situationen, die genau so begonnen haben. Egal, ob auf dem Schulhof, auf dem Spielplatz oder auf Partys. Sobald mein Bruder neben mich getreten ist, bin ich in den Hintergrund gerückt.

Dabei sind wir eineiige Zwillinge. Wir sehen uns verdammt ähnlich. Ich habe nie verstanden, warum er immer die cooleren Freunde hatte, die schöneren Mädchen abbekommen hat und meine Eltern ihn immer bei Freunden und Verwandten in den Himmel gelobt haben und nur einen oder keinen Satz für mich übrig hatten.

Irgendwann habe ich verstanden, dass er die Ausstrahlung und das Charisma hat, was mir fehlt. Zusätzlich haben immer alle an seinen Lippen gehangen, dabei war nur die Hälfte davon, was er erzählt hat, die Wahrheit. Aber das war immer nebensächlich.

Genauso wie ich gerade.

Joris öffnet seine Lippen, immer noch meinen Bruder anstarrend, aber kein Laut verlässt seinen Mund.

»Brüderchen«, kommt es von Maarten, der mich in eine unangenehme seitliche Umarmung zu sich zieht.

»Was machst du hier?«, frage ich und trete einen Schritt von ihm weg.

»Überraschung«, erwidert er nur und grinst mich an.

»Hättest du vorher nicht wenigstens schreiben können?«

»Ich habe dir doch am Telefon gesagt, dass ich dich besuchen komme.« Wenn wir in den letzten Wochen miteinander gesprochen hätten, könnte ich mich garantiert daran erinnern.

»Wann soll das gewesen sein?«, frage ich genervt.

»Bei unserem Familientelefonat.« Er hat das ernst gemeint mit dem Besuch?

»Wie lange bleibst du?«

»Schön, dich zu sehen, Maarten. Ich habe dich auch vermisst, Malte«, entgegnet er, wobei er meine Stimme natürlich deutlich höher klingen lässt, so als würde er ein Mädchen nachmachen.

Ich sage nichts, sondern schaue zurück zu Joris, dessen Blick mittlerweile von Maarten zu mir gleitet und wieder zurück. Natürlich bleibt er deutlich länger an meinem Bruder hängen. Warum auch nicht?

Ich habe keine Kontrolle mehr über die Reaktionen meines Körpers. Wut, Ärger und Enttäuschung brennen sich durch meine Adern und für einen Moment verschwimmt meine Sicht.

Als sie sich wieder klärt, starrt Joris immer noch meinen Bruder an.

Das war es dann wohl. Er wollte mir ja sowieso keine Chance mehr geben. Und ganz ehrlich, so hat er mich noch nie angeguckt. Selbst nach unserem Kuss nicht. Oder während wir Sex hatten. Und Glück hat er auch noch. Schließlich ist mein Bruder bisexuell.

»Ja, ich habe einen eineiigen Zwillingsbruder«, sage ich genervt und schaffe es nicht mehr, Joris ins Gesicht zu schauen.

»Habe ich euch gerade gestört?«, fragt Maarten und hört sich beinah besorgt an. Beinah, weil ich meinen Bruder kenne und weiß, dass es ihn nicht interessiert, was ich gerade fühle.

»Nö, wir waren hier sowieso fertig. Oder Joris?« Mir fehlt die Kraft, zu unterdrücken, wie enttäuscht ich bin. Wie schmerzhaft sich mein Brustkorb gerade zusammenzieht.

Ich will so dringend den Malte zurück, der vor dem Kuss existiert hat. Das Leben, in dem in meinem Team alles in Ordnung war. Die Zeit, in der meine WG mein Zuhause war und nicht der Ort, an dem meine Freunde ständig streiten.

»Du … Er …«, stammelt Joris und ich will nur gehen. Alleine. Ohne meinen Bruder.

»Kennen wir uns irgendwoher?«, kommt es dann von Maarten und er mustert Joris so auffällig, dass sich Übelkeit durch meinen Körper brennt. Ist das jetzt sein Ernst? Hat Mutter nicht bei dem Telefonat von irgendeiner Freundin gesprochen?

»Wollt ihr mich verarschen?« Joris guckt von Maarten zu mir. Sein Blick endlich wieder so distanziert wie vor Maartens Auftreten.

»Meinst du das ernst?«, frage ich.

»Was geht denn bei euch –«, beginnt Maarten, aber ich unterbreche ihn sofort.

»Halt den Mund, ganz ehrlich.«

Ich weiß nicht, wann ich das letzte Mal so sauer war. Ich spüre nichts mehr außer dem Zorn, der sich wie Hitze durch meine Adern brennt.

»Mein ganzes Scheißleben lang haben alle Maarten genauso angeguckt wie du. Ich bin es wirklich leid, ganz ehrlich. Wenn du keinen Bock hast, mir eine Chance zu geben, dann sag das. Sag, dass du mich nie wieder sehen willst. Dann lass ich dich in Ruhe. Aber mein Bruder … Dein Ernst?«

Joris starrt mich still an. Sein Gesichtsausdruck verändert sich beinah sekündlich. Alle möglichen Emotionen wirbeln durch das Braun seiner Augen. Keine davon wirklich greifbar. Und dadurch, dass ich die Chance verpasst habe, ihn kennenzulernen, werde ich wohl auch nie erfahren, was ihm gerade durch den Kopf geht.

Er öffnet die Lippen.

Ich warte.

Zwischen Wut, Ärger und Enttäuschung ein kleiner Schimmer Hoffnung, der in meinem Bauch aufflackert.

Dann geht Joris und ich schaue ihm noch hinterher. Dem wehenden weißen Kittel, der irgendwann zwischen all den anderen verschwindet.

»Malte, ich …«

»Ich kann das gerade nicht«, sage ich und drehe mich um, ohne meinem Bruder noch einen Blick zu schenken. Ich habe ihn seit letztem Weihnachten nicht mehr gesehen. Und jetzt weiß ich wieder, warum.

Er taucht auf und mein Leben geht den Bach runter. Nicht, dass es vorher besonders gut lief, aber es fühlt sich gut an, ihm für einen Moment die Schuld zu geben.

Die Kälte, die mittlerweile jede Zelle meines Körpers erreicht hat, begleitet mich bis zur Bushaltestelle. Und hallt auch noch nach, als ich längst schon im Bett liege und die Decke über mir anstarre. Vielleicht hätte ich Fink auf der Heimfahrt davon erzählen sollen, anstatt ihn anzuschweigen. Aber das hätte auch nichts geändert.

29

Das Training lief beschissen. Und ich würde gerne behaupten, dass es daran lag, dass Maarten da war. Dass er mir seit Donnerstag nicht mehr von der Seite weicht. Dass er das Memo, dass ich keinen Bock auf ihn habe, nicht bekommen hat. Die einzigen Momente ohne ihn sind heute auf dem Eis und nachts, wenn er in seinem Hotelzimmer ist.

Keine Ahnung, wann wir das letzte Mal so viel Zeit miteinander verbracht haben, aber ich kann mich auf nichts konzentrieren, weil all meine Energie in die Aufrechterhaltung meiner distanziert gelassenen Persona fließt, die ich mir die letzten Jahre aufgebaut habe. Langsam bröckelt diese Fassade aber, weil ich keine Kraft mehr habe. Weil ich sauer auf mich bin. Auf Arslan und Jenssen. Und auf Joris.

Dabei kann er nicht mal was dafür. Schließlich geht mir das mein ganzes Leben so. Aber irgendwie habe ich etwas anderes erwartet. Dass er mir eine zweite Chance gibt? Dass wir uns kennenlernen können? Dass es mit ihm anders ist?

»Okay, was ist los, Gruber?«, kommt es von Williams, als er sich neben mich setzt. Wahrscheinlich will er wie Thomas eine Erklärung von mir. Eine Antwort darauf, was gerade mit dem Team nicht stimmt. Aber ich weiß es nicht, weil die Jungs gerade nicht meine Prio eins sind. Dabei sollten sie es sein.

»Keine Ahnung, wo ich da anfangen soll«, erwidere ich ehrlich und lasse mich seufzend gegen die Wand fallen.

»Ist es wegen der Sache, über die du dann doch nie mit mir geredet hast?«, hakt Williams nach.

»Ich wünschte, es wäre nur das.« Ich habe keine Lust mehr, über Joris zu reden. Über die Fehlentscheidungen, die ich getroffen habe. Darüber, dass ich ihn verletzt habe. Und er mich irgendwie auch. Und es sollte okay sein, weil ich das verdient habe. Aber es fühlt sich nicht danach an.

»Tut mir leid, Mann.«

Der Rest des Teams ist schon gegangen. Einer frustrierter als der andere. Und ich wünschte, ich hätte ihnen eine Lösung liefern können. Hätte sicher gewusst, dass Arslans und Jenssens Prügelei der Grund für die Zerrissenheit des Teams ist.

Es ist nicht so, als wäre der Sport unser Job. Als hätten wir die Chance, von unserem Hobby zu leben, sobald wir es schaffen, aufzusteigen. Aber auf dem Eis zu sein, hat mich zusammengehalten. Hat mir geholfen, Selbstvertrauen aufzubauen, das ich nicht mehr hatte, als ich von meiner Familie hierhergezogen bin.

Vom Team gebraucht zu werden, hat mir eine Aufgabe gegeben. Einen Sinn. Aber ich bin gerade nicht die richtige Person dafür, weil ich die Anwesenheit von Arslan und Jenssen nicht mehr ertrage. Weil mich die Situation mit Joris immer noch beschäftigt. Weil ich gerade nur länger hier bin, damit ich nicht mit meinem Bruder zusammen sein muss, und nicht, um eine Lösung für unser auseinanderbrechendes Team zu finden.

»Kannst du die nächsten Wochen meine Aufgaben als Kapitän übernehmen, bis ich wieder den Kopf dafür frei habe?« Meine Stimme zittert. Keine Ahnung, ob das die richtige Entscheidung ist. Aber besser, als mir den Posten zu überlassen, ist es allemal.

»Es … Meinst du das ernst?«

Ich nicke nur.

»Dann würde ich die Aufgabe selbstverständlich gerne übernehmen«, sagt er und legt mir die Hand auf die Schulter.

»Danke«, murmele ich und starre die Wand gegenüber an, weil ich Williams gerade nicht anschauen kann.

»Wenn du reden möchtest, egal über was, ich bin hier. Immer.«

»Okay«, sage ich und atme erleichtert aus, als er aufsteht und nach einer kurzen Verabschiedung geht.

Am Abend sitze ich meinem Bruder bei *Antonios* gegenüber. Er weiß noch nichts von seinem Glück und ich bin mir nicht sicher, ob gerade der richtige Zeitpunkt ist, das Thema anzusprechen. Aber vielleicht fährt er dann früher und ich kann mich um die anderen Dinge in meinem Leben kümmern, über die ich gerade keine Kontrolle habe.

Es nervt mich, dass wir nur über ungefährliche Themen sprechen, seit er hier ist. Vater und Mutter. Seinen Job. Mein Studium. Aber die wichtigen Dinge kratzen wir nicht mal an, und ich bin es leid.

»Wollen wir über Donnerstag reden?«, schlage ich also vor und nehme einen Schluck von meinem Wasser, als würde mir das irgendwie Mut verleihen.

»Klar. Schieß los«, sagt er nur und lehnt sich in dem mit rotem Leder bezogenen Stuhl zurück.

»Du hast Joris angesehen, als würdet ihr euch kennen.«

»Ja, und?«

Ich atme tief durch. Zweimal.

»Woher kennt ihr euch?«, frage ich.

»Wir hatten mal ein Date.«

»Ihr hattet was?« Alles Atmen ist umsonst. Mein gesamter Körper brennt. Ich muss das Bedürfnis unterdrücken, zu gehen, weil ich damit nur ihm einen Gefallen tun würde und nicht mir.

»Er hat mit seiner Freundin das Date getauscht. Wenn ich ihn richtig verstanden habe. Ist aber nichts gelaufen, weil er mich einfach auf der Tanzfläche stehen gelassen hat, bevor es spannend werden konnte.« Bei seiner Erzählung betrachtet er seine Fingernägel, als würde ihn die Unterhaltung total langweilen.

Mein Herz schlägt so hart, dass es Wut in Wellen durch meinen Körper transportiert. Will ich es wirklich riskieren, Hausverbot zu bekommen, nur um ihn schlagen zu können?

Joris hätte mir vielleicht eine zweite Chance gegeben, wenn ich kein Zwilling wäre? Wenn es nur mich gäbe? Niemanden sonst, der mir so ähnlich sieht wie Maarten und gleichzeitig nicht anders sein könnte?

»Wann war das?«, frage ich und meine Stimme vibriert bei jedem Ton. Als wüsste ich nicht ganz genau, wann das war. Als hätte ich die letzten Tage nicht darüber nachgedacht, dass es bestimmt der Date-Tausch war. Aber dann habe ich den Gedanken verworfen. Wie unrealistisch wäre das gewesen? Wie surreal, dass Maarten es noch schafft, alles zu zerstören, obwohl ich so weit weggezogen bin wie nur möglich?

»Keine Ahnung. Irgendwann im Sommer. Danach bin ich Michelle über den Weg gelaufen. Warum interessiert dich das so? Ich habe nie ein Geheimnis daraus gemacht, dass ich auch Typen mag. Ist das dein Problem, das du mit mir hast? Ist das der Grund, warum wir nichts mehr miteinander zu tun haben, obwohl wir Brüder sind?« Seine Stimme hört sich zum Schluss beinah verletzt an. Wenn ich ihn nicht kennen würde. Aber ich weiß, wer er ist. Kenne den Goldjungen der Familie Gruber leider schon mein gesamtes Leben.

»Ich wünschte, das wäre das einzige Problem, das ich mit dir habe«, sage ich so ehrlich, wie ich schon lange nicht mehr zu ihm war. Obwohl ich weiß, dass es gemein ist. Aber das ist mir egal.

»Endlich reden wir mal über die wirklich wichtigen Dinge«, sagt er und greift nach dem Glas Jim Beam. Er schaut der bernsteinfarbenen Flüssigkeit zu, wie sie immer wieder hin und her schwappt, bevor sein Blick wieder auf meinen trifft.

Grüne Augen, die meine sein könnten, starren mich das erste Mal, seit ich mich erinnere, interessiert an.

»Ich bin mir nicht sicher, ob sich wirklich was verändert, wenn wir darüber sprechen«, sage ich.

»Wenn du nicht anfangen möchtest, dann starte ich. Wir waren nicht nur Brüder, wir waren beste Freunde. Du warst alles für mich. Die einzige Person, der ich meine Geheimnisse und meine Gefühle anvertrauen konnte. Bis du irgendwann nicht mehr dieser Mensch warst. Und egal, wie oft ich versuche, ein Gespräch mit dir aufzubauen, du … gibst mir nicht mal mehr eine Chance. Ich weiß, dass du nicht eine Sekunde zuhörst, wenn ich was von meinem Leben erzähle. Was ist aus uns geworden?«

»Das fragst du im Ernst?« Ich bin fertig mit Maarten. Wahrscheinlich muss ich akzeptieren, dass ich nicht alles in meinem Leben klären kann. Dass es manche Dinge gibt, die einfach enden, ohne Erklärung. Dora würde mir jetzt widersprechen, aber sie ist nicht hier.

»Offensichtlich liege ich falsch. Was ist passiert? Erzähl es mir aus deiner Perspektive.«

Ich weiß, warum ich in den letzten Jahren diesen Gesprächen aus dem Weg gegangen bin. Denn egal, wie viel Yoga und Meditation ich mache, mir fehlt die Ruhe, die er hat. »Ich habe dir immer deinen Rücken freigehalten … Und du mir meinen. Es gab nur uns zwei. Bis es plötzlich nur noch dich gab. Du warst von einem Moment auf den anderen wichtiger als ich. All meine Freunde wollten nur mit mir abhängen, in der Hoffnung, dass du dabei bist. Jedes Treffen, egal ob zu Hause oder auf dem Schulhof, hast du an dich gerissen. Irgendwann waren es nicht mehr meine Freunde. Immer wenn wir zusammen waren, hat mich niemand beachtet. Für unsere Eltern war ich immer das Kind, das sie nicht wollten. Und die ersten Jahre meines Lebens hat es mir nichts ausgemacht. Weil ich dich hatte.« Meine Stimme zittert. Mein Hals hat sich zugeschnürt. Mein Blut kocht immer noch. Aber das Brennen meiner Augen lässt sich davon nicht aufhalten.

Ich werde keine Tränen wegen ihm verschwenden.

Mit vor Wut zitternden Fingern greife ich nach meinem Wasser. Aber auch die kühle Flüssigkeit ändert nichts an meinem ausgetrockneten Hals.

»Ich …«, beginnt er und ich schaue in seine Richtung. Den Ausdruck auf den Gesichtszügen, die meinen so ähnlich sind, habe ich noch nie gesehen. Keine Ahnung, was er gerade denkt. Warum er zum ersten Mal, seit ich mich erinnere, sprachlos ist. Dabei hat er immer was zu sagen. Zumindest über sich.

»Ich habe mich damit abgefunden, dass du die Nummer eins bist. Deswegen wollte ich hierhin. So weit wie möglich von dir weg. Aber Donnerstag … Ich bin fertig mit dir.«

Er hat die Augen weit aufgerissen und fährt mit der Hand über seine Brust. Seine Brust, die vielleicht auch so schmerzt wie meine. Und ich kann nicht mal sagen, warum. Ich habe doch schon so lange mit ihm abgeschlossen.

»Was … Donnerstag?«

Was will er jetzt von mir? Dass ich ihm sage, dass wir doch nicht so verschieden sind? Dass ich auch Jungs mag? Dass wir beinah dieselbe Person gedatet haben? Dass er die Chance bekommen hat und ich nicht? So wie immer.

»Mit Joris war es genauso wie mit allen anderen. Er hatte nur Augen für dich.«

»Du magst ihn«, kommt es nur von Maarten und ich nicke. Verändert jetzt sowieso nichts mehr.

»Hast du mal daran gedacht, dass er mich angeguckt hat, weil er mich erkannt hat?«

»Ich …« Habe nur an mich gedacht. War so fixiert auf mein Problem mit Maarten, dass ich in den letzten Minuten nicht eine Sekunde über Joris nachgedacht habe.

»Ich kann mir gut vorstellen, dass er sich verarscht gefühlt hat«, sagt Maarten leise.

Ich vergrabe den Kopf in den Handflächen, während alles über mir zusammenbricht. Natürlich. Ich hätte mich auch so gefühlt. Hätte angenommen, dass wir das alles absichtlich gemacht haben.

Ich versuche, einzuatmen. Mich irgendwie zu sammeln. Nicht an alles zu denken, was in den letzten Wochen schiefgelaufen ist. Aber die Schwere auf meiner Brust ist übermächtig und die nächsten Atemzüge werden immer mühsamer.

Wie konnte das passieren? Von allen Typen da draußen musste er ausgerechnet mit meinem Bruder ausgehen?

Maartens Hand landet auf meinem Arm und mir fehlt die Kraft, ihn abzuschütteln.

Warum musste mir das alles passieren? Hätte ich nicht nächstes Jahr in Neuseeland jemandem über den Weg laufen können? Weit weg von meinem Bruder, meinen Freunden und meinem Leben.

»Kann ich was tun?« Seine Stimme ist zögerlich.

»Nein«, erwidere ich atemlos. Ich kann wieder tiefer einatmen, auch wenn der Schmerz in meiner Brust nicht weniger geworden ist.

»Gibst du mir die Chance, etwas zu den Dingen zu sagen?«

»Ich kann das gerade nicht.« Ich muss Joris eine Nachricht schreiben. Ihm alles erklären und schreiben, dass ich nichts wusste.

»Okay. Sollen wir zahlen und gehen?«, schlägt er vor. Wir haben nicht mal etwas zu essen bestellt.

»Ja«, sage ich und schaue nicht mehr auf. Wann bin ich eigentlich so feige geworden? Wann habe ich angefangen, nur noch meine Seite einer Geschichte zu erzählen, ohne mir die andere anzuhören? Die von Joris. Oder die von meinem Bruder.

Maarten verlässt den Tisch, zahlt und wenig später stehen wir draußen.

»Können wir uns morgen sehen?«

Es ist Montag. Ich verbringe den Tag mit Dora. Aber vielleicht muss ich zum ersten Mal, seit ich diesen Job mache, absagen. Ich kann das mit Maarten klären. Ich muss.

»Ich … schreibe dir«, sage ich, nicke ihm kurz zu und gehe auf die andere Straßenseite, um meine Buslinie zu erwischen, die zum Glück in eine andere Richtung fährt als die von Maarten.

30

Es ist dunkel im Raum und außer den leisen Klängen aus dem Bluetooth-Lautsprecher ist nichts zu hören. Fink hat eben zweimal an die Tür geklopft, aber ich habe nicht reagiert. Ich habe genug von Gesprächen.

Ich mache die Augen wieder zu, versuche, meine Gedanken weiterziehen zu lassen, ohne von ihnen erdrückt zu werden.

Einatmen.

Ausatmen.

Schreib ihm. Sag ihm, was passiert ist. Dass es dir leidtut. Dass du nicht weißt, wie du es je wiedergutmachen kannst. Dass es okay ist, wenn er dir nicht mehr verzeihen kann.

Einatmen.

Ausatmen.

Warum hast du Maarten nicht die Möglichkeit gegeben, seine Sicht der Dinge zu erzählen? Dir anzuhören, was er denkt, warum wir nichts mehr miteinander zu tun haben?

Einatmen.

Ausatmen.

Die Gedanken werden langsamer. Vorwürfe leiser. Aber Ruhe finde ich trotzdem keine.

Irgendwann fasse ich einen Entschluss, öffne die Augen und greife nach meinem Smartphone. Wie automatisiert aktualisiere ich seine Only-Friends-Seite. Genau wie die letzten Tage. Und genau wie die letzten Tage wird es keine Eins am Posteingangsicon geben. Wieso sollte er mir jetzt schreiben?

Doch dann verändert sich was. Das Blut in meinen Ohren rauscht und mir wird ganz warm.

> Ich will einfach nur wissen, ob du das mit deinem Bruder die ganze Zeit wusstest.
> Fandet ihr das lustig?

JorisJo, 23:21

Seine Verletzung schwingt in jedem Wort mit. Ich bereue es, dass ich ihm nicht direkt am Weihnachtsmarkt hinterher bin. Aber woher hätte ich das wissen sollen? Wie hoch ist die Wahrscheinlichkeit, dass mein Bruder derjenige ist, mit dem er den Date-Tausch hatte?

> Ich weiß, dass du keinen Grund hast, mir zu glauben. Geschweige denn zu vertrauen. Aber ich wusste davon nichts. Mein Bruder hat mir erst heute beim Abendessen davon erzählt.

MG_22, 23:44

Ich warte einen Augenblick, bevor ich zurück zur Startseite wechsele. Es gibt zwei neue Fotos von Joris. Eins ist schwarz-weiß und er lächelt übers ganze Gesicht. Seine Haare sind lockig und schulterlang. Das Bild muss älter sein. Er sieht gelassen aus. Und frei. Irgendwie.

Ich scrolle ein Foto weiter und mir fällt beinah das Smartphone aus der Hand.

Auf dem Bild fährt er sich mit den Fingern durch die kurzen Haare. Aber im Fokus der Aufnahme liegen sein Rücken und der Bund seiner Briefboxershorts.

Warum ist mir noch nie aufgefallen, wie schön Männer sind? Warum habe ich mich nicht mal in den Nachbarsjungen oder meinen Sitznachbarn in der Schule verknallt? Warum jetzt? Warum in einen Typen, der ein Date mit meinem Bruder hatte?

Ich fahre mit den Fingerspitzen über die Schatten im Bild. Wünschte, dass sie über seine Haut und nicht über das Display gleiten.

Ich kann mich nicht mal mehr erinnern, ob er in Lous Zimmer ein Oberteil getragen hat oder nicht. Wie sein Rücken in Wirklichkeit aussah. Wie er sich angefühlt hat.

> Mein Bruder und ich haben kein gutes Verhältnis zueinander. Donnerstag war das erste Mal in diesem Jahr, dass wir uns gesehen haben.
>
> MG_22, 23:59

> Wir sprechen nicht miteinander. Schon lange nicht mehr.
>
> MG_22, 00:13

> Maarten war ziemlich lange der wichtigste Mensch in meinem Leben. Aber irgendwann war ich für ihn genauso unbedeutend wie für unsere Eltern und unsere Freunde. Ich weiß nicht, was passiert ist.
>
> MG_22, 00:22

> Keine Ahnung, warum ich dir das erzähle.
>
> MG_22, 00:23

> Bitte glaub mir, dass ich davon bis eben überhaupt nichts wusste.
>
> MG_22, 00:24

> Ich hätte das nicht vergessen, wenn wir ein Date gehabt hätten.
>
> MG_22, 00:26

> Niemals.
>
> MG_22, 00:27

> Und mein Bruder hat es auch nicht
> vergessen.
>
> MG_22, 00:31

Die letzte Nachricht kostet mich Überwindung, aber es ist mir egal. Ich habe schon verloren.

Nachdem minutenlang nichts von ihm kommt, muss ich mich zwingen, den Browser zu schließen. Vielleicht antwortet er noch. Vielleicht nicht.

Ich weiß nicht, was mich geweckt hat. Warum ich nicht wieder einschlafe. Vielleicht weil ich immer noch meine Kleidung anhabe, die ich auch zum Meditieren getragen habe. Vielleicht weil es mir zu kalt ist, auf der Decke zu liegen.

Doch bevor ich aufstehe, um mich auszuziehen, taste ich nach meinem Smartphone. Vielleicht hat er ja geantwortet. Als ich seine Nachricht sehe, bin ich plötzlich hellwach.

> Ich glaube dir.
>
> JorisJo, 02:40

> Danke.

> Ich muss das mit meinem Bruder klären,
> weil es mich schon länger belastet, als ich
> mir eingestanden habe …

> Vielleicht können wir uns danach
> irgendwann sehen. Auf einen Tee. Oder so.
>
> MG_22, 02:54

> Ich weiß es noch nicht.
>
> JorisJo, 02:56

> Okay.
>
> MG_22, 02:56

Ich kann ihn verstehen. Vielleicht sollte das Gespräch mit meinem Bruder gerade wichtiger sein. Auch wenn es sich nicht danach anfühlt.

> Bist du die ganze Zeit schon wach?
>
> MG_22, 02:57

Und dann starre ich meinen Bildschirm und sein Online-Symbol an und warte darauf, dass er mir antwortet.

Ich schlafe schon länger nicht mehr gut.

Seit Donnerstag ist es noch mal schlimmer geworden.

JorisJo, 03:03

> Das tut mir leid.
>
> MG_22, 03:04

Ich weiß ja jetzt, dass du dafür nichts kannst.

Ich frage mich nur, wie das passieren konnte? Wieso ausgerechnet dein Bruder? Und dann ziehe ich in die Stadt, in der du wohnst.

JorisJo, 03:06

> Glaub mir, ich habe mich das auch schon gefragt.
>
> MG_22, 03:06

Kann ich dir was Verrücktes verraten?

JorisJo, 03:07

> Du meinst noch verrückter als die aktuelle Situation? Immer her damit.
>
> MG_22, 03:07

209

Immer wenn ich jemanden mag, kommt das Leben dazwischen und dann wird doch nichts daraus.

Und ich wünschte, es wäre so süß und film-reif, wie Hollywood uns immer vermitteln will, aber es tut verdammt weh, nie die erste Wahl für jemanden zu sein.

JorisJo, 03:09

Ich schlucke hart, weil ich ihm schreiben will, dass ich das Gefühl kenne. Dass ich, seit es Maarten gibt, nie die erste Wahl war.

Aber ich weiß nicht, ob ich ihm das schreiben soll. Oder ob ich ihm lieber sagen soll, dass er in meinen Gedanken immer an erster Stelle steht. Wobei das vielleicht zu viel wäre.

Das tut mir leid.

Ich kann das leider nachempfinden.

Bis ich von zu Hause ausgezogen bin, war ich immer die zweite Wahl. Bei Freunden. Bei Mädchen. Und sogar bei unseren Eltern. Sie haben Maarten mehr gemocht als mich. Waren immer stolzer auf ihn.

MG_22, 03:12

Das meintest du also, als du davon erzählt hast, dass ihr kein gutes Verhältnis zueinander habt.

JorisJo, 03:14

Jap.

MG_22, 03:14

> Bei dir gab es doch bestimmt einen Moment, wo du rückblickend froh darüber warst, dass das Leben dazwischengefunkt hat, oder?
>
> MG_22, 03:16

Definitiv.

JorisJo, 03:16

> Willst du davon erzählen?
>
> MG_22, 03:17

Okay. Aber dann will ich auch deine Story hören.

JorisJo, 03:17

> Deal.
>
> MG_22, 03:18

Lena

JorisJo, 03:19

> Könnte alles sein: von Porno-Anfang bis True-Crime-Podcast.
>
> MG_22, 03:20

Haha. Ich habe zu früh auf *Abschicken* gedrückt.

Lena ist in der 12 neu in unsere Stufe gekommen und ich habe mich in sie verknallt. Natürlich habe ich Wochen gebraucht, um sie anzusprechen. Dann haben wir uns aber direkt gut verstanden und ich dachte, das wäre mein Moment.

JorisJo, 03:21

> Du weißt auf jeden Fall, wie du Leute bei der Stange hältst.

> O mein Gott. Die Doppeldeutigkeit war nicht beabsichtigt.
>
> MG_22, 03:22

Ich schwöre, es ist die Uhrzeit.

MG_22, 03:22

Beruhig dich. ;)

Ich habe mich mit Lena verabredet und die Bahn ist ausgefallen wegen Unwetter. Also bin ich regennass nach Hause gelaufen, um Mama zu fragen, ob sie mich fährt. Aber es war niemand da. Natürlich war mein Akku leer und ich konnte ihn erst zu Hause laden und ihr schreiben.

Selbst beim Tippen klingt das einfach nach zu vielen Zufällen, aber ich schwöre dir, dass es genau so passiert ist.

Lena war natürlich sauer. Eine Woche später wollte sie sich noch mal mit mir verabreden. Aber Jolene hatte in der Mädchenumkleide mitbekommen, dass Lena nur mit mir ausgehen wollte, weil es ihr großer Traum ist, Influencerin zu werden ... Und sie dachte, durch mich und unseren Kanal bekommt sie dann eine Art Durchbruch.

JorisJo, 03:24

O shit, das klingt richtig scheiße.

War das das erste Mal, dass jemand wegen deines Erfolgs mit dir ausgehen wollte?

MG_22, 03:25

Nein. Aber ich bin irgendwann vorsichtiger geworden.

JorisJo, 03:26

Ach, Mann. Ich habe nicht darüber nachgedacht, was das auch für Opfer mit sich bringt.

Hast du denn schon von irgendwem eine komische Reaktion wegen des Only-Friends-Accounts bekommen?

MG_22, 03:26

Nee, aber ich warte nur darauf.

JorisJo, 03:27

Das wäre dann wahrscheinlich nicht das erste Mal, dass du Hass abbekommst, oder?

MG_22, 03:28

Soweit ich weiß, bist du dran.

Ich bin mir gerade nicht sicher, ob du dich mit Absicht drückst oder ob du dich so für mein Leben interessierst.

JorisJo, 03:30

Beides?

MG_22, 03:31

Komm schon, Malte.

Es sind nur wir zwei.

Und wahrscheinlich irgendein Only-Friends-Mitarbeiter. Aber die haben bestimmt schon aufgegeben, weil es deutlich zweideutigere Unterhaltungen gibt.

JorisJo, 03:33

Okay.

MG_22, 03:34

Nur um das klarzustellen: Ich habe mich nicht absichtlich gedrückt ... Es war nur schwer, etwas Positives daran zu finden, dass alle meinen Bruder mehr mochten als mich.

MG_22, 03:35

Verstehe ich.

JorisJo, 03:35

Ich habe mit Fußball angefangen. Weil das alle Jungs aus der Klasse gespielt haben. Die ersten Male auf dem Platz waren wie ein Traum, weil das der einzige Ort war, wo Maarten nicht war. Bis er sich in einen Typen aus meinem Team verknallt hat und auch angefangen hat, zu spielen. Okay, damals wusste Maarten noch nicht, dass er verknallt war. Aber von dem Zeitpunkt, wo er dabei war, hat niemand mehr mit mir geredet. meinen Bruder mehr mochten als mich.

Ich habe mich dann entschieden, aufzu-hören. Als ich irgendwann im Herbst an der Eishalle vorbeigelaufen bin, habe ich gesehen, dass sie Nachwuchs für Hockey suchen. Und so bin ich bei meinem Lieblingssport gelandet.

MG_22, 03:37

Krass, dann wusste dein Bruder schon früh, dass er bi ist?

JorisJo, 03:40

Glaube, er hats erst ein paar Jahre später sicher gewusst. Aber so genau weiß ich das ehrlich gesagt nicht, weil wir seitdem nicht mehr miteinander geredet haben.

MG_22, 03:40

214

Tut mir auf jeden Fall leid, zu lesen, dass es dir so mit deinem Bruder erging. War bestimmt keine leichte Kindheit.

JorisJo, 03:41

Als wir Kinder waren, war das noch nicht so. Aber es war trotzdem schwer. Was irgendwie komisch ist, weil ich nicht im Mittelpunkt stehen muss. Also, ich mag es mehr, im Hintergrund zu sein. Aber gar keine Beachtung mehr zu bekommen, sobald Maarten da ist, war … schwierig.

MG_22, 03:42

Glaub ich dir!

JorisJo, 03:44

Wann wusstest du, dass du Männer und Frauen magst?

Du hast zumindest mal in deinen Videos davon gesprochen, dass du bi bist. Also, sorry, falls ich da falsche Schlüsse ziehe.

MG_22, 03:49

Du guckst also meine Videos?

JorisJo, 03:55

Erwischt.

MG_22, 03:55

Ich wusste schon immer, dass ich Menschen mag, ganz unabhängig von ihrem Geschlecht.

War zum Glück nie ein Problem für meine Familie.

JorisJo, 03:57

Wann wusstest du es?

Spannend zu wissen, ob Sexualität vielleicht doch eine genetische Komponente hat.

JorisJo, 03:59

Du musst nicht antworten, wenn du nicht willst.

JorisJo, 04:10

Vielleicht bist du auch schon eingeschlafen?

JorisJo, 04:11

Nicht eingeschlafen.

MG_22, 04:11

Ich überlege die ganze Zeit, wie ich das schreiben soll, ohne dass es komisch rüberkommt.

MG_22, 04:12

Aber ich bin müde und habe keine Konzentration übrig.

MG_22, 04:13

Ich weiß, dass ich auch Kerle mag, seit du mich geküsst hast.

MG_22, 04:14

Vielleicht wäre es mir schon vorher aufgefallen. Als du Lou geküsst hast. Und ich auch.

MG_22, 04:15

> Aber manchmal bin ich einfach zu
> entspannt und checke Dinge nicht sofort.

> Eigentlich stimmt die erste Nachricht nicht so
> ganz. Ich mag keine Kerle. Ich mag einen. Aber
> ich habs ziemlich verkackt. Also ja, vielleicht
> bleibt es ja bei dem einen Mal.

Ich schicke die Nachricht ab, obwohl sie sich doppeldeutig anhört. Obwohl man eine ganze Menge hineininterpretieren kann. Und dann warte ich. Reibe mir mehrmals über die Augen, aber der Bildschirm wird nicht mehr schärfer. Allerdings reicht es, um zu erkennen, dass er offline ist und mir keine Antwort mehr geschrieben hat.

Ich habs wohl doch übertrieben.

31

Mein Wecker reißt mich aus dem Schlaf. Und ich bin so müde wie lange nicht mehr.

Joris. Ich taste rechts und links nach meinem Smartphone, bis ich es irgendwann unter der Decke finde.

> Ich habe mir jetzt die ganze Zeit den Kopf zerbrochen und überlegt, was ich schreiben soll ... Es ist einfach zu spät. Also danke, dass du mir davon erzählt hast.
>
> JorisJo, 04:25

> Ich mochte unsere Unterhaltung sehr.
>
> JorisJo, 04:31

> Schlaf gut.
>
> JorisJo, 04:36

Das ist ein gutes Zeichen, oder? Mein ganzer Körper kribbelt. Ich sollte ihm antworten. Aber was?

Im selben Moment, in dem ich beginne zu tippen, klingelt mein Smartphone. *Maarten.*

»Ja«, sage ich beim Abheben und erschrecke mich beinah selbst vor meiner rauen Stimme.

»Hi, ich wollte fragen, ob wir zusammen frühstücken wollen.«

Ich will lieber mit Joris schreiben.

Aber dann würde ich die Aussprache mit Maarten nur hinauszögern. Und ich bin es ihm und mir schuldig, auch seine Seite zu hören.

»Bin gerade erst aufgewacht. Halbe Stunde vielleicht?«

»Klar, kein Problem. Hast du 'ne Idee, wo wir hinkönnen?«

»Schicke ich dir gleich«, sage ich.

»Okay. Dann bis später?«

»Ja«, sage ich und lege auf.

Das Gespräch mit Dora kann ich leider nicht so schnell erledigen, weil mein Vorschlag, unser Mittagessen auf morgen Abend zu verschieben, ihr nicht so gut gefällt. Als ich ihr dann aber den Grund dafür nenne, dass mein Bruder in der Stadt ist und ich mich mit ihm aussprechen möchte, ist sie für jeden Alternativtermin zu haben.

»Ich bin stolz auf dich. Wenn du mit deinem Bruder geredet hast, kannst du dich mit einem freien Geist auf Joris einlassen.«

»Dora.«

»Als hättest du in der Zwischenzeit aufgehört, an ihn zu denken.«

Ich habe keine Ahnung, was ich darauf antworten soll. Mir fehlt die Zeit, ihr von gestern zu erzählen. Und ich weiß auch nicht, wie ich unseren Nachrichtenaustausch einordnen soll. Dora würde am Ende meine Hoffnung weiter befeuern und dann ist die Fallhöhe so hoch, dass ich mir nur wehtun kann.

»Lass uns wann anders darüber reden, ich muss jetzt los«, sage ich mit einem Blick auf die Uhr.

»Es gibt also Neuigkeiten.«

»Vielleicht.« Wahrscheinlich hört sie ganz genau das Lächeln, das ich nicht zurückhalten kann.

»Morgen, Malte.«

»Machs gut, Dora«, sage ich und krame nebenher Unterwäsche aus meinem Schrank.

»Wir sehen uns.«

Dann legt sie auf und ich kann mit dem Arm voll frischer Klamotten ins Bad. Natürlich bin ich zu spät dran. So spät, dass ich zu Fuß losmuss und nicht mal die Zeit habe, Joris' Nachrichten zu beantworten.

Außer Atem komme ich vor der *Grünen Tasse* an, dem Café, in dem ich mich mit Maarten verabredet habe. Ich stoße die Tür auf und entdecke ihn auf Anhieb. Er hebt kurz die Hand, so als hätte ich mein Antlitz in der Menge von fremden Menschen nicht erkannt.

»Hey, ich musste noch ein Arbeitstelefonat führen«, sage ich und nehme ihm gegenüber Platz.

»Ich weiß nicht mal, was du arbeitest«, kommt es von ihm. Und ich kann seinen Tonfall nicht richtig einschätzen. Vorwurfsvoll? Enttäuscht?

»Hätte nicht gedacht, dass dich das interessiert«, erwidere ich und greife nach der Karte. Ich will ihm nicht von meinem Job erzählen. Es reicht, wenn er von Joris weiß.

Wann bin ich so geworden?

»Ich habe die ganze Nacht nicht schlafen können, weil ich über alles nachgedacht habe, was du mir erzählt hast«, sagt er und wirkt anders als sonst. Vielleicht verunsichert. Oder müde.

Soll ich mich jetzt schlecht fühlen, weil ich die letzte Nacht nicht an ihn, sondern an Joris gedacht habe? Ich habe ihm nicht mal geantwortet, dabei hat es mir gefallen, dass er mir irgendwie noch eine Chance gegeben hat. Zumindest eine kleine.

»Ich muss gerade noch eine Sache klären, dann können wir über gestern reden, okay?«, frage ich, weil es nicht fair ist, wenn ich mit meiner Aufmerksamkeit nicht hundertprozentig bei Maarten bin.

»Klar.«

Ich greife nach dem Smartphone in meiner Tasche und lasse die Nachrichten aus unserer WG-Gruppe links liegen, bevor ich im Browser meine neue Lieblingsseite öffne.

Was schräg ist, und ich hoffe, dass mir keiner über die Schulter blickt. Ist wahrscheinlich eher selten, dass jemand in einem Café auf Only Friends abhängt. Aber egal.

> Ich danke dir. Sehr.

> Ich mochte unser Gespräch.

MG_22, 11:22

Hoffentlich hattest du einen weniger
stressigen Start in den Tag als ich.

MG_22, 11:23

Dann stecke ich es wieder weg und blicke zu meinem Bruder. Doch
bevor einer von uns beiden etwas sagen kann, steht die Bedienung
an unserem Tisch und nimmt die Bestellung auf.

Während Maarten einen Kaffee und irgendeine Sportler-Bowl
wählt, entscheide ich mich für einen grünen Tee und ein Avocado-
Brot. In Anbetracht der Tatsache, dass ich heute nicht arbeiten gehe,
hätte ich besser was Günstigeres gewählt, aber ich habe Hunger.
Außerdem quetsche ich Dora dafür morgen noch in meinen Tag.

»Ich würde dir gerne meine Sicht der Dinge erzählen, wenn das
okay für dich ist.«

»Ja«, sage ich und versuche, seinen Blick zu halten. Etwas, das ich
mir die letzten Jahre abgewöhnt habe. Ich kann nicht mal genau
sagen, warum.

Vielleicht weil es mich verletzt hat, zu sehen, wie gleich wir
aussehen und wie unterschiedlich wir sind. Vielleicht habe ich mir
insgeheim gewünscht, dass er wieder meine Lieblingsperson wird,
und zu sehen, dass er es nicht ist, habe ich nicht ausgehalten.

»Deine Erzählungen gestern waren schwer für mich. Also
emotional. Aber es hat mir auch Erklärungen geliefert, warum
vieles so gekommen ist. Also danke.« Er lässt meinen Blick nicht
los, was nach all den Jahren komisch sein sollte. Schließlich haben
wir uns irgendwann nicht mehr gesehen. Nicht wirklich. Aber es ist
das erste Mal seit langer Zeit, dass ich ihn fühle. So wie früher. Der
Moment, in dem ich merke, dass er es ernst meint. Dass er das hier
genauso will wie ich. Wenn nicht sogar mehr.

»Ich habe nie verstanden, warum du dich irgendwann
zurückgezogen hast. Du hast aufgehört, mit mir zu reden, dabei
zu sein, wenn wir uns mit Freunden verabredet haben. Ich …
mochte am meisten an den Treffen, dass du da warst. Nur, dass
du irgendwann ruhiger geworden bist. Ich dachte irgendwie, dass
du das vielleicht brauchst … Und dann habe ich einfach versucht,
die Stille zu füllen. Zu reden, weil ich das Gefühl hatte, dass du
dich nicht wohlfühlst. Das habe ich nicht ertragen. Ich bereue

es, dich nicht einfach darauf angesprochen zu haben. Aber ich habe es anfangs gar nicht gecheckt. Habe nicht mitbekommen, wie du dich langsam zurückgezogen hast. Für mich hat es sich so angefühlt, als wärst du in einem Moment da gewesen und dann weg, obwohl du immer noch da warst ... Verstehst du, was ich meine?«

In seinen grünen Augen steckt die Verzweiflung, die ich vor all den Jahren auch gefühlt habe.

»Ich glaube schon«, sage ich leise.

»Du hast mit Fußball angefangen und wir haben uns noch weniger gesehen. Ich hatte das Gefühl, dass wir total auseinanderdriften. Dabei war es noch gar nicht so lange her, dass wir stundenlang gezockt und gespielt haben. Dass du die Person warst, der ich alles anvertraut habe. Ich konnte mich damals nicht mal mehr erinnern, wann wir das letzte Mal miteinander gesprochen haben.«

Die Bedienung bringt unsere Bestellungen und unterbricht seine Erzählungen.

In meinem Kopf schwirren Erinnerungsfetzen wie Puzzlestücke umher, die ihr passendes Gegenstück suchen – und nicht finden können.

Meine Brust ist eng. Noch vor wenigen Minuten war ich total hungrig, bei der Vorstellung, jetzt etwas essen zu müssen, wird mir schlecht.

Er nimmt einen großen Schluck von seinem Kaffee, während ich meinen heißen Tee nur von der Seite betrachte.

»Ich ... habe mir überlegt, wenn ich auch mit Fußball anfange, dann finden wir vielleicht wieder einen Weg zueinander. Obwohl du definitiv der Sportlichere von uns beiden bist.«

»Warte. Ich dachte, du wärst in Henning verliebt gewesen.«

»Das ... habe ich nur erfunden, weil ich sauer auf dich war. Du hast mich schließlich einfach aus deinem Leben ausgeschlossen und alles, was ich versucht habe, ist im Nichts geendet. Ich habe dich gehasst, weil du mich einfach weggeworfen hast wie ein Spielzeug, was du nicht mehr wolltest«, sagt er, den Blick auf die Tasse vor sich gesenkt. Ich weiß nicht, was ich sagen soll.

»Ich ...«, beginne ich, aber mein Kopf ist leer. Und gleichzeitig so voll mit Momenten, die jetzt endlich einen Sinn ergeben.

Was ist, wenn Maarten sich nicht vor mich gestellt hat, um im Mittelpunkt zu sein, sondern um mich zu schützen? Die ersten Male beim Fußballtraining hat er darauf bestanden, dass wir zusammenarbeiten, bis unser Trainer uns anderen zugeordnet hat.

»Klara«, sage ich, weil mein Kopf keine zusammenhängenden Sätze mehr bilden kann.

»Das ... war ich vielleicht absichtlich«, sagt er und wirft mir ein entschuldigendes Lächeln zu. Aber es hat den gegenteiligen Effekt.

»Du hast mit ihr geschlafen, obwohl ich mit ihr zusammen war.« Vielleicht ist meine Stimme zu laut. Vielleicht sollte ich nach allem, was er mir eben erzählt hat, nicht so sauer sein. Aber das ändert nichts an dem Brennen in meinem Körper. An der Wut, die sich in jede Zelle setzt und auf ihrem Weg all das Mitleid und die Enttäuschung mit sich reißt.

»Ich weiß ... Du hast allen Grund, sauer zu sein. Das hätte ich nicht machen sollen.« Ich bin mir sicher, dass er es ernst meint. Dass das Reue ist, die in seinen grünen Augen glitzert. Dass seine gesamte Haltung verrät, dass er sich dafür schämt.

Aber irgendwann zwischen dem Kuss mit Joris und dem Auftauchen von Maarten auf dem Weihnachtsmarkt habe ich den gelassenen Malte verloren. Den Malte, der weiß, was Vergebung heißt. Der Malte, der seine Gefühle unter Kontrolle hat.

»In deinen Augen habe ich dich ignoriert, was sich bestimmt nicht gut angefühlt hat. Aber du hast mir mit deinem Verhalten wehgetan.«

»Meinst du, mich hat es nicht verletzt, dass mein bester Freund, mein Bruder, die einzige Person, die mir alles bedeutet hat, mit Fußball aufgehört hat, weil ich angefangen habe? Weißt du eigentlich, wie sehr das geschmerzt hat?«

Es wundert mich, dass niemand in dem Café etwas sagt. Dass die Bedienung uns nicht bittet, leiser zu sein.

Es ist nicht so, dass einer von uns beiden schreit. Aber unsere Stimmen sind lauter. Brennen vor tiefer Enttäuschung und Verletzung.

»Ich ...« Er hat recht. Wenn ich das alles aus seiner Perspektive betrachte, dann ergibt sein Verhalten Sinn.

Und ich hätte es vielleicht nicht anders gemacht. Aber ich kenne seine Sicht seit ein paar Minuten. Meine lebe ich mein gesamtes Leben.

Mein Blick gleitet von dem nicht angetasteten Avocado-Brot zu ihm. Als ich die Tränen in seinen Augen glitzern sehe, schnürt es mir den Hals zu.

Ich fühle, was er fühlt. Nach all den Jahren, in denen ich dachte, dass wir es nicht mehr können.

Aber es ist noch alles da. All die Emotionen, die er mir nie gezeigt hat. Die ich nie sehen wollte.

All der Schmerz und Verrat. Die Einsamkeit, die wir beide erleben mussten.

»Ich sehe dich, Malte«, murmelt er leise und der Kloß in meinem Hals wird übermächtig.

So gewaltig, dass er ein anderes Ventil braucht. Und ich erschrecke mich beinah vor dem kühlen Nass auf meinen heißen Wangen.

Als ich aufgehört habe, Maarten einen Teil meines Lebens zu geben, habe ich mir verboten, nur eine Träne für ihn zu vergießen. Ich habe das Gefühl, dass diese nicht nur für ihn ist. Sondern für *uns*.

Mit dem Handrücken fahre ich mir über die Augen. Ich spüre die Blicke der anderen. Aber es ist mir egal.

»Wie … machen wir jetzt weiter?«, frage ich und greife nach meinem kalten grünen Tee.

»Wenn es geht, würde ich dir gerne noch eine Sache erzählen und dann … könnten wir einfach gucken, was kommt?«

Ich nicke nur, weil ich meiner Stimme gerade nicht zutraue, dass sie nicht bricht.

Wir machen das wirklich.

Maarten und ich.

Ich weiß nicht mal, ob es klappt. Ob ich ihm überhaupt noch mal vertrauen kann. Aber mein Bauch kribbelt bei der Vorstellung, ihn endlich wieder in meinem Leben zu haben. Und ich wollte mich wieder mehr auf mein Bauchgefühl verlassen.

»Ich … würde Michelle gerne irgendwann fragen, ob sie meine Frau werden will.« Er lacht kurz, weil ich ihn wahrscheinlich ziemlich geschockt anblicke. Ich meine, er ist fünfundzwanzig Jahre alt. Und wenn er sich mit Joris im Sommer zu einem Date verabredet hat, kennt ihr sie noch gar nicht so lange.

»Ich kann mir niemand anderen vorstellen, der da oben neben mir stehen soll als dich … Und ich warte so lange mit dem Antrag, bis du wieder mein bester Freund bist.«

Ich reibe mir mit beiden Händen über die Augen, um nicht wieder in der Öffentlichkeit zu weinen. »Du könntest damit anfangen, mich nicht in einem Café zum Heulen zu bringen«, sage ich mit rauer Stimme.

Er lacht. Seine Augen sind genauso glasig wie meine. »Deal«, erwidert er und nimmt einen Löffel von seiner Bowl. Und dann essen wir einfach. Still. Aber es fühlt sich richtig an.

»Willst du mir von deiner Arbeit erzählen? Oder deinem Studium?«, fragt er nach einigen Minuten, in denen ich mir einen frischen Tee bestellt habe.

»Ich verbringe für Geld Zeit mit alten Menschen.«

»Schön. Wie bist du dazu gekommen?«

Ich dachte, er macht Scherze darüber oder nimmt mich nicht ernst. Aber das Gegenteil ist der Fall. Er wirkt interessiert. Aufmerksam.

»Nachdem ich hierhin gezogen bin, habe ich erst mal ein soziales Jahr gemacht, weil ich den Studienplatz nicht direkt bekommen habe, aber schon eine Wohnung hatte. Da habe ich Dora kennengelernt. Ich arbeite vorwiegend bei ihr, bin aber auch ab und an bei Freunden und Bekannten von ihr.«

»Das klingt nach einem schönen Job. Und er passt. Du warst schon immer gut mit Menschen.«

»Findest du?« Ich hatte immer das Gefühl, dass er von uns derjenige mit dem Charisma ist. Der, mit dem alle mehr Zeit verbringen wollen.

»Niemand von unseren Freunden hätte mit mir geredet, wenn du nicht jedes Mal den ersten Schritt auf sie zu gemacht hättest«, sagt er, und ich sollte wahrscheinlich nicht überrascht sein, schließlich gehört das Thema zu einem der Kerninhalte des Studiums. Eigen- und Fremdwahrnehmung.

»Studierst du noch?«, fragt er, als wüsste er, woran ich gerade gedacht habe.

»Ja, aber zum Glück nur noch ein paar Monate. Zwei Klausuren und die Masterarbeit«, erzähle ich und mustere ihn. Wie kann jemand, der mir so ähnlich sieht, so fremd wirken? Gleichzeitig fühlt es sich an, als hätte es die letzten zehn Jahre, in denen wir keinen Kontakt hatten, nicht gegeben.

»Wahnsinn«, sagt er und nickt anerkennend.

»Jetzt erzähl mir von Michelle. Es ist also wirklich so ernst?«

Obwohl ich mir nicht sicher war, dass wir irgendwann wieder ein Gespräch führen, sitzen wir zwei Stunden später immer noch in der *Grünen Tasse*.

Maarten hat gar nicht aufgehört, von Michelle zu schwärmen. Er hat erzählt, dass er sich das letzte Mal so wohl mit einem anderen Menschen gefühlt hat, als wir noch befreundet waren. Michelle macht ihn glücklich, lässt ihm Freiheiten und hat ihn auf unterschiedlichen Wegen zu diesem Gespräch inspiriert.

»Als ich das erste Mal bei ihr zu Hause war, wurde ich total warm empfangen. Je mehr Zeit vergangen ist, desto mehr habe ich gemerkt, wie es bei uns ist. Wie Mama und Papa sein können. Wie es an den Feiertagen ist. Wie es für dich sein muss, wo du zu keinem von uns ein gutes Verhältnis hast. Das und zu sehen, wie eng Michelle mit ihren Geschwistern ist, hat mich die letzten Wochen beschäftigt.« Über den Rand seines Wasserglases lächelt er mir zu und das warme Gefühl in meinem Bauch, das sich schon seit Minuten bemerkbar macht, wird stärker.

»Es freut mich, dass du so glücklich bist. Und danke, dass du darauf bestanden hast, dass wir uns heute sehen. Und … dass du mich Donnerstag überrascht hast. Auch wenn der Zeitpunkt nicht so glücklich war. Aber dafür kannst du nichts«, sage ich und erwidere sein Lächeln.

Irgendwann hätte das mit Joris und ihm rauskommen müssen. Ohne dieses Wissen hätte ich auch die nächsten Wochen damit verbracht, mich zu fragen, warum er mir nicht noch eine Chance geben kann. Jetzt weiß ich, dass zumindest nicht alles an mir lag.

»Was war eigentlich mit dir und Joris?«

Ich habe keine Ahnung, was ich darauf antworten soll, weil ich nach gestern Nacht nichts mehr weiß. Also zucke ich nur mit den Schultern.

»Du musst es mir nicht erzählen, wenn du nicht willst … Aber ist es das erste Mal, dass du einen Typen *so* magst?«

Dann erzähle ich es ihm. Ohne Pause. Ohne Zögern. Ohne Angst davor, dass er mein Vertrauen missbrauchen könnte, weil ich ihn wieder *sehe*. Weil ich ihn lesen kann.

»Okay, das klingt … abgefuckt«, sagt er lachend, nachdem ich meinen Bericht beendet habe.

»Ja, oder?«

»Aber das heißt ja nicht, dass es nicht klappen könnte«, sagt er, und der Ausdruck in seinem Gesicht ist so aufmunternd und hoffnungsvoll, dass ich ihm glauben will.

»Mal gucken«, sage ich, um die kribbelnde Aufregung in meinem Körper zu bremsen.

»Ich glaube fest daran.« Er lässt meinen Blick nicht los.

Ich will nicht, dass dieser Moment endet, also frage ich ihn nach dem Bezahlen, ob er sehen will, wie ich wohne. Dieses Mal trennen sich unsere Wege an der Bushaltestelle nicht, weil er mit mir in die WG kommt.

32

Stunden später habe ich immer noch ein Lächeln auf den Lippen und eine Leichtigkeit im Bauch, als ich Maarten verabschiede.

»Du hast einen Zwillingsbruder und hast uns nichts davon erzählt?«, kommt es von Arslan, als ich die Tür schließe.

»Auf die Geschichte bin ich auch gespannt«, sagt Fink und verschränkt die Arme vor der Brust.

Er trägt eine grüne Mütze, auf die ihn Arslan sicherlich schon angesprochen hat. Dieser lässt sich eigentlich keine Gelegenheit entgehen, Fink mit seinem Bedürfnis, ständig eine Kopfbedeckung zu tragen, aufzuziehen.

»Ich habe ihn die letzten Jahre gehasst und jetzt eben nicht mehr.« Und das wohlig, warme Zuhause-Gefühl, was ich fast vergessen hatte, klingt in jedem Wort mit.

»Bitte erzähl uns noch weniger«, kommentiert Fink.

Und ich würde gerne mit ihnen reden, aber wenn ich eins die letzten Stunden nicht vergessen konnte, dann ist es Joris. Vielleicht bin ich auch immer noch etwas sauer auf Fink, weil er derjenige war, der Maarten gesagt hat, wo er mich auf dem Weihnachtsmarkt finden kann.

Wobei, eigentlich stimmt das nicht. Schließlich konnte es Fink nicht besser wissen, als mein Ebenbild plötzlich vor ihm stand.

Auch wenn ich das Bedürfnis, nachzuschauen, ob er mir geantwortet hat, erfolgreich unterdrücken konnte, kann ich nicht mehr warten.

»Ich erzähle euch das wann anders, okay?«

»Okay. Aber aufgeschoben ist nicht aufgehoben«, kommt es von Arslan, der mir nachdrücklich zunickt.

»Hätte nicht gedacht, dass du ein Sprichwort beherrschst«, entgegnet Jenssen mit einem Unterton, bei dem sich alles in mir zusammenzieht.

»Nur, weil ich nicht deutsch aussehe, heißt das noch lange nicht, dass ich die Sprache nicht beherrsche. Kann nicht jeder so weiß und blond sein wie du.«

»Das hast du gerade nicht wirklich gesagt.«

Beim nächsten Blinzeln stehen sich die beiden plötzlich gegenüber und all die Leichtigkeit in meinem Körper ist wie weggeblasen.

Fink ist schneller als ich, umschließt Jenssens Taille und zieht ihn ein Stück von Arslan weg.

»Ich will, dass das rassistische Arschloch auszieht.«

Ich habe Arslan noch nie so aufgebracht erlebt. Seine schwarzen Augen glühen förmlich und seine Gesichtszüge sind härter als sonst.

»Nimm das zurück!«, schreit Jenssen, der von Fink in sein Zimmer geschleppt wird.

»Nur die Wahrheit!«, brüllt Arslan, und meine Ohren klingeln, weil ich so nah bei ihm stehe.

»Was zur Hölle ist los mit euch?«, frage ich laut.

Aber Arslan schenkt mir nur einen abgefuckten Blick, bevor er in seinem Zimmer verschwindet, die Tür knallt und ich alleine in unserem Flur stehe.

Die Stimmen aus Jenssens Zimmer werden Minuten später endlich leiser und irgendwann kommt Fink aus dem Raum.

»Was sollen wir machen?«, flüstere ich, woraufhin er nur mit den Schultern zuckt. Der erschöpfte Ausdruck in seinen Augen spricht Bände.

»Wir sollten uns dringend noch mal alle an einen Tisch setzen«, sage ich leise.

»Weiß nicht, ob das gerade die beste Idee ist«, kommt es nur von Fink und wahrscheinlich hat er recht.

Wir starren uns einen Moment an, ohne dass einer von uns beiden was sagt. Wahrscheinlich, weil wir beide nicht mehr weiterwissen.

Nachdem ich mir in der Küche noch was zu essen gemacht habe, gehe ich durch die gespenstig stille Wohnung in mein Schlafzimmer. Vielleicht sollte ich mal mit Williams reden. Er bekommt schließlich nur das mit, was auf dem Eis zwischen Jenssen und Arslan abgeht. Vielleicht liegt da auch das Problem?

Ich lasse mich rücklings auf die Matratze fallen und brauche ein paar Sekunden, bis ich nach meinem Smartphone greife.

> Ich bin in der ersten Vorlesung eingeschlafen. Nicht einer meiner Glanzmomente. Zum Glück saß Lou neben mir und hat verhindert, dass irgendwer was mitbekommt.

JorisJo, 13:21

> Ich hoffe, dein Tag verläuft besser, als der stressige Vormittag vermuten lassen hat?

JorisJo, 13:59

> Ich habe online versucht, herauszufinden, wie ich bei Only Friends eine Nachricht an alle außer dich senden kann. Funktioniert nicht. Also ... vielleicht ignorierst du einfach die nachfolgende Nachricht.

> Zu meiner Verteidigung: Jolene hat schon 100€ mehr eingenommen, also musste ich zu anderen Mitteln greifen.

JorisJo, 16:12

> Also ignorieren.

JorisJo, 16:15

JorisJo, 16:30

Okay, ich weiß nicht, was das Pfirsich-Emoji bedeuten soll. Vielleicht liegt es daran, dass ich aus dem Alter raus bin, dass ich Gemüse und Obst verschicke, das irgendeinen doppeldeutigen Hintergrund aufweist.

Arslan musste mir erst vor ein paar Monaten erklären, was die Aubergine bedeutet. Vielleicht weiß er auch, für was der Pfirsich steht. Gerade ist nur der falsche Zeitpunkt, ihn zu fragen.

Ich könnte es online nachlesen. Oder ich zahle zwanzig Euro für den guten Zweck und lerne dabei noch was.

Mein Finger schwebt schon über der Kaufoption, doch bevor ich draufklicke, entscheide ich mich noch mal um.

Wie wäre es, wenn ich dieses Mal alles richtig mache? Wenn er mir zweimal schreibt, dass ich die Nachricht ignorieren soll, sollte ich seinen Wunsch respektieren.

> Okay, ich gebe zu, es ist mir echt schwergefallen, den Inhalt nicht freizuschalten. Wenn du nicht möchtest, dass ich das sehe, ist das okay.
>
> MG_22, 22:14

Macht das nicht alles kompliziert?

JorisJo, 16:11

> Du meinst, noch komplizierter als sowieso schon?
>
> MG_22, 22:19

Erzähl mir von deinem Tag und ich überlege es mir, okay?

JorisJo, 22:23

> Okay.

> Ich hatte ein emotionales Gespräch mit meinem Bruder.
>
> MG_22, 22:25

Emotional gut oder schlecht?

JorisJo, 22:26

231

Gut! Es hat so viele Missverständnisse in der Vergangenheit gegeben, und das alles nur, weil wir nicht mehr miteinander geredet haben. Ich bin echt erleichtert, dass wir das geklärt haben.

MG_22, 22:26

Glaub ich dir sofort. Wenn Jolene und ich nicht miteinander reden, ist das die schlimmste Qual. Ihr habt Jahre nicht gesprochen, oder?

JorisJo, 22:27

Mehr als zehn bestimmt.

Jolene und du, ihr kennt euch auch schon seit eurer Kindheit, oder?

MG_22, 22:28

Das ist total krass. Ich dachte immer, Zwillinge haben eine besondere Bindung zueinander ... Das war bestimmt nicht leicht, als ihr plötzlich ohneeinander wart.

Ja. Jolene und ich sind *irgendwie* Familie.

JorisJo, 22:30

Es war total schwer, als Maarten kein Teil mehr meines Lebens war. Aber vielleicht ändern wir das ja. Hoffentlich. Er bleibt noch ein paar Tage in der Stadt.

MG_22, 22:30

Das ist schön. Ich drücke euch die Daumen.

JorisJo, 22:30

232

> *Irgendwie* Familie musst du mir erklären.
>
> MG_22, 22:31

> Also, wenn du willst, natürlich.
>
> MG_22, 22:32

Jolenes Mum und meine Mama sind zusammen. Ich möchte nicht ins Detail gehen, wie sie zusammen sind. Eklig. :D

JorisJo, 22:33

> Okay, du hast zwei Mütter. Cool.
>
> MG_22, 22:34

Nee, so ist das nicht. Also ich habe Papa und Mama. Und Jolene hat Heike. Und Mama ist eben auch mit Heike zusammen. Ist kompliziert.

JorisJo, 22:35

> Da ist bei euch bestimmt immer ganz schön was los.
>
> MG_22, 22:36

Das kannst du glauben. Ich freue mich schon darauf, in den Weihnachtsferien heimzufahren.

JorisJo, 22:37

Bei dem Gedanken daran, dass in zwei Wochen Ferien sind, schlucke ich hart.

Vielleicht kann ich in der Zeit bei Maarten wohnen und muss nicht in meinem alten Kinderzimmer schlafen. Vielleicht hat er aber wegen Michelle keine Lust darauf. Vielleicht fahre ich nur für die Feiertage runter und bleibe den Rest der Ferien in der WG. Arslans Familie lebt auch in Tannstein, dann bin ich nicht ganz allein.

Ich habs mir überlegt. Wenn du willst, kannst du das Bild freischalten. Aber ich will auch ein Foto von dir. Als Gegenleistung sozusagen.

Also falls du überhaupt 20€ übrig hast und dich dann nicht die nächste Woche nur von Nudeln ernähren musst.

JorisJo, 22:42

Ich habs noch nicht freigeschaltet, aber ich bin mir sicher, dass es die Nudelwoche wert wäre.

MG_22, 22:43

Schleimer.

Denk dran: Bild für Bild.

JorisJo, 22:44

Deal.

MG_22, 22:45

Ich scrolle im Nachrichtenverlauf nach oben und zögere keine Sekunde, bevor ich auf das Kaufen-Symbol klicke. Es braucht einen Moment, bis das Bild lädt. Aber dann weiß ich ganz genau, was das Pfirsich-Emoji zu bedeuten hat.

Das Foto ist in Schwarz-Weiß und zeigt seine Rückansicht. Nur, dass der Ausschnitt dieses Mal nicht bei der spannendsten Stelle aufhört.

Ich zähle mich nicht zu den visuellen Typen. Es dauert peinlich lange, bis ich einen hochbekomme, wenn ich mir Pornos angucke. Zumindest, wenn ich den jahrelangen Kabinen-Gesprächsfetzen vertrauen kann. Keiner von meinen ehemaligen Mannschaftskollegen hat im Alter zwischen sechzehn und achtzehn Jahren länger als zehn Minuten gebraucht.

Vor ein paar Jahren habe ich aufgehört, mir Pornofilme anzuschauen, weil es zu zeitintensiv war.

Als ich meine ersten sexuellen Erfahrungen gemacht habe, habe ich gemerkt, dass ich Körperkontakt mag. Das hat für mich alles noch mal auf eine andere Ebene gehoben. Damals war ich froh, dass wenigstens Sex funktioniert, wenn ich schon nicht wie alle anderen Kerle masturbieren kann.

Heute ist mir das egal, weil ich weiß, dass sich Sex für jeden anders anfühlt. Und für jeden eine andere Bedeutung hat.

Dass ein Bild, bei dem ich nicht mal den Gesichtsausdruck sehe, meinen gesamten Körper zum Kribbeln bringt, ist überraschend.

Vielleicht liegt es daran, dass sein Hintern mit dem dunklen Leberfleck auf der rechten Seite unheimlich vorteilhaft in Szene gesetzt wurde. Oder dass das Spiel von Licht und Schatten die sanften Muskeln seines Rückens perfekt zur Geltung bringt.

Ich streiche mit den Fingern über meinen Bildschirm, als könnte ich so fühlen, ob seine Haut so weich ist, wie sie auf dem Foto aussieht.

Er hat einen verdammt schönen Hintern. Die Assoziation zum Pfirsich-Emoji ergibt jetzt Sinn.

Wer hat das Foto von ihm geschossen? Brauchte es nur einen Anlauf oder gibt es noch mehr Bilder von seiner Rückenansicht? Wie sieht das Bild wohl in Farbe aus?

Wie zur Hölle soll ich mich so fotografieren?

»Gruber«, flüsterschreit Arslan und mir rutscht das Smartphone aus der Hand auf den Boden.

Der dumpfe Aufprall reißt mich ins Hier und Jetzt. Mein Blick gleitet zur Tür und ich habe keine Ahnung, wie ich am besten die wachsende Erektion in meiner Jogginghose verstecken soll. Hand darüberlegen? So tun, als wäre nichts?

Es kann sich sowieso nur noch um Sekunden handeln, bis das Blut wieder zurück in meinem restlichen Körper ist.

»Schon mal was von Anklopfen gehört?«, frage ich.

»Hab ich. Dreimal.«

»Ich hätte schlafen können.«

»Da war Licht unter der Tür«, kommt es irritiert von ihm.

»Danke, dass du dir Gedanken um die Stromkosten machst«, sage ich und lege meine Hände ganz beiläufig auf meinen Oberschenkeln ab. Hingegen meiner Erwartung folgt sein Blick meinen Bewegungen.

Die hochgezogenen Augenbrauen sind die Bestätigung dafür, dass er die Beule in meiner Hose entdeckt hat. *Großartig.* Wenigstens ist das Smartphone mit dem Bildschirm nach unten gefallen, sodass Joris' Hintern nicht zu sehen ist.

»Du scheinst beschäftigt zu sein ... Irgendeine Empfehlung für mich?«

»Nein«, sage ich schnell und spüre die Hitze in meine Wangen steigen.

»Kinky?«, fragt er und zieht die Augenbrauen anzüglich in die Höhe.

»Brauchst du was, Arslan?«, frage ich, ohne auf seine Aussage einzugehen.

»Antworten«, erwidert er und sein Grinsen ist wieder zurück.

»Schön, dass ich dich erheitern konnte. Du kannst jetzt gehen.«

»Komm schon, Kapitän. Ich hatte einen beschissenen Tag und ... Ablenkung würde mir jetzt guttun.«

»Du bist echt seltsam«, sage ich und schüttele mit dem Kopf.

»Mies. Nur weil ich über Sex reden kann, ohne rot anzulaufen, bin ich noch lange nicht komisch. Sex ist nichts, wofür man sich schämen sollte.« Arslans Tonfall könnte beinah als verletzt durchgehen. Er hat heute so unterschiedliche Facetten von sich gezeigt, dass ich nicht mehr mitkomme.

»Du hast natürlich recht. Sorry«, sage ich.

Er kommt noch zwei Schritte in den Raum und schließt dann die Tür von innen. »Und jetzt erzähl es mir«, verlangt er und zwinkert mir zu.

»Ich habe ein Nude geschickt bekommen und soll jetzt eins zurückschicken«, sage ich und bereue es nur Sekunden später, als er den Mund aufmacht.

»Ich helfe dir. Du weißt nicht, wie viele Dick-Picks ich schon verschickt habe. Selbstverständlich habe ich vorher um Erlaubnis gefragt.«

»Klar. Hast ihnen noch eine Datenschutzerklärung zukommen lassen, die sie unterschreiben mussten«, erwidere ich grinsend.

»Woher weißt du davon?« Dann lacht er und ich schließe mich ihm unweigerlich an. »Lenk nicht ab, Gruber. Wie kann ich dir helfen?«

»Du meinst das ernst?«

»Bei Nacktbildern verstehe ich keinen Spaß«, sagt er und nickt mir zu.

Ich habe schon viel Zeit verloren. Wenn Joris mir auf ein Nude so lange nicht antworten würde, fände ich das komisch. Wenn ich das Foto von meiner Rückenansicht selbst machen müsste, würde ich wahrscheinlich noch mal eine halbe Stunde brauchen.

»Okay«, sage ich zögerlich und schaue ihm dabei nicht in die Augen.

Arslan hat mich schon oft in der Kabine nackt gesehen. Ich meine, er läuft die meiste Zeit nicht angezogen durch unsere Wohnung. Also was solls?

»Okay, ich sage dir jetzt, wie ich es machen würde, aber du musst es dann alleine knipsen, weil dein Schwanz sollte dafür steif sein.«

»Stopp!«, schreie ich beinah und reibe mir mit den Händen über das Gesicht, in der Hoffnung, dass es die Röte verliert, die ich deutlich spüre. »Ich brauche nur ein Foto von meinem Hintern«, sage ich mit geschlossenen Augen.

»Dein Arsch. Okay, von mir aus. Jeder hat seine Vorlieben. Den kann ich knipsen.«

»Danke«, sage ich und rühre mich nicht.

»Ausziehen, Gruber.«

»Du erzählst niemandem davon«, verlange ich und stehe auf.

»Versprochen, Kapitän«, erwidert er und legt sich die Hand wie beim Schwur auf die Brust.

»Dreh dich um«, sage ich, bevor ich nach dem Saum meines Shirts greife. Er seufzt laut, kommt meiner Bitte aber nach.

T-Shirt und Jogginghose landen auf meinem Schreibtischstuhl und ich greife nach dem Smartphone, das immer noch auf dem Boden liegt.

Zum Glück sieht der Bildschirm auf den ersten schnellen Blick so aus, als hätte er keinen Kratzer abbekommen. Ich schließe den Browser und wechsele in die Foto-App.

»Fertig«, sage ich und strecke ihm das Handy entgegen. Die andere Hand halte ich unnatürlich angespannt vor meinen Penis.

»Leg dich aufs Bett«, sagt er und zeigt in die Richtung.

»Dachte, wir könnten das gerade hier machen«, sage ich.

»Willst du beeindrucken oder abschrecken?«, fragt er und schaut mich todernst an. So, als würden wir gerade über die Wechsel der nächsten Saison und nicht über die perfekte Pose für ein Nude reden.

»Ersteres?«, antworte ich, wobei meine Stimme am Ende hochgeht.

»Hinlegen.«

Ich folge seiner Aufforderung und lege mich auf den Bauch.

»Also so läuft das nicht, Gruber. Es soll heiß aussehen und nicht wie die Bettwäsche-Werbung aus einem Billig-Supermarkt«, sagt er und ich beobachte ihn über die Schulter dabei, wie er mein Smartphone zur Seite legt und auf mich zukommt.

Er zieht die Decke unter mir weg und drapiert sie auf meinen Beinen.

»Willst du, dass dein Gesicht zu sehen ist oder eher nicht?«, fragt er.

»Nicht?«

»Okay. Am besten richtest du dich auf den Ellenbogen auf, so kommen deine Muskeln am Rücken besser zur Geltung … Ja, so. Haben wir noch irgendwo ein wärmeres Licht?« Er nimmt seine Aufgabe so ernst und lässt die Scherze, dass ich kurz sprachlos bin und meine Anspannung beim nächsten Ausatmen wie weggeblasen ist.

»Schreibtischlampe«, sage ich nur und warte, bis er auch die arrangiert hat. Wahrscheinlich wäre ich doch schneller gewesen, wenn ich es selbst gemacht hätte.

»Das Bein noch ein bisschen anwinkeln, dass es unter der Decke rausguckt.« Ich folge seinen Anweisungen, ohne sie zu hinterfragen.

»Perfekt. Bleib so.« Dann ist es einige Sekunden still im Raum. Er wechselt die Position. Murmelt irgendwas Zustimmendes, bevor er neben meinem Kopf auftaucht und mir das Smartphone reicht.

Ich schaue mir die Bilder an, die erstaunlich gut aussehen. Nicht, dass ich da irgendwelche Erfahrungswerte habe, weil ich noch nie Bilder von meinem Arsch gemacht habe.

»Danke, die sehen gar nicht schlecht aus«, sage ich.

»Kein Problem. Ich gehe dann mal und lass dich … allein.«

»Was wolltest du eigentlich?«, frage ich und schaue über die Schulter zurück zu ihm.

»Nicht so wichtig«, sagt er mit der Türklinke in der Hand.

»Kian, du kannst mit mir reden. Das mit den Streitereien muss aufhören.«

»Klar«, erwidert er nur und tritt aus dem Zimmer. Vielleicht sollte ich ihm lieber nach? Noch mal nachhaken, was er wollte.

33

Es ist schon zu viel Zeit seit der letzten Nachricht vergangen und ich will gar nicht wissen, wie Joris sich fühlen muss.

So schlimm?

JorisJo, 23:05

NEIN!

Es tut mir so leid, dass ich nicht direkt geantwortet habe. Ich erkläre dir gleich, wieso, aber vorher will ich noch was zum Bild sagen.

Ich finde das Foto sehr hot. Und schön. Ich will das auf keinen Fall auf irgendwas reduzieren. Ich habe nicht so viel Erfahrung damit, dass ich plötzlich Typen mag … deswegen. Ich mag das Foto. Sehr.

MG_22, 23:23

Das beruhigt mich.

JorisJo, 23:23

Jetzt bin ich auf die Geschichte gespannt.

JorisJo, 23:25

Ich sagte ja schon, dass mir dein Foto sehr gut gefallen hat. Also sichtbar gut gefallen. Und dann ist mein Mitbewohner reingekommen. Und alles war etwas unangenehm. Am Ende hat er mir aber dann bei meinem Foto geholfen.

MG_22, 23:26

Sichtbar gut gefallen?

Wo ist das Foto, mit dem er dir geholfen hat?

JorisJo, 23:27

Ich fands ziemlich heiß und mein Penis auch.

MG_22, 23:28

Ooookay.

JorisJo, 23:28

Du wolltest es wissen ...

MG_22, 23:28

Soll ich ehrlich sein?

JorisJo, 23:28

Bitte immer.

MG_22, 23:28

Mir gefällt es, dass es dich angemacht hat. Aaaaaber jetzt denk ich darüber nach, wer das Bild noch alles gesehen hat und finds komisch.

JorisJo, 23:28

Oh ... Das hatte ich irgendwie auch vergessen.

MG_22, 23:29

Weißt du, woran du noch nicht
gedacht hast?

JorisJo, 23:32

Nee, keine Ahnung.

MG_22, 23:32

Komm schon, Malte, schicke mir dein Foto.

JorisJo, 23:33

Mein Bauch kribbelt, als ich zur Foto-Galerie meines Smartphones wechsele. Ich schaue mir noch mal alle acht Aufnahmen an, die Arslan geknipst hat, und entscheide mich dann für eine, die ich ihm ganz ohne Farbfilter schicke.

Und dann warte ich. Mit klopfendem Herzen und schwitzigen Fingern. Es ist wahrscheinlich nicht mal eine Minute vergangen, seit ich auf *Senden* gedrückt habe, und ich halte es jetzt schon kaum aus. Für Joris muss die halbe Stunde der blanke Horror gewesen sein.

Oha.

JorisJo, 23:41

Das klingt nicht gut ...

MG_22, 23:42

Wunderschön.

Du bist einfach so heiß.

Das klingt jetzt vielleicht komisch, aber als
wir auf der Hausparty in Lous WG waren,
habe ich kurz gezweifelt, ob ich wirklich auf
Jungs stehe.

JorisJo, 23:45

Autsch.

MG_22, 23:46

Das war nicht böse gemeint. Ich wollte eigentlich nur damit sagen, dass ich unheimlichen Respekt bzw. Angst davor hatte, vielleicht irgendwann mal an Lous Stelle zu sein.

JorisJo, 23:46

Du meinst, dass du mir einen Blowjob gibts?

Die Vorstellung gefällt mir.

Sehr.

MG_22, 23:47

Ich versuche hier gerade, meine Gefühlswelt mit dir zu teilen.

JorisJo, 23:47

Ich meine auch mit dir.

MG_22, 23:47

Haha

JorisJo, 23:47

Okay. Was fühlst du gerade?

MG_22, 23:48

Ehrliche Antwort?

JorisJo, 23:48

Immer.

MG_22, 23:49

Ich bin ziemlich angeturnt von deinem Foto.

Okay, angeturnt ist ein komisches Wort.

JorisJo, 23:49

Lenk nicht ab. Ich will wissen, was genau dir gefällt.

MG_22, 23:49

Wäre *alles* zu unspezifisch?

JorisJo, 23:49

Ja.

MG_22, 23:50

Ich mag deinen Rücken. Liebe es, wie das Licht all deine Muskeln perfekt in Szene setzt.

Gerade bereue ich es, dass ich mich von Lous Blowjob ablenken gelassen habe und deinem restlichen Körper nicht genug Aufmerksamkeit geschenkt habe.

JorisJo, 23:51

Wenn ich die Augen zumache, stelle ich mir vor, wie du vor mir kniest. Wie ich mit den Fingern durch deine Haare fahre. Wie du mich anschaust, wenn ich die Augen öffne.

Ich kann mich vielleicht nicht mehr an jede Sekunde erinnern, aber ich weiß noch ganz genau, wie du mich angeschaut hast, als du gekommen bist.

MG_22, 23:53

Ich weiß jetzt, was du mit »sichtbar gefallen« meintest.

Ich habe keine Ahnung, wann ich das letzte Mal so hart war.

JorisJo, 23:54

Ich vorhin, als du mir dein Bild geschickt hast.

MG_22, 23:55

Hast du dich nach deinem Fotoshooting wieder angezogen?

JorisJo, 23:55

Nein.

MG_22, 23:56

Ich könnte also über jeden Zentimeter deiner Haut mit meinen Händen fahren? Über all die weichen und harten Stellen?

JorisJo, 23:56

Sag mir bitte, dass du dich auch anfasst.

Dass dein ganzer Körper gerade auch vor Erregung brennt.

MG_22, 23:57

Meine Hand ist in meiner Hose.

Nicht anfassen = nicht möglich.

JorisJo, 23:57

Zieh die Hose aus.

MG_22, 23:57

Okay.

JorisJo, 23:58

Boxershorts auch.

MG_22, 23:58

Trage keine.

JorisJo, 23:59

Okay, fuck.

MG_22, 00:01

Gefällt es dir?

JorisJo, 00:01

Ja!

Woran denkst du, wenn du dich anfasst?

MG_22, 00:02

Dein Foto. Den Moment, als du beim
Blowjob gekommen bist.

JorisJo, 00:02

Stell dir vor, es ist meine Hand.

MG_22, 00:04

Schick mir ein Bild von dir.

JorisJo, 00:04

Was genau soll darauf zu sehen sein?

Mein Gesicht?

Meine Beine?

Ich brauche da schon genaue
Anweisungen.

MG_22, 00:06

Dein Schwanz.

JorisJo, 00:06

Ich will deinen auch sehen.

MG_22, 00:06

Ich drehe mich mit dem Smartphone in der Hand auf den Rücken und ignoriere den dunklen Fleck auf meinem Spannbetttuch. Vielleicht hätte ich mich schon vorher anders hinlegen sollen, aber ich habe die Reibung gebraucht.

Ich schaue an meinem nackten Körper hinab. Fahre mit den Fingern über die erhitzte Haut, unter der alle meine Nervenenden nach Erlösung schreien.

Mit der freien Hand umgreife ich meinen Schwanz und mache zwei feste Auf- und Abbewegungen, die sich erlösend und verderbend anfühlen. Die meinen Körper nach mehr und nach weniger Reiz schreien lassen.

Einhändig öffne ich die Kamera-App und bewege mich in eine sitzende Position.

Für einen Moment fühlt sich das Motiv surreal an.

Aber dann denke ich an all die Nachrichten. Daran, wie Joris in Lous Zimmer ausgesehen hat. Wie sich seine Lider langsam geschlossen haben, so als hätte er alles gegeben, mich noch länger anzugucken. Wie sein Kampf meine Lust gesteigert hat. Wie seine Gesichtszüge für einen Augenblick total angespannt waren, bevor sein Ausdruck beinah zerflossen ist. Wie sein Anblick mich hat kommen lassen.

Ich schieße ein Foto, das ich, ohne es mir noch mal anzusehen, hochlade. Von ihm kam nichts mehr.

Aber mein Körper lechzt so nach diesem Orgasmus. Meine Hand bewegt sich weiter auf und ab. Langsamer. Ohne viel Druck. Kein Bock, zu kommen, bevor er nicht sein Foto schickt. Bevor ich ihn ganz sehe. Ohne Jeans. Und näher.

Als ich das nächste Mal die Augen öffne, habe ich eine neue Nachricht von ihm. Ein Bild.

Ich hätte nie gedacht, dass es mich anmacht, zu sehen, wie erregt ein anderer Mann ist. Aber seine zarten Finger, die sich um seinen Schwanz geschlossen haben, überzeugen mich vom Gegenteil. Ich bin kurz davor, zu kommen, dabei habe ich nicht mal richtig angefangen.

Ich zoome näher heran, sauge jedes Detail, jedes blonde Härchen, jeden Muskel und jedes Muttermal auf. Wie fühlt er sich an? Kann ich seine Haare im Intimbereich spüren, wenn ich seinen Schwanz in den Mund nehme?

Meine Hand gleitet schneller und fester über meine eigene Erregung. Ich schließe die Augen. Sein Foto, eingebrannt auf meiner Netzhaut. Seine Härte, die meiner gar nicht unähnlich sieht. Und doch ist alles ganz anders, weil ich ihn gerade nicht anfassen kann. Weil ich nicht hören kann, was er gerade macht. Weil ich nicht sehe, wie gut es ihm gefällt.

Dann fluten Erinnerungen von der Nacht mein Hirn. Von seinen glänzenden Augen. Den geöffneten Lippen. Von seinem Stöhnen, von dem ich nicht weiß, ob es seins, meins oder irgendeins aus meiner Erinnerung ist.

Zwei schnelle Atemzüge später komme ich. So unerwartet heftig, dass für einen Augenblick alles hell ist und dann dunkel wird. Dass sich für einen Moment alles zusammenzieht, bevor ich mich schwerelos fühle. Weich. Warm. Und nass.

Letzteres bemerke ich erst, als ich die Augen aufmache und mein Blick über die feine Gänsehaut auf meinem Oberkörper und die Spermaspuren gleitet.

Erst als sich meine Atmung spürbar beruhigt und es langsam kalt wird, greife ich zu den Taschentüchern, die auf einem Bücherstapel neben meinem Bett liegen.

Ich beseitige die noch nicht getrockneten Spuren. Eine Dusche wäre nett. Aber nicht, bevor ich Joris geschrieben habe.

Ich decke mich zu, greife nach meinem Handy und öffne unsere Unterhaltung.

Das ist also Sexting.

JorisJo, 00:16

Dein erstes Mal?

MG_22, 00:20

Ja.

Deins?

JorisJo, 00:22

Mein bestes Mal.

MG_22, 00:22

247

Jetzt fühle ich mich aber geehrt.

JorisJo, 00:23

Kannst du auch. Normalerweise komme ich dabei nicht. Aber mit dir war das unvermeidbar.

MG_22, 00:23

Ich weiß nicht, ob ich mich freuen oder schämen soll.

JorisJo, 00:25

Warum schämen?

MG_22, 00:25

Normalerweise mache ich so was nicht ... Heiße Nachrichten schicken oder Leuten beim Rummachen zuschauen und mir einen runterholen.

JorisJo, 00:30

Aber du mochtest beides doch.

Oder?

MG_22, 00:31

Ja ... Aber ich weiß nicht mal, wie du dich anfühlst, und bin schon zweimal wegen dir gekommen.

Wenn ich ganz ehrlich bin, waren es auch mehr als zweimal. Aber die beiden Male warst du ja quasi dabei.

JorisJo, 00:34

Es ist total okay, wenn du beides mochtest. Also mir hat es sehr gefallen. Und zu wissen, dass du häufiger an mich denkst, wenn du dich anfasst, macht mich an.

MG_22, 00:35

Das mit dem Anfassen könnten wir ändern. Wenn du möchtest, würde ich gerne mit dir ausgehen.

MG_22, 00:38

Danke für deine Nachricht. Ich habe ja schon gesagt, dass ich in einer Familie aufgewachsen bin, die ziemlich verrückt ist. Und ich dachte immer, dass ich der einzig Normale bin. Und dass das nicht so ist, hat mich verunsichert und beschäftigt mich immer noch.

JorisJo, 00:42

Was ist schon normal? Ich glaube, jeder ist auf seine eigene Weise verrückt und einzigartig. Und das ist gut so.

MG_22, 00:44

Wahrscheinlich hast du recht.

Was die Verabredung angeht: Wenn es okay für dich ist, würde ich dir einfach noch mal schreiben. Und nicht jetzt die Entscheidung treffen, wo mein Blut noch nicht gänzlich in meinem Gehirn angekommen ist.

JorisJo, 00:46

Klar.

MG_22, 00:48

249

Ich brauche einen Moment, um die plötzliche Schwere auf meiner Brust einschätzen zu können. Um die zerplatze Hoffnung zu erkennen, dass er mir noch eine Chance gibt. Dass ich ihn kennenlernen kann. Richtig.

Schlaf gut, Malte.

JorisJo, 00:50

Gute Nacht.

MG_22, 00:51

Auch eine halbe Stunde später, nachdem ich im Bad war und wieder in meinem Bett liege, ist das eklige Gefühl in meinem Körper noch nicht verschwunden.

Für ihn ist es also okay, dass wir uns über Nachrichten all unsere Gefühle anvertrauen. Über unsere Fantasien schreiben. Aber sehen will er mich nicht?

Kein Plan, was ich davon halten soll.

34

Ich aktualisiere die Seite, in der Hoffnung, dass diese kleine rote Eins am Posteingangssymbol auftaucht. Aber nichts passiert.

»Alter, vielleicht solltest du deine Pornoseiten nicht in der Kabine aktualisieren«, reißt Arslans Stimme mich aus dem Konzept.

Ich schaue vom Smartphone auf und in die Gesichter von Fink, Ulrich, Williams und Jenssen, die offensichtlich gerade nichts Besseres zu tun haben, als zu uns zu schauen.

»Wir müssen gleich aufs Eis«, sage ich nur und packe mein Smartphone weg.

Ich war den ganzen Tag unterwegs. Hatte zwischen allen Terminen kaum eine ruhige Minute. Trotzdem habe ich immer wieder nachgeschaut, ob er mir vielleicht doch eine Nachricht hinterlassen hat. Aber die letzte war von gestern Abend.

»Wie kam das Bild an?«, fragt Arslan augenzwinkernd, während ich mir routiniert die Schutzpolster überziehe.

»Gut«, erwidere ich.

»Ich bin bereit für alle Details«, sagt er.

»Ich nicht.«

»Okay, was ist los, Kapitän?«, fragt er und legt mir die Hand auf die Schulterpolster.

»Könnte ich dich auch fragen, aber ich bekomme ja auch keine Antwort«, entgegne ich und bereue meinen genervten Tonfall nur Sekunden später. »Sorry, ich habe das nicht so gemeint. Bin heute einfach nur gestresst.«

Natürlich läuft das Training wieder miserabel. So richtig. Williams Gesichtszüge sind so angespannt, wie ich es noch nie erlebt habe, und ich hasse es, ihn in diese Position gebracht zu haben. Trainer Thomas ist noch stiller als sonst. Manchmal wünsche ich mir jemanden, der auch mal was sagt. Aber außer ein paarmal, wo sich Spieler auf dem Eis geprügelt haben, hat er die Stimme nie erhoben.

Es wäre leichter zu ertragen als die Ruhe und die gesenkten Blicke von allen. Wir stehen in einem Kreis zusammen und hören Williams zu.

»Ich weiß nicht, was in den letzten Wochen passiert ist, aber es ist, als hätten wir das Team irgendwo verloren und jeder würde nur noch für sich selbst kämpfen. Hat vielleicht einer eine Idee oder möchte etwas dazu sagen?«

Aber außer betretene Blicke, die wir uns einander zuwerfen, passiert nichts.

Und mit all dem Gewicht auf meiner Brust und meinen Schultern kann ich nicht sagen, dass es mich erleichtert, dass Williams meine Aufgaben übernommen hat. Denn er ist zwar derjenige, der redet, aber ich versuche trotzdem, eine Lösung zu finden. Wenn mein Kopf nicht gerade damit beschäftigt ist, an Joris und die letzte Nacht zu denken.

»Ab in die Kabine mit euch. Williams, du bleibst noch einen Moment«, kommt es von Trainer Thomas, und es wäre fast lustig, wie schnell alle versuchen, vom Eis zu kommen, wenn es nicht zeitgleich so frustrierend und traurig wäre.

Schweigen hallt von den Wänden in der Kabine wider und ich wünschte, ich könnte irgendwas sagen. Wüsste, wie wir das wieder hinbekommen. Aber ich habe keine Ahnung. Ich weiß ja nicht mal, was bei Arslan und Jenssen los ist. Geschweige denn, dass ich weiß, was Joris will und was nicht. Noch vor wenigen Wochen habe ich gedacht, dass ich Menschen gut lesen kann. Dass ich weiß, wie ein Gleichgewicht wiederherzustellen ist. Aber irgendwo auf meinem Weg habe ich das verloren.

Irgendwo zwischen dem Buchen des One-Way-Tickets, dem Einzug in die WG und dem Abkapseln von meiner Familie.

Ich dachte, Yoga und Meditation würden mir dabei helfen. Aber ich sehe es gerade nicht. Was vor Beginn der Saison noch gut funktioniert und unsere Balance gestärkt hat, ist wie ein Pflichtbesuch geworden, bei dem kaum noch jemand auftaucht.

Und ich will mich da gar nicht rausnehmen, schließlich habe ich mein Amt zeitweise auf Eis gelegt, weil ich gerade so viel persönliches Drama habe.

Ich bin heute der Langsamste. Mit Absicht. Ich muss mit Williams reden, der ziemlich lange bei Trainer Thomas ist. Dafür, dass Letzterer eben kaum was zu sagen hatte, scheinen sie jetzt sehr viel Gesprächsstoff zu haben.

Als ich es auch mal aus der Dusche geschafft und mich abgetrocknet habe, betritt Williams mit angespanntem Ausdruck und hängenden Schultern die Kabine.

»Hey«, sage ich, obwohl wir uns schon die letzten zwei Stunden gesehen haben.

»Weißt du, was gerade los ist?«, fragt er und schaut von mir zu den drei anderen, die noch mit uns in der Kabine sind.

»Keinen blassen Schimmer«, erwidere ich und ziehe mir einen Pulli über.

»Ich würde gerade duschen gehen. Sollen wir dann ins Abseits?«, kommt es von Williams, der sich neben mich gesetzt hat und seine Schuhe aufschnürt.

»Ich bin später noch mit meinem Bruder verabredet, aber vielleicht kann er dann einfach zu uns stoßen, wenn wir fertig sind?«

»Klar.« Wenig später macht Williams sich auf den Weg zu Den Duschen.

Während ich auf ihn warte, aktualisiere ich noch mal die Only-Friends-Seite, ohne dass es irgendwas Neues gibt.

Eine Stunde später sitzen wir bei unserem zweiten Bier und niemand von uns hat eine Lösung gefunden. Nicht, dass ich so schnell damit gerechnet habe, aber ich dachte, wenn wir zu zweit sind, finden wir schneller den richtigen Ansatz.

»Jetzt verrat mir mal bitte, was mit Luca und Kian los ist?«, kommt es von Williams.

»Ich wünschte, ich könnte dir dazu was sagen, aber die beiden sind für mich ein absolutes Rätsel. Vor wenigen Wochen hätte ich noch gesagt, dass es harmlose Neckereien sind, aber langsam glaube ich, dass die Auseinandersetzungen einen viel tiefergehenden Grund haben«, sage ich und hebe den Kopf, als die Kneipentür aufgeht.

Heute ist wenig los. Oder ich bin zu selten an einem Dienstagabend hier und kann keinen ordentlichen Vergleich ziehen, weil ich sonst nur an Spieltagen hier abhänge.

»Verstehe ich. Ich hätte darauf gesetzt, dass die beiden was miteinander haben, aber die letzten Male war da echter Hass zwischen ihnen.«

»Ja. Ich vermute, dass mit ihren Differenzen das Ungleichgewicht im Team angefangen hat. Aber ich habe keine Ahnung, was wir machen sollen. Wenn ich sage, dass die Stimmung in der WG unterkühlt ist, dann ist das noch positiv formuliert«, erzähle ich und nehme noch einen Schluck vom Bier.

Heute scheint ein Countryabend zu sein oder mir ist die Musik bei meinen letzten Besuchen nicht aufgefallen. Es riecht nach Holz und Hopfen und wir sind mit einem anderen Mann die Einzigen an der Theke.

»Warum hast du vermutet, dass zwischen den beiden was läuft?« Es ist nicht so, dass Fink und ich da nicht auch schon daran gedacht hätten, aber wir sehen die zwei beinah vierundzwanzig-sieben, und Williams oft nur im Eishockey-Kontext.

»Ich hatte letztes Jahr eine Beziehung, die ähnlich … in die Brüche gegangen ist.« Seine Stimme wird zum Schluss leiser und ich muss mich ihm entgegen lehnen, um den Rest seiner Aussage verstehen zu können. Das ist wahrscheinlich auch der Grund, warum mir der Ausdruck in seinen Augen nicht entgeht.

Er war Anfang des Jahres anders als noch zum Beginn der Saison. Ich habe das auf Sanders Umzug geschoben, schließlich waren die beiden auf dem Eis eine Einheit, wie ich sie zuvor so noch nie erlebt habe.

»Das tut mir leid. Willst du darüber reden?«

»Da gibt es nicht so viel zu erzählen. Er hatte ein Problem mit sich und seiner Sexualität und mit dem Beziehungsmodell, und ohne ihn haben Camille und ich auch nicht mehr funktioniert. Zumindest nicht auf der Ebene«, sagt er, ohne mir dabei in die Augen zu sehen.

»Ich habe letztes Jahr bei irgendeiner Mediziner-Party davon gehört, also, dass ihr zusammen seid, aber ich habe dich nie danach gefragt, weil ich das für Gerede gehalten habe.« Es gibt immer Leute mit Informationen, die sich dann für wichtig halten. Das war schon früher in meiner Heimatstadt so. Irgendwie mussten sie ja weitererzählen, dass Maarten viel cooler ist als ich.

Als ich nach Tannstein gezogen bin, habe ich dem Tratsch keine Bedeutung mehr gegeben und mich lieber selbst von Menschen überzeugt.

»Es ist doch immer das Gleiche, wenn irgendwas nicht der gesellschaftlichen Norm entspricht«, sagt er und sein Blick verdunkelt sich dabei.

Und ich? Ich kann nur an Joris und unser Gespräch denken.

»Das nervt mich so«, sage ich und versuche, meine Gedanken abzuschütteln, um Williams meine Aufmerksamkeit zu schenken.

»Erzähl mir doch was aus deinem Leben. Nach der Trainingssituation kann ich auf diese Grundsatzdiskussionen und die Erinnerungen an letztes Jahr verzichten.«

Und dann komme ich seiner Bitte nach. Erzähle alles. Ohne Namen zu nennen. Ohne zu tief ins Detail zu gehen.

»Jetzt schreibt er mir einfach nicht mehr und ich weiß nicht, was ich machen soll. Soll ich auf ihn warten? Noch mal auf ihn zugehen? Oder ihn ziehen lassen?«

Am Billardtisch teilt eine Gruppe viel zu laut mit, dass sie gewonnen hat, während ich das Gefühl habe, schon längst verloren zu haben.

Zumindest was Joris und mich angeht. Wahrscheinlich war das schon lange vor unserem Chatten so. Vielleicht hätte ich es schon nach dem Weihnachtsmarkt beenden sollen, anstatt mich noch weiter in die Sache mit ihm reinzusteigern.

»Ich glaube nicht, dass ich da die richtige Person bin, dir eine Antwort zu geben«, antwortet er.

»Ich weiß. Der Zeitpunkt, mich in irgendwen zu verknallen, ist sehr ungünstig, weil ich das letzte Jahr nutzen wollte, um Geld zu verdienen und Eishockey zu spielen, bevor ich nach Neuseeland fliege.« Und jetzt stehe ich vor einem zerrütteten Team und einem Crush, der sich nach mehr anfühlt. Wenigstens konnte ich an der Beziehung zu meinem Bruder arbeiten.

»Wann ist der Zeitpunkt für Liebe schon der richtige? Ich glaube nicht an dieses Right-person-wrong-time-Konzept. Wenn es die richtige Person oder die richtigen Personen sind, dann nimmt man sich die Zeit. Dann setzt du alles daran, dass es funktioniert. Dann öffnest du dich und zeigst dich verletzlich. Du gibst der anderen Person eine Chance, sich auf dich einzulassen. Aber das klappt nur, wenn sich alle die Zeit für diese Beziehung und den Prozess nehmen … Und wenn eine Person mehr Zeit darin investiert, Ausreden und Entschuldigungen zu finden, dann ist es nicht die richtige Person, unabhängig vom Zeitpunkt.«

Alles tritt in den Hintergrund. Die Geräusche hinter der Bar, vor der Theke, an der Dartscheibe, selbst die Musik wird leiser.

Ich weiß genau, was er meint. Fühle jedes Wort, das er sagt. Und wahrscheinlich auch etwas von dem Schmerz, der jetzt in seinen Augen liegt, weil ihn die Trennung im letzten Jahr wohl immer noch beschäftigt. Aber ich weiß nicht, ob ich nachfragen soll.

Doch bevor ich mich entscheiden kann, steht Maarten plötzlich hinter Williams und grinst mich an. Ganz anders als sonst, weil nichts mehr von dieser Überlegenheit zu sehen ist, die er sonst an den Tag gelegt hat, um mich zu provozieren.

Sein Lächeln ist warm und offen und nimmt die Schwere, die gerade zwischen Williams und mir in der Luft gehangen hat, mit sich.

»Warte, du hast einen Zwilling?«, kommt es von Williams, dessen Blick zu meinem Bruder und dann wieder zu mir gleitet.

Ich dachte, nach meinen Erzählungen über Joris und unsere Geschichte wäre ihm bewusst, dass mir mein Bruder ähnlich sieht.

»Dachte, das wäre klar gewesen«, antworte ich lachend und lasse mich unvorbereitet von Maarten in eine Umarmung ziehen. Er riecht anders, als ich ihn in Erinnerung hatte. Irgendwie erwachsener. Wenn es dafür einen bestimmten Duft gibt.

»Wie war euer Training?«, fragt Maarten, woraufhin Williams und mein Blick sich wieder kreuzen.

»Frag nicht«, erwidere ich und gebe dem Mann hinter der Bar ein Zeichen, dass wir bestellen wollen.

»Erzähl lieber von deinem Tag«, sage ich und setze mich so hin, dass er nicht ausgegrenzt wird, weil er sich neben mir den Hocker genommen hat.

»Nachdem wir von Dora weg sind, bin ich zum Gym, wie ich angekündigt habe.«

»Ich kann nicht verstehen, dass du in deinem Urlaub einfach trainieren gehst«, sage ich kopfschüttelnd.

Ich habe Maarten heute mit zu Dora genommen, weil sie verlangt hat, dass ich ihr wenigstens einen Jungen vorstellen soll. Also Joris oder meinen Bruder.

Dora und Maarten haben sich auf Anhieb so gut verstanden, dass ich die zweite Geige gespielt habe. Aber Doras Lächeln und Maartens entspannten Umgang mit ihr haben mich nicht eine Sekunde daran denken lassen, dass mir das früher etwas ausgemacht hat. Vielleicht schon. Aber das Gefühl war ein anderes. Irgendwie war ich erleichtert, denn Dora hat die beste Menschenkenntnis, und wenn sie sich bei Maarten fallen lassen kann, heißt das, ich kann ihm auch vertrauen. Außerdem hat Dora über das Gespräch mit Maarten vergessen, mich Dinge über Joris auszufragen.

»Ich lass euch zwei mal allein, ich muss morgen früh raus«, kommt es nur wenige Minuten später von Williams.

Wir verabschieden uns mit einem Handschlag. Auch wenn wir das Teamproblem immer noch nicht gelöst haben, hat mir das Gespräch weitergeholfen.

35

Es ist Maartens letzter Abend in Tannstein. Arslan hat sich heute gegen Yoga entschieden. Wahrscheinlich wegen Jenssen. Da aber zwischen den beiden seit der Eskalation am Sonntagabend totales Schweigen herrscht, kann ich da nur Vermutungen anstellen.

Mit Fink kann ich darüber auch nicht reden, weil er mir am Montag gesagt hat, dass ihm das langsam zu viel wird und er nicht weiß, wie lange er das in unserer Wohnsituation aushält.

Jenssen will ausziehen, weil er mit Arslan nicht mehr klarkommt, und Fink will hier raus, weil er total harmoniebedürftig ist und das nur schwer erträgt, wenn hier schlechte Stimmung herrscht. Und ich kann sie beide verstehen. Keine Ahnung, wann hier zuletzt mal positive Vibes waren.

Obwohl ich sehe, wie vor meinen Augen alles auseinanderbricht, denke ich beim Zuziehen der Haustür nur daran, dass es sein kann, dass Joris heute Abend vielleicht auch noch mal da sein könnte.

Dabei ist die Chance darauf ungefähr so hoch wie die Wahrscheinlichkeit, dass wir das Spiel am Wochenende gewinnen.

Als heute Morgen ein Vlog von seiner letzten Uni-Woche auf TikTok aufgetaucht ist, hat das mehr geschmerzt, als ich mir eingestehen wollte. Vor allem, weil ich seine Only-Friends-Seite so oft es ging, aktualisiert habe, ohne eine Nachricht zu erhalten.

Zum Glück war ich bis eben an der Uni und habe mir Unterlagen für die bevorstehenden Klausuren besorgt. So habe ich Jolenes und

Joris' Livestream verpasst und konnte mich eine Stunde weniger mit den Gedanken rumschlagen, ob er die letzten Tage auch an mich gedacht hat.

»Alles klar bei dir?«, kommt es von Fink auf dem Weg zur Bushaltestelle.

»Ja«, lüge ich. Denn ganz ehrlich, was bringt es ihm und mir, wenn wir darüber reden?

Vor dem Yoga-Studio treffen wir auf Maarten. Mich hat es gewundert, dass er zugesagt hat, weil ich nicht damit gerechnet habe, dass das sein Ding ist. Aber er hat darauf bestanden, mit mir Zeit zu verbringen.

Jenssen ist bereits im Raum. Wahrscheinlich ist das das erste Mal seit Sonntag, dass ich ihn sehe. Keine Ahnung, ob er dauernd in seinem Zimmer oder unterwegs ist.

Wir nehmen uns Matten aus dem Regal und legen uns hinter die beiden Frauen, die jede Woche bei uns im Kurs sind. Ich glaube, wir haben noch nie mit ihnen gesprochen, und da sie uns selten einen zweiten Blick schenken, gehe ich davon aus, dass sie mit Eishockey nicht viel am Hut haben.

Ich ziehe meine Socken aus und stelle mich auf die Matte. Allein die Stimmung und die Ruhe des Raums sorgen schon dafür, dass mein Gedankenkreisen langsamer wird.

Aber erst als ich die Augen schließe, schaffe ich es, Zweifel und Sorgen in den Hintergrund treten zu lassen. Ihnen nicht so viel Gewicht zu geben. Ihnen nicht die Macht über meine Gefühlswelt zu lassen.

Wenn ich mich auf meine Atmung konzentriere, wird alles etwas leiser und langsamer.

Doch als ich die Augen wieder öffne, ist alles wie weggeblasen. Die Leichtigkeit. Die Ruhe. Der Frieden.

Joris und Jolene betreten den Raum.

Sein Blick ist auf den Boden gerichtet, seine Schultern sind in sich zusammengefallen.

Er wollte nicht mehr in diesen Kurs und wirkt mit seiner Haltung so, als wäre dieser Raum der letzte Ort, wo er gerade sein möchte.

Also warum ist er hier? Warum hat er mir nicht mehr geschrieben?

Vielleicht hätte ich über meinen Schatten springen und mein angeknackstes Ego ignorieren und ihm einfach schreiben sollen.

Er hebt den Kopf und unter blonden Locken, die ihm tief in die Stirn fallen, tasten seine braunen Augen beinah leblos den Raum ab. Sein Gesicht ist blasser als sonst.

Ich will hingehen und ihn fragen, was los ist. Vielleicht ist irgendwas passiert? Aber bereits als ich einen Fuß von der Matte setze, betritt unser Yogalehrer den Raum und alles Gemurmel verstummt nach und nach.

Ich versuche, Joris' Blick einzufangen, bekomme aber keine Chance, weil er entweder seine Matte oder einen Punkt im Raum fixiert. Nicht *ein* Mal schaut er in meine Richtung.

Vielleicht habe ich auch was falsch gemacht? Habe ihn zu etwas gedrängt, was er nicht machen wollte?

Ich kann mich kaum auf die Übungen konzentrieren. Mehr als einmal muss Wolfgang zu mir kommen und meine Position korrigieren. Ich mag es, wenn er das macht, weil ich so besser lerne, aber nicht, wenn der Grund für meine unsaubere Ausführung mangelnde Konzentration ist.

Das Einzige, was mich halbwegs den Fokus halten lässt, ist der Sonnengruß-Flow, der heute schneller ist als sonst. Wolfgang hat darauf bestanden, zuvor noch mal den herabschauenden Hund zu üben, da es bei den Flows von großer Bedeutung ist, die einzelnen Positionen korrekt auszuführen, um ihre Wirkung zu entfalten.

Danach bewegen wir uns alle in die Abschlussposition und meine Gedanken sind bei einer ganz anderen Matte im Raum. Bei einem ganz anderen Menschen als mir.

Die zehn Minuten meditative Stille fühlen sich an wie eine Qual, weil mein Hirn dabei auf Hochtouren arbeitet, anstatt abzuschalten.

Ist ihm was passiert? Ist er krank? Habe ich was falsch gemacht?

Ich atme beinah erleichtert aus, als die Zeit endlich um ist und sich Wolfgang bei uns bedankt und verabschiedet.

Ich packe meine Sachen schnell zusammen, ohne auf Maarten, Fink oder Jenssen zu warten.

Am Regal mit den Matten treffe ich auf Joris. Von der Seite und von Nahem betrachtet, sieht er noch verlorener aus, als er vorhin den Raum betreten hat.

»Hey«, sage ich und durch seinen ganzen Körper geht ein Ruck. Dann dreht er den Kopf und für einen Moment bleibt die Welt stehen. Das Braun seiner Augen ist geflutet von Trauer, Angst und Verzweiflung. Gänsehaut zieht über meinen Körper.

Vorsichtig strecke ich die Hand aus, um ihm Trost zu spenden. Zu zeigen, dass er nicht allein ist. Dass er mir vertrauen kann. Dass er mir alles erzählen kann. Dass ich auf seiner Seite bin.

Dann verdunkelt sich sein Ausdruck. Joris' Aufmerksamkeit wandert kurz über meinen Körper, bis er wieder in meinem Gesicht landet. In seinen Augen liegen so viel Distanz und Ablehnung, dass ich mir für einen Moment nicht sicher bin, ob er wirklich mich meint. Ob nach allem, was zwischen uns war, er mich immer noch so angucken muss. Ob ich irgendwas verpasst habe.

Und dann geht er einfach. Ohne sich noch einmal umzudrehen. Ohne mir nur ein Wort zu schenken.

Ich gucke ihm hinterher. Mein Blick wandert von seinen strubbeligen Haaren über seine Schultern, die gerade viel aufrechter wirken, obwohl er ein oversized Pulli trägt.

Was ist gerade passiert?

Ich stehe immer noch an derselben Stelle, als er schon längst nicht mehr zu sehen ist.

Er hat nicht mal zurückgeblickt. So, als wären für ihn all die Erlebnisse, die wir zusammen hatten, Vergangenheit.

Dabei dachte ich noch vor wenigen Sekunden, dass wir Gegenwart und Zukunft sein können.

Die Berührung von Fink reißt mich aus den Gedanken. Aus einer Welle viel zu düsterer Gefühle, die sich trotz Ablenkung in meinem Körper verteilt. Die alles einreißt, woran ich geglaubt habe.

»Ich dachte, ihr hättet miteinander gesprochen?«, fragt er leise.

»Dachte ich auch«, murmele ich und starre immer noch die Tür an, durch die er gegangen ist.

»Lass uns gehen«, kommt es von Maarten. Er legt mir den Arm um die Schultern und zieht mich mit sich. Und ich weiß nicht, ob ich bereit bin, den Raum zu verlassen.

Einfach weiterzumachen, als wäre nichts gewesen.

Was war das alles? War das für ihn nur ein Spaß, weil er mal was mit einem Kerl anfangen wollte?

Ich weiß nicht, wie wir es nach Hause geschafft haben. Habe keine Ahnung, warum meine Kleidung so nass ist und mein Körper sich so leer anfühlt.

»Willst du darüber reden?«, fragt Maarten, nachdem wir mein Zimmer betreten haben.

»Ich …« Habe keine blassen Schimmer, wie ich anfangen soll.

»Du hast dich verliebt, oder?« Maartens Stimme ist leise. Vorsichtig. Und trotzdem reißt sie alles ein, was ich mir mühsam aufgebaut habe.

Ich schaue an die Decke. Versuche, die nervigen Tränen in meinen Augen wegzublinzeln. So lange, bis meine Sicht verschwimmt und heiße Wut über meine Wangen läuft. »Ist es nicht witzig, dass ich *jetzt* alles infrage stelle und nicht nach dem Moment, als mich ein Kerl geküsst hat und ich es mochte?« Meine Stimme ist so belegt, dass ich mich wundere, dass überhaupt ein Wort rauskommt.

Ich reibe mir über das Gesicht, den Blick immer noch an die weiße Decke mit den verschwommenen Rändern gerichtet.

»Ich weiß gerade nicht, wie ich dir helfen soll. Aber ich würde es gerne versuchen.«

Ich lasse mich neben ihn auf meine Matratze fallen.

»Was ist, wenn ihm wirklich was passiert ist und ich nicht die Person bin, mit der er reden kann?«, spreche ich das aus, was mir durch den Kopf geht. Die Schwere in meinem Magen ist immer noch da und ich kann nicht einschätzen, woher sie kommt. Ob es Sorge oder Enttäuschung ist. Oder vielleicht doch daran liegt, dass ich seit seiner letzten Nachricht nicht mehr ordentlich gegessen habe.

»Kannst du ihm nicht einfach schreiben?«, schlägt Maarten vor und legt mir seine Hand aufs Knie.

Ich schaue zum ersten Mal in seine Richtung. Ich glaube, wir haben uns nie ähnlicher gesehen als in diesem Moment. Sein Ausdruck spiegelt die gleichen Gefühle wider, die in meinem Inneren toben. Wut. Verletzung. Fassungslosigkeit.

»Ich … Daran habe ich ehrlich gesagt noch nicht gedacht«, antworte ich leise, meine Stimme ist immer noch rau.

Ich greife in meiner Jogginghose nach dem Smartphone und aktualisiere die Only-Friends-Seite, auf der ich die letzte Woche zu viel Zeit verbracht habe.

»Ist das nicht so eine Porno-Seite?«, kommt es von Maarten, der mit hochgezogenen Augenbrauen auf mein Display starrt.

»Lange Geschichte«, antworte ich und öffne meinen Nachrichtenverlauf mit Joris.

Nur, dass da keiner ist. Sein Profilbild ist verschwunden.

Was?

Ich aktualisiere noch mal die Seite, ohne dass sich etwas verändert. Sein Profil ist nicht mehr da.

»Er … hat einfach alles gelöscht.« Ich weiß, dass das nicht so wehtun sollte, weil es nur Nachrichten sind. Nur digitaler Kram. Aber für mich war das alles *mehr*.

Alles, was zwischen uns passiert ist, fühlt sich absolut surreal an. Und jetzt habe ich es nicht mal schwarz auf weiß. Kann nicht mehr nachlesen, wie er mir Gute Nacht gewünscht hat. Oder dass er mir von seiner Angst erzählt hat, die er bei Lous WG-Party hatte. Oder dass er mir geschrieben hat, wie attraktiv er mich findet.

Ist das wirklich alles passiert?

»Alles klar, Malte?« Maartens Stimme klingt besorgt. Und ich weiß nicht, was ich ihm sagen soll.

»Ich bin mir nicht sicher, ob ich mir unsere Nachrichten nur eingebildet habe.«

»Okay, Malte, sieh mich an.«

Mein Blick wandert von meinen verkrampften Händen zu dem Gesicht, das meinem am ähnlichsten sieht.

»Nur, weil es seinen Account und die Nachrichten nicht mehr gibt, bedeutet das nicht, dass du dir das nur eingebildet hast, okay? Deine Sexualität infrage zu stellen, ist die eine Sache, die Realität eine andere. Und das sage ich nicht, um gemein zu sein, ich will nur nicht, dass du dich da jetzt reinsteigerst.«

Ich weiß, dass er recht hat. Aber so könnte ich mir sein Verhalten von heute wenigstens erklären.

Doch bevor ich Maarten antworten kann, klopft es an der Tür und Fink steht im Rahmen.

Seine Augen sind weit aufgerissen und in seinem Ausdruck liegt so viel Schmerz, dass ich aufspringe, ohne ihn zu fragen, was los ist. Ohne noch einen Gedanken an Joris zu verschwenden.

Ich weiß nicht, warum wir das Geschrei nicht schon in meinem Zimmer gehört haben. Das war das letzte Mal, dass ich mein Drama über die Menschen in meinem Leben gestellt habe, die mir am meisten bedeuten.

Jenssen liegt auf dem Rücken mit blutender Nase und hält die Arme schützend über sich, während Arslan weiter auf ihn einschlägt.

Ich weiß nicht, ob es daran liegt, dass ich noch nie so viel Hass in ihren Blicken gesehen und in ihren Worten gehört habe. Oder an dem, was heute Abend passiert ist, aber ich brauche einen Moment, bevor ich eingreifen kann.

»Ich will, dass du aus meinem Leben verschwindest«, schreit Jenssen, während Arslan weiter versucht, ihn zu treffen.

»Ich hasse dich!«, erwidert Arslan, bevor Maarten ihn von Jenssen zieht. Das scheint aber nicht nach Jenssens Geschmack zu sein, der wenig später wieder auf beiden Beinen steht und sich das Blut mit dem Handrücken abwischt, bevor er auf Arslan losgeht.

»Schlag mich so viel, wie du willst, das ändert gar nichts!«, brüllt er und schubst Arslan und Maarten.

Als wäre das mein Wecksignal, stürze ich zu ihnen und umschließe Jenssens Mitte, um ihn von den beiden wegzuziehen.

Er wehrt sich. Heftig. Im nächsten Augenblick habe ich einen Ellenbogen im Gesicht. Ich taumele, ohne Jenssen loszulassen.

Wir landen beide auf dem Boden.

»Lass mich verdammt noch mal los!«

Aber ich halte ihn so fest, als wäre er derjenige, der mein Leben zusammenhält. Als würde es irgendwas daran ändern, dass gerade alles um mich herum zusammenbricht.

Irgendwann hört er auf, zu strampeln und mich anzuschreien. Seine Atmung geht immer noch viel zu schnell, aber keiner von uns beiden sagt was. Maarten hat mit Arslan schon längst den Raum verlassen, und ich habe Fink nicht mehr gesehen, seit er mein Zimmer betreten hat.

Also sind es nur Jenssen und ich, die mitten in der Küche etwas zu eng aneinanderhängen, was zu hundert Prozent Jenssens und Arslans Schuld ist, und ich trotzdem gerade froh über die Nähe bin.

Also wie krank bin ich eigentlich?

»Du kannst mich jetzt loslassen«, kommt es genervt von ihm.

Und ich glaube Nein ist die falsche Antwort, also gebe ich nach und schaue vom Boden zu, wie er den Raum verlässt. Leise, aber immer noch genauso angespannt.

Ich starre an die Decke. Alles fühlt sich leer an. Außer mein Kopf, der ist so voll wie nie zuvor. Und dieses Mal spielt nicht mal Joris die Hauptrolle. Grund dafür könnte meine schmerzende Wange sein. Oder das Ziehen in meiner Brust.

Ich muss eine Lösung für Arslan und Jenssen und das gesamte Team finden. Und für mein Leben. Wie ich wieder meine Balance zurückerlange und mich auf dem Weg dahin nicht von süßen Kerlen mit blonden Haaren und heißen Bildern ablenken lasse. Keine Typen. Keine Frauen.

Nur Eishockey, Studium und Arbeit. Bis ich in fünf Monaten nach Neuseeland fliege.

Teil 3
Malte & Joris

36
Joris

Ich weiß nicht, wann ich das letzte Mal so gut geschlafen habe. Es muss Wochen her sein. Wochen, die ich mit Lernen und Prüfungsvorbereitungen verbracht habe. Wochen, die ich versucht habe, so normal wie möglich zu leben.

Normal.

Normal erinnert mich an Malte und alles, was wir miteinander geteilt haben. Normal lässt mich in schwachen Momenten hinterfragen, ob es die richtige Entscheidung war. Einfach alles zu beenden, ohne darüber nachzudenken, welche Konsequenzen es hat.

»Ich höre genau, wie du wieder zu viel nachdenkst«, kommt es verschlafen von Jolene, die neben mir liegt.

»Das war nicht fair Malte gegenüber«, sage ich leise und starre an meine Zimmerdecke, die ähnlich weiß wie die in Tannstein ist – und trotzdem anders. So als wären das zwei Welten. Zwei unterschiedliche Leben. Das behütete und das erwachsene Leben.

»Schön, dass es dir nach drei Wochen mal aufgefallen ist«, entgegnet Jolene.

»Warum sind wir noch mal Freunde?«, frage ich und greife nach einem Kissen, aber sie pariert den Angriff überraschend gekonnt ab.

»Keine Ahnung. Garantiert nicht, weil du dir gerne Tipps von mir anhörst und diese befolgst, sonst hättest du nämlich jetzt Maltes Nummer und könntest ihm zumindest mal frohe Weihnachten wünschen.«

Sie hat absolut recht. Bis auf eine Kleinigkeit.

»Ohne Handy schwierig«, sage ich und lege mir das Kissen auf die Brust.

»Schreib ihm einen Brief«, schlägt sie vor.

»Ich weiß nicht, wo er wohnt.«

»Mist. Joris, wie konnte das passieren?«

Das frage ich mich auch. Wie haben wir es geschafft, unsere TikTok-Karriere mithilfe einer Challenge zu zerstören? Wieso habe ich nicht früher bemerkt, was abgeht? Warum habe ich nicht um Malte gekämpft?

Letzteres ist ganz leicht: Ich konnte nicht.

Dabei habe ich es versucht. *Wirklich.* Ich bin mit Jolene zum Yoga, obwohl ich keine Lust hatte, die Wohnung zu verlassen. Aber alleine zu Hause zu bleiben, wäre auch keine Option gewesen. Also bin ich mit, weil ich ihm alles erklären wollte.

Und dann hat er mich angesehen. Diese wunderschönen grünen Augen, die so voller Fragen, Unsicherheit und Mitleid waren. Als er »Hey« gesagt hat, hat mich das an unsere ganzen Momente erinnert. An den Dreier. Den Kuss. Den Orgasmus. An unsere Nachrichten. An *Only Friends.*

Irgendwas ist in dem Moment zerbrochen. Vielleicht meine Hoffnung. Oder mein Herz. Sein Herz ganz sicher. Denn ich bin bei all dem Schmerz in seinem Ausdruck beinah eingeknickt, wenn ich mich nicht so vor mir selbst geekelt hätte. Wenn nicht jede Zelle meines Körpers in Angst und Hass getränkt wäre, hätte ich ihn zumindest zurückgegrüßt. Ich weiß, dass er Verständnis gehabt hätte.

Aber anstatt reif auf die Situation zu reagieren, bin ich gegangen. Habe ihn stehen lassen, ohne eine Erklärung. Danach habe ich alles darangesetzt, ihm aus dem Weg zu gehen.

»Bist du heute bereit, mit unseren Eltern darüber zu reden?«

»Jolene, warum musst du das so formulieren?«

»O mein Gott, Joris, immer noch die alte Leier?«

Ich schweige sie an, so lange, bis sie sich schnaubend in meine Richtung dreht.

»Na schön. Wann bist du bereit, deinen Eltern und Heike davon zu erzählen?«

»Heute vielleicht«, sage ich und spüre meinen Herzschlag in meinem Hals. Vielleicht auch morgen.

»In deinem Tempo, Joris«, sagt sie und hält sich ihr Smartphone vor die Nase.

»Romy?«, frage ich und versuche, etwas von Jolenes Verliebtheit, die sie seit Wochen ausstrahlt, abzusaugen. Erfolglos, weil die dunkle Wolke über mir nicht weggehen will. Meine Strategie, alles Schöne aus meinem Leben zu verbannen, scheint eher dazu beigetragen zu haben, dass sie noch größer wird. Vielleicht sollte ich anfangen, wieder zu leben. In kleinen Schritten wenigstens. Und mir das zurücknehmen, was *er* mir genommen hat.

»Ja«, antwortet sie verträumt.

»Ich habe es richtig versaut mit ihm. Meinst du, er kann mir verzeihen?«, frage ich und streiche über das Kissen auf meiner Brust.

»Das kann ich dir nicht sagen. Aber weißt du, was wir versuchen können? Ihm eine Mail zu schreiben.«

»Meinst du, wir haben unsere E-Mail-Adressen ausgetauscht? In welchem Szenario hätte das passieren können?« Ich seufze frustriert.

Ich frage mich, wie lange Jolene verliebt bleibt und sich ihre Welt nur um Romy dreht. Ich klinge wie der gemeinste beste Freund, den man sich vorstellen kann. Vor allem unter dem Aspekt, dass Jolene die letzten Wochen jede Sekunde für mich da war. Selbst als Romy bei uns war, hat sie klargemacht, dass ich jederzeit zu ihnen ins Zimmer kommen kann, und sie hat mir sogar angeboten, mit ihnen im Bett zu schlafen. Darauf habe ich aus vielerlei Gründen verzichtet.

»Joris. Ich kann dir jetzt und hier seine Uni-Mail-Adresse zusammenbauen.«

Sie hat recht. Unsere Adressen setzen sich aus dem Studiengang und einer Kombination aus unserem Vor- und Nachnamen zusammen.

Keine Ahnung, ob das eine wirklich gute Strategie ist, weil dieses Wissen garantiert schon missbraucht wurde. Mich wundert es, dass ich von *ihm* nie eine Mail bekommen habe. Vielleicht, weil *er* mich über den Weg erreichen wollte, der am meisten schmerzt. Dabei konnte *er* von meinem Nachrichtenverkehr mit Malte über *Only Friends* nicht wissen. Oder?

Beim nächsten Blinzeln hat sich Jolene aufgesetzt und schaut mich mit verstrubbelten Haaren und leuchtenden Augen an. Ihr ganzer Hals ist übersät mit verblassten Knutschflecken.

Aber ich sage ihr nicht, wie albern das aussieht, weil ich nicht will, dass sie denkt, dass ich neidisch bin. Dabei wünschte ich mir auch, dass gerade Platz in mir für Verliebtsein wäre, aber ich gönne ihr das mit Romy.

»Joris, was liegst du da noch rum? Lass uns Malte jetzt eine Mail schreiben«, sagt sie und klatscht aufgeregt in ihre Hände.

»Zu viel Energie, Jolene.«

»Es geht um die Liebe, da gibt es nicht zu viel Energie«, behauptet sie und verschränkt die Arme vor der Brust.

»Ich glaube, ich würde lieber erst mit Mama, Papa und Heike reden«, sage ich, obwohl sich mein Magen bei dem Gedanken daran zusammenzieht.

Ich muss anfangen, darüber zu sprechen. Es nicht totschweigen, bis ich mit einem Magengeschwür im Krankenhaus lande. Darüber reden, damit ich irgendwann einen Weg finde, meine Freunde wieder näher an mich und mein Leben zu lassen. Damit ich Malte diese Mail schreiben und ihn um Verzeihung bitten kann.

»Okay, ich gehe unten Bescheid sagen. Heike hat bestimmt schon Frühstück gemacht«, sagt Jolene und legt ihre Hand auf meine. Aus ihren Augen ist die Leichtigkeit verschwunden. Sie schaut mich eindringlich und mit so viel Ernsthaftigkeit an, dass ich schlucken muss. »Es ist okay, wenn du noch nicht so weit bist.«

Ich würde sie am liebsten anschreien und ihr sagen, dass ich es leid bin, zu warten. Dass ich aufhören will, *ihm* so viel scheiß Macht über meine Gefühlswelt und mein Leben zu geben.

»Ich will aber«, sage ich leise und mit zittriger Stimme, die widerspiegelt, wie verdammt schwer mir das fällt. Nicht, weil es mir unangenehm ist oder ich das Gefühl habe, dass ich schuld daran bin. In der Phase bin ich gerade nicht. Und ich weiß, Jolene würde jetzt wieder Scherze darüber machen, dass ich bei der Verarbeitung von Traumata genauso systematisch vorgehe wie in meiner Date-Planung, aber es hilft mir, Ordnung im Innen und Außen zu schaffen.

»Ich weiß«, antwortet sie und guckt kurz über die Schulter zur Zimmertür und dann wieder zu mir zurück. Ich nicke auf ihre stumme Frage hin. Dann verlässt sie den Raum.

Ich habe mich so lange davor gedrückt, mit Mama, Papa und Heike zu reden, weil ich weiß, wie sie sind. Dass sie sich die Schuld dafür geben.

Ich stehe langsam auf, versuche, das Chaos um mich herum und die nervöse Unruhe in meinem Inneren zu ignorieren.

Ich verbringe zu viel Zeit unter der Dusche und mit meinen Haaren, die mir unordentlich und lockig bis zu den Ohren reichen.

Mit langsamen Schritten gehe ich durch unseren Flur mit all den unzähligen Momenten mit unserer verrückten Familie, nur dass sich heute alles anders anfühlt. Nach Enttäuschung, Scham und Versagen.

Ich schlucke mehrmals, um die aufkommenden negativen Gefühle loszuwerden, scheitere aber, weil der saure Geschmack in meinem Mund und die Schwere auf meiner Brust nicht weggehen. Nicht durch Ablenkung. Nicht durch Abschotten und indem ich das Haus nicht mehr verlasse. All diese ekligen Gefühle verschwinden nicht, wenn ich aufhöre, Zeit mit Menschen zu verbringen, die mir guttun.

Schon von der Treppe aus sind Jolene und Mama zu vernehmen, die sich gegenseitig aufziehen, weil sie gestern die Verlierer im Canasta waren. Papas tiefes Lachen ist zu hören und wenn ich die Augen schließe, weiß ich, dass Heike mit einem Grinsen am Herd steht, um für uns alle zu kochen.

Als ich die Küche betrete, verstummen ihre Stimmen. Auch wenn ich Jolene gebeten habe, nichts zu sagen, wissen alle, dass etwas passiert ist. Papa hatte schon immer ein besonderes Gespür dafür, wenn irgendwas los ist, und Heike steht ihm da in kaum was nach.

»Ich … muss mit euch reden«, sage ich, ohne aufzuschauen.

»Liebling, wie wäre es, wenn wir uns erst mal alle hinsetzen und Heike uns mit Essen versorgt?«, schlägt Mama vor, ohne mich anzufassen, wofür ich ihr sehr dankbar bin.

Dem Kloß in meinem Hals und dem Brennen meiner Augen nach zu urteilen, wäre ich wahrscheinlich direkt in Tränen ausgebrochen.

Alle kommen stumm Mamas Vorschlag nach, und als ich sitze, traue ich mich zum ersten Mal aufzusehen. Bei den verständnisvollen und besorgten Gesichtsausdrücken meiner Familie zieht sich in mir alles zusammen.

Egal, wie ich das gleich formuliere, es wird die kleine behütete Welt, in der wir alle gelebt haben, zerstören.

»Tee?«, fragt Heike und lächelt mich bestärkend an.

Ich nicke nur, obwohl ich weiß, dass ich nichts runterbekommen werde. Ich schaue zu Jolene und greife nach der Hand, die auf ihrem Oberschenkel liegt. Wir verschränken unsere Finger miteinander und sie nickt mir zu.

»Ich …« Ich habe so viele Stunden geübt. So oft in die Stille erzählt, was passiert ist, damit ich realisiere, dass es wirklich so war. Als wären die Albträume und das Gefühl, beobachtet zu werden, nicht schon genug Bestätigung.

»Mach langsam, Joris, wir gehen nicht weg«, kommt es von meinem Papa und ich muss schlucken, weil all die Liebe zwischen den Wörtern gleich verschwinden wird.

»Ich wurde … Es gab jemanden, der mich heimlich beobachtet und fotografiert hat und mich mit seinen Nachrichten unter Druck gesetzt hat«, erzähle ich, den Blick auf den pinken Teller vor mir gerichtet, den Heike im letzten Jahr getöpfert hat.

»Was?« Mamas Ausruf lässt mich zusammenzucken, woraufhin Jolene meine Hand fester drückt.

Ich kann Mama nicht ansehen. Will den Schock in den drei Buchstaben nicht in den Tiefen ihrer Augen sehen, die meinen so ähnlich sind.

Bevor ich mich umentscheiden kann, umschließen mich Papas Arme von hinten. Meine Augen brennen. Ich versuche, den Atem anzuhalten, um die Tränen aufzuhalten, aber Mamas Aufschluchzen öffnet all meine Schleusen.

Meine Sicht verschwimmt, während Papas Aftershave meine Sinne flutet.

Es ist das erste Mal seit Wochen, dass ich mich sicher fühle. Dass sich irgendwas nach zu Hause anfühlt.

Beim nächsten zittrigen Ausatmen spüre ich noch mehr Arme, Tränen, Schluchzer und Wärme. Ich habe das so vermisst. Zwischen all dem Notendruck und Lernstress. Den neuen Freundschaften und dem Drama mit Malte habe ich vergessen, wie gut es sich anfühlt, zu Hause zu sein.

Irgendwer streicht mir durch die Haare und jemand anderes zieht geräuschvoll die Nase hoch. Als Heike dann noch anfängt, ein Lied zu summen, verschwindet die Schwere auf meiner Brust und ein Lachen zieht durch meinen Körper.

Nur Augenblicke später verschwinden all die leisen und lauten Weingeräusche um mich herum und ihre Arme lösen sich. Keine Ahnung, ob es an dem kleinen Lachen liegt, das mir eben entwichen ist. Was wahrscheinlich in Anbetracht der Situation absolut unangebracht war. Aber ich mag die Wärme, die es in meinem Körper hinterlassen hat.

»Joris«, kommt es von Jolene, die sich auf die Lippe beißt und mit dem Kopf schüttelt.

»Sorry«, murmele ich und wische mir mit dem Handrücken über die Augen und die Wangen.

»Hier wird sich nicht für Gefühlsausbrüche entschuldigt«, sagt Heike, bevor sie wieder mir gegenüber Platz nimmt. Ihre Augen sind genauso rotgerändert wie die meiner Eltern.

»Seid ihr zur Polizei gegangen? Warum bist du nicht früher nach Hause gekommen, wenn du da nicht sicher bist?«, fragt Mama und ihr Gesichtsausdruck schwankt zwischen Verletztheit und Enttäuschung.

»Warum hat keiner von euch angerufen? Ich hätte mir freigenommen und wäre für dich da gewesen«, kommt es entrüstet von Papa.

»Ich bin mit Jolene zwei Tage nach den Nachrichten zur Polizei und sie konnten den Typen ziemlich schnell finden, weil er in unserem Nachrichtenverlauf genug Informationen hinterlassen hat«, erzähle ich und greife nach dem mittlerweile kalten Tee.

»Na ja, ziemlich schnell ist auch übertrieben. Sie haben dafür schon zwei Wochen gebraucht«, wirft Jolene ein.

»Okay, stimmt.« Trotzdem glaube ich, dass mein Fall nicht die Regel ist. Wahrscheinlich kam einfach alles zusammen, dass der Kerl mir seinen Namen im Chat genannt hat und dann noch erzählt hat, dass wir an der gleichen Uni studieren. Er hat sich in Tannstein nur eingeschrieben, weil wir in einem unserer TikToks davon berichtet hatten. Über die Zeitinformationen der Bilder, die *Marvin* mir geschickt hat, konnte am Ende sein Stundenplan rekonstruiert und er aufgespürt werden.

»Wie wäre es, wenn sich jeder mal von den Pancakes nimmt und du uns das Ganze erklärst?«, schlägt Heike vor und ich fange an zu erzählen. Zwischendurch unterbricht mich Jolene immer wieder, um über die Geschehnisse aus ihrer Perspektive zu berichten.

»Ich möchte, dass ihr euch eine neue Wohnung sucht«, kommt es direkt von Mama.

»Habt ihr jetzt mit eurem Account aufgehört?«, fragt Papa.

Stunden später sitzen wir immer noch zusammen und reden über alles, was bei uns passiert ist.

Heike, Papa und Mama erzählen aber mindestens genauso viel, was sich hier verändert hat, seit wir ausgezogen sind.

Nicht einen Moment ist das eklige Gefühl zurück, was mich die letzten Wochen in Tannstein jede Sekunde begleitet hat. Was mich dazu bewegt hat, schneller zu gehen als sonst, immer mit einem Schulterblick. Die größte Herausforderung war aber nicht, in der Wohnung zu sein, bevor es dunkel wird, sondern die kompletten Wochen zu meistern, ohne Smartphone.

Ich musste alle Absprachen mit meinen Freunden so treffen und wenn es irgendwelche Änderungen im Studium gab, haben Lou oder Romy meistens mit Jolene geschrieben oder mir in der Bib oder Vorlesung davon erzählt. Nach einigen Tagen habe ich mein Smartphone nicht mehr vermisst. Es war mir egal. Aber seit ich hier angekommen bin, fehlt es mir.

Nur aus einem Grund: Malte.

37
Malte

Von: f1johamm@tannstein-uni.de
An: f3magrub@tannstein-uni.de

Hi,

es tut mir leid, dass wir so auseinandergegangen sind. Dass ich ohne Erklärung aus
deinem Leben verschwunden bin. In der Nacht,
als wir die wohl schönsten (& heißesten)
Nachrichten miteinander ausgetauscht haben, ist
noch was anderes passiert.

Ein Kerl, der mir schon davor immer wieder auf
TikTok geschrieben hat, hat angefangen, mir
Nachrichten über *Only Friends* zu schicken.

Was zu Beginn noch freundliche und höfliche
Mitteilungen waren, sind in der Nacht
beziehungsweise am Morgen danach ganz anders
geworden.

Er hat mich unter Druck gesetzt, mir Fotos von
mir geschickt, wie ich in der Mensa bin, im Hörsaal oder in der Bib. Immer mit der Forderung,
mich treffen zu können. Es fing harmlos an. Er
hat mich um ein Date gebeten. Mir geschrieben,
dass er zufällig im gleichen Ort wohnt. Ich habe
ihm mehrfach geantwortet, dass ich daran kein

Interesse habe. Bis die Fotos anfingen. Erst an öffentlichen Orten. Ich habe seine Nachrichten ignoriert, bis er mir ein Foto von mir auf einer Uni-Toilette geschickt hat. Und zwar nicht in Momenten, wo ich mir die Hände gewaschen habe. Dass ich davon nie was mitbekommen habe und er mir so nah gekommen ist, hat mir Angst gemacht und es hat sich nur eklig angefühlt.

Jolene ist mit mir zur Polizei gegangen, ich musste mein Handy abgeben und all meine Social Media Konten offenlegen. Als ich mein Smartphone wieder zurückbekommen habe, habe ich es ausgemacht und bisher nicht mehr angeschaltet. Mein Leben hat sich nicht mehr nach meinem angefühlt.

Obwohl ich beinah jede wache Sekunde mit Gedanken an ihn verbracht habe und nirgends mehr alleine hingehen konnte, habe ich oft an dich gedacht.

Aber mir hat die Kraft gefehlt, den ersten Schritt zu gehen. Ich weiß nicht, was ich mir beim Yoga gedacht habe. Es tut mir leid.

Ich wünsche mir, dass wir das Date nachholen können, das wir uns schuldig sind. Ich hoffe, dir geht es gut und du hast schöne Weihnachten.

Alles Liebe
Joris

Ich habe die Mail die letzten drei Tage mehrmals gelesen, ohne eine Idee zu haben, was ich ihm schreiben soll. Keine Ahnung, wie man auf so eine Nachricht reagiert. Nichts, was ich schreibe, wird seine Erfahrung wegradieren. Wird ihn vergessen lassen, was er erlebt hat. Ich habe keine Ahnung, wie das sein muss, sich beobachtet zu fühlen. Wie schlimm es ist, wenn jemand deine Privatsphäre verletzt.

Frustriert lege ich mein Smartphone neben mich und starre die Wand vor mir an. In drei Tagen ist dieses Jahr vorbei. Das Jahr, was eigentlich das langweiligste überhaupt werden sollte. Mein Ziel war es, mich zu finden und ich selbst zu sein. Vielleicht wollte ich auch nach der letzten Saison, dass wir dieses Mal den Aufstieg schaffen, aber nicht mit dem letzten Spiel, das wir neun zu null verloren haben.

Trainer Thomas ist im dritten Drittel einfach gegangen. Fink hat nach dem Spiel geweint und ist nur einen Tag später ausgezogen.

Wir stehen zum Glück mittlerweile wieder mehr in Kontakt. Er hat mir erklärt, dass es an Arslan und Jenssen liegt und an der Stimmung in der Mannschaft. Und ich kann es verstehen. Wenn ich alles so spüren würde wie Fink, wäre ich schon vor Wochen wahnsinnig geworden.

Ich habe Verständnis. Trotzdem weiß ich gerade nicht, was ich Joris antworten soll. Ob ich mich mit ihm treffen soll.

»Störe ich?«, fragt Dora, die vor zehn Minuten auf der Toilette verschwunden ist.

Wahrscheinlich sollte ich sie fragen, ob alles okay ist, allerdings hatten wir die Unterhaltung über ihren Stuhlgang schon und ich würde heute gerne darauf verzichten. Vor allem, weil sie mir Kuchen versprochen hat und ich nicht über Ausscheidungen nachdenken will. Und es dann doch tue. Argh.

»Was verziehst du so das Gesicht, Junge? Du bist heute schon die ganze Zeit komisch. Was ist los?« Sie nimmt mir gegenüber Platz. Langsamer als sonst. Sie stützt sich mit einem ihrer Arme ab, während sie sich vorsichtig auf die Bank gleiten lässt.

»Ich sollte dich lieber fragen, ob bei dir alles in Ordnung ist«, erwidere ich und mustere sie zum ersten Mal richtig.

Die faltigen Ringe unter ihren Augen sind dunkler als sonst. Ihre Augen sind matt und ihr Haar ist nicht frisiert. Zumindest nicht so wie sonst.

Wir kennen uns seit einem Jahr. Sie hat noch nie so müde ausgesehen. So erschöpft.

»Lass uns über dich reden, Junge.« Ihre Stimme wirkt aufgesetzt. Vergnügt und laut wie immer, aber etwas anderes schwingt mit.

»Ich erzähl dir von mir, wenn du mir davon erzählst, was bei dir los ist«, schlage ich vor, woraufhin sie mir zunickt und ich ihr von Joris' Mail berichte. »Ich will ihn sehen. Aber …«

»Was ist, wenn du dich wieder verletzlich zeigst und er dich zum wiederholten Male versetzt?«, beendet sie meinen Satz und bringt endlich Licht in all die dunkle Ungewissheit in meiner Gedankenwelt.

Ich nicke nur und weiche ihrem Blick aus. Ist es fair, überhaupt zu zweifeln, nach dem, was ihm passiert ist?

Die Kellnerin unterbricht unser Gespräch und nimmt die Bestellung auf.

»Wie viel hast du zu verlieren, wenn du es noch mal versuchst? Wenn du es nicht möchtest, ist das auch okay. Du bist noch jung und wirst noch ganz vielen wunderbaren Menschen in deinem Leben begegnen«, sagt sie und ihre Atmung ist zum Schluss stockend.

Ich hebe den Kopf und sie schenkt mir ihr unverwechselbares Lächeln, aber ich sehe trotzdem, wie sich ihre Schultern angestrengt auf und ab bewegen.

»Ich habe das Gefühl, dir geht es nicht gut«, spreche ich meine Gedanken aus, ohne auf ihren Ratschlag einzugehen.

»Und ich habe den Eindruck, dass du von deinem Liebeskummer ablenken möchtest. Was willst du, Malte? Joris eine Chance geben und vielleicht scheitern oder für jemand Neues Raum schaffen?«

»Ich will gerade niemand anderen als Joris«, sage ich lauter und genervter. Ihr geht es nicht gut und sie will weiter nur über mich reden.

Anscheinend war die Antwort genau die, die sie sich erhofft hat. Sie zwinkert mir nämlich mit einem breiten Strahlen, das nicht ihre Augen erreicht, zu.

»Und jetzt zu dir, Dora«, sage ich und verschränke die Arme vor der Brust.

»Da gibt es nicht viel zu berichten. Ich habe mich verhoben und seit Tagen Rückenschmerzen«, sagt sie, und bevor ich antworten kann, bekommen wir beide eine Tasse grünen Tee serviert. Dora hat auf ein Stück Schwarzwälder Kirschtorte bestanden, während ich einen Zitronenkuchen gewählt habe.

»Warum gehst du nicht zum Arzt?«, frage ich, als die Kellnerin unseren Tisch verlässt.

»So tragisch ist das nicht. Wenn du mich kennen würdest, Malte, wüsstest du, dass ich nicht so bin wie die anderen in meinem Alter«, erwidert sie und nimmt einen Schluck von ihrem Tee.

»Dora, zuzugeben, dass dir was wehtut, hat nichts damit zu tun, so zu sein wie die anderen«, sage ich und nehme mir ein Stück Zitronenkuchen.

»Es ist alles gut. Nur eine Alterserscheinung«, murmelt sie und bewegt ihre Hand zu langsam zum Besteck.

»Soll ich dich zum Arzt fahren?«, biete ich ihr an und beobachte weiter, wie sie mit zitternden Fingern ihre Gabel belädt.

»Ich möchte deine Zeit nicht noch mehr beanspruchen. Außerdem ist jetzt zwischen den Feiertagen sowieso niemand zu erreichen.«

»Ich finde nicht, dass du das auf die leichte Schulter nehmen solltest«, sage ich.

»Und ich finde, du solltest lieber die Zeit mit dem Jungen verbringen als mit mir«, entgegnet sie und nimmt noch einen zögerlichen Bissen von ihrem Kuchen.

»Zeit mit dir zu verbringen, war bis heute wesentlich dramafreier. Aber so wie du gerade bist …«

»Ganz schön frech«, sagt sie und schenkt mir zum ersten Mal, seit wir hier sind, ein unbeschwertes Lächeln, das allerdings nur so lange anhält, bis sie sich wieder bewegt.

38
Malte

Als ich die Wohnungstüre aufstoße, bin ich in Gedanken immer noch bei dem Gespräch mit Dora. Ich hätte nachdrücklicher sein sollen. Hätte darauf bestehen sollen, dass sie einen Arzt aufsucht.

Ich schließe die Tür. Als ich mich umdrehe, steht Arslan direkt vor mir. »Alter, kannst du vielleicht mal was sagen und dich nicht so anschleichen?«, frage ich etwas zu ruppig.

»Also ich bin eigentlich ganz normal gegangen. In letzter Zeit scheinst du ziemlich abwesend zu sein«, entgegnet er und lehnt sich gegen die Wand, während ich mir die Schuhe ausziehe.

»Viel um die Ohren.« Und ich wünschte, es würde weniger werden. Dachte, nachdem Joris so aus meinem Leben verschwunden ist, dass er mir die Entscheidung abnimmt und ich mich endlich auf die Dinge konzentrieren kann, die mir wichtig sind.

Aber ich habe leider nicht erst wieder an ihn gedacht, als er mir die Mail geschickt hat. Er ist nie gänzlich aus meinem Kopf verschwunden. Nicht als Fink ausgezogen ist und nicht als wir eine eskalierende Teambesprechung vor den Winterferien hatten.

»Willst du darüber reden?«

»Ich passe.« Ich sollte meine Stimmung nicht an Arslan auslassen. Er trägt keine Schuld daran, dass das Team und unsere Wohngemeinschaft in den letzten Wochen und Monaten auseinandergebrochen sind. Zumindest hoffe ich das, weil sich weder Jenssen noch Arslan dazu äußern, was gerade bei ihnen abgeht.

»Kann ich dann vielleicht was von mir erzählen?«

Ich halte in meiner Bewegung inne und schaue zurück zu ihm.

Unsicher fährt er sich mit den Fingern durch die gelockten schwarzen Haare, die er heute nicht mit irgendeinem der unzähligen Stylingprodukte, die im Bad verteilt stehen, behandelt hat. Sie sehen heute irgendwie unordentlicher aus als sonst.

»Klar«, antworte ich.

»Es geht um Luca.«

Ich nicke nur und zeige stumm zu meinem Zimmer, weil ich das nicht im Flur besprechen möchte. Und Arslan bestimmt auch nicht. »Ist Jenssen da?«, frage ich, als ich meine Zimmertür hinter uns geschlossen habe.

»Nope«, antwortet er nur und lässt sich ungefragt auf meine Matratze fallen.

Das letzte Mal, dass er mit meinem Schlafplatz in Berührung kam, war, als er das Foto von mir gemacht hat. Das, wo ich ihm nackt meine Rückseite präsentiert habe, in der Hoffnung, dass sich das zwischen mir und Joris entwickelt. Und jetzt? Jetzt weiß ich nichts mehr. Habe nach seiner E-Mail keinen blassen Schimmer mehr, wo wir stehen.

»Ich habe Scheiße gebaut.« Arslans Aussage reißt mich aus meinen Gedanken.

»Okay«, sage ich, anstatt ihm zu erzählen, dass ich mir so was irgendwie schon gedacht habe. Arslan ist ein toller Freund. Aber manchmal ist er zu intensiv und gleichzeitig zu eigensinnig.

»Ich habe mit Lucas … Crush geschlafen? Keine Ahnung, es war wohl das Mädel, was Jenssen mochte.« Das erklärt einiges. *Alles.*

»Wie ist das passiert?«, frage ich so neutral wie möglich.

Arslan ist ehrlich und direkt, aber er würde nie absichtlich einen von uns verletzen. Es gibt garantiert einen Grund, warum er das gemacht hat.

»Ich kann mich nicht mal genau erinnern … Ich klinge echt wie ein Arsch. Es war irgendwann am Anfang der Saison. Sie war im *Abseits*, war den ganzen Abend in meiner Nähe und dann hat sie mich gefragt, ob ich mit zu ihr komme. Na ja, mir war schon klar, dass wir da kein Mario Kart spielen, und ich hatte schon länger keinen Sex mehr. Also bin ich mit und …«

281

»Keine Details«, sage ich und hebe die Hände, woraufhin mich Arslan kopfschüttelnd anschaut.

»Hatte ich nicht vor … Kann ich jetzt weitererzählen?«

Ich nicke nur.

»Sie hat ihm davon erzählt, und zwei Tage später hat Jenssen mich am Shirt in sein Zimmer gezogen und gefragt, was das sollte. Ich wusste im ersten Moment überhaupt nicht, worum es geht, weil er mir nie von ihr erzählt hat. Er hat dann irgendwas davon gefaselt, wie enttäuscht er von mir als Freund ist und dass er das nicht mehr mit mir kann. Daraufhin habe ich ihm gesagt, dass Freunde sich in der Regel erzählen, auf wen sie stehen, damit so was nicht vorkommt. Er ist dann richtig sauer geworden.«

Für einen Moment ist es still zwischen uns. Weil ich nicht weiß, was ich darauf sagen soll. Und er bisher noch nicht viel über seine Gefühlswelt geredet hat. Aber ich bin über jedes Wort, jeden noch so kleinen Grund dankbar, weil wir so vielleicht gemeinsam eine Lösung finden können.

»Ich habe das Gefühl, dass vorher schon irgendwas war, aber er weigert sich, mit mir zu reden. Ich kann mir einfach nicht vorstellen, dass er unsere Freundschaft wegen 'ner Frau wegwirft, die nur mit mir geschlafen hat, um es ihm zu erzählen. Wer macht so was?«

Ich zucke mit den Schultern. Ich wünschte, ich hätte die Lösung für ihn. Aber ich habe keine Ahnung, wie Jenssen dazu steht. Was seine Seite der Geschichte ist.

»Du studierst doch Psycho. Kannst du mir nicht einfach sagen, was ich machen soll? Ich halte das nicht mehr aus. Ich bin aufgewachsen mit Streit und Hass unter einem Dach, das hier war eigentlich mein Ausweg.« Er schluckt hart und sein Blick bleibt Richtung Decke gerichtet.

Arslan hat immer einen lustigen Spruch auf den Lippen und eine so warme und witzige Ausstrahlung, dass ich wieder nur dasitzen und nichts sagen kann, weil ich nicht weiß, was. Und er hat recht. Ich studiere seit Jahren und kann nicht mal ordentlich auf seine Gefühlslage eingehen.

»Ich weiß, warum Fink ausgezogen ist … Warum ich auch ausziehen sollte. Aber ich kann nicht.« Die letzten Worte sind so leise, dass ich mir nicht sicher bin, ob ich ihn richtig verstanden habe.

»Du musst nicht ausziehen«, sage ich, um die unangenehme Stille zu unterbrechen. Um den Raum irgendwie zu füllen. Aber wir wissen beide, dass es nur eine leere Floskel ist. Dass wir, ohne dass Jenssen das zwischen ihnen lösen will, nicht weiterkommen.

»Ich weiß nicht mehr weiter.« Er senkt den Kopf und sein Blick trifft endlich auf meinen.

So viel Schmerz liegt in dem dunklen Braun, dass ich ihn spüre. Die Last und den Druck, die Arslan seit Monaten mit sich rumschleppen muss. Wie schafft er das?

Tag für Tag ist er derjenige, der Positivität aus jeder Zelle ausstrahlt. Er hat immer ein offenes Ohr. Er versteht intuitiv, was die andere Person braucht. Auch wenn ich mir wünschen würde, dass er manchmal früher checkt, wenn er zu viel ist. Wenn er zu wenig Ernsthaftigkeit an den Tag legt. Aber so ist er. Wer bin ich, ihn da verändern zu wollen, wo ich doch selbst kein guter Freund war?

»Ich will dir helfen«, sage ich und bereue es, mich nicht neben ihn auf die Matratze, sondern auf den Schreibtischstuhl gesetzt zu haben.

»Dann sag mir, was ich machen soll.« Er lässt die Hände in seinen Schoß fallen und schaut mich so Hilfe suchend an, dass sich meine Brust zuschnürt.

Arslan, Jenssen, Fink und all die anderen aus dem Team sind meine Familie. Die wichtigsten Menschen hier in Tannstein. Auch wenn Dora und mein Bruder dazugekommen sind, kann ich niemanden von ihnen im Stich lassen.

Nach dem Kuss im Club habe ich immer Joris gewählt. Wird Zeit, dass ich mich für sie entscheide.

»Ich werde Jenssen eine Nachricht schicken und mich mit ihm verabreden. Ich höre mir seine Sicht der Dinge an, und dann setzen wir uns zusammen hin.«

»Was ist, wenn er das wieder nicht einhält oder dir so lange aus dem Weg geht, bis du es vergessen hast?«, fragt er und spielt damit wahrscheinlich auf die letzten Wochen an, in denen ich schon versucht habe, mit Jenssen zu reden. Aber Fink ist ausgezogen, Williams hat mir den Posten als Kapitän zurückgegeben und ich musste noch einiges wegen des Auslandssemesters und den Prüfungen organisieren.

»Ich kann dir nicht versprechen, dass das dieses Jahr noch was wird …«

»Haha«, unterbricht er mich und fährt sich mit den Fingern durch die Haare.

»Aber ich gebe alles, damit wir eine Lösung finden. Und zwar eine, die für alle passt«, sage ich entschlossener, als ich mich fühle.

»Meinst du, Fink kommt nicht mehr zurück?«, fragt er nach einer kurzen Pause. Wir haben sein freies Zimmer immer noch nicht inseriert und werden alle ab dem nächsten Monat mehr Miete zahlen müssen, wenn es leer bleibt. Aber ich glaube, niemand von uns möchte jemand Fremden in der Wohnung.

»Ich habe keine Ahnung«, antworte ich ehrlich. Vielleicht wäre irgendwann sowieso die Zeit gekommen, wo Fink mit Milou zusammengezogen wäre. Schließlich sind sie schon seit ihrer Schulzeit ein Paar.

»Findest du, ich sollte vielleicht mal ein paar Wochen beim Hockey pausieren?«, kommt es irgendwann von Arslan.

»Warum?«

»Wenn Jenssen und ich nicht mehr zusammen auf dem Eis stehen und in der Kabine sind, dann klärt sich vielleicht die Zerrissenheit im Team.« Auch wenn ich glaube, dass die Differenzen zwischen den beiden den Grundstein gelegt haben, denke ich nicht, dass es sich damit lösen lässt.

»Wir klären das vorher.«

»Unser nächstes Spiel ist in zwei Wochen«, erwidert er und lacht verbittert auf.

»Wir schaffen das.«

»Ich nehme dich beim Wort, Gruber.« Seine Gesichtszüge haben nichts von ihrer Ernsthaftigkeit eingebüßt. Es ist immer noch ungewohnt, ihn so zu sehen. Zu erkennen, dass der Konflikt mit Jenssen auch nicht spurlos an Arslan vorbeigeht.

»Kannst du«, erwidere ich.

Dann erhebt er sich und ich tue es ihm gleich. Wir stehen genau eine Sekunde unangenehm nah voreinander, bevor er mich zu sich zieht. Für einen Moment riecht alles nach unserem Badezimmer, kurz bevor er das Haus verlässt. Die Umarmung fühlt sich genau richtig an.

Als ich mich gerade wieder von ihm lösen will, drückt er mich noch enger an seine Brust.

»Einen Augenblick noch«, murmelt er, so, als wüsste er, dass auch ich die Nähe brauche.

Warum zur Hölle umarmen wir uns alle so selten?

»Danke«, sagt er, löst sich von mir. Es dauert, bis ich realisiere, dass die Wärme verschwunden ist.

»Wir schaffen das«, sage ich leise, woraufhin er nur nickt und dann mein Zimmer verlässt.

Von: f1johamm@tannstein-uni.de
An: f3magrub@tannstein-uni.de

Hey,
ich dachte, vielleicht ist die erste Mail nicht angekommen. Vielleicht checkst du dein Uni-Mail-Postfach aber auch nicht in den Semesterferien, was total verständlich ist. Ich würde mich gerne persönlich bei dir entschuldigen und mit dir reden.
An Silvester steigt eine Party bei Lou in der WG und sie meinte, du könntest möglicherweise auch da sein, weil das gesamte Hockey-Team eingeladen ist. Ich würde mich freuen, wenn wir uns da treffen. Also, wenn du Lust hast.
Wahrscheinlich habe ich zu viele Filme geschaut, aber ich dachte, wir könnten uns um Mitternacht einfach bei Lou im Zimmer verabreden.
Das klingt so albern. Wenn du mir nicht antwortest, warte ich da auf dich. Und ja … schreib mir gerne zurück, wenn du einen anderen Vorschlag hast.
Ich würde dich wirklich gerne sehen.

Alles Liebe
Joris

39
Joris

Ich liebe meine Familie. Wirklich. Jeden einzelnen Menschen. Als ich noch hier gewohnt habe, ist mir nicht aufgefallen, wie intensiv sie sind.

Dass ich Zeit für mich aktiv einfordern muss, weil Mama denkt, dass ich die Ablenkung gut gebrauchen kann. Weil Jolene mir in Tannstein kaum von der Seite gewichen ist und diese Angewohnheit zu Hause fortzusetzen scheint. Wir teilen alles miteinander. Selbst die heißen Nachrichten, die sie und Romy austauschen. Nicht, weil ich sie unbedingt lesen will, sondern weil ich jedes einzelne Wort von ihren glasigen Augen und den geröteten Wangen ablesen kann.

Ich wünschte, ich würde überhaupt eine Nachricht bekommen, aber außer dem üblichen Uni-Mail-Verteiler, ist nichts dabei.

Nicht *eine* E-Mail von Malte.

Nicht mal eine Absage.

Das ist gerade das Einzige, was mich hoffen lässt. Keine Ahnung, woher ich diesen Funken Glauben nehme, vielleicht von Papa und seinen Motivationssprüchen, die hinter jeder Ecke zu lauern scheinen.

Und ich weiß, dass sie es nur gut meinen, aber ich bin froh, wenn ich morgen im Zug Richtung Tannstein sitze.

Heike hat für heute Nachmittag einen Workshop zum Thema Internetsicherheit und Body Positivity angekündigt. Und es besteht Anwesenheitspflicht. Mein Scherz darüber, dass in meinem Studiengang nur Anwesenheitspflicht im *Präpkurs* ist und ich lieber zwei Wochen an einem Körperspender arbeiten würde, als später pünktlich zu erscheinen, fand sie nicht witzig. Mama auch nicht.

Also schleppe ich mich um drei Uhr runter in die Küche, die heute wegen Vorbereitungen nach dem Frühstück gesperrt war.

Jolene wartet schon mit dem Smartphone in der Hand vor der Tür. Selbst das Scrollen durch Apps oder mit Lou zu telefonieren, vermisse ich manchmal. Für Letzteres darf ich Jolenes Gerät maximal eine halbe Stunde pro Tag nutzen, weil der Rest der Zeit Romy und ihr gehört.

Wir sind gestern in die Stadt gefahren, weil Jolene für Silvester nichts im Kleiderschrank hat und sie Romy natürlich überraschen will. Wir haben den gesamten Nachmittag mit Shopping verbracht.

Jolene hat sich am Ende für ein transparentes, langes Glitzerkleid entschieden. Als ich sie gefragt habe, was sie darunter trägt, hat sie noch Brustwarzen-Aufkleber und einen Spitzen-Slip gekauft. Meine Argumente, dass es kalt wird und sie vielleicht nicht jedem ihren Körper zeigen sollte, hat sie nicht gelten lassen.

Aber als Heike sie gestern Abend gefragt hat, ob sie etwas Schönes gefunden habe, hat sie gelogen und verneint. Zum Glück kann Jolene sehr gut lügen. Hätte sich Heike an mich gewandt, wäre ich sofort eingeknickt.

Ich hätte ihr das Outfit wahrscheinlich an mir präsentiert. Vielleicht würde Malte so was auch gefallen? Wie ist das mit Kerlen, die vorher nicht bemerkt haben, dass sie andere Typen attraktiv finden? Bevorzugen sie dann Jeans und T-Shirt oder darf man auch mal mehr Haut und figurbetontere Kleidung tragen?

Was mache ich, wenn er an Silvester nicht zu der Party geht?

»Ihr könnt reinkommen«, unterbricht Heike mein Gedankenchaos und ich folge Jolene in unsere Küche, die nicht mehr wiederzuerkennen ist.

Der Tisch steht an der Wand, an der eine Leinwand aufgebaut ist. Auf dem dunklen Holz liegen Flyer aus und dahinter wird das Bild der Präsentation projiziert. Die restlichen Wände sind mit irgendwelchen Postern beklebt, die mehr an eine Kinderarztpraxis erinnern als an alles andere, aber ich sage nichts. Als ich in Heikes und Mamas glitzernde Augen blicke, bin ich froh, den Mund gehalten zu haben.

»Das hier soll heute unser Safe Space sein«, sagt Heike und dreht sich einmal um ihre eigene Achse.

Ich würde ihr gerne sagen, dass das nicht nötig ist, weil überall, wo sie, meine Eltern und Jolene sind, immer der sicherste Ort der Welt für mich sein wird.

Ich schlucke hart und behalte meine Gedanken für mich. Schließlich möchte ich den Workshop nicht damit beginnen, dass wir wieder alle weinen müssen. Seit Jolene und ich hier angekommen sind, wurden so viele Tränen verdrückt wie das ganze Jahr über nicht.

»'kay«, kommt es nur von Jolene, die immer noch ihr Smartphone in der Hand hält.

»Jolene, bitte pack das jetzt weg, wir wollen anfangen«, sagt Mama und greift nach Heikes Fingern.

Früher mochte ich das nicht, wenn die beiden so miteinander umgehen, weil ich so eine Familie haben wollte wie alle anderen. Mit *einer* Mama und einem Papa. Jetzt würde ich meine Familie für kein Geld der Welt tauschen. Ich mag es, dass keiner von ihnen davor zurückschreckt, Liebe zu zeigen. Das war schon immer so.

»Ich habe mir überlegt, dass wir vielleicht mit Body Positivity starten, um unser Selbstbewusstsein zu stärken. Danach habe ich einen Gastredner für Sicherheit im Internet eingeladen«, sagt Heike und macht ein paar Schritte zu unserem Esstisch. »Ich habe hier Karten vorbereitet, auf die wir aufschreiben, was wir an unserem Körper mögen, und dann reden wir darüber.«

Die nächsten fünfundvierzig Minuten laufen in genau diesem Vibe ab. Wir sollen uns gegenseitig Komplimente auf die Karten schreiben, darüber reden, was wir mögen, wenn wir mit anderen zusammen sind, und was wir bevorzugen, wenn wir alleine sind.

Zum Schluss holt Heike ein Tablett mit Cupcakes aus dem Kühlschrank. Die Toppings bestehen aus kleinen Penissen und Vulven.

Den Begriff Vulva kannte ich bis vor wenigen Minuten noch nicht. Jolene ist vor Lachen fast vom Stuhl gefallen, als ich gefragt habe, was ein Vulkan mit der Auslebung meiner Sexualität zu tun hat.

Meine Unkonzentriertheit könnte daher kommen, dass mich das Infomaterial und die Stimmung an Malte denken lassen. An all das, was wir hätten sein können. Vielleicht konnte ich Heike deswegen nicht so gut folgen.

Während wir also Cupcakes mit Geschlechtsteilen essen und Mama Heike immer wieder füttert, reden wir über Kommunikation. Laut Mama ein wichtiger Bestandteil von Body Positivity.

»Findet ihr nicht, dass wir ein paar Jahre zu spät dran sind, um da noch was zu lernen?«, fragt Jolene genervt, aber ich kann mir mein Lachen nicht verkneifen und sie mit dem beschmierten Mund nicht ernst nehmen.

»Kommunikation kann man in jedem Alter lernen. Der Zug ist da nie abgefahren. Dass du so was wirklich fragen musst, Jolene.«

»Sind wir bald fertig mit dem Workshop, Heike?«, entgegnet Jolene, ohne auf ihre Mutter einzugehen.

»Wer hat dich nur großgezogen?«, fragt Heike nur und schüttelt den Kopf.

Gastredner für Internetsicherheit ist natürlich niemand Geringeres als Papa. Mama und Heike bleiben und wir lernen alle etwas über Datensicherheit und wie viel man preisgeben darf. Papa hat einiges recherchiert und stellt in seiner Präsentation Fälle von anderen Influencern vor und welche Konsequenzen sie daraus gezogen haben. Wie erwartet gibt es kein Richtig und Falsch. Keinen Vorschlag, was wir jetzt machen sollen.

Manche haben ihre Karriere komplett aufgegeben, andere ihren Content und ihre Nische verändert. Und wieder andere haben sich entschieden, ganze Abschnitte ihres Lebens auszulassen.

Papa, Mama und Heike stellen unterschiedliche Ideen und Optionen vor, die sie in den letzten Tagen zusammen erarbeitet haben.

»Wir wissen genau, dass wir euch im Internet nicht schützen können und wir können euch auch nicht verbieten, damit aufzuhören, nur weil wir alle nicht genug informiert sind. Also haben wir uns gedacht, dass wir uns gemeinsam eine Lösung überlegen könnten, die in erster Linie für euch funktioniert und Mama, Heike und mich nachts schlafen lässt«, sagt Papa und ich versuche, die Rührung und das daraus resultierende Augenbrennen zu unterdrücken.

»Wir hätten uns besser damals schon mit euch hingesetzt und darüber geredet, aber es hat sich nie ergeben … Und ich bereue es, dass ich da nicht mehr dahinter war. Vielleicht hätte man das alles vermeiden können«, kommt es von Mama, das schlechte Gewissen in jedem ihrer Gesichtszüge deutlich zu erkennen.

Heike greift sofort nach ihrer Hand und Papa legt ihr den Arm um.

»Wir haben darüber geredet, dass niemand daran Schuld hat«, sagt er und drückt ihr dann einen Kuss auf die Wange.

Und mit einem Mal ist mir die ganze Liebe im Raum zu viel. Tränen brennen in meinen Augen und mein Herz rast.

Warum sieht mich niemand so an?

Warum weiß ich nicht, wie sich *romantische* Liebe anfühlt?

Als würde Papa spüren, was gerade in meinem Inneren los ist, gleitet seine Aufmerksamkeit von Mama zu mir. Aber er kann nicht sehen, dass sich in mir alles zusammenzieht. Dass eine Schwere auf meinen Schultern lastet und mich beinah unter sich begräbt.

Ich habe vier Menschen in meinem Leben, die mich bedingungslos lieben. Mehr als die meisten haben. Also warum reicht mir das nicht? Warum bin ich so undankbar?

»Gruppenumarmung«, ist die einzige Warnung, die ich von Papa erhalte, bevor mich ihre Wärme und Liebe überfällt. Selbst Jolene ist irgendwo unter all den Armen und wehrt sich nicht.

Die heißen Tränen, die mir nur einen Augenblick später die Wangen runterlaufen, kann ich nicht aufhalten. Keine Ahnung, seit wann ich so viel weinen muss. Ich hoffe, das hört irgendwann auf.

Am nächsten Tag sitzen wir im Zug nach Tannstein mit einer Liste von Social-Media-Agenturen, die Papa uns gestern als Handout ausgeteilt hat.

Obwohl Jolene und ich das Gespräch, ob wir mit TikTok aufhören sollen oder nicht, nicht geführt haben, ging die Tendenz gestern eher in Richtung, dass wir weitermachen – aber anders.

Als die Sache mit dem Stalking angefangen hat, haben wir einfach eine große Pause eingelegt. Einen Livestream gemacht, in dem wir nur von einem Zwischenfall und einer Pause erzählt haben. Dann hat Jolene alle Videos bis auf den Livestream archiviert und unseren Account auf privat gestellt.

Die ersten Tage konnte ich gar nicht darüber reden und danach fiel es mir schwer, eine Lösung zu finden. Also haben wir alles andere gemacht, nur nicht über unsere Zukunft gesprochen.

»Ich denke, ich werde mein Studium abbrechen«, eröffnet mir Jolene ihre Gedanken.

Ich hebe den Kopf und begegne ihrem Blick, der zur Abwechslung mal nicht von ihrem Smartphone eingefangen wird. »Okay. Was möchtest du stattdessen machen?«, frage ich und greife nach der Wasserflasche in meinem Rucksack.

»Vielleicht will ich doch lieber Medienwissenschaften studieren«, sagt sie, wirkt aber mit dieser Option unentschlossener als noch vor einigen Sekunden.

»Wie kommst du jetzt darauf, aufzuhören?«, frage ich.

»Immer, wenn Romy von ihrem Studium erzählt, blüht sie auf, obwohl es krass aufwendig ist und sie die meiste Zeit nur am Lernen ist. Aber sie hat eine Vision, wie ihr Leben aussehen soll und tut alles dafür. Und ich … habe echt keine Ahnung, was ich machen will. Also, ich weiß, dass ich bei dir bleiben will … und ich mag die Arbeit mit unserem Account … sorry«, sagt sie und weicht meinem Blick aus.

Mit einem Schlag ist das eklige Gefühl in meinem Magen zurück. Die Schwere, die es zu Hause nicht gab. Und ich weiß nicht, ob es daran liegt, dass wir wieder nach Tannstein fahren oder dass ich das Gefühl habe, dass ich schuld daran bin, dass Jolene gerade nicht das tun kann, was sie glücklich macht.

»Ich wusste, dass du es direkt auf dich beziehst … Deswegen habe ich die letzten Tage nichts gesagt«, murmelt sie, während sie immer noch aus dem Fenster starrt.

»Ich …«, beginne ich und habe keine Ahnung, was ich darauf antworten soll.

Die nächsten Minuten sitzen wir schweigend in unserem Vierer, beide gedankengefangen.

Als wir am nächsten Bahnhof halten und ich die wartende Menschenmenge sehe, wechsele ich meinen Platz und setze mich neben Jolene. Sie wirft mir von der Seite einen irritierten Blick zu, schaut dann aber wieder raus.

»Ich … will mir nicht von einer Person das zerstören lassen, was wir uns beide aufgebaut haben«, flüstere ich und lege meine Hand auf ihre.

»Und ich kann nicht mit ansehen, wie fertig dich das macht«, entgegnet sie und verschränkt unsere Finger miteinander.

Uns gegenüber setzen sich zwei Frauen hin, die in ein Gespräch vertieft sind, während ich das Gefühl habe, dass Jolene und ich nicht weiterkommen.

Den Rest der Fahrt verbringen wir schweigend, weil ich in meinem Kopf zwischen Aufregung wegen heute Abend und Frustration wegen Jolenes und meiner Zukunft gefangen bin.

40
Joris

Etwas später stehe ich neben Jolene vor meinem Kleiderschrank und weiß ganz genau, dass es egal ist, was ich anziehe, weil er nicht kommen wird.

»Ich höre deinen Pessimismus bis hierhin, ohne dass du dafür die Lippen bewegen musst. Wenn so was Seelenverwandtschaft ist, würde ich gerne darauf verzichten«, kommt es von Jolene, die ein Hemd aus dem Schrank nimmt, begutachtet und dann aufs Bett legt. Warum hängt sie es nicht irgendwo auf? Warum Falten und Unordnung riskieren? »Hör auf, innerlich vor Schmerzen zu schreien. Wenn du dich schneller für ein Outfit entscheidest, kannst du schneller Ordnung in den Raum bringen«, sagt sie und verdreht seufzend ihre Augen.

»Ich habe nicht mal um Hilfe gebeten«, erwidere ich genervt und kann den Blick nicht von der Kleidung nehmen, die überall auf meinem Bett verstreut liegt.

»Du hast ein Date mit einem Typen, der weiß, dass du ein Kerl bist … Ich werde nicht zusehen, wie du diese Wohnung mit einem weißen ausgewaschenen Shirt und einer weiten Jeans verlässt. Nur über meine Leiche.«

»Das lässt sich arrangieren«, erwidere ich genervt.

»Dazu fehlen dir die Eier«, kontert Jolene und ich antworte mit einem frustrierten Lacher.

»Er hat mir immer noch nicht geantwortet, also müssen wir nicht —«

»O mein Gott, ich weiß, was du anziehen kannst«, unterbricht sie mich, ohne auf meine Aussage einzugehen, und stürmt aus dem Raum.

Die Gesamtsituation erinnert mich an die dümmste Challenge, die wir je gemacht haben – an das Blind Date mit Maltes Bruder Maarten. Und die Erinnerung trägt dazu bei, dass in nur einem von unzähligen vorgestellten Szenarien mein Plan heute Abend aufgeht.

Mein Blick fällt auf das dunkelblaue Hemd, das über einer schwarzen engen Jeans liegt, und ich sehe mich um Mitternacht darin alleine auf Lous Bett sitzen.

»Ich habe das perfekte Oberteil gefunden«, kommt es quietschend von Jolene. Sie hält einen dunkelgrünen Pulli in die Luft, der viel zu lange Arme hat.

»Ich habe auch dunkelgrüne Sachen in meinem Schrank«, erwidere ich und drehe mich wieder zu den geöffneten Türen.

»Zieh die schwarze Hose an, los!«, fordert sie und wirft den Pulli auf die restlichen Sachen auf dem Bett.

»Du wirst irgendwann mein Untergang sein«, sage ich frustriert und ziehe die Hose aus.

»Auf keinen Fall!«, ruft sie so laut, dass ich zusammenzucke. Dann drückt sie mich zur Seite und stellt sich vor meinen Schrank.

»Was ist jetzt schon wieder?«, frage ich.

»Die Unterhose geht gar nicht. Entweder was Ordentliches oder keine Unterwäsche«, sagt sie und kramt in meiner Schublade. Ich werde Stunden brauchen, ihr Chaos zu beseitigen.

»Jolene, er wird nicht kommen. Ich brauche mir weder Gedanken über mein Outfit zu machen noch über die gewählte Unterwäsche, die er nicht sehen wird«, entgegne ich.

»Der Optimismus-Kelch ist gänzlich an dir vorbeigezogen«, murmelt sie und wirft zwei Boxershorts auf mein Bett.

»Ich frage mich, wie toll du das finden würdest, wenn ich in deiner Unterwäscheschublade rumwühlen würde.« Ich falte meine Jeans zusammen, um sie über die Lehne meines Schreibtischstuhls zu legen.

»Da würde ich garantiert eher was finden, was du heute Abend tragen kannst«, erwidert sie nur und betrachtet ihr Werk aka den Haufen Klamotten, der auf meiner Tagesdecke liegt.

»Also, du hast die beiden zur Auswahl. Ich würde dir aber empfehlen, keine anzuziehen«, sagt sie und hält zwei enge Briefboxers nach oben, die ich aus mehreren Gründen noch nie getragen habe. Der Bund sitzt eng und unvorteilhaft, sodass Bauchspeck über den Rand steht. Außerdem ist mir der Stoff zu unangenehm.

»In welcher Welt glaubst du, dass ich zu keiner tendieren werde?«, frage ich und greife nach dem dunkelblauen Stück Stoff.

»Was meinst du, wie hot das wäre, wenn du unter der engen Jeans nichts trägst?«

»Was meinst du, wie unangenehm, kratzig und schmerzhaft das sein wird?«, frage ich und versuche, ihr mit einer Handbewegung zu signalisieren, dass ich jetzt meine Unterhose tauschen will. Sie ignoriert es aber weiter.

»Komm schon«, sagt sie und lächelt vielsagend.

»Könntest du dich umdrehen, während ich mich ausziehe?«

»Angst, dass ich sonst plötzlich auch wieder auf Schwänze stehe?«, kontert sie und ich seufze angewidert, während ich mich umdrehe.

Zehn Minuten später stehe ich angezogen vor meinem Spiegel. Beim Überziehen habe ich gecheckt, warum die Ärmel des Pullis so lang wirkten: Weil der Rest des Pullis so kurz ist, dass man meinen Bauchnabel und den Bund meiner Shorts sehen kann.

»Du siehst so gut aus«, sagt sie und pfeift anerkennend.

»Ich fühle mich mit dem Fett nicht wohl«, murmele ich und drücke die Haut über dem Bund der Shorts zusammen, um ihr zu signalisieren, was ich meine.

»Also erst mal ist das Haut, kein Fett, Joris«, sagt sie und tritt vor mich.

»Der Pulli ist okay, aber …«, sage ich und schaue über sie hinweg zu meinem Spiegelbild.

»Wenn du dich nicht wohlfühlst, dann zieh die Boxershorts aus«, schlägt sie vor. Es sollte mich nicht überraschen, dass das ihr Lösungsansatz ist.

Zwei Stunden später steigen wir an der Wagnerstraße aus und ich weiß nicht, warum wir uns überhaupt die Zeit genommen haben, meine Haare zu machen. Es ist so kalt und nass, dass ich Mütze und Kapuze tragen muss. Zum Glück konnte ich Jolene davon überzeugen, nicht ihr durchsichtiges Kleid anzuziehen. Dafür musste ich einen Deal mit ihr eingehen, den ich jetzt schon bereue.

»Mein Outfit ist nicht besonders genug«, jammert sie zum wiederholten Mal.

»Jolene«, antworte ich genervt, während wir von der Haltestelle zu Lous WG gehen und uns einen Schirm teilen, der bestimmt jeden Moment wegfliegt.

Jolene trägt eine transparente Strumpfhose, Overknees, darüber eine Ledershorts und einen schwarzen Pulli, der genau wie meiner cropped ist.

Keine Ahnung, wann der Trend angefangen hat und wer sich gedacht hat, dass es eine gute Idee ist, mitten im Winter bauchfrei zu sein, aber wir sind es.

Jolene zu erklären, wo unsere Nieren liegen (gerade so stoffbedeckt), ist vergebens. Auch dass das Risiko, krank zu werden, bei der Kälte sehr hoch ist, wollte sie nicht hören.

Ihr Argument war, dass so viel in der WG los sei, dass es dort warm sein würde. Gerade kann ich mir das überhaupt nicht vorstellen, aber ich habe irgendwann aufgegeben, mit ihr zu diskutieren, weil ich die Zeit genutzt habe, um mein Zimmer aufzuräumen und ihr Chaos zu beseitigen. Ich habe nämlich keine Lust darauf, später mein Bett freizuräumen oder Falten zu riskieren, indem ich die ganze Kleidung auf dem Schreibtischstuhl stapele. »Du siehst wunderschön aus«, sage ich.

»Das sagst du nur, damit ich endlich still bin«, erwidert sie bibbernd. Ich antworte nichts, weil sie mir sowieso nicht glauben würde.

Irgendwer drückt uns auf, nachdem wir geklingelt haben, und im Flur sind bereits Stimmen und Musik zu hören. Kein Plan, wie die Nachbarn so zu Partys stehen, aber ich wäre nicht begeistert, wenn in unserem Haus so laut gefeiert würde.

Ich gebe es ungern zu, aber Jolene hatte recht. Schon beim Betreten der Wohnung kommen uns nicht nur ein Schwall Geräusche, sondern auch Hitze entgegen.

Irgendeine Frau, die Jolene vom Yoga kennt, hat uns die Tür geöffnet und gezeigt, wo wir unsere Jacken hinlegen können. Als wir die Garderobe beziehungsweise das Jackenzimmer betreten, würde ich am liebsten wieder nach Hause gehen.

Der Raum muss einem der Bewohner der WG gehören, aber von der Einrichtung ist unter den vielen verschiedenen, nassen Jacken, die überall rumliegen, nichts mehr zu sehen.

Gänsehaut rieselt meinen Rücken hinab und lässt mich erschaudern. »Findest du, wir sollen hier vielleicht kurz aufräumen?«, spreche ich das aus, was, seit wir den Raum betreten haben, in Großbuchstaben in meinem Kopf umherschwirrt.

»Joris«, kommt es von Jolene. In meinem Namen liegt so viel Genervtheit, dass ich einfach schweige und warte, bis sie ihre Jacke dazulegt und den Raum verlässt, damit ich hier aufräumen kann.

»Worauf wartest du? Zieh die Jacke aus«, sagt sie nach einigen Augenblicken.

»Geh schon mal vor«, murmele ich und vergrabe meine zitternden Finger tiefer in meinen Taschen.

»Joris, du bist nur nervös wegen Malte«, sagt sie und tritt einen Schritt näher.

Das erklärt vielleicht das Zittern und das Kribbeln in meinem Bauch, aber nicht die seltsame Last, die all meine Zellen befallen hat, seit wir die Wohnung betreten haben. »Ich bin mir nicht sicher«, erwidere ich mit rauer Stimme und versuche zu schlucken, ohne das Brennen in meiner Kehle loszuwerden.

Sie musterte mich aufmerksam. Dann wird ihr Blick besorgter und sie greift nach meinem Arm, bis ich die Hand aus meiner Hosentasche nehme und sie meine Finger berührt.

»Ist dir kalt?«, fragt sie und ich gebe ihr keine Antwort, weil ich es einfach nicht weiß. Weil ich gerade alles spüre, von der Übelkeit in meinem Magen bis zu der komischen Gänsehaut in meinem Nacken.

Was ist los?

»Atme, Joris«, sagt Jolene und ihre Stimme ist ernster als noch Sekunden zuvor.

»Ich …« Aber ich bekomme keinen Ton raus, weil meine Stimme plötzlich wegbricht.

Was ist, wenn *er* hier ist? *Er* hat mir nur Bilder von der Uni geschickt. Oder als ich auf dem Weg zur Bushaltestelle war. Aber keine Bilder von der Party damals. Aber was ist, wenn *er* doch hier war? Was ist, wenn *er* mir die Fotos schicken wollte, ich aber vorher zur Polizei gegangen bin?

Meine Kehle schnürt sich zu und ich habe das Gefühl, keine Luft mehr zu bekommen.

»Was ist los?«, fragt Jolene.

»Er …«, versuche ich zu sagen, aber der Druck auf meiner Brust hindert mich daran.

»Guck mich an, Joris!«, verlangt Jolene lauter und reißt mich aus dem Gedankenstrudel. »Er ist heute nicht hier. Du hast eine einstweilige Verfügung gegen ihn beantragt. Dir kann nichts passieren, das verspreche ich dir.«

Ich höre, was sie sagt. Aber mein Körper reagiert nicht. Der Herzschlag in meinen Ohren und die kaltschweißigen Finger sind die besten Anzeichen dafür.

Dann legt sie ihre Arme um mich und drückt mich fest. Ich weiß nicht, ob es ihr Geruch nach Kindheit und Kürbis-Latte-Gewürz ist, die Wärme oder die Nähe, aber mein Körper beruhigt sich langsam.

»Ich lasse dich nicht alleine, versprochen«, sagt sie, und zu dem Strudel an Gefühlen gesellt sich noch ein weiteres negatives. So wie im Zug. Und ich hasse es, dass aktuell all meine Probleme und Vermeidungen auf meine beste Freundin zurückfallen und sie es ausbaden muss.

»Es geht mir jetzt wieder besser. Ich schaffe das schon.«

Wir hatten elf, als wir aus dem Bus gestiegen sind, so lange muss ich nicht mehr auf Malte warten. Wenn er überhaupt vorbeikommt.

»Vielleicht sollten wir doch lieber nach Hause«, murmelt sie an meinem Hals.

Ich muss meine Reaktionen in den Griff bekommen. Ich will nicht, dass *Marvin* uns das versaut. Ihr die Party und die Zeit mit Romy und mir mein Treffen mit Malte.

Es reicht schon, dass das Schicksal dauernd dazwischenfunkt, ich habe keine Lust, noch jemandem die Macht darüber zu geben.

»Nein. Wir gehen da jetzt rein. Ich suche Lou und dann warte ich einfach in ihrem Zimmer«, bestimme ich.

Jolene lehnt sich ein Stück zurück und wir schauen uns in die Augen. »Ich wünschte, du hättest dein Handy mitgenommen. Versprich mir, dass du zu mir kommst, wenn irgendwas ist.«

Ich dachte, wenn wir heute nach Hause kommen, dass es das Erste wäre, was ich tue. Schließlich habe ich mein Smartphone die

Tage zu Hause wirklich vermisst, aber ein Blick zu dem Platz auf meinem Schreibtisch hat gereicht, um mich von dem Vorhaben abzubringen. Und vielleicht auch die Bauchschmerzen bei dem Gedanken daran, es wieder in die Hand zu nehmen.

»Ich verspreche es dir«, sage ich und meine es auch so.

Wir verharren noch einen Moment, bevor ich meine Jacke ablege, ihre Hand nehme und den Raum verlasse. Ohne aufzuräumen und ohne dem ganzen Chaos noch einen Blick zuzuwerfen. Erst als ich die Tür öffne, strömen Geräusche, Musik und Hitze auf uns zu, aber ich schenke allem, einschließlich dem flauen Gefühl in meinem Magen keine Aufmerksamkeit, sondern ziehe meine beste Freundin hinter mir her. Und egal, wie sehr ich versuche, durchzuatmen und mich zu entspannen, mein Blick gleitet doch anders über die ganzen Leute, die wild feiern und nicht all die Gedanken wie ich im Kopf haben.

Ob *Marvin* der Einzige ist? Gibt es noch andere, die Fotos von mir gemacht haben? Die vielleicht wissen, wo ich wohne? Die gerade hier unter all den anderen sind?

Jolenes Finger, die meine fester umgreifen, reißen mich aus dem Gedankenchaos. Ich schenke ihr ein Lächeln, das ich gerade noch nicht fühle.

Wir bahnen uns weiter einen Weg durch die Menge, bis ich irgendwo in einer Ecke Lou entdecke, die gerade mit Sasha tanzt. Romy kann also nicht weit sein. Doch als ich mich umdrehen will, um Jolene zu signalisieren, dass ich die anderen gefunden habe, hat sie meine Hand bereits losgelassen, um Romy zu umarmen. Ich weiß nicht, wann ich Jolene das letzte Mal so glücklich gesehen habe. Ihr gesamtes Gesicht strahlt und sie hat nur Augen für Romy. Die beiden küssen sich lächelnd und die Leute um sie herum pfeifen und applaudieren.

Ich habe mich nie so allein gefühlt. Gleichzeitig freue ich mich für Jolene, weil sie all die Liebe der Welt verdient hat. Arme umschließen mich von hinten und ziehen mich aus der kleinen, einsamen Höhle, die ich mir gedanklich immer wieder erschaffe. Ohne mich umzudrehen, weiß ich, dass es Lou ist. Ich dachte wirklich, dass ich so eine Freundschaft wie die mit Jolene nicht nochmal haben würde, aber in den letzten Wochen sind Lou und ich uns so nah gekommen, dass wir den anderen spüren. Ihre Fingerspitzen fahren über meine nackte Haut und erinnern mich daran, dass ich bauchfrei unterwegs bin.

»Heiß siehst du aus«, sagt sie, greift nach meiner Hand und dreht mich in ihre Richtung. Sie trägt viel Glitzer im Gesicht, das ihre schönen Züge hervorhebt. Die blonden Haare fallen ihr gelockt über die Schultern und sie trägt, passend zu ihrem roten engen Kleid, Lippenstift.

»Du siehst … umwerfend aus«, sage ich, woraufhin ihr Lächeln noch breiter wird.

»Alles gut bei dir?«, fragt sie und streicht mir mit der Hand über den Unterarm.

»Aufgeregt«, erwidere ich, weil ich nicht darüber reden will, was in der Garderobe war. Schließlich bin ich nicht dafür hier, sondern für Malte, den ich noch nirgends gesehen habe.

»Mein Zimmer habe ich aufgeräumt und vorbereitet. Ich wollte eigentlich Kerzen anzünden, aber mit der Party und allem war mir das zu unsicher, also habe ich nur Lichterketten angemacht«, sagt sie und ich muss mich ihr ein Stück entgegen beugen, weil neben mir Typen angefangen haben, die Tannstein-Tigers-Hymne anzustimmen.

»Hast du ihn schon gesehen?«, frage ich und blicke mich kurz im Raum um, kann seinen Hinterkopf in der Menge aber nicht ausmachen.

Lou schüttelt nur mit dem Kopf und das kleine bisschen Hoffnung in meinem Inneren wird leiser.

Mir war schon klar, dass er nicht kommen wird. Warum auch? Vielleicht hat er die Mail auch nie bekommen.

»Er kommt garantiert.« Lou lächelt mir aufmunternd zu. Wenigstens einer von uns scheint daran zu glauben. Das ist doch schon mal was.

»Okay … ich gehe dann mal«, sage ich und zeige mit dem Finger in Richtung ihres Zimmers.

»Ich …«, beginnt sie und läuft dann rot an.

»Was?«

»Ich soll dir von Jolene ausrichten, dass … Kondome und Gleitgel in der Nachttischschublade sind«, sagt sie und weicht meinem Blick aus.

Meine Wangen werden heiß und mein Nacken kribbelt, als ich von rechts nach links schaue, um herauszufinden, ob uns jemand zugehört hat. Und dann gleitet mein Blick doch wieder länger über die Menschenmenge, aber keiner scheint uns Aufmerksamkeit zu schenken.

»Sorry«, kommt es von ihr.

Am liebsten würde ich Lou mitteilen, dass sie nach dem, was wir zu dritt hatten, nicht davon ausgehen sollte, dass da viel läuft. Wenn Malte überhaupt erscheint.

»Wir sehen uns später«, sage ich, weil ich das Gefühl für die Zeit verloren habe und nicht will, dass er wartet oder ich am Ende Mitternacht verpasse.

»Mach dir keinen Stress. Du wirst mich im nächsten Jahr nicht loswerden«, erwidert sie grinsend und umschlingt meinen Körper mit ihren Armen. Ich drücke sie an mich, atme kurz ihr fruchtiges Shampoo ein, bevor wir uns voneinander lösen und ich mir alleine einen Weg durch die Menge bahne.

Keine Ahnung, wo Jolene ist, aber ich möchte keine Unterhaltung darüber führen, ob ich heute Sex habe oder nicht, wenn ich nicht mal weiß, ob ich Malte sehe oder nicht.

Ich öffne Lous Tür und bin für einen Moment von dem warmweißen Lichtermeer überwältigt. Ihr Zimmer ist beinah so gut aufgeräumt wie meins und mit all den Lichterketten, Kissen und Decken sieht es sehr gemütlich aus. Ihr Bett steht direkt mitten im Raum, mit Blickrichtung zum Eingang.

Eigentlich sollte mir der Raum bekannt vorkommen. Schließlich waren wir schon mal hier. Zu dritt. Und ich habe viel zu oft an den Abend zurückgedacht. Dennoch sieht er heute anders aus. Vielleicht liegt es an den Lichterketten. Vielleicht an meinen Erwartungen. Oder Hoffnungen, wie der Abend ausgeht.

Langsam schließe ich die Tür hinter mir. Die Musik ist immer noch dumpf zu hören, aber meine Aufmerksamkeit liegt auf der Uhr, die auf ihrem Nachtschrank steht. Es sind nur noch zehn Minuten bis Mitternacht. Zehn Minuten und ich habe ihn noch nicht gesehen.

Meine Haut brennt, während die Last in meinem Magen immer mehr wird.

Er wird nicht kommen.

Vielleicht doch.

Ich lasse mich auf ihre weiche Matratze sinken und starre die weiß lackierte Tür vor mir an. Eigentlich kann ich in solchen Momenten immer auf meinen Kopf und meine nervenaufreibenden Zerdenk-Fähigkeiten zählen. Aber heute kommt nichts. Es ist, als würde mein Körper alle Energie für den Kampf zwischen Hoffnung und Pessimismus aufwenden. Zwischen er wird kommen und es ist klar, dass er nicht kommt. Zwischen: der Fluch ist absoluter Schwachsinn und es war so klar, dass das Schicksal anderer Meinung ist.

Nach den längsten neun Minuten meines Lebens höre ich draußen alle von zehn runterzählen. Schon bevor wir bei eins ankommen, weiß ich, dass sich die Türklinke nicht nach unten bewegen wird. Egal, wie oft ich mir das vorgestellt habe.

Als Applaus, Jubel und Geschrei zu hören sind, schließe ich die Augen.

Warum musste ich mir unbedingt diesen Abend aussuchen? Warum konnte ich nicht warten? Warum musste ich alles riskieren?

Heißer Selbsthass und Vorwürfe laufen über meine Wangen.

Ich kann da jetzt nicht raus. In all die glücklichen Gesichter schauen. Sobald mich Lou oder Jolene sehen, schenken sie mir wieder diesen mitfühlenden Blick, den ich nicht mehr ertragen kann.

Ich wollte nur ein einziges Mal mein Leben in die Hand nehmen und für das kämpfen, was ich möchte.

41
Malte

Ich finde keine Worte. Habe keine Ahnung, was ich ihm schreiben soll. Dabei hatte ich mich schon entschieden, bis alles zusammengebrochen ist. Und selbst in dem Moment habe ich an Joris gedacht. Daran, dass sein Leben verflucht ist. Dabei sitze ich jetzt hier und versuche, mich irgendwie darauf vorzubereiten, dass sie mit schlechten Nachrichten zurückkommen. Dass Dora nicht wieder gesund wird.

Als ich aufgerufen werde, habe ich Joris immer noch nicht geantwortet. Ein Pfleger begleitet mich in ihr Zimmer, in dem schon eine Ärztin wartet. Sie erzählt etwas von einem Oberschenkelhalsbruch und dass morgen der Termin für die Operation sei. Dann zählt sie alle Risiken auf, aber ich kann mich nur auf den Anblick von Dora im Krankenbett fokussieren. Ich weiß nicht, wann ich sie je so gesehen habe. So blass. So klein. Vorher ist mir nie aufgefallen, wie viele Jahre uns trennen.

Einen Augenblick später sind die Ärztin und der Pfleger verschwunden. Und wir sind zum ersten Mal, seit ich sie vor Stunden hergebracht habe, nur zu zweit.

»Malte.« Selbst ihre Stimme klingt schwach.

»Brauchst du was?«, frage ich, stehe aber immer noch mit Abstand zu ihr. Keine Plan, warum. Es ist nicht weniger real auf die Entfernung.

»Alles wird gut.«

»Sag das nicht«, verlange ich und schaue ihr zum ersten Mal richtig in die Augen.

»Malte, die haben hier häufiger Oberschenkelhalsbrüche.« Ihre Stimme hört sich erschöpft an. Ihre Gesichtsfarbe ist beinah so weiß wie die Bettdecke.

»Die haben auch gesagt, dass wir zu spät dran waren«, erwidere ich und verschränke die Arme vor der Brust.

»Weißt du, wer auch zu spät ist?«, fragt sie und versucht sich an einem belustigten Tonfall, der einfach nur matt klingt.

»Tu das nicht«, bitte ich murmelnd.

»Bald ist Mitternacht.«

»Ich kann nicht gehen und dich hierlassen.« Meine Stimme zittert. Normalerweise kann ich mich immer auf mein Bauchgefühl verlassen. Darauf, dass ich schon weiß, was ich tue. Aber gerade habe ich keine Ahnung mehr.

Mein Psychologiestudium der letzten Jahre hat mich auf nichts vorbereitet. Nicht auf das Leben. Nicht auf die emotionsgeladene Achterbahnfahrt der vorherigen Wochen. Ich habe bisher nur gewusst, wie Verlustängste geschrieben werden. Wie ich Verlustängste in Fallbeispielen erkenne. Aber nicht, wie sie sich anfühlen.

»Du hast mich schon hergebracht und bist die ganze Zeit dabei geblieben. Mehr kannst du gerade nicht machen.« In ihren Augen liegt ein sanfter Blick.

»Ich …«

»Fahr zu dem Jungen.«

»Dora, ich muss dir noch eine Tasche mit Sachen packen.«

»Malte, ich werde jetzt sowieso schlafen. Mach das morgen.« Sie schenkt mir ein müdes Lächeln, das ich halbherzig erwidere.

»Bist du dir sicher?«, frage ich.

»Ja, und jetzt los.« Sie hebt den Arm, an dem nicht der Zugang hängt. Vielleicht, um mir zu winken oder um mit einer Geste ihre Aussage zu untermalen, aber dann lässt sie ihn wieder auf die Decke sinken.

»Ich komme morgen wieder. Versprochen.« Ich weiß, dass sie recht hat, das macht es aber nicht leichter zu gehen.

»Ich zähl darauf.«

Ich bin zu spät. Der Busfahrer und ich haben beide das neue Jahr still zur Kenntnis genommen und ich steige fünf Minuten später an der Wagnerstraße aus.

Noch immer in ausgewaschener Jeans, Tigers-Shirt und Regenjacke. Ich hatte nicht mal Zeit, einen Abstecher nach Hause zu machen, obwohl ich nur zwei Straßen weiter wohne.

Mit dem Strauß Blumen in der Hand drücke ich mich an den Leuten vorbei. Die stehen draußen vor der Wagnerstraße 12 und betrachten das Feuerwerk über uns, dem ich bisher noch keinen zweiten Blick geschenkt habe.

Auf der Fahrt habe ich Joris eine Mail geschickt, dass ich es nicht pünktlich schaffe, er aber auf mich warten soll. Es kam nichts zurück.

Ich stoße die Haustür auf, die nur angelehnt war, und nehme zwei Stufen auf einmal. Mein Herz schlägt viel zu schnell, als ich an Williams Wohnung angekommen bin. Meine Finger sind regennass und zittrig. Wahrscheinlich nicht vor Kälte. Sondern hoffentlich vor dem, was mich erwartet.

Ich habe mir alles im Kopf zurechtgelegt, was ich sagen will.

Aber ich bin zu spät. Er kann weg sein.

Ich erwähne besser nicht, dass ich nicht wusste, ob ich komme und dann nicht wusste, ob ich es wirklich schaffe.

Wie albern von mir zu denken, dass ich das hier nicht will. Mein Körper spielt verrückt, als die Wohnungstür von einer Frau aufgestoßen wird, die deutlich betrunken mit einem Kerl an der Hand an mir vorbeitorkelt.

Ich atme tief durch. Aber selbst das trägt nicht dazu bei, meinen rasenden Puls zu beruhigen. Musik und Geräusche dringen an meine Ohren. Sie sind wie das Rauschen in einem Schwarz-Weiß-Film, weil meine Aufmerksamkeit auf die geschlossene Zimmertür am Ende des vollgestopften Wohnzimmers gerichtet ist. Irgendwer johlt, jemand anderes stimmt den Tigers-Song an und von überall ist mein Name zu hören, aber ich schenke alldem keine Bedeutung. Ich bahne mir mit dem kleinen Strauß Blumen einen Weg durch das Menschenmeer.

Warum musste genau heute alles so lange dauern?

Was ist, wenn Joris die Blumen albern findet?

Dora hat darauf bestanden, dass es auf die Geste ankommt und da der kleine Laden im Krankenhaus schon zu hatte und mir die Optionen ausgegangen sind, hoffe ich einfach, dass die Blumen okay sind.

Vielleicht mag er sie auch? Woher soll ich das wissen? Wir haben nie die Möglichkeit bekommen, uns richtig kennenzulernen. Aber vielleicht kann ich das jetzt ändern. Wenn er noch da ist.

Mein Herzschlag klingt mittlerweile so laut in meinen Ohren, dass ich um mich herum nichts mehr wahrnehme. Ich muss nicht extra nach meinem Smartphone greifen, um zu wissen, dass ich mindestens eine Viertelstunde zu spät bin. Mit zitternden und schwitzigen Händen greife ich nach dem Türgriff und atme noch einmal tief durch.

Als ich die Augen wieder öffne, sitzt er genau vor mir. Das erleichterte Ausatmen bleibt mir im Hals stecken, als ich ihm ins Gesicht sehe und die Tränen in seinen dunklen Augen erkenne.

Ich weiß nicht, ob ich die Tür geschlossen habe, bevor ich bei ihm bin und mich vor ihn knie. Die Blumen gleiten zu Boden, als unsere Blicke sich endlich begegnen.

»Du bist gekommen«, sagt er, seine Stimme so rau und zart, dass sich alles in mir zusammenzieht.

Ich weiß nicht, ob ich das ertrage, dass es noch jemanden gibt, der mir etwas bedeutet und dem es schlecht geht. »Es tut mir leid, dass ich zu spät bin.« Ich greife ungefragt nach seiner warmen Hand. Er zuckt zusammen. Keine Ahnung, ob wegen der Berührung oder der Kälte meiner Haut. Doch als ich meine Hand wieder zurückziehen will, verschränkt er unsere Finger miteinander. Ich starre ihn an. Betrachte die blonden Locken, die unordentlich von seinem Kopf abstehen und aussehen, als wäre er mehr als einmal mit seinen Fingern durchgeglitten. In dem dunklen Braun seiner Augen liegen so viele Gefühle, die ich alle nicht deuten kann, aber will. Ja, ich war nicht bereit, mich zu binden, weil ich nächstes Jahr gehen wollte, ohne zurückzuschauen. Aber mit den Tigers, Dora und meinem Bruder wird es sowieso schon härter als gedacht. Also warum nicht alles riskieren, um die nächsten Monate die schönsten meines Lebens zu erleben?

»Ich …«, beginnt er, während ich zeitgleich meinen Mund öffne, um ihm die Frage zu stellen.

»Du zuerst«, sage ich und bereue es sofort. Warum mache ich jedes Mal doch einen Rückzieher, sobald ich eine Gelegenheit dazu bekomme?

»Ich möchte mich bei dir entschuldigen, wie ich mich verhalten habe … Ich weiß nicht, ob du meine Mail …«

»Ich habe deine E-Mail bekommen, aber ich habe dir erst eben geschrieben, dass ich komme«, sage ich und schaue auf zu seinen Gesichtszügen, die in dem warmen Licht der Lichterketten noch weicher erscheinen.

»Ich … habe kein Handy mehr«, sagt er nur und weicht meinem Blick aus.

»Ach, Mist. Es tut mir leid, darüber habe ich nicht nachgedacht … Heute war anders. Das soll keine Ausrede dafür sein, dass ich dir erst so spät geantwortet habe. Ich … war egoistisch und habe nur daran gedacht, wie mich dein Verhalten verletzt hat. Dabei muss ich mich dafür entschuldigen, dass ich nicht mehr Verständnis gezeigt habe. Dass ich mich nicht erkundigt habe, wie es dir geht«, sage ich und drücke seine Hand, weil ich nicht weiß, wie ich ihm zeigen soll, dass ich es ernst meine. Sein Blick liegt aber immer noch auf seinen Knien.

»Ich habe dir gesagt, dass ich mich nicht mehr so scheiße verhalten werde wie in der Nacht, als du mich geküsst hast, und habe es trotzdem getan.« Ich schlucke hart und versuche, den bitteren Geschmack in meinem Mund loszuwerden. Die Angst, dass er all das nicht will, klettert meinen Rücken hinauf und hinterlässt Gänsehaut auf ihrem Weg.

»Ich verstehe dich, weil ich mich dir gegenüber ganz genauso verhalten habe«, murmelt er und unsere Blicke treffen endlich wieder aufeinander.

Ich verliere mich für einen Moment in der Hoffnung, die durch meinen Körper wirbelt. In dem Kribbeln. Dem Herzklopfen.

»Sind die für mich?«, fragt er und nickt zu den Schnittblumen und Gräsern, die ich so behutsam wie möglich aus Doras Wintergarten geschnitten habe.

»Ja«, sage ich, greife nach den Blumen, stehe auf und ziehe ihn mit mir, bis wir voreinander stehen. Joris ist ein Stück größer als ich. »Okay … Ich habe das anders vorbereitet, weil ich damit gerechnet habe, dass ich pünktlich bin. Wenn Dora wüsste, wie spät ich war, würde sie mich ganz schön in die Mangel nehmen«, sage ich und weiß gar nicht, ob ich Joris je von ihr erzählt habe.

Er legt den Kopf schräg, sagt aber nichts. »Dora ist die Oma, die ich nicht hatte«, erkläre ich und er nickt. »Ich weiß, dass unser Kennenlernen ganz schön holprig war und wir zwischendurch einige Schritte übersprungen haben. Für mich war eine Sache klar, wenn wir uns sehen: Ich will, dass wir das richtig machen.« Ich atme tief durch und schließe die Augen. Dabei versuche ich, mich von dem heftigen Flattern in meiner Brust nicht ablenken zu lassen. »Möchtest du mit mir zusammen sein?«, frage ich und halte die Blumen ein Stück höher.

Einen zittrigen Atemzug später hat er immer noch nichts gesagt. Wahrscheinlich würde ich ihn sowieso nicht verstehen, weil der Herzschlag in meinen Ohren zu laut widerhallt.

»Wir kennen uns gar nicht richtig«, sagt er leise.

»Ich will nur dich kennenlernen«, erwidere ich entschlossen, obwohl alles in meinem Inneren nach Abbruch schreit.

Danach, dass ich besser nicht alles riskiert hätte. Als ich Dora heute erklärt habe, dass Beziehungen heute nicht mehr so funktionieren wie damals, hat sie nur abgewunken und erklärt, dass die Unverbindlichkeit unserer Generation unsinnig sei.

Und ich habe ihr recht gegeben, weil ich ihr vertraue, aber Joris hat immer noch nichts gesagt.

Meine Lider sind geschlossen, als er »Okay« flüstert.

Ich kann mich nur noch an das Glitzern seiner Augen *erinnern*. Alles kribbelt, als seine Lippen meine berühren. Danach dreht sich meine Welt in einem anderen Takt. In dem von seinem Herzschlag an meinem.

Wir brauchen einen Moment. Einen Augenblick, bis sich unser Kuss anfühlt, als hätten wir das schon Tausende Male gemacht. Als würde Glück schon seit Wochen nur nach Joris riechen. Nach Zimt und Winter. Nach hohem Einsatz und noch größerem Gewinn.

Seine Fingerspitzen wandern über meinen Arm bis zu meinen Schultern und hinterlassen auf ihrem Weg einen heißkalten Schauer, der durch meinen ganzen Körper zieht.

Warum mussten wir so lange warten, bis das hier passiert?

Ich lege meine Hand in seinen Nacken. Ein Seufzer verlässt seine Lippen, der über meine Zunge streicht, die nur Augenblicke später seine berührt.

Seine Finger streichen zart über die Stoppeln auf meiner Kinnpartie. Seine federleichten Berührungen hallen in meinem ganzen Körper wider. Ich weiß nicht, wann ich mich das letzte Mal so gefühlt habe. So voller Leben. So nah mit jemand anderem.

Ich schiebe mein Bein zwischen seine. Überlasse der Hitze, die sich durch meinen Körper brennt, die Überhand. Die Blumen fallen zu Boden, als ich seinen Nacken fester umfasse. Sein darauffolgendes Stöhnen schlucke ich. Streife mit meiner Zunge seine und verliere mich für einen Moment in seinem Geschmack. Er drückt sich mehr an mich, bis ich seine Härte an meinem Oberschenkel spüre.

»Du bist so heiß«, murmele ich zwischen zwei Küssen, nicht sicher, ob er mich gehört hat. Ob sein Stöhnen von meinen Worten, dem Griff in seinem Nacken oder dem Druck meines Oberschenkels kommt.

Ich weiß nicht, warum ich nur eine Sekunde darüber nachgedacht habe, dass er ein Kerl ist und ob das ein Problem ist. Mein Schwanz hat bisher keine Aufmerksamkeit bekommen und ist so hart, dass es sein kann, dass ich komme, bevor wir richtig angefangen haben.

Aber es ist mir egal, weil ich das hier will. All die kleinen Seufzer. Seine Zunge an meiner. Und sein Stöhnen, wenn ihm etwas besonders gut gefällt.

Ich drücke mich ihm noch ein Stück entgegen, bis wir ins Wanken kommen. Seine Hände verschwinden Sekunden später, als er zurück auf die Matratze fällt.

Meine Hand landet auf seiner Schulter. Wir verharren für einen Moment genau so. Seine Lippen dunkelrot geküsst von meinen. Seine Augen lustverhangen. Seine Wangen rotgepinselt.

Ich fahre ihm mit den Fingern durch seine Locken. Vielleicht, um mich daran zu erinnern, dass das hier echt ist. Dass er wirklich zugestimmt hat.

Seine Hand findet meine Hüfte. Eine Frage liegt in seinen Augen, die ich nicht lesen kann. Bis er mich zu sich zieht. Ich brauche einen Moment, um meine Beine zu sortieren. Dann sitze ich auf seinem Schoß und nicke, bevor meine Hand seinen Nacken findet und ich meinen Mund auf seinen drücke. Die Geräuschkulisse vor der Tür wird lauter, aber als er mich noch ein Stück zu sich zieht, tritt alles andere in den Hintergrund.

Mein Schwanz presst sich gegen seinen Körper. Ich weiß nicht, ob das Stöhnen, das darauf folgt, meins oder seins ist. Keine Ahnung, ob es heißer in dem Raum geworden ist. Oder ob es die Erinnerung an sein Bild von Only Friends ist, was mich dazu bewegt, mit den Fingerspitzen seinen Pulli ein Stück höher zu schieben.

»Ausziehen«, verlange ich murmelnd, als wir uns einen Moment voneinander trennen.

Es benötigt alles an Widerstand, nicht mit meiner Zunge über sein lusttrunkenes Lächeln zu streichen, das nur Sekunden später seine Lippen ziert.

»Polizei!«, schreit irgendwer im Flur. Dann klopft es mehrfach an der Tür und Joris' Gesichtszüge entgleiten. Verschwunden sind die Lust und das Verlangen in dem dunklen Braun. Die Enttäuschung, die daraufhin in seinen Augen liegt, raubt mir den Atem.

»Die Party ist vorbei«, kommt es von draußen und irgendwer öffnet die Tür. Zumindest hört es sich so an. Wenig später falle ich beinah vom Bett, weil Joris mich von seinem Schoß schiebt.

»O shit, sorry«, kommt es von dem Typen, der im Türrahmen steht und von Joris zu mir schaut. Seinem Gesichtsausdruck nach lässt meine Jogginghose wohl nicht viel Interpretationsspielraum übrig, was hier gerade abgelaufen ist.

»Kannst du die Tür einfach wieder schließen? Wir verschwinden gleich«, sage ich so gelassen wie möglich.

»Klar, Gruber. Frohes neues Jahr«, sagt er noch, dann schlägt er die Tür zu.

Was hat er denn gedacht, hier zu finden? Dass wir hier Drogen verstecken, bevor die Polizei sie findet? Wir sind in Tannstein nicht irgendwo in Amerika.

Mein Blick gleitet zurück zu Joris, der sich mit den Händen übers Gesicht fährt.

»Alles gut bei dir?«, frage ich, weil ich keine Ahnung habe, was gerade los ist. Warum er mich von sich geschubst hat, als dürfte niemand wissen, was wir hier machen.

»Ja. Sorry.«

»Wofür?«, frage ich und mache ein paar Schritte auf ihn zu.

»Dass er dachte … dass du mit mir rumgemacht hast«, murmelt er.

»Na ja, das Zelt in meiner Hose hat das nicht wirklich verborgen«, sage ich lachend mit einer Handbewegung zu meinem Ständer, der langsam verschwindet.

»'tschuldigung.«

»Joris, ich habe das ernst gemeint. Ich will mit dir zusammen sein, und mir ist es ziemlich egal, was irgendwer außer dir dazu sagt.« Ich greife nach seinem Kinn, bis er den Kopf hebt und mich anschaut.

»Du meinst das ernst?« Er hat ein kleines Lächeln auf den Lippen.

»Ja, verdammt«, sage ich. Das Grinsen, das er mir daraufhin schenkt, löst ein Kribbeln in meinem gesamten Körper aus.

»Was machen wir jetzt?«, fragt er, und ich verliere mich für einen Augenblick in dem glücklichen Ausdruck seiner Augen.

»Ich wohne nicht weit von hier«, sage ich, bevor ich es mir anders überlegen kann.

»Okay.« Dann steht er auf und wir sind wieder so nah beieinander, dass ich ihn am liebsten zurück auf die Matratze drücken und da weitermachen will, wo wir unterbrochen wurden. Aber vielleicht wäre es nicht schlecht, Lou ihr Zimmer zurückzugeben.

Er greift mit den Fingern nach dem Bund seines Pullis, den ich beinah bis zu seiner Brust nach oben geschoben habe, und zieht ihn ein Stück runter.

»Ich mag dein Oberteil«, sage ich und streiche über den Streifen Haut.

»Danke«, murmelt er.

Dann greife ich nach seiner Hand und ziehe ihn noch ein Stück zu mir, um meine Lippen auf das zarte Rot auf seinen Wangen zu drücken. »Lass uns gehen.«

Seine Hand liegt in meiner, als wir durch die halbverlassene Wohnung streifen. In der Küche stehen Williams, sein blonder Mitbewohner und Lou mit einem uniformierten Beamten.

An der Tür begegnet uns ein weiterer Polizist, dessen Blick kurz zu unseren verschränkten Fingern gleitet.

»Jetzt aber schnell«, sagt er nur und wir machen einen Abstecher, um unsere Jacken zu holen.

42
Joris

Wir sind zusammen.

In keinem Szenario in meinem Kopf habe ich damit gerechnet. Alles, was ich mir auf der Zugfahrt ausgemalt habe, war, dass wir im besten Fall eine Freundschaft Plus führen. Oder welches Label es auch immer dafür gibt, wenn man miteinander rummacht, ohne zusammen zu sein.

Für das, was Romy und Jolene seit knapp einem Monat sind. Mehr als Freunde. Aber Jolene wollte Romy gestern fragen, ob sie zusammen sind.

Und Malte hat mir einfach Blumen mitgebracht und wie selbstverständlich nach meiner Hand gegriffen, als wir die Wohnung verlassen haben.

»Die Blumen«, sage ich, als wir im Hausflur sind.

»Ich bringe dir nächstes Mal noch mal welche mit, wenn du magst.« Sein Lächeln lässt sein gesamtes Gesicht strahlen.

Aber mein Blick bleibt an den Grübchen hängen, bis er zu seinen Lippen wandert. Die Lippen, die eben noch auf meinen lagen. Von denen ich ganz genau weiß, wie sie sich anfühlen. »Mehr als Freunde«, erinnere ich mich laut und bereue es, als sein Grinsen matter wird und *meine* Grübchen verschwinden.

»Wenn du das nicht möchtest, dann … ich bringe dich auch nach Hause, wenn du nicht mit zu mir möchtest.« In seinen Augen liegen so viel Ernsthaftigkeit und Unsicherheit, dass es mir kurz die Sprache verschlägt.

Dass ich nicht weiß, was ich sagen soll, weil ich ihn mit meinen Zweifeln nicht anstecken will. Und ich wünschte, es wäre anders. Dass ich endlich mal daran glaube, dass das hier echt ist, ohne darauf zu warten, dass irgendwas passiert, das es zerstört.

»Sprich bitte mit mir«, verlangt er leise und all das Licht in seinem Gesicht ist verschwunden.

»Ich … war noch nie in einer Beziehung und versaue es jetzt schon«, erwidere ich und starre die Haustür hinter ihm an.

»Überhaupt nicht. Ich war noch nie mit einem Mann zusammen … Also ist das für uns beide neu. Okay?«

»Ja«, antworte ich. Mit dem Daumen streicht er über meinen Handrücken und es fühlt sich nur schön an.

»Soll ich dich lieber nach Hause bringen?«, fragt er.

Ich mag es nicht, ihm das Gefühl zu geben, dass ich das hier nicht will. Dass in meinem Kopf unser Kuss nicht in Dauerschleife läuft. Dass ich nicht mehr weiß, wie sich sein Gewicht auf meinem Schoß anfühlt. Wie seine Fingerspitzen über meine Haut gestreift sind. »Ich möchte mit zu dir«, sage ich und schaue ihm dabei in die grünen Augen. Das Licht im Flur ist so hell, dass ich all die kleinen braunen Flecken in seiner Iris erkennen kann. Die langen Wimpern, die seine Augen umrahmen. Und die verblassten hellbraunen Überbleibsel seiner Sommersprossen, die über seinem Nasenrücken verstreut liegen.

Im Club hätte es mir auffallen müssen, dass er nicht Maarten ist. Sie sind eineiig, ja, aber ihr Blick und die Mimik sind komplett unterschiedlich. Maltes sind entspannter und leiser, unscheinbar, so als würde er ungern im Mittelpunkt des Geschehens sein. Maarten war selbstbewusster und vielleicht ein bisschen arroganter, so als wäre ihm die Aufmerksamkeit bewusst und es würde ihn nicht kümmern. Als würde er es genießen.

»Was denkst du?«, kommt es von Malte.

»Dass du verdammt schön bist«, antworte ich, was mir ein Lachen von ihm einbringt. Kurz darauf fährt er sich mit den Fingern durch die Haare, die danach einfach wieder an Ort und Stelle zurückfallen. *Unglaublich.*

»Bereit?«, fragt er nur zur Haustür nickend, ohne auf mein Kompliment einzugehen.

Ich nicke und einen Augenblick später sind wir draußen in der Kälte, aber er lässt meine Hand den gesamten Weg über nicht los. Außer als er die Wohnungstür zu seiner WG aufschließt.

Mitten im Flur steht sein dunkelhaariger Mitbewohner, nur in Boxershorts. Keine Ahnung, wie er das bei den Temperaturen aushält. Bei genauerem Hinsehen kommt er mir bekannt vor. *Kian.*

»Hey«, sagt er und schaut von Malte zu mir und wieder zurück. Dann zeichnet sich ein breites Lächeln auf seinen Lippen ab und er zwinkert Malte zu. »Ich verschwinde in meinem Zimmer und habe vor, heute Abend mit Machine Gun Kelly auf meinen Kopfhörern einzuschlafen«, sagt er grinsend.

»Arslan, das ist Joris. Joris, das ist Kian Arslan. Wenn er nicht gerade als Flügelstürmer mit mir auf dem Eis steht, ist er der nervigste Mitbewohner aller Zeiten«, kommt es von Malte.

»Dafür bin ich talentierter mit meinem Schläger als du. Darauf kommt's am Ende doch an«, kontert er und streckt seine Hand aus, die ich ergreife.

Keine Ahnung, warum er sich nicht mehr daran erinnert, aber zumindest nennt er mich jetzt nicht mehr Yoga-Joris.

»Kannst du dich zusammenreißen und ein bisschen weniger *du* sein?«, fragt Malte und wirkt dabei genervt.

»Ich finde, der Fotograf sollte auch ein paar Credits bekommen«, erwidert er und lässt meine Hand nach einem letzten Blick los.

»Fuck you«, erwidert Malte und ich brauche einen Moment, um zu realisieren, dass Kian derjenige ist, der das Foto von Malte geschossen hat, das er mir in *der* Nacht geschickt hat. Also das von seiner Rückenansicht. Das andere hat Malte selbst gemacht.

Ich vermisse mein Smartphone. Kann mich kaum noch an das Foto erinnern und weiß nicht, ob es wirklich existiert. Ob er mir wirklich seinen harten Penis fotografiert und geschickt hat, den ich eben an meinem Körper gespürt habe.

»Autsch.« Kian fasst sich getroffen an die Brust.

»Ist alles klar bei dir?«, fragt Malte und seine Stimme hat einen anderen Ton angenommen, auch der Ausdruck in seinem Gesicht ist besorgter.

»Klar, was soll sein?« Ich kenne Kian nicht, aber auch seine Stimme klingt nicht mehr so lässig wie Augenblicke zuvor.

»Okay«, kommt es zögerlich von Malte. Dann hängt er seine Jacke auf und dreht sich zu mir, um meine entgegenzunehmen.

»Viel Spaß«, wünscht uns Arslan, während ich auf dem Boden knie, um meine Schuhe auszuziehen.

»Arsch«, sagt Malte lachend, und nachdem das Schließen der Tür zu hören ist, sind wir alleine in seinem Flur.

Aber ich habe nicht lange Zeit, darüber nachzudenken und der Aufregung, die durch jede meiner Zellen vibriert, nachzugeben, weil Malte nach meiner Hand greift und mich mit in sein Zimmer zieht.

Er schließt ab und dreht sich dann zurück zu mir. Die Stimmung ist aufgeladen und alles kribbelt in mir. Was nicht nur an der Aufregung und unserer plötzlichen Zweisamkeit liegt, sondern vor allem an dem Chaos um mich herum.

Warum zur Hölle bin ich nicht so wie andere? Warum stört mich der Klamottenstapel auf dem Boden, das nicht gemachte Bett, die Zettel und Bücher, die überall verteilt liegen?

Ich schließe die Augen und versuche, alles um mich herum zu ignorieren. Alles außer ihn. Aber das Chaos ist so viel lauter.

»Hätte ich gewusst, dass ich Besuch bekomme, hätte ich aufgeräumt«, meint er entschuldigend und fährt sich durch die lächerlich perfekt sitzenden Haare.

Ich muss ihn dringend fragen, wie er das schafft. Meine Locken sind mittlerweile eine absolute Katastrophe und brauchen, egal in welcher Länge, so viel Aufmerksamkeit von mir wie mein Studium. Aber ich habe nur für eins von beidem die Zeit.

»Ich …« Wie soll ich sagen, dass ich mich nicht darauf konzentrieren kann, ihn zu küssen und vielleicht *mehr* zu machen, wenn alles in mir schreit? Wenn meine Hände so stark zittern, dass ich sie in den Taschen meiner zu engen Jeans vergrabe, damit er es nicht sieht? Wie soll ich ihm erklären, dass mein wilder Herzschlag von dem Chaos im Außen und nicht von dem im Innen kommt?

Er macht ein paar Schritte auf mich zu und legt seine Hand auf meinen Oberarm. Ich bereue es, einen Pulli zu tragen, weil die Wärme seiner Haut mich garantiert von der Unruhe in meinen Zellen abgelenkt hätte.

»Ist alles okay bei dir? Wir müssen nicht … Also, wir können einfach nur reden und liegen und du übernachtest hier?«

»Ich …« … bin ein absoluter Freak und es war eigentlich klar, dass ich das Schicksal nicht brauche, um mein Leben zu versauen. Das schaffe ich ganz allein.

»Du siehst total angespannt aus. Habe ich was Falsches gesagt?«, fragt er, die Unsicherheit in seinen Worten ist mehr als deutlich.

»Nein. Ich weiß nicht, wie ich das sagen soll, ohne dass du denkst, dass ich total verrückt bin.«

»Ich kann dir versichern, dass ich das nicht denke«, sagt er viel zu entschlossen.

»Versprich nichts, was du am Ende nicht halten kannst«, erwidere ich leise.

Er legt mir die Hand an die Wange. Seine Berührung löst endlich das Gefühl aus, worauf ich schon warte, seit wir den Raum betreten haben. Diesen Zug aus der Realität, an einen Ort, der nur uns gehört. Aber das Gefühl ist gedimmt, weil ich das Chaos hinter ihm immer noch sehe.

»Joris, erzähl mir bitte, was dir durch den Kopf geht«, verlangt er murmelnd und ich bin für einen Moment gefangen von dem aufmerksamen Ausdruck in dem hellen Grün.

»Ich … ertrage das Chaos im Raum nicht. Das hat nichts mit dir zu tun, aber ich … Es macht mich nervös und ich fühle mich unwohl und unsicher. Ich kann mich auf nichts anderes konzentrieren.«

»Okay. Hilft es dir, wenn ich aufräume?«, fragt er, ohne dass ich raushören kann, ob er es ernst meint oder sich über mich lustig macht. Sein Blick verrät nichts.

»Jetzt?«, frage ich vorsichtig.

»Natürlich. Glaube, man kann das neue Jahr schlechter starten als mit einem aufgeräumten Zimmer«, erwidert er.

»Du meinst das ernst?«, hake ich leise nach, weil ich seinen Ausdruck immer noch nicht deuten kann.

»Ja, Joris.« Ich mag es, wie er meinen Namen sagt. Den Kuss danach mag ich noch mehr.

Dann trennt er sich von mir und schaut sich im Raum um.

»Ich würde gerne helfen.« Ich möchte nicht nur zuschauen, während er mir einen Gefallen tut.

»Okay«, antwortet er, und dann gehen wir so vor, wie ich immer arbeite. Flächen, Boden, Schränke.

316

Bei Letzterem konzentriere ich mich nur auf sein Bücherregal, weil der Kleiderschrank Türen hat, die man schließen kann. Vielleicht kann ich ihn noch mal besuchen und er lässt mich seine Kleidung sortieren.

Eine halbe Stunde später sind wir fertig. Also nicht fertig nach meinen Standards, aber es ist deutlich besser als zuvor. Und das nervige Ziehen und das Summen sind weniger geworden. Anders. Vielleicht liegt es daran, dass ich die letzten fünf Minuten damit verbracht habe, auf seinen Hintern zu starren, anstatt die Bücher der Größe nach in das Regalfach einzuräumen.

»Fertig?« Seine Tonlage ist genauso entspannt wie vorher.

Er ist nicht genervt.

»Das war okay für dich?«, frage ich erstaunt, weil ich weiß, wie Jolene, Mama, Heike und Papa manchmal immer noch auf meine Aufräumanfälle reagieren. Wobei es die letzten Jahre zu Hause besser geworden ist, weil Heike mit mir daran gearbeitet hat, das Haus in Zonen zu betrachten. Joris-Zonen und Familien-Zonen. Wir haben eine Skala entwickelt, die aufzeigt, wo ich mich gerne aufhalte, wo ich am liebsten bin und was mich am meisten stresst. Während mein Zimmer immer die Nummer eins war, selbst in der stressigen Abi-Zeit, war Jolenes Raum von Anbeginn die Nummer fünf. Und sie ist sich und ihrem Chaos treu geblieben.

Ich hoffe, dass mir die Unordnung in Maltes Zimmer irgendwann egaler ist.

Heike und ich haben herausgefunden, dass sich bei neuen Umgebungen das Chaos noch überwältigender anfühlt.

»Also, ich habe zwar nicht ganz verstanden, warum du darauf bestanden hast, das Bett zu machen, wenn wir uns gleich da reinlegen, aber der Rest war absolut nachvollziehbar«, kommt es von ihm.

»Ins Bett?«, frage ich und bereue es beinah augenblicklich, als ich verstehe, was er damit sagen will.

»Ich bin schon davon ausgegangen, dass du neben mir schläfst und ich nicht zu Jenssen ins Zimmer muss, um unter seinem Bett die Gästematratze rauszukramen«, erwidert er lachend und mir wird beim Anblick der Grübchen und seiner glitzernden Augen ganz warm.

»Ich bin für mehr als schlafen«, sage ich mutig und mache einen Schritt auf ihn zu.

Er überbrückt die letzten Meter, küsst mich und reißt damit all das Gefühlsrasen im Außen mit sich. Ich atme erleichtert aus.

Er nutzt die Gelegenheit, um mit seiner Zunge meine zu berühren. Augenblicke später gibt es nur noch ihn und mich. Die nervöse Vorfreude, die in jeder meiner Zellen glimmt und nur darauf wartet, entzündet zu werden.

Mit den Händen fahre ich durch seine Haare, während seine Fingerspitzen Kreise über meine nackte Haut am Bauch malen. Dann zieht er mich am Bund der Jeans zu sich. Als ich seine Härte an meinem Penis spüre, verlässt ein Stöhnen meine Lippen.

Ich greife nach seinen Strähnen, bis sein Kopf in den Nacken fällt und unser Kuss noch intensiver wird. Alles schmeckt nach ihm. Alles riecht nach ihm. Alles fühlt sich nach ihm an. Seine Zähne schrappen über meine Lippen und Verlangen brennt sich unaufhörlich durch meinen Körper. Der Platz in meiner Hose wird unangenehm eng und ich bereue es, Jolene und diesem dummen Deal keine Boxershorts zu tragen, zugestimmt zu haben.

Dann findet seine Hand meinen Nacken und er drückt zu. Erregung schießt durch meine Adern und mein Körper steht Sekunden später in Flammen. Keine Ahnung, warum jede freie Fläche Haut plötzlich zu einer erogenen Zone wird, sobald er mit seinen Fingern darüberfährt, aber ich bin gefährlich nah dran, in meiner Hose zu kommen.

Ich drücke mich ihm noch etwas entgegen und stöhne auf, als er beginnt, sich an mir zu reiben. Seine Finger gleiten über meine nackte Haut, bis er den Knopf meiner Hose findet und ich erstarre.

Was soll ich sagen, warum ich keine Unterwäsche trage?

»Wir … Fuck«, beginnt er, löst dann seine Hände von meiner Hose und macht einen Schritt zurück. Sein Brustkorb hebt sich sichtbar. Seine perfekten Haare liegen zum ersten Mal nicht ganz so ordentlich auf seinem Kopf. Sein Blick gleitet über meinen Körper und bleibt viel zu lange bei der Beule hängen, die seiner garantiert in nichts nachsteht.

»Warum haben wir aufgehört?« Meine Stimme klingt rau und unbekannt in meinen Ohren.

»Wir sollten vielleicht vorher unsere Grenzen besprechen.«

»Grenzen?«, frage ich, weil ich immer noch nicht verstehe, warum er gestoppt hat, mich zu berühren. Warum wir uns nicht mehr küssen. Warum wir beide immer noch angezogen sind.

»Nackt sein. Anfassen. Sex. Blowjobs. Handjobs. Kondome«, zählt er auf und bei jedem weiteren Wort steigt mehr Hitze in meine Wangen.

Vielleicht liegt das am Mangel meiner Erfahrungen. Aber alle sexuellen Handlungen, die bei mir in den letzten Jahren stattgefunden haben, waren schnell, liefen ohne viel Kommunikation, aber mit Verhütung, ab.

»Vielleicht fange ich einfach an. Ich hatte bisher erst ein Mal Analsex. Allerdings mit einer Frau. Damit würde ich gerne noch warten«, sagt er und greift nach meiner Hand, was das Gespräch nicht weniger komisch macht.

Komisch, weil ich das Gefühl habe, mehr verpasst zu haben, als mit einem Jungen geschlafen zu haben oder eine Beziehung gehabt zu haben.

»Ich … würde auch gerne noch warten wollen«, murmele ich und weiche seinem Blick aus.

»Worauf? Ich würde mir wünschen, dass du klar formulierst, was okay ist und was nicht. Ich möchte deine Wünsche respektieren.« Er drückt meine Hand und ich weiß, dass er es ernst meint. Dass wir nicht weitermachen, bevor ich ihm erzähle, was ich möchte.

»Ich will endlich aus dieser Hose raus und deinen nackten Körper betrachten. Wenn ich darf«, sage ich und die Hitze in meinen Wangen ist wieder zurück.

»Ja, bitte«, erwidert er und zieht mich wieder zu sich. Sein Atem tanzt über meine Lippen, als wir uns tief in die Augen schauen.

»Handjobs, Blowjobs und Kondome sind okay für dich?«

Ich nicke nur, weil ich nicht will, dass er aufhört zu sprechen. Weil ich mir vielleicht doch wünsche, dass er es tut und seine Lippen endlich auf meine presst.

»Sag es«, haucht er und alles in mir schreit nach seinen Berührungen. Nach seiner Zunge in meinem Mund.

»Handjobs, Blowjobs und Kondome sind okay für mich, wenn wir jetzt damit anfangen können«, sage ich und sein darauffolgendes Lachen geistert über meine Lippen.

43
Malte

Ich lache immer noch, als Joris seinen Mund auf meinen presst. Seine Zunge findet meine und Sekunden später sind die Lust und Erregung wieder zurück.

Mit den Fingern fahre ich über die Härchen auf seinem flachen Bauch, bis ich den Bund seiner Jeans erreiche. Dieses Mal drückt er mir sein Becken ein Stück entgegen, anstatt wie eben, als er beinah zusammengezuckt ist, als ich den Knopf seiner Jeans erreicht habe. Ich öffne seine Hose und fahre hinein, nicht erwartend seinen harten Schwanz in der Hand zu haben. »Keine Unterwäsche?«, frage ich zwischen Küssen, und ich weiß genau, dass er rot anläuft. So als könnte ich die Hitze spüren, dabei fühlt sich gerade alles heiß an.

»Sorry«, flüstert er rau.

»Ich habe dir schon mal gesagt, wie hot ich das finde«, murmele ich und lecke über seine Lippen. Sein Seufzen lässt Gänsehaut über meinen Rücken rieseln.

Ich versuche, meine Hand auf- und abzubewegen, komme aber nicht weit, weil der Stoff seiner Jeans mich daran hindert, weiterzumachen. Langsam löse ich meine Lippen von seinen. Mit der anderen Hand schiebe ich seine Hose ein Stück nach unten. Ich verteile Küsse auf seinem Hals und lasse mich langsam auf die Knie fallen.

Seine Haare fallen ihm in die Stirn, während er jede meiner Bewegungen beobachtet. Wie ich Küsse auf seinem Bauch verteile. Wie jedes seiner hellen Haare meine Zunge kitzelt.

Mit den Lippen wandere ich zu seiner Leiste. Lecke über seinen Hüftknochen, bis sein Stöhnen lauter wird.

»Hör bitte nicht auf«, verlangt er leiser.

Ich umgreife seine Länge und bewege meine Hand auf und ab, dabei lasse ich ihn nicht aus den Augen. Verpasse kein Stöhnen. Kein Augenverdrehen. Und versäume nicht, wie sich seine Pupillen weiten, als ich mit den Fingern über seine Spitze fahre und all seine flüssige Lust aufsammele. Mit den Lippen wandere ich über die Innenseite seiner Oberschenkel, immer meiner Hand entgegen. Bis seine Finger an meinem Kinn meine Pläne durchkreuzen.

Er schaut mich mit nachtschwarzen, lustverhangenen Augen an. »Ich will dich küssen«, sagt er, und ich bin so schnell aufgestanden, dass sich der ganze Raum dreht.

Oder es liegt daran, dass ich plötzlich auf dem Rücken auf meiner Matratze bin. Sein Gewicht auf mir. Seine Zunge, die meine berührt. Sein harter Schwanz, der zwischen uns gepresst ist und eine feuchte Spur auf meinem Bauch hinterlässt.

»Ich will dich ausziehen. Jeden Zentimeter deines Körpers küssen. Aber ich habe Angst, jeden Moment zu kommen«, sagt er und mein Herz schlägt bei seinen Worten schneller. Ich mag es, wenn er sagt, was er will.

Er stützt sich auf seinen Armen ab und betrachtet mich von oben. Seine Lippen sind geschwollen. Seine Haut im Gesicht rot gepunktet von den Stoppeln, die ich heute Morgen nicht rasiert habe.

»Worauf wartest du noch? Zieh deinen heißen Pulli endlich aus«, sage ich und schenke ihm ein Grinsen.

Er kommt meiner Aufforderung nach und Sekunden später fahren meine Hände über jeden Zentimeter seines nackten Brustkorbs. Es ist das erste Mal, dass mir auffällt, dass etwas anders ist. Ich streiche über die Erhebungen seiner Rippen, bis ich bei seinen Brustwarzen angekommen bin. Ich beuge mich ihm entgegen und lecke die Spur Gänsehaut nach, die meine Fingerspitzen gezogen haben. Als ich an seiner Brustwarze sauge, stöhnt er so laut, dass ich ihm eine Hand auf den Mund lege. »Ich liebe alle Geräusche, die du machst, aber wenn du morgen früh nicht von Arslan wegen deinem Stöhnen aufgezogen werden möchtest, solltest du vielleicht ein bisschen leiser sein«, sage ich schweren Herzens.

Denn seine Töne spornen mich an, besser zu werden. Alles zu geben, dass es ihm noch mehr gefällt.

»Okay. Aber es ist unfair, weil du immer noch angezogen bist«, entgegnet er und lehnt sich ein Stück zurück. Vielleicht um sich endlich die Hose richtig auszuziehen oder mir Platz zu geben, meine Kleidung loszuwerden.

Aber ich warte, bis er nach meinem Tigers-Shirt greift und es mir auszieht.

»Alter Schwede«, sagt er anerkennend, als er über die Muskeln meines Oberkörpers fährt. Dass ich dafür die letzten Jahre mehrmals die Woche einige Stunden im Fitnessstudio verbracht habe, sage ich nicht.

Als ich mich nach vorn lehnen will, um ihn zu küssen, drückt er mich zurück auf die Matratze. Der hitzige Ausdruck in seinen Augen turnt mich an. Genau wie die Finger, die mir die Jogginghose samt Boxershorts nach unten ziehen. Dann sind seine Lippen plötzlich überall. Streifen küssend über meinen Oberkörper. Ich erschaudere zwischen Lust und Kälte. Und das, obwohl sich mein Körper anfühlt, als würde er in Flammen stehen, dabei ist er nicht mal bei meinem Schwanz angekommen.

Ich greife in seine Haare. Beobachte ihn dabei, wie er kaum einen Zentimeter meiner Haut ausspart. Am Bauchnabel sammelt er all die Flüssigkeit auf, die er zu verantworten hat.

Ich fasse nach seinem Kinn, weil ich will, dass er mich anschaut. »So gerne ich mir deine Zunge an anderen Orten wünsche, sollten wir vielleicht warten, bis wir beide getestet sind oder ein Kondom nutzen. Ich war im Sommer beim Arzt … aber das ist schon ein paar Monate her«, sage ich und fahre mit den Fingern über seine Kinnpartie.

»Okay«, erwidert er und umfasst nur einen Augenblick später mit seiner Hand meine Härte. Seine Lippen sind wieder zurück auf meiner Haut, während meine Aufmerksamkeit bei seinen Fingern und meinem Schwanz liegt. Er ist viel zu zaghaft. Keine Ahnung, ob bewusst oder nicht, aber es macht mich wahnsinnig. Bringt mein Blut beinah zum Überkochen.

Ich drücke mein Becken nach oben und stoße ein frustriertes Stöhnen aus. Sein Lachen geistert über meine feuchte Haut und nur Augenblicke später ist er endlich an meinem Hals angekommen. Leckt mit seiner Zunge bis zu meinem Ohr.

Ich weiß nicht, ob er stöhnt oder ich. Ob seine Hand noch langsamer über meine Haut gleitet als eben, oder ich *so* kurz davor bin, dass ich nicht aufhören kann, mein Becken zu bewegen.

»Ungeduldig«, murmelt er und der Lufthauch, der dabei über meine Haut streicht, ist wie Benzin ins Feuer zu kippen.

»Hör nicht auf«, verlange ich und erkenne meine eigene Stimme nicht mehr.

»Sorry«, erwidert er und lässt meinen Schwanz einfach los. Das schmerzhafte Beinah-Gefühl lechzt nach einem Ende, das er mir verwehrt.

»Gleitgel?«, fragt er und ich zeige nur zum Bücherstapel neben meinem Bett, weil die Kapazitäten für Sprache im Hirn wohl aufgebraucht sind.

Dann sind seine federleichten Küsse wieder zurück. Augenblicke später legt er sich auf mich. Sein Schwanz an meinem. Das Gefühl ist neu. Nicht schlecht. Aber anders.

So als hätte ich zwischen den ganzen Beinah-Momenten vergessen, dass er ein Mann ist. Als er sich bewegt, weiß ich wieder, warum. Weil das Verlangen in meinem Körper offensichtlich keinen Wert auf Geschlechtsorgane legt.

Ich öffne die Augen beim Geräusch des Plastikverschlusses und beobachte ihn dabei, wie er Gleitgel in seiner Handfläche verteilt. Dann trifft sein Blick auf meinen, bevor er seine Hand zwischen uns schiebt.

Bei der ersten Berührung zucke ich zusammen, weil das Gel deutlich kälter ist als die Hitze zwischen uns.

Dann umgreift er uns beide zusammen und ich stöhne so überrascht auf, dass er seufzend seine Lippen auf meine legt.

Der Kuss ist nass, intensiv und ich habe keinen blassen Schimmer, was ich mache, weil ich zwei Handbewegungen später so kurz davor stehe, dass ich ihn am liebsten anschreien will, nicht aufzuhören. Gleichzeitig will ich ihn weiter küssen. Will jeden seiner Töne schlucken, der in meinem Körper widerhallt.

Dann macht er irgendwas mit seinen Fingern und ich weiß nicht mehr, wo oben und unten ist. Wo seine Lippen anfangen und meine aufhören. Ob ich liege oder stehe. Warum mein gesamter Körper vibriert. Warum alles plötzlich noch nasser wird.

Alles ist angespannt und ich weiß nicht, ob ich mich bewege oder seine Hand. Sekunden später kann ich endlich loslassen und für einen Moment wird alles schwarz. Alles leicht. Alles warm. Alles so unfassbar unwichtig. Alles ist Leere.

Als ich das nächste Mal die Augen öffne, begegne ich Joris' Blick. Seine Wangen sind gerötet. Seine Haare stehen wie ein unordentlicher, lockiger Heiligenschein von seinem Kopf ab. Ein lockeres Grinsen liegt auf seinen dunkelroten Lippen und ich liebe den müden und entspannten Ausdruck in seinen Augen.

»Das war …«, beginnt er und läuft noch roter an.

»Verdammt gut?«, schlage ich vor, woraufhin er nur lächelnd nickt.

»Meine Hand schläft aber gleich ein«, sagt er und trennt seinen klebrigen Körper von meinem.

»Irgendwo habe ich bestimmt noch Taschentücher«, sage ich und will mich gerade umdrehen, als ich Joris' weit aufgerissenen Augen begegne.

»Was?«, frage ich lachend, weil sein Ausdruck zwischen entgeistert und angeekelt wechselt.

»Ich werde meine Hände und alles andere garantiert nicht einfach nur abwischen«, sagt er und schüttelt mit dem Kopf.

»Du willst da raus?«, frage ich grinsend und nicke zur Tür.

»Ich werde so nicht schlafen«, entgegnet er und blickt von meinem Bauch zu seinem.

»Von mir aus«, gebe ich nach, werfe ihm aber trotzdem eine Packung Taschentücher hin und wische das Gröbste bei mir ab. Ich stehe auf, greife nach meiner Boxershorts und dem Tigers-Shirt, während Joris immer noch nackt im Bett liegt und sein Ausdruck noch leidender geworden ist.

»Soll ich dir was von mir leihen?«, frage ich, weil sein Blick definitiv nicht ins Positivere wechselt, als er seine Kleidung betrachtet.

»Ja, bitte!«

Wenige Minuten später öffne ich meine Tür und schaue in den dunklen Flur. Nur unter Arslans Zimmertür ist noch Licht zu sehen, aber nichts zu hören. Ich hoffe, er hat wie versprochen Kopfhörer an.

»Komm«, sage ich, greife nach seiner Hand und ziehe ihn durch den Flur.

Zähneputzen und Duschen läuft unromantischer ab, als ich es mir ausgemalt habe, weil Joris mich jedes Mal tadelnd angeguckt hat, wenn ich *aus Versehen* in der engen Kabine mit meinen Händen irgendwas berührt habe, das ihn angemacht hat.

Selbst Küssen war verboten, weil Joris auf keinen Fall direkt gegenüber von Arslans Raum etwas machen wollte, das wirklich Spaß macht. Dabei hat sich seine nasse, eingeseifte Haut unglaublich angefühlt.

Wie gut es mir gefallen hat, konnte ich natürlich nicht verbergen, was mir ein Kopfschütteln von Joris eingebracht hat.

Die nassen Haare sehen ganz anders an ihm aus. Und ich musste mich wirklich zusammenreißen, mich anzuziehen und das Badezimmer zu verlassen, weil ich ziemlich große Lust gehabt hätte, gegen seine albernen Regeln zu verstoßen.

Aber anstatt in seine beziehungsweise *meine* Boxershorts zu greifen, habe ich seine Hand genommen und wir sind wieder zurück auf meiner Matratze.

»War … das okay für dich?«, fragt er irgendwann in die Dunkelheit. Er liegt direkt neben mir. Unsere Finger miteinander verschränkt.

»Joris«, sage ich, nehme seine Hand und drücke meine Lippen auf jeden seiner Finger. »Warum hast du das Gefühl, dass es mir nicht gefallen hat?« Ich lausche seiner Atmung, die schneller geht als meine.

»Du hattest vorher keinen … Sex mit Jungs«, sagt er leise.

»Du auch nicht, oder?«, erwidere ich und drücke seine Hand noch mal, bevor ich mich zu seiner Seite drehe.

»Stimmt«, murmelt er und ich kann in dem spärlichen Lichteinfall durch die Fenster seinen Gesichtsausdruck nur erahnen.

Mit den Fingern fahre ich über seine Nase, seine Wange bis zu seinen Lippen, auf denen ein Lächeln liegt. »Danke, dass du mit mir zusammen sein möchtest, obwohl ich so viel verbockt habe«, sage ich.

Er dreht sich zu mir und greift nach meiner Hand, die bis eben noch auf seinem Gesicht lag. »Danke, dass du noch gekommen bist … Also, zu Lou ins Zimmer.« Ich spüre sein Lachen auf meinen Lippen.

Wir liegen einen Moment so da, das Gefühl genießend, was er in mir auslöst. Das Kribbeln auf meiner Haut, das schnelle Pochen meines Herzens und die Leichtigkeit in meinem Körper.

»Möchtest du darüber reden, was dir passiert ist?«, frage ich und drücke seine Hand.

»Heute nicht, okay?«, flüstert er und ich höre viel mehr zwischen den Zeilen mitklingen.

»Okay.« Ich hoffe, dass es die richtige Entscheidung ist, nicht noch mal nachzuhaken.

»Was machen wir morgen? Ich … habe schon länger nicht mehr irgendwo übernachtet.«

»Irgendwo«, entgegne ich kopfschüttelnd und streiche mit den Fingern meiner anderen Hand über das Shirt, das er unbedingt zum Schlafen anbehalten wollte. »Ich wollte morgen Mittag ins Krankenhaus zu Dora. Ansonsten habe ich noch nichts vor.«

»Erzähl mir von ihr.«

Und ich komme seiner Bitte nach. Berichte davon, wie wir uns kennengelernt haben, dass sie mich zu dem Job inspiriert hat und dass sie wie Familie für mich ist. Genau wie mein Team.

Seine Atmung ist die letzten Minuten gleichmäßiger geworden.

»Schön, dass du Dora kennengelernt hast«, murmelt er, legt mir den Arm um den Oberkörper und drückt mir einen müden Kuss auf die Lippen.

»Schlaf gut«, flüstere ich, bin mir aber nicht sicher, ob er mich noch gehört hat.

44
Joris

Ich werde wach, weil ich vergessen habe, die Rollläden zu schließen. Beim Wegdrehen vom Licht bleibt mein Arm an etwas Warmen hängen.

Wie bin ich nach Hause gekommen?

Silvester.

Malte.

Küsse.

Sex.

Über Nacht.

Ich öffne die Augen und sehe vor lauter Helligkeit im ersten Moment nichts.

»Morgen«, kommt es verschlafen von der Person, die neben mir liegt.

Malte.

Dann legt er seinen Arm um mich und zieht mich mit dem Rücken an seinen nackten Oberkörper, den ich nicht richtig spüre, weil ich auf das Shirt bestanden habe, das nach ihm riecht.

Seine Lippen tanzen über meinen Nacken und mein Penis ist Sekunden später wacher als mein Geist.

Maltes Hand fährt über den Stoff des Shirts und ich bereue es, angezogen zu sein. Dann beißt er mir in den Nacken und schiebt zeitgleich seine Hand in die Boxershorts, die er mir geliehen hat. Ich vergrabe mein Gesicht im Kissen, um mein Stöhnen zurückzuhalten. Ich spüre sein Lachen auf der feuchten Haut an meinem Hals und Gänsehaut rieselt mir den Rücken hinab.

Es braucht peinlich wenige seiner Auf- und Abbewegungen mit der Hand, bis sich der Raum dreht und meine ganze verdammte Welt stehen bleibt.

Seine Lippen tanzen weiter über meinen Nacken, während sich seine Hand langsamer über meine feuchte Haut bewegt.

»Ich gehe davon aus, dass du ins Bad möchtest, bevor wir frühstücken?«, sagt er und sein Atem beschert meinem überreizten Körper Gänsehaut.

»Bitte«, entgegne ich und erkenne meine raue Stimme kaum wieder.

Er dreht sich schneller von mir weg und steht auf, als ich darüber nachdenken kann, ihn auch zu berühren.

»Und du?«, frage ich.

»Später«, erwidert er und macht seinen Schrank auf.

Ich drehe mich auf den Rücken und betrachte ihn dabei, wie er in dem Chaos nach einem Oberteil für sich und hoffentlich nach Unterwäsche für mich guckt. Ich warte darauf, dass meine Finger anfangen zu kribbeln. Dass mein Herz schneller schlägt. Dass ich meine Aufmerksamkeit nicht mehr in den Griff bekomme. Aber mein Blick gleitet einfach von der Unordnung zu seinem Rücken, der in dem Morgenlicht perfekt ausgeleuchtet wird. Jede seiner Bewegungen wird in Szene gesetzt.

Trapezius. Deltoideus. Latissimus dorsi.

Ich muss mich nicht mal konzentrieren, um die einzelnen Muskeln voneinander zu unterscheiden. Bevor ich seinem Hintern die gleiche Aufmerksamkeit schenken kann, dreht er sich zu mir um und ich seufze frustriert auf. Er lacht nur und wirft mir eine Shorts zu.

»Hast du noch einen Pulli für mich?«, frage ich.

»Was spricht gegen deinen?«, fragt er und legt sich seine Kleidung über den Schreibtischstuhl.

»Also streng genommen ist er von Jolene und er ist bauchfrei«, sage ich.

»Ich bin definitiv dafür, dass du den Pulli trägst.« Er zwinkert mir zu.

»Es ist kalt«, entgegne ich, woraufhin sein Grübchen-Lächeln breiter wird. Worum geht es noch mal?

328

»Wenn du dich wirklich unwohl fühlst, kannst du das Shirt und den Pulli anziehen«, sagt er und nimmt noch zwei Sachen aus dem Schrank, die er auf dem Bett ablegt. Dann schließt er die Türen. »Willst du zuerst ins Bad?«, fragt er, und ich bin froh, dass wir nicht wieder zusammen hingehen. Nicht, dass ich es nicht mochte. Aber ja.

Ich nicke also nur, nehme die Kleidung und mache mich mit nackten Füßen auf den Weg zum Bad. Obwohl die Strecke nicht lang ist, hoffe ich, dass mir keiner seiner Mitbewohner über den Weg läuft.

Eine Viertelstunde später stehe ich fertig gemacht in seiner Küche. Seine Augen strahlen, als sein Blick auf meinen nackten Bauch fällt.

»Tee?«, fragt er und ich nicke nur. »Ich habe noch Toast, Käse und Marmelade von Arslans Mama gefunden. Ansonsten kann ich dir noch Quark und diverses Proteinpulver anbieten, aber ich gehe davon aus, dass du darauf lieber verzichten möchtest«, sagt er und bereitet zwei Teetassen vor.

Doch bevor ich antworten kann, betritt Kian in Sportkleidung die Küche.

»Schon wach?«, fragt er und schiebt Malte zur Seite, um etwas aus dem Küchenschrank zu nehmen.

»Ja«, erwidert Malte knapp und schüttet Wasser aus dem Kocher in die beiden Tassen.

»Ich dachte, nachdem ihr –«, setzt Kian an, wird aber sofort von Malte unterbrochen.

»Halt die Klappe, Arslan.«

»So spät nach Hause gekommen seid«, sagt er und hebt mit einem vielsagenden Grinsen die Hände.

»Klar«, kommt es nur von Malte, der die beiden heißen Tassen zum Tisch transportiert.

Kian füllt irgendein Pulver um und greift dann nach einer neongrünen Trinkflasche, bevor er sich wieder in unsere Richtung dreht. »Ich bin im Gym. Steht der Termin heute Abend?«, fragt er an Malte gewandt.

»Den würde ich für kein Geld der Welt verpassen, das habe ich dir versprochen«, antwortet er und lächelt Kian zu.

»Dachte, weil du jetzt deinen Boy hast«, erwidert dieser grinsend und schaut kurz zu mir.

»Kannst du eigentlich auch mal mehrere Minuten am Stück nett sein?«, kommt es genervt von Malte.

»Ich bin immer freundlich. Ich wünsche euch nämlich ganz viel Spaß miteinander«, sagt Kian, bevor er aus der Tür verschwindet und Malte sich seufzend in seinem Stuhl zurücklehnt.

»Sorry.«

»Alles gut«, entgegne ich in Gedanken daran, wie es wäre, wenn wir bei mir in der Wohnung aufgewacht wären und Jolene uns in der Küche begegnet wäre. »Wie spät ist es eigentlich?«, frage ich.

»Kurz vor eins«, kommt es von ihm.

»Was?« Ich habe nicht damit gerechnet, dass es schon so spät ist.

Keine Ahnung, wann Jolene und ich in den letzten Wochen so lange voneinander getrennt waren. Und ich habe nicht mal ein Smartphone, um ihr zu schreiben, dass es mir gut geht.

»Meinst du, wir können noch einen Abstecher zu mir machen, bevor wir ins Krankenhaus fahren?«

»Klar. Dora kann sowieso erst später Besuch empfangen, weil sie operiert wird«, sagt er und sein Blick ist ernster als noch vor Minuten, als Arslan im Raum war.

»Das klingt gar nicht gut.« Ich beiße von meinem Marmeladentoast ab.

»Ich weiß nur, dass es ein Oberschenkelhalsbruch ist. Keine Ahnung, wie das passiert ist. Ich hoffe, dass ich später mehr Antworten bekomme.«

»Kannst du nicht mit ihrer Familie sprechen? Vielleicht wissen die ja mehr«, schlage ich vor.

»Sie hat keine mehr. Eigentlich nur ihre Freunde und mich. Und so wie ich sie kenne, hat sie niemandem Bescheid gegeben«, sagt er, sein Toast, immer noch unangetastet.

»Ich bin mir sicher, dass alles gut gehen wird.« Ich lege meine Hand auf seine, weil ich das Gefühl habe, dass ihn Doras Krankenhausaufenthalt mehr beschäftigt, als er zugibt.

»Ich weiß«, murmelt er und greift endlich auch zu seinem Essen.

Die Haustüre ist wieder zu hören und wenig später steht jemand anderes als Kian im Raum. Sein Gesicht und die blonden Haare kommen mir bekannt vor, ich kann aber nicht zuordnen, woher.

330

»Shit, hätte ich gewusst, dass du Besuch hast, hätte ich noch gewartet«, sagt er und schaut kurz zu mir.

»Nicht schlimm«, kommt es von Malte.

»Hi, ich bin Luca«, stellt er sich vor und hebt kurz die Hand.

»Joris«, erwidere ich und verschlucke mich beinah an einem Toastkrümel.

»Cool.« Luca schaut nochmal zu Malte.

»Joris ist mein Freund«, sagt er nur und dann bleibt mein Herz stehen und ich verschlucke mich wirklich. Mit Husten und allem. Ich greife nach dem Wasser, während ich versuche, den Hustenreiz zu unterdrücken.

»Wusste gar nicht, dass du in einer Beziehung bist.«

»Ist noch relativ neu«, antwortet Malte und sie unterhalten sich ganz normal über Trainingstermine und irgendwelche Eishockeybegriffe, die für mich ein absolutes Rätsel sind.

»Dann sehen wir uns später«, kommt es von Malte, während er anfängt, den Tisch abzuräumen.

»Muss das sein?« Es ist das erste Mal, dass Lucas Stimme anders klingt, seit er die Küche betreten hat. Mein Blick wandert von seinen blonden gestylten Haaren über die Piercings in seinem Gesicht, den dunkelgrünen Tigers-Pullover, bis zu den tätowierten Fingern, die seine Kaffeetasse umschließen.

»Luca, so kann es einfach nicht weitergehen. Fink wird auch kommen.«

»Von mir aus«, sagt Luca genervt, hebt kurz die Hand und verlässt dann die Küche, ohne noch was zu sagen.

Etwas später stehen Malte und ich vor meiner Wohnungstür. Seine Hand immer noch in meiner. Und ich mag es, dass er die Nähe genauso sucht wie ich. Dass er mich einfach so im Bus geküsst hat. Dass er Luca ohne mit der Wimper zu zucken erzählt hat, dass wir zusammen sind.

Mein ganzer Bauch spielt verrückt, wenn ich mir vorstelle, gleich Jolene von uns zu erzählen.

Die Ernüchterung, als ich die Wohnung aufschließe und niemand da ist, kommt ziemlich schnell.

Ohne zu fragen zieht Malte auch seine Schuhe aus und stellt sie neben meine.

»Jolene!«, rufe ich, aber ihre Zimmertür ist offen und normalerweise ist das Chaos, das sie umgibt, so laut, dass ich weiß, wenn sie da ist, auch wenn sie nur still auf ihrem Bett sitzt. »Niemand da«, sage ich überflüssigerweise, woraufhin Malte grinsend zwei Schritte auf mich zu macht.

»Wie überbrücken wir jetzt nur die Wartezeit, bis wir weitermüssen?«, murmelt er dann. Glaube ich. Bin mir nicht sicher, weil ich mich etwas in seinem Grübchen-Lächeln verloren habe.

Wenige Sekunden später küsst er mich. Er drückt mich gegen die Wand in unserem Flur und ich habe keine Ahnung mehr, warum wir überhaupt in meine Wohnung wollten. Oder warum ich seinen Pulli und nicht seine nackte Haut an meinem Bauch spüre.

»Lasst euch von mir nicht aufhalten, ich gucke gerne zu.«

Beim Klang von Jolenes Stimme zucke ich zusammen, während Malte mich noch einmal küsst und dann einen Schritt nach hinten macht. Meine Hand hält er dabei fest.

Und egal, wie sehr ich mich bemühe, einen gelassenen Gesichtsausdruck aufzusetzen, als ich zu meiner besten Freundin schaue, lässt sich das breite Grinsen auf meinen Lippen nicht aufhalten.

»Also lief es gut gestern?« Ihre Augen leuchten bei der Frage.

»Wir sind zusammen«, sage ich etwas atemlos und mein ganzer Körper kribbelt.

»Ernsthaft?« Jolene schaut von mir zu Malte und zurück.

»Ja.« Ich ignoriere dieses Fünkchen Unsicherheit bei dem Gedanken daran, wie wenig wir voneinander wissen. Aber ich fühle mich gut mit ihm. Ist das nicht die Hauptsache?

»Das heißt, du warst bei Malte letzte Nacht?«, fragt sie und ich nicke nur grinsend. »Okay, ich will alles hören«, verlangt meine beste Freundin, stellt ihre Tasche ab und wirft ihre Jacke auf die Schuhbank. Als wüsste sie ganz genau, was sie machen muss, um meine Aufmerksamkeit zu bekommen.

»Alles gut?«, fragt Malte leise.

»Mach dir keine Sorgen. Joris wird nur nervös, wenn ich meine Sachen nicht an Ort und Stelle räume«, kommt es von Jolene, die genervt seufzt, die Jacke richtig aufhängt und die Schuhe ordentlich nebeneinanderstellt.

»Malte hat mir Blumen mitgebracht und mich gefragt, ob wir zusammen sein wollen. Ende der Geschichte«, sage ich und versuche, nicht daran zu denken, was wir danach gemacht haben. Dass er auf meinem Schoß gesessen hat. Dass ich seinen Schwanz in die Hand genommen habe. Dass ich zweimal gekommen bin.

»O. MEIN. GOTT. Ihr hattet Sex«, kommt es viel zu laut von Jolene und meine Wangen werden noch heißer.

»Das Gespräch ist hiermit beendet, Jolene.« Ich ziehe Malte hinter mir her in mein Zimmer.

»Wenn du jetzt häufiger über Nacht weg bist, wäre es vielleicht besser, wenn du dein Smartphone in Betrieb nimmst … Oder Malte muss mir jedes Mal schreiben!«, ruft sie.

»Dein Ernst, Jolene? Ich bin erwachsen«, sage ich laut und mache die Tür hinter mir zu. Aber ich weiß, dass sie recht hat. Ich weiß, dass sie sich Gedanken macht, genau wie ich, wenn sie über Nacht nicht nach Hause kommen würde. Und das wäre schon vor der Situation mit *Marvin* so gewesen.

Ich sollte endlich anfangen, wieder mein Smartphone in die Hand zu nehmen.

Mein Blick wandert zum Schreibtisch, wo das kleine schwarze Gerät liegt, das mir so viel Kummer bereitet hat. Dabei hat es mich so viele Jahre treu begleitet. Ich habe einige tolle Momente gehabt. Aber alles, was ich gerade fühle, ist diese eklige Schwere in meinem Magen und das unangenehme Kribbeln in meinem Nacken.

»Ist wirklich alles okay?«, kommt es von Malte, den ich beinah vergessen habe. Dabei steht er mir so nah, dass es mir gar nicht kalt sein kann.

»Ich weiß nicht, ob ich jemals wieder mein Smartphone benutzen kann«, sage ich ehrlich. Meine Augen immer noch auf das Gerät auf dem Schreibtisch gerichtet. Wir haben uns keinen Zentimeter von der Tür wegbewegt. Seine warme Hand umgreift meine und ich merke, wie feucht meine Haut ist.

Er legt seine Finger unter mein Kinn und bewegt mein Gesicht sanft in seine Richtung. »Du musst nichts. Nie wieder. Du brauchst dein Smartphone nicht, um zu leben. Du kannst dir mit Jolene ein anderes System überlegen und wir können weiter Mails schreiben, wenn das passt«, sagt er und streicht ganz sanft mit den Fingern über meine Kinnpartie. Es kitzelt ein bisschen und ich verliere mich kurz in seinem aufmerksamen Ausdruck. »Oder du probierst es einfach noch mal. Zu deinen Bedingungen. Nur in den Momenten, in denen du dich dem gewachsen fühlst. Jetzt wäre ich dabei, also kann dir nichts passieren«, sagt er leise und ich glaube ihm. Vertraue darauf, dass wir es schaffen, dass das Ziehen in meinem Bauch weniger wird.

»Okay«, antworte ich.

»Hast du schon mal darüber nachgedacht, dir professionelle Hilfe zu suchen?«

»Weil mich Chaos nervös macht? Oder wegen der Sache mit dem Handy?«

»Weil es dir nicht gut dabei geht, wenn du daran denkst, dass du dein Handy benutzen sollst. Deine Hände sind kaltschweißig und dein Gesichtsausdruck ist so verzweifelt, dass ich dein Smartphone am liebsten aus dem Fenster werfen würde.«

»Hör auf, so verdammt nett und verständnisvoll zu sein«, sage ich und grinse ihn an.

»Also, für welche Variante entscheidest du dich?«, fragt er lächelnd.

»Warum bist du so gut darin?«

»Für irgendwas muss sich mein Studium ja gelohnt haben.«

Im nächsten Moment spüre ich seinen Atem auf meinen Lippen, bevor er mich küsst. Und ich weiß nicht, warum es nicht langweilig wird. Warum in Sekundenschnelle mein Puls in die Höhe geht. Dabei weiß ich doch, wie er schmeckt. Wie er riecht. Wie er sich an mir anfühlt.

Aber mein Herz hört einfach nicht auf, hinter meinem Rippenbogen zu flattern. Ich könnte mich definitiv an die Leichtigkeit und die Stille in meinem Körper gewöhnen. Meine Augen sind immer noch geschlossen, als er sich von mir löst. »Warum hörst du auf?«, frage ich.

»Erst Smartphone-Entscheidung, dann weitermachen?«, schlägt er vor.

»Okay«, sage ich und trete ein paar Schritte zum Schreibtisch. Jeder fühlt sich schwerer an als der davor. Wahrscheinlich ist der Akku leer und wir können direkt zum Küssen übergehen.

Doch als ich das Gerät anschalte, reagiert es sofort, als hätte es nur darauf gewartet.

»Möchtest du das hier im Raum machen oder lieber woanders?«, fragt er und ich schaue ihn irritiert an.

»Das Gefühl wird nicht weniger scheiße«, erwidere ich und starre auf das Display, das verlangt meine SIM zu entsperren.

»Okay«, murmelt Malte.

Ich spüre ihn hinter mir, aber meine gesamte Aufmerksamkeit liegt bei den unzähligen Nachrichten, die eingehen. Alles zieht sich in mir zusammen, dabei hatte *er* nie meine Handynummer, also kann keine Mitteilung von ihm sein, oder?

»Möchtest du lieber alleine sein?«

Ich lehne mich ein Stück zurück, bis er seinen Arm um mich schlingt. Dann öffne ich meine Messenger-App und bin zum ersten Mal richtig überfordert. Mehr als hundert Nachrichten warten auf mich. Einige sind Wochen alt, andere von gestern. Ich schließe die App wieder und seufze schwer.

»Okay, wie wäre es, wenn wir damit anfangen, dass ich dir meine Handynummer gebe?«, schlägt er vor.

Minuten später liegen wir nebeneinander in meinem Bett. Sein Kopf an meiner Schulter, mein Handy über uns. Eben hätte ich Angst gehabt, dass meine zittrigen Hände das Gerät loslassen, aber irgendwie ist das besser geworden.

Malte hat die ganze Zeit die Augen geschlossen, weil er darauf besteht, die Nachrichten nicht mitzulesen. Keine Ahnung, warum er nicht vor Neugierde stirbt, während er mit den Fingern Muster auf meinen Bauch zeichnet.

Vielleicht muss ich die Mitteilung von Lou von gestern auch zweimal lesen, weil ich mich nicht konzentrieren kann.

Malte hat vorgeschlagen, mit den neuesten Nachrichten zu starten und in den Gruppen jemanden um eine Zusammenfassung zu bitten. Und ja, darauf hätte ich auch kommen können, wenn er mir nicht dauernd so nah wäre und ich keinen klaren Gedanken mehr fassen kann.

Ich schreibe Lou, dass gestern alles gut gelaufen ist und ich sie dringend sehen will.

Das überwältigend unangenehme Gefühl, das mein Smartphone noch vor dem Einschalten bei mir ausgelöst hat, ist verschwindend gering.

Nachdem ich mich mit Lou für morgen verabredet habe, lege ich mein Smartphone zur Seite und drehe mich in seine Richtung.

»Fertig?«, fragt er und schaut mich von unten mit großen grünen Augen an. Wie zur Hölle ist dieser hübsche Mensch in meinem Bett gelandet?

»Du musst gleich los«, murmele ich und streiche mit den Fingern durch die brünetten Strähnen, die seine Augen zu verdecken versuchen, nur dass sie wenig später wieder zurück an ihre Stelle fallen.

»Ich? Kommst du nicht mit?«, fragt er und seine Stimme klingt anders. Vielleicht enttäuscht? Überrascht?

»Wenn Dora vorhin erst operiert wurde, ist sie bestimmt nicht bereit für fremden Besuch. Auch wenn Oberschenkelhalsfrakturen im Alter häufiger vorkommen können, ist der Eingriff für den Patienten sehr anstrengend. Und je nachdem, wie spät die Fraktur entdeckt wurde, wird die Operation auch komplexer.«

Sein ganzer Körper verspannt sich und ich bereue es, etwas gesagt zu haben. Vielleicht hätte ich zumindest den letzten Rest für mich behalten sollen. Ich kann die Angst von seinen Augen ablesen, aber er sagt nichts. Vorsichtig streiche ich weiter über seinen Kopf. »Es wird bestimmt alles gut gehen. Von deinen Erzählungen her wirkt sie wie eine starke Person. Und wenn sie die nächsten Tage fitter ist, komme ich mit, versprochen. Also wenn du das möchtest, natürlich«, sage ich.

»Sie ist die stärkste Person, die ich kenne«, murmelt er, dann greift er nach meiner Hand und verschränkt unsere Finger miteinander.

»Was machst du morgen?«, frage ich vorsichtig. Vielleicht hat er keine Lust, mich so schnell wiederzusehen? Lou hat sicherlich Verständnis dafür, wenn wir uns nicht so lange sehen.

»Ich werde ins Krankenhaus fahren und habe abends Training. Zwischendrin hätte ich Zeit. Für dich«, sagt er und sein Grinsen ist zurück. Kleiner und der Ausdruck in seinen Augen ist matter.

»Das wäre schön«, sage ich leise und schaue ihn lange an, bevor ich mich traue, meine Lippen auf seine zu drücken.

Nachdem wir uns eine halbe Stunde später verabschiedet haben, lehne ich grinsend an der geschlossenen Wohnungstür, bis Jolene aus ihrem Zimmer kommt und mich auslacht.

»Du bist *so* verknallt.«

Vielleicht.

45
Malte

Ich weiß nicht, ob ich froh darüber bin, dass Joris nicht dabei war oder nicht. Ob es mir geholfen hätte oder nicht. Ob es sich besser angefühlt hätte, Doras Anblick mit jemandem zu teilen, der versteht, wie viel sie mir bedeutet.

Aber er ist nicht dabei gewesen, also war ich alleine. Alleine und hilflos, weil ich nur dastehen und den Maschinen dabei zuhören konnte, wie sie die Arbeit vollziehen, die Dora gerade nicht mehr leisten kann. *Atmen.* Ist- und Sollzustände von Vitalzeichen überprüfen und ausgleichen.

Sie hat den Ärzten und Krankenschwestern erzählt, dass ich ihr Enkel sei. So, wie wir das immer machen. Nur, dass es sich noch nie so echt angefühlt hat wie heute.

Ich habe ihr Blumen auf den Nachtschrank gestellt. Ihr von gestern Abend erzählt. Davon, wie sich das Zusammensein mit Joris anfühlt. Und dass sie recht hatte. Gestern und das erste Mal, als ich ihr von ihm erzählt habe.

Sie hat natürlich nicht geantwortet und nicht reagiert, als ich ihre warme Hand gestreichelt habe.

Vielleicht hatten die Pflegerinnen Mitleid mit mir, als sie meine Tränen gesehen haben oder sie glauben wirklich, dass sie meine Oma ist, denn sie haben mir alle Fragen beantwortet, die ich hatte.

Sie haben mir erzählt, dass der Eingriff komplexer gewesen sei als angenommen, weil sie den Bruch schon länger mit sich rumzuschleppen scheint. Sie haben mich gefragt, ob ich mich an einen Sturz erinnern könne. Aber ich konnte nur mit dem Kopf schütteln.

Ich habe sie die letzten Wochen einfach zu wenig gesehen.

Die Pflege hat mir erzählt, dass es ansonsten keine unvorhergesehenen Komplikationen gegeben habe und Dora die gesamte Operation über stabil gewesen sei. Die Beatmung sei eine Sicherheitsmaßnahme, um ihrem Körper die Zeit zu geben, sich zu erholen. Sie waren guter Dinge, dass sie morgen alles entfernen können.

Ich habe nur noch mit einem Ohr mitgehört, weil ich mich die gesamte Zeit über gefragt habe, ob mir etwas hätte auffallen können. Warum sie nicht erzählt hat, dass sie gefallen ist?

Ich habe auf der Station meine Handynummer hinterlassen, damit sie mich erreichen können, und bin gegangen.

Keine Ahnung, wie lange ich schon vor dem Krankenhaus im Regen stehe und darauf warte, dass die Schmerzen in meinem Brustkorb weniger werden. Dass die heißen Tränen, die sich mit den regennassen Tropfen paaren, endlich versiegen.

Es wäre schöner gewesen, wenn ich Joris doch gebeten hätte, mitzukommen. Aber auch egoistisch, weil es nicht seine Aufgabe ist, auf mich zu warten und meine Tränen zu trocknen.

Zitternd bewege ich mich Schritt für Schritt zur Haltestelle. Mit tauben Fingern greife ich nach meinem Studierendenausweis und zeige ihn beim Einsteigen vor.

Die Fahrt verbringe ich wie in Trance. Versuche, nicht daran zu denken, wie Dora in dem Krankenhausbett ausgesehen hat, und scheitere. Wie der Mensch, den ich seit über einem Jahr kenne, plötzlich ohne Energie und sichtbare Lebenslust schlafend in diesem Bett gelegen hat. Wie müde sie gewirkt hat. Und Jahre älter.

Was ist, wenn sie nicht mehr aufwacht? Warum habe ich sie nicht direkt nach unserem Frühstück ins Krankenhaus geschleppt?

Das Vibrieren meines Smartphones in der Jackentasche reißt mich wieder in den voll besetzten Bus. Ich brauche einen Moment, um zu erkennen, dass ich meine Haltestelle verpasst habe.

Ich steige an der Wagnerstraße aus. Meine Hände zittern immer noch, als ich mein Smartphone in der Hand halte.

Wie war der Besuch? Wie geht's Dora?
Wie gehts dir?

Joris, 19:45

Nicht gut.

Malte, 19:17

Mein Blick fällt auf die Uhrzeit. *Fuck.* Ich habe keine Energie mehr für das Gespräch mit Jenssen, Arslan und Fink übrig, aber ich kann sie nicht noch mal im Stich lassen.

In unserem WG-Gruppenchat sind schon mehrere Nachrichten, wo ich bleibe.

Mein Smartphone vibriert noch mal, aber ich kann Joris gerade nicht antworten, weil ich nicht will, dass Jenssen doch abhaut. Oder sich Arslan und Jenssen wieder prügeln und Fink alleine mit den beiden ist.

Wenige Minuten später komme ich atemlos an der Wohnungstür an und von draußen sind schon laute Stimmen zu hören.

Die Enge in meinem Brustkorb ist zurück.

Wie kann es sein, dass mir plötzlich alles entgleitet?

Ich stoße die Tür auf. Im Flur steht Jenssen, gerade dabei, sich die Jacke anzuziehen.

»Fick dich, ganz ehrlich«, sagt er.

Arslan steht im Türrahmen, die Arme vor der Brust verschränkt und einen Ausdruck in den Augen, den ich noch nie gesehen habe. Mörderisch würde es wahrscheinlich gut treffen.

»Du hast nicht mal die verdammten Eier in der Hose, mir zu sagen, was ich falsch gemacht habe. Ganz ehrlich, die Alte hat mich geknallt, um dich eifersüchtig zu machen … Warum gibst du mir die ganze verdammte Schuld?«, sagt er gefährlich leise.

»Du kapierst nichts«, kommt es von Jenssen, seine Stimme zittert vor Wut.

»Weißt du was? Ich will es auch nicht mehr verstehen. Du bist für mich gestorben, Jenssen.«

»Glaub nicht, dass ich der Erste bin, der hier verendet.«

»Ihr haltet jetzt beide die Klappe. Jenssen, du verlässt die Wohnung nicht ohne uns. Arslan: anziehen«, sage ich und versuche, meine Stimme so ruhig wie möglich klingen zu lassen. So, als würde in meinem Inneren kein Chaos toben.

340

»Schön, Kapitän, dass du uns auch mal mit deiner Anwesenheit beglückst. Zeit vergessen?« Jenssens Stimme ist ekelhaft spöttisch.

Sein Glück, dass mein Körper und Geist schon mit der Situation und Dora beschäftigt sind, und ich keine Kapazitäten freihabe, um seinen verbalen Angriff persönlich zu nehmen.

Mein Blick gleitet durch die Wohnung auf der Suche nach Fink, der Augenblicke später aus seinem alten Zimmer kommt. Seine Gesichtszüge angespannt, Kappe in den Händen, seine Haare stehen in alle Richtungen ab und die Augen sind rotgerändert.

»Sorry, dass ich jetzt erst komme«, sage ich nur an ihn gerichtet. Arlsan und Jenssen würden bei ihrem Blickkrieg sowieso nichts mitbekommen.

»Okay«, flüstert er so leise, dass ich ihn kaum höre.

»Alle anziehen, wir machen einen Ausflug«, verlange ich, woraufhin von Jenssen und Arslan genervtes Stöhnen kommt. Fink erwidert nichts, weil ihn all das wahrscheinlich schon genug gestresst hat.

Wenig später sind wir in der verlassenen Eishockeyhalle. Die Besucher sind bereits weg und heute ist kein Training angesetzt.

»Ernsthaft?«, kommt es von Jenssen, und ich versuche, mich zusammenzureißen, um nichts darauf zu entgegnen.

Die Stimmung auf der Fahrt hierher war unterkühlt. Jenssen und Arslan haben sich keines Blickes gewürdigt. Fink hat still neben mir gesessen und aus dem Fenster geschaut.

Ich war so gefangen in dem Wirbelsturm an Gedanken, der gerade durch meinen Kopf fegt, dass ich nicht mal dazu kam, Joris zu antworten.

»Schlittschuhe anziehen und aufs Eis. Wir fahren erst nach Hause, wenn wir das hier geklärt haben«, sage ich, woraufhin mich Arslans angepisster Blick trifft.

»Was soll das bitte bringen? Arslan lügt ja doch wieder nur rum«, erwidert Jenssen, die Arme vor der Brust verschränkt. Dass er damit genau die Pose widerspiegelt, die Arslan gerade eingenommen hat, macht die Situation noch absurder.

»Klar, jetzt bin ich plötzlich derjenige, der nicht alles sagt.« Arslan schenkt ihm einen vernichtenden Blick.

»Wir sind uns alle einig, dass es so nicht mehr weitergeht. Dass wir zu dritt in der Wohnung sind und Luca so wenig wie möglich zu Hause ist, ist nicht mal eine *annehmbare* Übergangslösung, sondern einfach nur scheiße«, sage ich.

Schweigen.

Alles zieht sich in mir zusammen. Es ist ausweglos. Keine Ahnung, wie wir das wieder geradebiegen sollen. Ich weiß nicht, ob wir je wieder die Familie werden, die wir mal waren.

»Ich habe mich von Milou getrennt«, kommt es nach einigen Sekunden leise von Fink.

Ich starre meinen besten Freund an, ohne dass Realisation in mein Bewusstsein sickert. Ohne dass ich weiß, was ich darauf antworten soll.

»Shit, Mann, das tut mir leid«, findet Jenssen, die Worte, die ich verloren habe. Dabei ist seine Miene immer noch verschlossen, aber in seinem Tonfall liegt zumindest eine Spur Mitgefühl.

»Mir tut es auch leid«, sage ich und hoffe, dass er zwischen den Zeilen hören kann, was ich meine.

Es tut mir leid, dass du mir nicht davon erzählen konntest. Dass ich nicht da war. Dass das Drama in meinem Leben wichtiger war. Es tut mir leid, dass ich nicht der Freund war, den du verdient hast.

Von Arslan kommt nur ein Kopfnicken. Keine Ahnung, warum. Vielleicht ist er zu gefangen in der Wut Jenssen gegenüber. Oder er findet auch, dass bei einer Wiederholung des Gesagten die Worte an Bedeutung verlieren.

»Ich würde gerne wieder in mein altes Zimmer, aber zwanzig Minuten mit euch beiden in der Wohnung haben mich total fertig gemacht. Ich kann das nicht mehr.«

Es ist das erste Mal, dass Jenssen und Arslan schuldig aussehen. Dass Luca betreten zu Boden schaut und Kian unseren Blicken ausweicht.

Es wird Zeit, dass sich was ändert. Für Fink. Und für uns alle.

Zum ersten Mal hemmen mich die ziehenden Bauchschmerzen nicht. Das drückende Gefühl, das mich sonst ausbremst, ist wie ein Antrieb. Ein Impuls für Veränderung.

»Schlittschuhe. Eis«, fordere ich, woraufhin sich alle auf die Bänke setzen und still den routinierten Bewegungen nachgehen.

Zusammen stellen wir beide Tore auf und treffen in der Mitte aufeinander, nachdem wir fertig sind.

»Zwei gegen zwei«, sage ich, was mir ein genervtes Stöhnen von Arslans Seite einbringt.

»Lass mich raten, Arslan und ich gegen euch zwei«, kommt es von Jenssen.

»Fink und Arslan gegen dich und mich«, sage ich stattdessen, woraufhin Fink mich entgeistert anschaut.

Es ist allerdings das erste Mal, dass Arslan ein Lächeln auf den Lippen hat. Eins, das nichts Gutes bedeutet.

»Das ist mal genau nach meinem Geschmack«, kommt es von Jenssen, sein Grinsen genauso perfide wie das von Arslan.

Wahrscheinlich fragt sich Fink gerade, ob ich noch alle Tassen im Schrank habe, weil wir außer Helme und Handschuhe nichts an Schutzkleidung tragen. Wir haben alle Alltagskleidung an.

»Was ist, wenn sich jemand verletzt?«, kommt es berechtigterweise von Fink.

»Bekommen wir das ohne Gewalt hin?«, frage ich in die Runde.

»Klar«, kommt es von Arslan – eine glatte Lüge.

Jenssen lacht nur teuflisch, Augen auf Arslan gerichtet.

Vielleicht habe ich meinen Verstand gestern im Bett mit Joris verloren, aber wenige Minuten später kommen Fink und Jenssen in der Mitte für das Face-Off zusammen.

»Was bekommt der Gewinner?«, fragt Arslan, den Blick auf die beiden in der Mitte gerichtet.

»Als ob es hier Gewinner geben wird«, erwidert Fink frustriert.

»Der Gewinner darf ansagen, wer als Erstes spricht«, schlage ich vor, kann aber nicht ausmachen, ob es zustimmendes Stöhnen oder genervtes ist.

»Genug gequatscht. Drei. Zwei. Eins.« Jenssen zählt an, aber Fink entscheidet das Face-Off für sich und Arslan.

Normalerweise ist Arslan mein Partner auf links. Jenssen und ich sind nicht zusammen eingespielt und kassieren den ersten Treffer von Fink, der sich nicht mal darüber zu freuen scheint.

Arslans Grinsen wird breiter, Jenssens Miene verbissener. Beide stehen beim Face-Off, das darin endet, dass die Scheibe in unsere Hälfte gleitet und Jenssen Arslan einen heftigen Bodycheck gibt.

»Arschloch!«, ruft Arslan und wirft seinen Schläger in Jenssens Richtung, der dem Puck hinterherfährt. Er ist noch nicht aufgestanden, als Jenssen und ich bei Fink ankommen.

Ich täusche einen Pass in Jenssens Lauf an, kicke aber stattdessen die Scheibe von mir weg. Wir wechseln fliegend die Seiten, und Fink kommt längst nicht mehr hinterher, als Jenssen den Puck ins Tor befördert.

Danach wird das Spiel härter und körperbetonter. Ich kann Finks Frustration schon beinah schmecken bei Jenssens nächster Kollision mit der Bande, die natürlich Arslan zu verantworten hat.

»Wundert mich, dass du mich getroffen hast, heute mal nicht voll oder ...« Weiter kommt Jenssen nicht, weil Arslan nach seinem Kapuzenpulli greift und ihn einfach übers Eis schleudert. Er gleitet so schnell in Jenssens Richtung und stürzt sich auf ihn, dass weder Fink noch ich reagieren können. Als wir ankommen, sitzt Jenssen auf Arslan und sie schlagen sich.

»Halt deine dumme Schnauze!«, schreit Arslan.

»Ich bins so leid, meine Klappe zu halten. Erst fickst du sie und dann muss ich deine Scheiße noch für mich behalten«, sagt Jenssen und ich komme nicht mehr mit. Hab keine Ahnung, worum es geht.

Ich schaue kurz zu Fink, dem genauso viele Fragen ins Gesicht geschrieben stehen wie mir.

Er fährt als Erstes los und versucht, Jenssen von Arslan zu ziehen. In wenigen Bewegungen bin ich bei ihnen und unterstütze Fink. Wir landen beide auf dem Rücken. Jenssen über uns. Mich trifft ein Arm an der Wange und wenige Sekunden später wirft sich Arslan auf uns.

Alles schmerzt und für einen Moment wird mir schwarz vor den Augen.

»Arslan ist –«, setzt Jenssen an, aber Arslan ist schneller. Mein Blick gleitet wie in Zeitlupe zu Fink, dessen Augen tränengefüllt sind. Keine Ahnung, ob von den Schlägen oder weil Arslan und Jenssen nicht aufhören.

Es braucht mehrere Anläufe und ich kassiere einige Rippenhiebe, bis wir die beiden wirklich voneinander trennen können. Ich umklammere Jenssen, der probiert, sich schwer atmend von mir zu lösen.

Fink liegt über Arslan, der versucht, sich unter ihm hervorzukämpfen.

»Arslan hat ein Drogen- und Alkoholproblem!«, schreit Jenssen.

»Lüge!«, brüllt Arslan, aber Fink bleibt standhaft und lässt ihn nicht gehen.

»Ich habe gesehen, wie du eine Line gesnifft hast und ich habe dich darauf angesprochen. Du hast mir geschworen, dass es einmalig war und du das im Griff hast. Wir haben so oft darüber geredet, dass du dir Hilfe suchen musst. Dass du mit dem Team reden sollst. Oder zumindest mit Gruber. Aber du hast immer wieder gesagt, dass es das letzte Mal war. Ich weiß nicht mal, wann du das letzte Mal nicht high oder voll warst.«

Ich lasse Jenssen los, starre ihn fassungslos an. »Was?«, frage ich.

Ja, Arslan hat schon immer auf Partys mehr getrunken als der Rest, aber er ist doch sonst nüchtern. Wir wohnen zusammen. Einer von uns hätte davon was mitbekommen.

»Keine Ahnung, wie lange er schon abhängig ist, er lügt schließlich die ganze Zeit«, sagt Jenssen und sinkt erschöpft zusammen.

»Arslan?«, frage ich. Mein Blick gleitet zu den beiden zurück. Finks Entsetzen spiegelt meins wider.

»Luca … übertreibt. Ich habe seit November nichts mehr genommen. Und davor auch nicht viel. Zumindest nicht so viel im Vergleich zu der Zeit, als ich noch bei meinen Eltern gewohnt habe.«

»Wieso habe ich das nicht mitbekommen?«, spricht Fink das aus, was auch mir gerade durch den Kopf geht. Wann bin ich so ein unaufmerksamer Freund geworden?

Eigentlich sollte ich aus dem Studium wissen, dass die Schuld nicht nur bei mir liegt. Dass Abhängigkeit wie ein Doppelleben führen, ist. Dass Arslan seine Rolle perfektioniert hat.

»Ich habe es im Griff, okay? Ich gehe einmal die Woche zu einem Treffen«, sagt Arslan.

Jedes seiner Worte klingt glaubhaft. Der mitleidige Ausdruck in seinen dunklen Augen wirkt echt und ernst. Und vielleicht meint er es auch so. Aber ich habe in meinem Praktikum auf einer geschlossenen Kinder- und Jugendstation mit Suchtkranken und Magersüchtigen gearbeitet und weiß, wie gut manche lügen können. Wenn Arslan es geschafft hat, dass Fink nichts merkt, dann muss er wirklich herausragend sein. Oder er hat so unregelmäßig und wenig konsumiert, dass es nicht auffallen konnte.

»Wo soll dieses Treffen stattfinden, Kian?«, kommt es von Jenssen. Seine blonden Locken fallen ihm verschwitzt ins Gesicht. Sein Blick ist auf Arslan gerichtet.

»Freitagabend um achtzehn Uhr in dem Raum neben der Kirche. Pastor Braun ist auch dabei. Und wenn er nicht kann, ist eine der Nonnen aus dem Kloster dabei«, sagt Arslan und hört sich dabei so an, als wäre er wirklich schon da gewesen.

»Wann bist du zum ersten Mal hin?«, hakt Jenssen nach.

»Vor einem Jahr. Ich wollte es in den Griff bekommen, als wir zusammengezogen sind. Habe dann im Sommer die Kontrolle wieder verloren. Seit acht Wochen gehe ich regelmäßig, mit Ausnahme über Weihnachten, weil es da nicht stattgefunden hat.«

Keiner von uns sagt mehr ein Wort.

»Was sollen wir jetzt machen?«, fragt Fink in die Stille hinein.

Langsam kriecht die Kälte vom Eis in jede meiner Zellen, aber ich hatte anfangs gesagt, dass wir erst gehen, wenn wir das geklärt haben. Dass so viel hinter der Auseinandersetzung der beiden steckt, damit hat wahrscheinlich niemand gerechnet.

»Ich weiß es nicht«, antworte ich ehrlich. Jeder Atemzug schmerzt in meinem Brustkorb.

»Ich kann Arslan nicht vertrauen«, murmelt Jenssen und ich verstehe ihn. Höre in jeder Zeile seinen Schmerz und den Vertrauensbruch.

»Ich weiß nicht, was ich machen soll, damit du mir glaubst«, kommt es von Arslan. Seine Stimme klingt nach Erschöpfung und Demut.

»Ich weiß nicht, ob ich so mit euch zusammenleben kann … Mit all den Lügen und dem Hass«, sagt Fink leise, und die Schwere, die sich danach auf der Eisfläche ausbreitet, hat nichts mit dem zu tun, was ich vorher empfunden habe.

Ich würde locker sagen, dass heute der schlimmste Tag ist, seit ich nach Tannstein gezogen bin. »Also lösen wir die WG auf und jeder sucht sich was Eigenes?«, schlage ich vor, woraufhin alle wieder schweigen.

»Ich kann nicht zurück nach Hause. Ich habe Angst, dann wieder total abzurutschen«, murmelt Arslan.

346

»Ich versuche, seit Wochen eine Wohnung zu finden, schaffe es aber nicht, weil die Wohnheimzimmer mitten im Semester voll sind. Um alleine zu wohnen, habe ich niemanden, der für mich bürgt und auf eine neue WG kann ich verzichten«, sagt Jenssen und ich kann nicht glauben, dass er sich schon nach was Neuem umgesehen hat.

»Ich schlafe seit zwei Wochen auf der Couch in Milous WG«, sagt Fink.

»Ich will nicht mit jemand anderem zusammenwohnen.« Mir vorzustellen auszuziehen, ist schlimmer als alles, was heute war.

»Was ist mit deinem Boyfriend?«, kommt es von Jenssen, dessen Grinsen seine Augen nicht erreicht. Aber immerhin hat er sich bemüht, freundlich auszusehen.

»Dann könntet ihr endlich laut sein, ohne dass ich zwei Zimmer weiter weg alles hören kann«, kommentiert Arslan. Seiner und Jenssens Blick begegnen sich, beide ein kleines Lächeln auf den Lippen. Für einen Moment bin ich dankbar, auch wenn ihre Stimmung auf meine Kosten geht.

»Hast du nicht was von Kopfhörern gesagt?«, frage ich und versuche, mich auf das Gespräch und nicht auf die Erinnerung an Joris' und meine gemeinsame Zeit zu konzentrieren. Ob er vielleicht später noch mal vorbeikommen möchte?

»Ich gucke mir doch keinen Porno mit Kopfhörern an, wenn ich eine hervorragende Soundqualität direkt den Gang runter habe. Ein Hoch auf Altbauwohnungen.«

Hitze steigt in meine Wangen und ich weiß nicht, was ich darauf antworten soll.

»Wurde Zeit, dass noch mal jemand in unserer Wohnung flachgelegt wird. Schade, dass ich das verpasst habe«, kommt es lachend von Jenssen.

»Warum Feinde, wenn man euch als Freunde hat?«, erwidere ich.

»Das heißt, du hast den Kerl klargemacht, der dich seit Wochen beschäftigt? Glückwunsch«, sagt Fink und ich verdrehe seufzend die Augen.

»Danke.«

»Finden wir nicht eine Lösung, wie wir das zusammen wieder hinbekommen?«, fragt Arslan leise, all der Humor ist aus seiner Stimme verschwunden.

»Wenn die Stimmung zwischen euch so wie jetzt und nicht noch vor Stunden ist, wäre ich dazu bereit.«

»Ich schwöre dir, Luca, dass ich länger nichts mehr genommen habe und dass mein Konsum nicht hoch war. Ich … Du kannst mit zu den Treffen kommen, wenn das hilft. Oder mein Zimmer regelmäßig durchsuchen.«

»Du willst doch nur, dass ich dir am Ende den Raum aufräume, nee, danke«, kommt es von Jenssen in einem amüsierten Tonfall.

»Ich finde den Vorschlag mit dem Treffen gut«, sage ich und wir schauen alle zu Jenssen.

»Was ist, wenn ich mal nicht kann? Gehst du dann auch nicht mehr?«, fragt er Arslan und die beiden schauen sich an, als wären Fink und ich nicht im Raum.

»Vielleicht können Gruber oder Fink mich dann einfach begleiten. Ich gehe auf jeden Fall.« Arslan nickt mehrfach, wahrscheinlich um seine Aussage zu unterstreichen.

Aber Jenssen legt den Kopf schief, als müsste er abwägen, ob er ihm wirklich glaubt. »Wir könnten es versuchen.«

Ich habe keine Ahnung, ob das der richtige Weg ist. Ob es reicht, wenn Arslan einmal die Woche zu einem Treffen geht. Ob es eine Situation wie mit Dora ist und ich ihn mehr dazu drängen sollte, sich professionelle Hilfe zu suchen. Aber wenn ich eins in meinem Studium gelernt habe, dann dass er bereit dazu sein muss, sich helfen zu lassen. Und wenn er für sich den Weg mit den Treffen gefunden hat und sich dabei von Jenssen unterstützen lässt, dann ist das ein Schritt in die richtige Richtung.

Also stehe ich auf und warte darauf, dass die anderen es mir gleichtun. »Wenn das für alle in Ordnung ist, würde ich sagen, dass wir es noch mal versuchen«, schlage ich vor und schaue in ihre Gesichter.

»Ich will, dass wir uns einmal die Woche treffen, um Dinge zu besprechen, die uns beschäftigen. Ich weiß, dass wir alle viel zu tun haben, aber ich glaube, die ganze Situation ist so verfahren, weil wir nie richtig miteinander geredet haben«, sagt Fink und alle stimmen murmelnd zu.

Ich lege meinen Arm um Jenssen und schaue zu Fink und Arslan. Letzterer rollt grinsend mit den Augen, bevor er die letzten Meter Fink mit sich zieht und wir wenige Sekunden später Arm in Arm in einem Kreis stehen.

»Ich habe noch eine Bedingung«, kommt es von Jenssen und ich schaue nach rechts. »Wenn wir das durchziehen, habe ich keinen Bock, täglich Arslans Schwanz zu sehen«, sagt er und ich lache nur.

»Es ist ein schöner Schwanz«, protestiert Arslan mit einem Grinsen auf den Lippen.

»Jetzt, wo Joris mich mehr besucht, kann ich Jenssen nur zustimmen. Wird Zeit, dass du dir was überziehst, Kian Arslan. Und damit meine ich auch Kopfhörer, wenn du vorher sagst, dass du sie benutzen wirst«, sage ich.

»Von mir aus«, entgegnet Arslan gespielt genervt.

Wir bleiben noch einen Moment so stehen. Ganz nah. So, als hätten wir endlich nach all den Monaten zusammengefunden.

Auf der Busfahrt nach Hause fühlt sich mein Körper deutlich leichter an und ich schaffe es endlich, Joris zu antworten.

46
Joris

Es ist Samstag und heute ist der erste Tag, wo ich Malte nicht sehe. Wir sind immer noch zusammen. Das Schicksal hat keine Chance gehabt, uns zu trennen.

»Papa hat angeboten, die Videos noch mal alle durchzugehen und die zu archivieren, wo es zu viele Infos über uns und den Wohnort gibt.«

Ich schaffe es nicht mal, meine Augen genervt zu verdrehen, weil ich unser Geschäftstreffen beenden will. Vor mir warten nämlich Unterlagen für die nächste Prüfung. Nachdem ich die Situs-Klausur, die alle inneren Organe zwischen Hals und Hüfte thematisiert, gerade so bestanden habe, will ich mir für die nächste mehr Mühe geben.

Vor allem, weil mündlich alle Infos zu Kopf und Hals abgefragt werden. Und die Art von Prüfungen waren noch nie meine Stärke.

»Hörst du mir überhaupt zu?«

»Ich … Wie lange geht unser Treffen noch? Ich hinke beim Lernen total hinterher«, sage ich und drehe mich wieder in ihre Richtung.

»Wenn du nicht jede freie Minute mit Sex verbringen würdest, würdest du nicht hinterherhinken.«

»Jetzt bist du gemein«, entgegne ich und sie schließt ihren Mund sofort wieder.

Wir schauen uns einen Moment an, ohne dass einer von uns was sagt. Vielleicht hätte ich nichts sagen sollen. Aber Jolene weiß, dass ich mir sowieso schon den Kopf darüber zerbreche, dass ich in der Zeit, in der ich mit Malte schreibe oder ihn küsse, genauso gut was für die Uni machen könnte. Aber ich habe keine Lust, weil ich mich zum ersten Mal wie *ich* fühle. Und doch ganz anders. So leicht. Weil ich nicht so viel nachdenke, wenn wir zusammen sind. Und weil es mir fast egal ist, wie sein Zimmer aussieht, wenn wir uns sehen.

Zumindest, nachdem wir miteinander rumgemacht haben.

»Es tut mir leid, Joris. Aber ich habe das Gefühl, dass dir das Business nicht so wichtig ist.«

»Das stimmt nicht«, sage ich und meine es auch so. Ja, vielleicht will Jolene das alles mehr als ich, aber mir ist es trotzdem wichtig. »Ich mag es, dass wir den Fokus ändern. Dass ich Aufklärungsarbeit leisten darf. Aber kannst du mir vielleicht einfach noch ein paar Tage geben, damit ich mich damit anfreunden kann, über das zu reden, was mir passiert ist?«, spreche ich das aus, was mich schon seit unserem Gespräch mit der Agentur gestern beschäftigt.

Jolene und ich haben die ersten Tage im neuen Jahr damit verbracht, aufzuschreiben, was wir wollen und wie wir es realisieren können. Mittwoch hatten wir einen langen Videocall mit unseren Eltern, weil wir ihre Meinungen zu unseren Änderungen hören wollten.

»Das verstehe ich. Danke, dass du was gesagt hast. Ich … Du kennst mich, manchmal bin ich zu motiviert und ich mag die Vorstellung, dass unser Account erwachsen wird«, sagt sie und ich lächele sie dankbar an. »Dann arbeite ich noch was an dem Content-Konzept und wir setzen uns für alles andere am Montag noch mal zusammen?«

»Passt für mich«, antworte ich.

»Und es ist wirklich okay für dich, wenn ich heute bei Romy schlafe und du hier bist?« *Allein.* Das hat sie vergessen zu ergänzen, aber wir wissen es beide.

Es ist das erste Mal seit *Marvin*, dass ich allein bin. Aber ich kann mein Handy auch wieder ganz normal benutzen, also was soll groß passieren?

»Irgendwann muss ich ja wieder damit anfangen«, erwidere ich.

»Okay. Aber du meldest dich, wenn was ist. Egal, was. Ich setze mich in den nächsten Bus und komme nach Hause.« Sie steht auf, kommt zu mir und streicht mir mit der Hand durch die Haare.

»Ich melde mich, versprochen«, sage ich, stehe auf und umarme sie. Wir verbleiben so für einen Augenblick.

Wann haben wir uns eigentlich zuletzt gedrückt? Seit wir beide in Beziehungen sind, sind wir uns anders nah. Nicht mehr so wie früher, aber ich hoffe, dass das auch für sie okay ist.

»Liebe Grüße an Romy und habt Spaß«, sage ich, als Jolene mit dem Laptop unter dem Arm schon fast aus der Tür ist.

»Hab dich lieb.«

»Ich dich auch«, erwidere ich grinsend und wende mich meinem Stapel Unterlagen für heute zu.

Als ich das nächste Mal auf mein Smartphone schaue, ist es kurz nach zehn und ich habe ein paar unbeantwortete Nachrichten. Die meisten von Malte.

Warum haben wir noch mal gedacht, dass es eine gute Idee ist, wenn wir uns heute nicht sehen?

Malte, 16:20

Ich vermisse dich.

Malte, 16:26

Ich habe mit Dora geredet. Nächste Woche nehme ich dich mit.

Malte, 17:30

Mach bitte beim Lernen mehr Pausen. Nicht, dass du unbedingt antworten musst, aber zu viel am Stück vor den Büchern ist auch nicht gut.

Malte, 18:10

Im *Abseits* ist es wie erwartet, aber schön, weil ich das Gefühl habe, dass wir schon lange nichts mehr als Team gemacht haben.

Malte, 21:35

Trotzdem vermisse ich dich.

Malte, 21:45

Zum Glück sitze ich alleine in meinem Zimmer und niemand beobachtet mich dabei, wie ich grinsend auf das Display starre, obwohl meine Augen vom ganzen Lernen schmerzen.

> Ich bin fertig mit Lernen. Endlich! Und ich habe ein gutes Gefühl.
>
> Joris, 22:12

> Freut mich, dass ihr einen schönen Abend habt! Ich komme morgen zum Spiel. Versprochen.

> Ich vermisse dich auch.
>
> Joris, 22:13

> Verrückt, oder?
>
> Joris, 22:15

Ich warte ein paar Minuten und wechsele zu TikTok, wo weiterhin nur das letzte Video von unserem Live online ist, in dem wir die Pause angekündigt haben.

Vorsichtig öffne ich den Posteingang. Ich überfliege nur kurz die Nachrichten. Die meisten schreiben, dass sie uns vermissen. Vieles sind Werbeanfragen. So weit nichts Auffälliges. Ich schließe die App wieder und mache mich auf den Weg ins Bad.

Malte ist erst seit wenigen Tagen in meinem Leben, wie kann ich ihn also schon vermissen? Ich habe im letzten Jahr all meine Samstage ohne eine Beziehung verbracht und es hat mir nichts ausgemacht, allein zu sein.

Ich find's schön, dass er heute Abend etwas mit seiner WG und dem Team macht. Er hat mir die Woche erzählt, was alles bei ihnen los ist, und ich habe in jedem Wort gehört, wie wichtig ihm die Jungs sind.

Und morgen sehe ich ihn wieder, also verstehe ich nicht, warum sich mein Magen zusammenzieht, als ich das Bad verlasse, die Wohnungstür abschließe und alle Lichter lösche, bevor ich in mein Zimmer gehe.

Mein Raum wird immer noch warmweiß von meiner Schreibtischlampe erleuchtet. Ich greife nach dem Buch auf meinem Nachtschrank. Aber bereits nach wenigen Worten merke ich, wie schwer meine Augen sind, obwohl mein Geist noch nicht so müde scheint.

Ich fasse nach meinem Smartphone, lösche das Licht und lege mich ins Bett.

> Wenn du das fühlst, dann ist nichts daran verrückt. Außerdem gehts mir genauso.
>
> Malte, 22:44

> Okay. :) Ich lege mich schlafen.
> Bis morgen.
>
> Joris, 22:46

Ich schicke ihm noch ein Herz-Emoji, bevor ich mir ein Hörbuch raussuche und die Augen schließe.

Ein Klingeln reißt mich aus dem Schlaf. Mein Herz rast und ich habe keine Ahnung, wo ich bin oder wie spät es ist. Von irgendwoher ist eine dumpfe Stimme zu hören.

Ich drücke die Augen so fest zu, wie ich kann. Meine Atmung ist so schnell, dass ich kaum hinterherkomme. Dass ich es nicht schaffe, ruhig ein- und auszuatmen, weil ich die Kontrolle verliere. Das Herz in meiner Brust fühlt sich an wie ein Hammer, der versucht, meine Rippenbögen aufzubrechen. Ich stelle mir ein anatomisches Herz vor. Sehe, wie der dunkelrote Klumpen, der in der Mitte meines Brustkorbs schlägt, Blut in seinen Kammern verteilt.

Linkes Atrium. Bikuspidalklappe. Linker Ventrikel. Aorta. Organversorgung. Kapillarnetz. Hohlvenen. Rechtes Atrium. Trikuspidalklappe. Rechter Ventrikel. Lungenarterie. Gasaustausch. Lungenvene. Linkes Atrium.

Während ich meine Lippen aufeinanderpresse und versuche, meinen Herzschlag zu beruhigen, zähle ich alle Punkte des Lungen- und Herzkreislaufs auf. Alle lateinischen Begriffe, die mir einfallen und Besonderheiten, die ich in der Vorlesung aufgeschnappt habe.

Obwohl das Blut in meinen Ohren immer noch laut rauscht, höre ich weiterhin eine Stimme. Ich muss Jolene anrufen.

Mit geschlossenen Augen taste ich nach meinem Smartphone, bis ich das Gerät umgreife. Die Stimme wird lauter, während ich es zu mir ziehe. Dann öffne ich meine Augen. Es ist das Hörbuch, das ich angemacht habe. Der Druck auf meiner Brust wird weniger. Mein Herz überschlägt sich nicht mehr.

Bis es noch mal klingelt und mir das Smartphone aus der Hand gleitet.

Es ist Samstagabend. Es ist der Ton von der Haustürklingel. Irgendwer wird sich einen Scherz erlauben.

Aber egal, wie lange ich mir medizinische Fakten aufsage. Oder versuche, die Situation vernünftig auseinanderzunehmen, irgendwann schieben sich Bilder in meinen Kopf, die ich nicht aufhalten kann.

Fotos von mir, wie ich durch die Uni streife. Wie ich auf Toilette gehe. Mein Kopf produziert Szenen, in denen ich auf dem Heimweg bin und mich umdrehe. Am Anfang ist die Straße hinter mir verlassen. Dann steht da jemand. Schemenhaft. Eine dunkel gekleidete Figur. Ich drehe mich nach vorn, versuche, die Haltestelle schneller zu erreichen. Dann höre ich Schritte hinter mir.

Hör auf!

Das ist nicht echt!

Ich mache das Licht auf meinem Nachttisch an, versuche, mich auf meinen Raum zu konzentrieren.

»Schreibtischstuhl. Anatomiebuch. Lernkarten. Kugelschreiber. Rucksack«, sage ich laut und wiederhole alles, was ich sehe, bis die Bilder in meinem Kopf blasser werden.

Aber mein Herz rast weiterhin.

Ich schaue auf mein Smartphone. 3:12 Uhr.

Mit zittrigen Händen wechsele ich in den Chatverlauf mit Malte.

Schlaf gut.

Malte, 23:01

Vielleicht sollte ich ihm schreiben? Er ist bestimmt noch wach.

Als es das nächste Mal klingelt, fällt mir mein Handy in den Schoß. Diesmal ist es der Ton der Wohnungsklingel.

Bilder von einer dunklen Kapuzenperson tauchen auf und ich kann sie nicht aufhalten.

Mein Herz rast. Mein ganzer Körper zittert. Und meine Atmung ist so unproduktiv und CO_2-lastig, dass ich es kaum noch hinbekomme, genug Sauerstoff einzuatmen, egal, wie oft ich nach Luft schnappe.

Vielleicht ist es nur Jolene, die ihren Schlüssel vergessen hat. Vielleicht haben sie und Romy sich gestritten und sie kommt jetzt nicht rein.

Zitternd greife ich wieder nach dem Smartphone und schreibe ihr eine Nachricht.

Auch eine Minute später ist noch keine Antwort da.

Vielleicht hat *Marvin* mich endlich gefunden. Der Schlüssel im Schloss wird ihn garantiert nicht aufhalten. Hat die Haustür schließlich auch nicht.

Was ist, wenn Jolene ihren Schlüssel und ihr Handy bei Romy liegen lassen hat, weil sie aus irgendeinem Grund schnell nach Hause wollte? Vielleicht sollte ich nachsehen gehen.

Alles in meinem Körper sträubt sich gegen den Gedanken. Mein Herz, das versucht, sich aus meiner Brust zu schlagen. Meine Atmung, die immer schneller wird und dafür sorgt, dass meine Sicht verschwimmt.

Meine Schritte sind zittrig und ich bin mir nicht sicher, ob ich es bis zur Tür schaffe.

Ein paar Atemzüge später stehe ich dann doch im Flur. Soll ich das Licht anmachen oder nicht? Wenn es hell ist, weiß die Person hinter der Tür, dass ich hier bin. Vorsichtig mache ich im dunklen Flur ein paar Schritte in Richtung Haustür. Keine Ahnung, ob ich dabei laut bin oder nicht. Ich höre nur das Rauschen des Bluts in meinen Ohren und meine Atmung. Ich versuche, die Luft anzuhalten. Meine Sicht verschwimmt mehr und mein Herzschlag wird heftiger. Zwingt mich dazu, wieder einzuatmen. Ich schaue noch mal auf mein Smartphone, das ich umklammere, als würde mein Leben davon abhängen. Jolene hat mir nicht geschrieben. Die Nachricht ist angekommen.

Ich lehne mich nach vorn, bis meine Nase beinah die Haustür berührt.

Einatmen.

Ausatmen.

Ein.

Aus.

Ich schaffe das.

Es steht bestimmt niemand hinter der Tür. *Niemand.*

Es war vielleicht nur ein Nachbar, der sich im Geschoss vertan hat. Das ist mein Leben, da passieren solche dummen Zufälle.

Ich bewege mich noch ein Stück nach vorn, bis der Spion genau vor mir ist.

Ich kann das.

Dann bin ich mit meinen Augen so nah, dass ich den Flur draußen erkennen kann. Das Licht ist an.

Niemand steht vor der Tür.

Ein schwarzer Schatten bewegt sich in mein Sichtfeld.

Ich stolpere einen Schritt zurück.

Meine Hand auf meiner Brust.

Mein Smartphone landet irgendwo dumpf auf dem Boden.

Was ist, wenn er das Geräusch gehört hat?

Wenn er weiß, dass ich hier bin?

Ich warte ab, zähle meine Atemzüge, aber nichts passiert.

Ich kann kein Geräusch hören.

Vielleicht, weil mein Herzschlag so laut ist?

Vielleicht, weil da niemand ist? Was, wenn es nur mein Lidschlag war? Was, wenn es an meiner Atmung und dem eingeschränkten Sichtfeld liegt? Wenn da jemand wäre, hätte er doch garantiert noch mal geklingelt oder versucht, die Wohnung irgendwie anders zu betreten.

Ich suche im Dunkeln nach meinem Smartphone und rufe Jolene an. Vielleicht sollte ich danach einfach bei der Polizei anrufen? Und dann? Als ob die kommen, weil irgendwo geklingelt wurde. Ich habe keinen Beweis dafür, dass jemand im Flur steht.

Jolene hebt nicht ab. Ein Freizeichen ist zu hören, aber sie geht nicht dran.

Irgendwann lege ich auf.

Ich sitze immer noch mitten auf dem Boden im dunklen Flur und kann mich keinen Meter bewegen. Keine Ahnung, ob mir die Energie fehlt, weil meine Atemfrequenz oder mein Puls zu hoch sind.

Malte.

Ich öffne das Telefonbuch und klicke auf seinen Namen. Vielleicht ist er noch wach.

Es wählt und ich weiß ganz genau, dass er nicht abnehmen wird. Aber irgendwie beruhigt mich der Gedanke, dass er einen schönen Abend hatte und jetzt in Ruhe schläft.

»Ja.«

Ich brauche einen Moment, um zu realisieren, dass ich mir seine verschlafene Stimme nicht eingebildet habe. »Du … bist drangegangen«, sage ich.

»Natürlich. Alles gut?«

Heiße Tränen laufen mir die Wangen runter. Mein ganzer Körper zittert.

»Was ist passiert?« Seine besorgte Stimme ist wie der Sollwert zu meinem Istzustand. Ihr Klang erinnert mich daran, einzuatmen. Und auszuatmen.

»Ich ziehe mich an und komme vorbei«, sagt er, ohne dass ich mehr als ein Schluchzen rausgebracht habe. Ohne dass ich danach gefragt habe, weiß er genau, dass ich gerade nicht allein sein kann.

Es raschelt bei ihm im Hintergrund und ich stelle mir vor, wie er sich ein Oberteil und eine Jeans anzieht, weil ich weiß, dass er nur in Boxershorts schläft. Weil ich jetzt genau weiß, wie er nackt aussieht. Dass sein ganzer Oberkörper aus lächerlich definierten Muskeln besteht. Dass ich nicht mal weiß, ob ich seinen Rücken, seine Brust oder seinen Bauch heißer finde. Dass er einer der schönsten Menschen ist, die ich kenne.

Aber egal, wie sehr ich versuche, mich auf diese Bilder zu konzentrieren, mein Herz rast immer noch. Und mein Brustkorb hebt sich so schnell, obwohl ich das Gefühl habe, jeden Moment zu ersticken.

»Ich bin angezogen und mache mich auf den Weg zum Fahrradkeller. Kannst du mir einen Gefallen tun?« Seine Stimme ist leise und filtriert mit ihrer Ruhe jede meiner Zellen.

»Ja«, erwidere ich mit brüchiger Stimme. Ich würde alles für ihn tun. Und es fühlt sich gar nicht so verrückt an, wie es in meinem Kopf klingt.

»Du atmest zu schnell. Ich möchte, dass du mir zuhörst und einatmest, wenn ich es mache. Dann halten wir die Luft an und du atmest langsam aus, okay?« Seine Stimme klingt hallend.

»Okay«, sage ich leise.

»Einatmen«, kommt es von ihm, bevor ich genau höre, wie er Luft holt. Und ich versuche, es ihm nachzumachen. Gebe alles, merke aber selbst, dass das Einatmen schon oberhalb der Lunge stockt.

»Halten«, sagt er und ich presse meine Lippen aufeinander. Obwohl es nur wenige Sekunden sind, fühle ich mich, als würde ich jeden Moment ersticken. Die Panik kickt und ich atme aus, bevor er was sagt.

»Ich … Es klappt nicht«, sage ich zwischen mehreren schnellen Atemzügen.

»Wo bist du gerade?«, fragt er.

»Flur«, antworte ich und starre die Wand mir gegenüber an. Versuche, mir vorzustellen, wie er gerade sein Fahrrad aufschließt. Hoffentlich trägt er einen Helm. Ist es verboten, beim Fahren zu telefonieren?

Ich will nicht auflegen.

»Geh in die Küche und such nach einer Mülltüte. Oder einer Brottüte.«

»Okay«, antworte ich, ohne zu wissen, was er von mir will. Ich probiere, mich aufzurichten, stütze mich dabei mit einer Hand an der Wand ab und komme irgendwann zum Stehen.

»Ich bin auf dem Rad.«

»Trägst du einen Helm?«, frage ich, was mir zum ersten Mal ein kleines Lachen von ihm einbringt.

»Ja, Joris. Bist du in der Küche?«

Die Küche ist zur Straße ausgerichtet, was mein Glück ist, denn durch das Licht der Laternen kann ich wenigstens ein bisschen was erkennen.

»Ja.« Ich suche Halt an der Küchenzeile. Alles schmerzt. *Irgendwie.*

»Hast du eine Tüte gefunden?« Seine Stimme wird beinah von dem Fahrtwind verschluckt, während ich die Schubladen nacheinander aufziehe, um die Müllbeutel zu finden.

Dieses Mal kann ich die Schuld, sie nicht zu finden, nicht mal auf Jolene schieben, weil ich mich einfach nicht erinnern kann. Immer, wenn ich es versuche oder probiere, meine Augen zu schließen, dreht sich der ganze Raum.

Nach kurzer Zeit, die sich wie eine Ewigkeit anfühlt, umgreife ich endlich die Rolle mit den Beuteln. »Gefunden«, sage ich atemlos und verschlucke mich zum Schluss. Ich huste kurz und abgehakt und bemühe mich, alles zu unterdrücken, weil ich Angst habe, ihn sonst nicht mehr zu hören.

»Okay. Du sprichst ab jetzt nicht mehr, bis ich bei dir bin. Umschließ die Öffnung der Tüte so, dass keine Luft entweichen kann, wenn du sie an deinen Mund legst. Und dann atmest du einfach weiter. So ruhig wie möglich. Ich sag dir das gerne wieder an.«

»Ich …« … hyperventiliere. Plötzlich ergibt alles Sinn. Warum habe ich das nicht direkt gecheckt?

»Alles verstanden?«

»Ja. Sag … wenn … du … klingelst«, sage ich, die Pausen zwischen den Worten werden immer länger.

»Okay. Leg die Tüte jetzt um deinen Mund, Joris.«

Ich mache ein paar Schritte zurück und lasse mich auf den Stuhl fallen, den Jolene nicht ordentlich zurück unter den Tisch geschoben hat. Dann lege ich das mittlerweile warme, dünne Plastik um meinen Mund und teste meine Konstruktion.

Irgendwann haben meine Finger die richtige Position gefunden. Die Luft schmeckt anders. Mein Körper fühlt sich an, als hätte ich einen Marathon hinter mir. Zumindest stelle ich mir das so vor. Sport ist nicht so meins. Vielleicht sollte ich mehr Sport machen, schließlich sieht Maltes Körper ganz schön perfekt aus, während meiner ziemlich weich an einigen Stellen ist.

»Ich fahre jetzt durch die Südstadt und bin in zehn Minuten da«, sagt er und ich antworte nicht, weil ich damit beschäftigt bin, auf das Rauschen des Fahrtwindes in meinem Ohr und das Knistern des Plastiks zu hören. »Einatmen«, kommt es von ihm und ich höre undeutlich, wie er auch Luft zieht. »Halten.« Es fühlt sich anders an als eben. Nicht so, als würde ich jeden Moment ersticken, dabei habe ich eine Tüte vor meinem Mund.

»Gleichmäßig ausatmen. Eins. Zwei. Drei. Vier.« Ich liebe seine Stimme. Sie ist wie die Ruhe in dem Sturm, der gerade in mir tobt.

Wir machen die Übung noch mehrmals zusammen. Jedes Mal fühlt sich besser an. So, als würde die Luft weiterkommen als vorhin.

»Ich stehe vor deiner Tür. Nimm noch einen letzten Atemzug«, sagt er und ich lasse nach dem Ausatmen die Tüte sinken. Es braucht einen Moment, bis ich mich an das Gefühl gewöhnt habe.

»Ich werde jetzt klingeln.«

Das Geräusch, das daraufhin ertönt, ist wie ein Trigger für meinen Herzschlag. Für meine Atmung. Für meine zittrigen Beine. Keine Ahnung, wie ich es so zur Tür schaffen soll.

47
Malte

Ich weiß nicht, was mich erwartet, als ich zwei Treppen auf einmal nehme, um so schnell wie möglich zu Joris zu kommen.

»Ich stehe vor deiner Tür«, sage ich etwas atemlos.

»Kannst du klopfen?«, fragt er mit dünner Stimme und ich komme seiner Bitte nach.

Nach ein paar Sekunden öffnet er die Tür. Er steht mitten im dunklen Flur. Seine rot umrandeten Augen sind weit aufgerissen. Seine Haut ist genauso weiß wie das Shirt, das er trägt.

Plötzlich rinnen Tränen seine Wangen runter und er beginnt, am ganzen Körper zu zittern.

Ich mache zwei Schritte auf ihn zu und lege meinen Arm um ihn. Im selben Moment brechen seine Beine weg und er zieht mich beinah mit sich.

Er klammert sich an mich, als ich zwei Schritte in den Flur mache und der Wohnungstür einen Tritt gebe. Als sie ins Schloss fällt, verlässt ein Seufzen seine Lippen.

Ich habe keine Ahnung, was ihm passiert ist oder wo Jolene ist. Aber so zerbrochen habe ich noch niemanden erlebt. Mit der Hand fahre ich seinen Rücken auf und ab und versuche, ihn irgendwie zu beruhigen. Nicht, dass er wieder hyperventiliert.

Sein Gewicht hängt schwer an mir und ich greife nach seinen Beinen, um ihn hochzuheben. Okay, er ist sehr viel schwerer als gedacht und es ist nicht so, als hätte ich viel Erfahrung im Tragen von Leuten. Zumindest nicht so.

Die ersten Meter schwanke ich. Was an ihm liegen kann oder an der Dunkelheit, aber ich gehe davon aus, dass es dafür einen Grund gibt, also trage ich ihn in sein Zimmer, in dem ein kleines Licht auf seinem Nachtschrank leuchtet. Vorsichtig setze ich ihn auf seinem Bett ab, aber er krallt sich so fest in mein Oberteil, dass wir zusammen auf seiner Matratze zum Liegen kommen. Meine Jeans auf seiner Bettwäsche scheint ihn weniger zu stören als erwartet. »Willst du mir erzählen, was passiert ist?«, frage ich in die Stille. Mit den Fingern fahre ich durch seine Haare. Er hat seinen ganzen Körper an mich gepresst und seinen Kopf an meinem Hals vergraben.

Ich liebe es, dass er auch so viel Nähe braucht wie ich. Aber das Zittern, das alle paar Minuten durch seinen Körper geht, bricht mir beinah das Herz.

»Es ist dumm«, erwidert er mit rauer Stimme und ich drücke ihn noch ein bisschen mehr an mich.

»Ich bin mir sehr sicher, dass dem nicht so ist«, sage ich und streichele seinen Rücken.

»Ich … bin mit einem Hörbuch eingeschlafen und in der Nacht von der Haustürklingel wach geworden. Ich habe erst Panik wegen der Stimme des Sprechers bekommen, weil ich es nicht zuordnen konnte und dann hat es noch mal geklingelt … Und irgendwann dann auch hier oben. Ich dachte die ganze Zeit, *Marvin* ist es.«

Ich weiß nicht, was ich sagen soll. Wie ich ihm die Angst nehmen soll. Wie ich ihm erklären soll, dass es total nachvollziehbar ist, dass er all das immer noch nicht verarbeitet hat.

»Ich weiß, dass es … albern klingt«, sagt er, seine Stimme vom Weinen immer noch total rau.

»Joris, ich finde deine Ängste nicht albern.«

»Es ist das erste Mal, dass ich allein war … und ich habe es nicht geschafft«, murmelt er nach einigen Minuten des Schweigens.

»Das ist okay. Dann bist du vielleicht einfach noch nicht so weit.«

»Aber ich will nicht, dass er die Macht darüber bekommt! Ich werde nächste Woche zwanzig und kann nicht mehr allein zu Hause sein. Ich finde, daran ist gar nichts okay«, entgegnet er, seine Stimme lauter und entschlossener.

Ich schiebe ihn ein Stück von mir weg, damit er mir in die Augen sehen kann. »Ich hatte vor, morgen mit dir darüber zu reden, weil ich dich nicht unnötig stressen möchte. Jeder geht mit so einem Erlebnis anders um …«

»Er hat nur Fotos von mir gemacht und mir Nachrichten geschickt.«

»Ich verstehe nicht, warum du das runterspielst. Er hat deine Privatsphäre auf unzähligen Wegen missachtet«, entgegne ich und versuche, herauszufinden, was ihm gerade durch den Kopf geht. Aber aus seinen glasigen braunen Augen kann ich nichts lesen.

»Ich … Es gibt Menschen, denen Schlimmeres passiert ist«, erwidert er und weicht meinem Blick aus.

»Hey, dir ist etwas Schlimmes passiert. Es gibt kein noch schlimmer oder weniger schlimm. Deine Gefühle sind genauso echt wie dein aufgeräumter Schreibtisch. Wie du und ich. Dir geht es gerade nicht gut. Du kannst vielleicht gerade nicht alleine zu Hause bleiben. Aber das heißt nicht, dass es dich immer beschäftigen muss oder dass du nie wieder alleine zu Hause sein kannst. Das heißt einfach nur, dass du gerade mit der Technik, die die letzten Wochen gut funktioniert hat, nicht mehr zurechtkommst. Dein Glück, dass du einen Freund hast, der sich gut im Gebiet der Psychologie auskennt«, sage ich und schenke ihm ein kleines Lächeln.

Er erwidert es nicht, aber sein Blick wird weicher. »Vielleicht … hast du recht«, murmelt er und ich fahre mit den Fingern über seine Gesichtszüge, die zum Glück wieder etwas an Farbe gewonnen haben. Oder es ist das warme Licht der Nachttischlampe. Keine Ahnung.

Als dann ein Aufschließgeräusch aus dem dunklen Flur tönt, klammert sich Joris an mich und sein gesamter Körper versteift sich.

»Joris!«, ruft Jolene, nachdem die Tür wieder ins Schloss gefallen ist.

»Vielleicht schläft er«, kommt es von einer zweiten Stimme.

»Es ist Jolene«, sage ich zu Joris, bevor seine beste Freundin die nur angelehnte Tür zu seinem Zimmer aufstößt.

»Was ist passiert?«, fragt sie und lässt einfach alles zu Boden fallen, bevor sie mit schnellen Schritten zum Bett kommt. Ich habe überhaupt keine Chance, zu antworten, bevor sie sich neben Joris setzt. »Joris, was ist passiert?«

Das scheint ihn endlich aus seiner Starre zu befreien und er löst sich ein Stück von mir, um sich aufzusetzen. »Ich …«, setzt er an und Jolene schlingt die Arme um ihn.

Ich setze mich auch auf und bin froh, nicht meine Hose losgeworden zu sein.

Im Türrahmen steht eine kurvige, dunkelhaarige Frau, die schon mal mit Jolene im Yoga war.

»Ich bin Malte«, stelle ich mich vor, stehe auf und gehe ihr entgegen.

»Romy. Jolenes Freundin«, sagt sie und schaut mich an, als wüsste sie genau, wer ich bin. »Joris und ich studieren zusammen und sind Freunde. Er hat dich vielleicht mal erwähnt.« Sie grinst mich an, als hätte sie die Frage in meinem Kopf gehört.

»Okay«, entgegne ich und schaue dann wieder zu Joris und Jolene, die leise miteinander reden. Irgendwie fühlt es sich komisch an, dabei zu sein. So, als würde ich sie in ihrer Welt unterbrechen.

»Du gewöhnst dich daran«, murmelt Romy, den Blick auch auf die beiden gerichtet.

»Bestimmt«, sage ich und meine es auch so.

Dann trifft Joris' Blick auf meinen und für einen Moment ist alles egal. Alles um mich herum. Dass ich mitten in der Nacht hierhergefahren bin, ohne zu wissen, was passiert ist. Weil ich wusste, dass es schlimm ist. Genauso wie ich jetzt sehe, dass es ihm besser geht. Dass seine Körperspannung eine ganz andere ist als eben noch. Als er mitten in der geöffneten Tür stand. Weiß. Unsichtbar. Zerbrochen.

Und ich hasse es, dass es jemanden da draußen gibt, der seine Welt so zerrüttet hat. Aber genauso liebe ich es, das Licht in seinen Augen zu sehen. Zu wissen, dass es viel mehr Menschen gibt, die ihn glücklich machen. Dass ich eine von diesen Personen sein darf.

Mit einer Kopfbewegung deutet er mir an, zurück ins Bett zu kommen. Ich zögere kurz und schaue von Jolene zu Romy, dann öffne ich meine Jeans und ziehe sie mir aus.

»So beginnt jede meiner Fantasien. Fuck«, kommt es von Romy, die mir auf den Arsch starrt.

»Ernsthaft, Romy?«, fragt Joris. Wir halten alle die Luft an, bis ein raues Lachen seine Lippen verlässt, in das die Mädchen einstimmen.

365

»Komm schon, Romy, hier ist genug Platz in Joris' Bett.« Jolene klopft neben sich auf die Matratze. Ich bin mir nicht sicher, ob wir wirklich für vier Erwachsene Platz in dem Bett finden, aber ich erwidere nichts.

Jolene hat noch zwei Decken aus ihrem Zimmer geholt und wenig später liegen wir alle eng aneinander. Joris in meinem Arm, seine Hand in Jolenes und am äußeren Ende ist Romy, die mir über die beiden hinweg ein Lächeln schenkt und den Kopf schüttelt.

Wir alle haben uns die Nacht wohl anders vorgestellt.

»Kann ich das Licht ausmachen?«, frage ich, woraufhin Joris sich kurz versteift.

»Wir sind alle hier, Joris«, flüstert Jolene und ich drücke Joris einen Kuss auf das lockige Haar, dann lösche ich das Licht.

»Danke«, sagt Joris in die Stille und ich weiß, dass er uns alle damit meint.

»Immer«, antwortet Jolene.

Irgendwer gähnt. Dann bewegt sich wieder jemand. Wahrscheinlich werde ich keine Sekunde schlafen, aber dafür geht es Joris besser und wir sind zusammen.

Ich wache auf, weil ich beinah aus dem Bett falle. Gerade noch so schaffe ich es, mich mit dem Bein auf dem Boden abzufangen. Mein Blick fällt nach rechts zu Joris, der mit den blonden Locken und den langen Wimpern, die auf seinen Wangen liegen, wie ein Engel aussieht.

Und dann fällt meine Aufmerksamkeit auf den Grund, warum ich fast aus dem Bett gefallen bin.

Jolene und Romy liegen mit uns in seinem Doppelbett.

Ich bin mit dem Rad durch die Nacht. Joris hat hyperventiliert. Er hatte vielleicht eine Panikattacke.

Ich versuche, wieder Platz auf der Matratze zu finden und rutsche so nah es geht zu Joris, der immer noch schläft. Ich will ihn nicht wecken, weil die letzte Nacht garantiert kräftezehrend und anstrengend war.

Keine Ahnung, wie lange wir wach geblieben sind, aber ich fühle mich, als hätten wir nur ein paar Stunden geschlafen.

Ich drücke Joris einen Kuss auf das strubbelige Haar, bevor ich mich vorsichtig aus dem Bett bewege, um nach meinem Smartphone zu greifen.

Es ist elf Uhr. Heute ist Spieltag, das heißt, ich muss spätestens um zwei in der Halle sein.

Ich mache einen Abstecher ins Badezimmer und schaue noch mal kurz in Joris' Zimmer, bevor ich mich entscheide, schon mal Frühstück zu machen.

Es gibt Brot und diverse Aufstriche, die ich auf dem Tisch verteile. Dann koche ich Wasser und mache mich auf die Suche nach einer Teekanne und finde sogar eine. Da es nur grünen, schwarzen oder Kräutertee gibt, entscheide ich mich für den grünen. Lasse das Wasser etwas abkühlen, bevor ich die Beutel in die Kanne hänge.

Ich schaue noch mal auf die Uhr und gehe vorsichtig zurück in Joris' Zimmer. Alle schlafen immer noch. Aber ich will nicht einfach essen und dann verschwinden, ohne zu wissen, wie es ihm geht. Also tapse ich zurück zu meiner Bettseite und verteile Küsse auf Joris' Wange, bis er sich bewegt. »Du kannst ruhig liegen bleiben. Ich wollte was essen und muss gleich kurz nach Hause, bevor ich in die Halle fahre.«

Obwohl ich mich bemühe, so leise wie möglich zu sprechen, schlägt Jolene die Augen auf und starrt mich für einen Moment irritiert an. Wahrscheinlich sieht mein Ausdruck ähnlich überrascht aus, weil wir uns noch nie so nah waren.

»Küssen«, murmelt Joris, woraufhin Jolene zustimmend nickt.

Also drücke ich meine Lippen kurz auf seine Wange. Er murmelt irgendwas Zustimmendes und Jolene grinst mich breit an, bevor sie ihren Kopf wieder an Joris' Rücken vergräbt.

Das war dann wohl Antwort genug.

Ich gehe zurück in die Küche, frühstücke, trinke eine Tasse Tee und verlasse wenige Minuten später die Wohnung.

48
Joris

Ich bin müde. Und das, obwohl ich so lange geschlafen habe wie schon ewig nicht mehr.

Dunkel erinnere ich mich an Malte und seine Berührungen, aber erst als Bewegung um mich herum entsteht, habe ich die Augen richtig geöffnet und Romy und Jolene gesehen, die hemmungslos rumgemacht haben.

In meinem Bett. Direkt neben mir.

Sie haben danach nur gelacht und mich mit sich aus dem Bett gezogen. Als ich die Küche betrete und den gedeckten Tisch gesichtet habe, ist mir alles wieder bewusst geworden. Und ich brauchte einen Moment, um mich daran zu erinnern, wie atmen funktioniert.

Ich habe lange mit Jolene, unseren Eltern und Romy geredet, bis wir zusammen eine Lösung gefunden haben.

Jetzt stehe ich gemeinsam mit Lou, Romy, Jolene, Fiete und Sasha in der Schlange vor der Eishalle. Und das, obwohl mir Malte geschrieben hat, dass wir uns heute Abend sehen. In zwei Nachrichten hat er erwähnt, dass er es absolut verstehen kann, wenn ich gerade keine Lust auf Menschenmengen habe.

Aber ganz ehrlich, *Marvin* hat dafür gesorgt, dass ich mich in meiner Wohnung nicht mehr sicher fühle, ich will ihm nicht die Macht über meine Freizeitgestaltung geben. Auch wenn sich dieser Entschluss zu Hause noch mutig angefühlt hat, komme ich mir jetzt nur dumm vor.

Mein Blick gleitet unaufhörlich über die Menschenmenge. Das drückende Gefühl in meinem Magen wiegt immer schwerer. Dabei hält niemand länger meinen Blick oder schaut auffällig in meine Richtung.

Meine Freunde sind bei mir. Lous Hand liegt in meiner. Jolene hat ihnen mit meinem Einverständnis von gestern Nacht erzählt und keiner hat mich für verrückt gehalten. Alle haben direkt darauf bestanden, mitzukommen.

Warum fühle ich mich trotzdem nicht sicher? Warum ist dieses eklige Brennen in meinem Nacken zurück? Warum kann ich keinem Gespräch folgen, weil meine Aufmerksamkeit immer bei den Menschen um uns herum liegt?

Irgendwann schaffen wir es rein und bekommen zum Glück noch Tickets. Das erste Drittel hat bereits begonnen, als wir endlich mit Getränken auf unseren Plätzen sind. Jolene und Romy sitzen zu meiner rechten Seite, während Lou, Sasha und Fiete links von mir sitzen.

Es ist zu lange her, dass wir was zusammen gemacht haben. Ich will den Moment genießen. Lous Finger, die mit meinen verschränkt sind. Jolenes Kopf an meiner Schulter.

Ich will nicht dieses eklige Gefühl im Nacken haben, das mich dazu zwingt, meinen Blick in alle Richtungen wandern zu lassen. Dabei schaut niemand zu mir. Alle Aufmerksamkeit liegt auf der Eisfläche vor uns.

Nach dem dritten Umdrehen schaffe ich es endlich, meinen Blick von der Menge auf das Eis zu richten.

Natürlich hat mir in den letzten Wochen die Zeit gefehlt, mich mit dem Sport auseinanderzusetzen. Mehr zu verstehen, als dass die eine Mannschaft den Puck in das Tor der anderen befördern muss.

Doch obwohl ich keine Ahnung habe, was im Detail auf der Eisfläche abgeht, weil das Spiel verdammt schnell ist, bin ich nur Sekunden später gefangen. Zucke bei jedem Banden-Crash zusammen, auch wenn es nicht Malte ist.

Die weiße 22 ist wie mein Anker. Wie ein Ruhepol für die Gefühle und Reaktionen, die meinen Körper seit der Ankunft in der Eishalle im Griff haben.

Erst als das erste Drittel unentschieden abgepfiffen wird, realisiere ich, wie lange ich ohne den Blick in die Menge ausgehalten habe. Dass ich in der Zeit die Hitze von Lous Körper neben meinem spüren konnte. Nur, dass ich all die Menschen um mich herum wieder wahrnehme, während das Team vom Eis gleitet.

Im zweiten Drittel fallen vier Tore. Weiterhin Gleichstand. Im letzten Drittel wird es dann noch mal richtig spannend.

Dann, als das rote Team auf dem Eis den Anschlusstreffer macht. Die Stimmung in der ganzen Halle ist geladen, während die letzten Minuten runterlaufen. Es fühlt sich an, als würden alle die Luft anhalten. Als wären die Menschen um uns herum auch hypnotisiert von der kleinen schwarzen Scheibe, die in hoher Geschwindigkeit von Schläger zu Schläger gleitet, sodass ich gar nicht mitkomme. Mein Blick klebt schon lange nicht mehr nur an meiner 22. An meinem Freund.

Ich umschließe Lous Finger fester, als Malte den Puck zum wiederholten Mal zu Kian Arslan spielt und er ankommt. Maltes Mitbewohner täuscht eine Bewegung an und ist beim nächsten Wimpernschlag an dem Gegenspieler im roten Trikot vorbei.

Er ist alleine vor dem Tor und ein Sog geht durch die Menge. Er befördert den Puck mit dem Schläger durch die Luft Richtung Tor.

Und trifft.

Das ganze Publikum rastet aus. Wir sind alle nur Sekunden später auf den Beinen und schreien mit dem Rest der Fans. Ich drücke Jolene ganz fest an mich und ignoriere Romys Augenverdrehen.

»Danke, dass du mich dabei unterstützt hast, heute herzukommen.« Mama, Papa und Heike waren nicht begeistert von unserem Plan, aber Jolene hat mir wie immer den Rücken gestärkt.

»Immer«, sagt sie und drückt mir einen Kuss auf die Wange.

Die letzten Sekunden laufen runter und dann ist das Spiel vorbei. Der erste Sieg im neuen Jahr für die Tigers und die ganze Menge singt aus vollem Hals.

Das Team fährt geschlossen zum Publikumsblock und lässt sich feiern. Keine Ahnung, ob Malte mich überhaupt sehen kann, weil wir so weit oben sitzen. Aber ich kann ihn dafür umso besser erkennen.

Die schwitzigen Haarsträhnen, die ihm an der Stirn kleben. Das breite Lächeln. Nur, dass ich von hier oben die Grübchen nicht ausmachen kann. Aber das ist nicht schlimm, weil ich weiß, dass er mir später so nah sein wird, dass ich die verblassten Sommersprossen und die braunen Flecken in seinen Augen betrachten kann.

Sein Blick gleitet über die Menge, an mir vorbei, dann ruckt er mit dem Kopf wieder zurück und seine Aufmerksamkeit liegt alleine auf mir.

Ich hoffe, er sieht mein Lächeln.

Dann formt er mit seinen Handschuhen ein Herz, das mehr wie eine Kartoffel aussieht. Aber es ändert nichts daran, dass das Herz in meiner Brust plötzlich schneller schlägt. Dass die Aufregung, ihn später wiederzusehen in jeder meiner Zellen kribbelt.

»Das ist so eklig romantisch«, kommentiert Romy so laut, dass ich es über Jolene hinweg höre.

»Neidisch?«, frage ich, das Lächeln mittlerweile so breit, dass es beinah schmerzt.

Stunden später warte ich darauf, dass Malte vorbeikommt. Lou, Sasha und Romy sind nach dem Spiel mit zu uns und wir haben gequatscht und gelernt.

Gut, Sasha, Lou und ich haben gelernt, während Romy die Zeit mit Jolene verbracht hat. Den Geräuschen nach zu urteilen haben sie nicht nur geredet, aber der unangenehme Moment zwischen uns dreien war zum Glück vorbei, als Sasha die Augen verdreht hat und lautstark angefangen hat zu lachen.

Aber nachdem Malte geschrieben hat, dass er sich auf den Weg macht, haben sich Sasha und Lou verabschiedet. Keiner von uns hat sich getraut, an Jolenes Tür zu klopfen. Dabei hat Romy Sasha versprochen, dass sie gemeinsam heimfahren. Sasha hat das eher locker gesehen, weil sie den Abend jetzt nur für sich hat.

Sie fährt sich durch das rote Haar, bevor sie mich in eine Umarmung zieht. »Du weißt hoffentlich, dass das heute unfassbar stark von dir war«, murmelt sie und ich versuche, den Kloß in meinem Hals loszuwerden. Keine Ahnung, womit ich so tolle Freunde verdient habe.

Einen Moment später quetscht sich Lou in die Umarmung und schaut lächelnd von Sasha zu mir. »Da kann ich Sasha nur zustimmen. Und wenn ich mal mit meiner Therapeutin reden soll, ob sie noch jemanden aufnimmt, dann sag mir bitte Bescheid.«

Lou hat sich bei der Uni nach Hilfe erkundigt und kurz vor Weihnachten ihre erste Sitzung gehabt. Wir schreiben in zwei Wochen wieder eine Prüfung und sie ist deutlich entspannter. Ich weiß, dass sie immer noch zu viel lernt und sich enorm viel Druck macht, aber das Gefühl, dass da jemand ist, der hilft, scheint ihr Sicherheit zu geben. Zumindest hat sie das nach ihrer zweiten Sitzung erzählt.

»Ich verspreche es dir«, sage ich und drücke die beiden noch mal fest, bevor sie unsere Wohnung verlassen.

49
Joris

Malte hat angerufen, bevor er unten geklingelt hat. Und vielleicht hat daraufhin mein ganzer Körper gekribbelt, als das Geräusch durch die Wohnung gehallt ist. Dieses Mal vor Vorfreude und nicht vor Angst.

Natürlich habe ich nicht gesagt, dass mein Herz schneller schlägt, wenn er so was für mich macht. Dass ich das Flattern in meiner Brust und das Grinsen auf meinem Gesicht nicht aufhalten kann. Genau wie vorhin beim Spiel, als er mit seinen Handschuhen ein Herz geformt hat.

Es klopft an der Wohnungstür und vielleicht mag ich ihn dafür noch ein bisschen mehr. Obwohl ich weiß, dass nur er es sein kann, checke ich trotzdem den Spion, bevor ich die Tür aufmache.

»Du warst heute da«, sagt er zur Begrüßung und wenig später drückt er seine Lippen auf meine. Doch der Kuss hält nur so lange an, bis sich jemand im Flur räuspert.

Viel zu früh trenne ich mich von Malte, um Romy und Jolene anzusehen.

»Ich wusste nicht, ob du an die Tür gehst oder lieber ich«, kommt es kleinlaut von meiner besten Freundin. Ihre blonden Haare stehen in wilden Strähnen von ihrem Kopf ab und ihr T-Shirt ist auf links gedreht. Romys Aussehen ist ähnlich auffällig.

»Sind die anderen schon weg?«, fragt sie, hält meinen Blick aber, im Gegensatz zu meiner besten Freundin.

»Ja«, antworte ich nur, greife nach Maltes Hand und ziehe ihn mit in mein Zimmer.

»Versteh mich nicht falsch, ich habe mich sehr gefreut, dass du heute da warst, aber ich habe mir die ganze Zeit im *Abseits* Gedanken darüber gemacht. Was sehr untypisch für mich ist.« Dann lacht er irgendwie unsicher und ziemlich süß und kommt mir wieder ein Stück näher. »Also ... wie geht es dir? War es okay für dich? Die Menschen und so?«, fragt er mit seiner Stirn an meiner.

»Ich durfte meinem ziemlich attraktiven Freund dabei zuschauen, wie er das macht, was er am liebsten mag«, murmele ich und halte seinen Blick. Zähle die kleinen braunen Flecken, die in dem Grün seiner Augen liegen. Er hat den Kopf in den Nacken gelegt und ich bin ihm entgegengekommen.

»Schleimer«, flüstert er und gibt mir einen Kuss auf die Nasenspitze, der in meinem gesamten Körper widerhallt.

»War es wirklich okay?«, hakt er noch mal leise nach.

»Ich hatte anfangs Schwierigkeiten, aber das Spiel hat mich abgelenkt. Es ... hat mir geholfen, dir zuzuschauen und mich nicht *diesem* Gefühl hinzugeben.«

»Ich bin ziemlich stolz auf dich, dass du es versucht hast«, sagt er, und wenig später liegt seine Hand in meinem Nacken und meine Lippen an seinen.

Während ich den ganzen Tag das Gefühl hatte, nicht richtig warm zu werden, schafft er es erstaunlich schnell, dass mein gesamter Körper brennt.

»Erzähl mir was«, verlange ich atemlos. Obwohl wir uns wenig gesehen haben, haben wir immer wieder geschrieben oder telefoniert. Ich weiß von seiner WG. Von den Spannungen im Team. Davon, dass sich Dora gut erholt.

»Es hat sich richtig angefühlt. Endlich noch mal. Es war, als würden wir alle wieder funktionieren. Ich will nicht, dass es sich anhört, als würde ich Jenssen und Arslan die Schuld daran geben, dass unser Team nicht mehr funktioniert hat ...« Er lässt den Satz so im Raum stehen, ohne etwas zu ergänzen.

Muss er auch nicht. Weil ich weiß, was er sagen möchte. Weil wir schon oft darüber geredet haben. Weil wir zusammen zu dem Entschluss gekommen sind, dass, wenn eine der großen Arterien verstopft ist, das erhebliche Probleme im gesamten Kreislauf nach sich zieht. Auch wenn er beim ersten Erwähnen über meine Metapher gelacht hat, hat er mir recht gegeben.

»Ich bin froh, dass du mich nicht mit meinem Nachnamen ansprichst«, erwidere ich lachend. »Und es erleichtert mich, dass es sich wieder wie ein Team anfühlt.«

Ich bin gefangen in seinem Blick. In all dem Glück und der Liebe, die sich in dem Glitzern widerspiegelt.

»Ich auch. Vor allem, dass wir endlich wieder miteinander reden. Dass sich die WG wieder ein bisschen mehr nach zu Hause anfühlt.«

»Hat Jan dir von der Trennung erzählt?«

Malte hat in einer Nachricht erwähnt, dass es ihn verletzt hat, dass er so ein schlechter Freund war und Jan ihm nichts davon erzählen konnte. Er hat danach nicht mehr darüber geredet, aber ich habe in den wenigen Worten gelesen, wie sehr ihn das beschäftigt. Vielleicht, weil ich ihn besser kenne. Oder weil ich unseren Nachrichtenaustausch manchmal besser deuten kann als seinen Gesichtsausdruck.

Trotzdem ziehe ich diese Momente immer vor. Die Augenblicke, in denen ich mit meinen Fingerspitzen über seinen Nacken und seine Arme streichen kann. Die Sekunden, bis sich alles nur nach ihm anfühlt. Die Atemzüge, die nur nach ihm schmecken.

»Ich mag es, dass wir so offen miteinander reden können.« Seine Fingerspitzen haben einen ganz anderen Weg eingeschlagen. Einen, der aus Gänsehaut und federleichten Berührungen auf nackter Haut gepflastert ist.

Ich drücke mich ihm entgegen, bis nichts mehr zwischen uns passt. Bis ich nicht mehr weiß, wo er anfängt und ich aufhöre.

»Ich mag es, wenn wir … aufhören zu reden«, murmele ich, bevor ich meine Lippen wieder auf seine drücke. Ich schlucke sein atemloses Lachen und all die Seufzer. Bis ich mich ganz in dem Moment verliere. In dem Gefühl, ihm noch näher sein zu wollen, ohne mich von ihm zu trennen.

Mit den Fingern schiebe ich seinen Hoodie nach oben. Streichele über seine Haut, bis er unter mir erschaudert.

Irgendwann lösen wir uns doch voneinander. Sein Atem streicht über meine feuchten Lippen.

»Worauf wartest du?«, frage ich.

»Darauf, dass ich aufwache und das hier nur ein Traum ist«, flüstert er und spricht damit all meine Ängste aus. Fasst meine Zweifel in Worte zusammen. Nur, dass ich nicht auf das Aufwachen warte, sondern auf das Schicksal. Auf die Fügung. Auf irgendwas, das das hier zwischen uns zerstören könnte.

Ich fahre mit den Fingerspitzen über seinen Mund. Streiche zaghaft über sein Gesicht. »Das hier ist echt«, murmele ich.

Er nickt langsam. In der Kopfbewegung liegt so viel Unausgesprochenes.

Gedanken. Gefühle. Seine Reise, über die wir noch immer nicht geredet haben. Nicht heute.

Ich ziehe an seinem Hoodie, schiebe ihn noch ein Stück nach oben, bis Malte das Memo endlich erhält und sich auszieht. Mein Blick gleitet dabei über jeden Zentimeter seiner Haut, der zum Vorschein kommt. Über all die definierten Muskeln, die heute noch deutlicher hervortreten.

Vielleicht wäre es vernünftiger zu reden, anstatt uns auszuziehen. Anzuschauen. Und anzufassen.

Aber es ist mir egal, weil ich ihm nah sein will. Weil ich jetzt nicht darüber nachdenken will, wann er geht. Wann er zurückkommt.

»Hör auf, zu starren und zieh dich aus«, verlangt Malte heiser.

Ich weiß nicht, warum, aber es macht mir nichts aus, dass sein Körper viel besser in Form ist als meiner. Vielleicht liegt es an den Blicken, die er mir schenkt. Daran, dass er sich auf die Lippe beißt, während seine gesamte Aufmerksamkeit meinem Anblick gilt.

Er überquert das letzte Stück zwischen uns und geistert mit seinen Lippen über meinen nackten Oberkörper. Alles kribbelt. Alles brennt.

All die Fragen rücken in den Hintergrund. Verschwinden, so wie seine Finger, die unter dem Bund meiner Jogginghose verschwinden.

»Hör nicht auf«, murmele ich.

Er hebt den Kopf. Unsere Blicke begegnen sich. Das Grün lusttrunken. Es spiegelt all die Erregung wider, die durch meinen Körper zieht.

Dann macht er etwas, das er noch nie getan hat. Er kniet sich hin, lächelt mich noch einmal an, bevor er mir die Hose runterschiebt.

Ich streiche durch seine weichen Haare. Kann nur dabei zusehen, wie er meinen Bauch und meine Boxershorts mustert.

»Schade«, kommentiert er grinsend.

Dann umschließt er mit seinem Mund den Baumwollstoff. Ich vergrabe meine Finger noch tiefer in seinen Haaren. Auf der Suche nach Halt. Nach Realität.

Ich schließe stöhnend die Augen. Konzentriere mich auf seine Berührungen. Auf die plötzliche Wärme, mit der ich nicht gerechnet habe. Bis sie verschwindet, weil er mir auch das letzte Stück Stoff auszieht.

»Ja«, hauche ich und öffne meine Augen. Beobachte, wie er nach meiner Länge greift und Küsse darauf verteilt. Zum ersten Mal, weil wir uns beide erst letzte Woche getestet haben.

Seine Lippen auf meiner erhitzten Haut sind fast zu viel und bringen mich näher ans Ziel, als ich gedacht habe. Meine Finger streifen von seinen Strähnen zu seinem Gesicht. Um ihn anzuspornen. Oder um ihn aufzuhalten. *Keine Ahnung.*

Er umschließt mich mit seinen Lippen und ich bin peinlich nah dran, unangekündigt zu kommen.

»Langsam«, murmele ich atemlos, weil sich mein gesamter Körper angespannt hat.

Aber er macht einfach weiter. Verteilt überall Küsse. Hinterlässt ein Feuer, über das ich immer mehr die Kontrolle verliere. Leckt an der Unterseite meiner Länge entlang, ohne den Blick von mir zu nehmen. Die Intensität in seinen Augen hält mich gefangen. Stößt mich beinah über die Klippe, bevor ich überhaupt dazu bereit bin.

Er legt eine Hand um meinen Penis und greift mit der anderen nach seiner Hose. Seine Lippen umschließen meine Spitze.

Als ich realisiere, dass er seinen Schwanz in die Hand genommen hat, halte ich die Luft an. Versuche, mich auf irgendwas anderes zu konzentrieren. Auf was anderes als seine Auf- und Abbewegungen. Was anderes als sein Lecken. Sein Saugen. Ich versuche, all die Geräusche auszublenden. Sein Stöhnen und meins. Die Töne, die durch den Raum hallen.

Ich schaffe es gerade noch so, ihn an den Haaren zu ziehen, bevor ich komme. Bevor alles in meinem Inneren explodiert. Bevor alles für einen Moment dunkel wird. Und leise.

Sein Stöhnen reißt mich aus meiner Welt. In die Realität.

Ich öffne die Augen. Er sitzt auf den Fersen. Seine Lust läuft ihm über die Finger und sein Blick ist einfach alles. Liebe. Zuneigung. Vertrauen.

Seine Lippen sind dunkelrot, nass und geschwollen. Sein Ausdruck wechselt von angespannt zu entspannt.

Dann schaut er mich an.

Und ich ihn.

Keine Ahnung, ob ich ihm sagen soll, dass mein gesamter Körper brennt. Dass mein Herz nicht aufhört zu rasen. Dass ich am liebsten jeden Abend mit ihm einschlafen will.

Doch ich sage nichts. Erwidere nur sein Lächeln, das den ganzen Raum zu erhellen scheint.

Ich liege in seinem Arm und er streichelt meinen Rücken, verteilt überall Gänsehaut und erzählt von den letzten Tagen. Dann spricht er eins von den Themen an. Eins der unausgesprochenen.

»Was hast du dir eigentlich wegen gestern Abend überlegt?«, fragt er. Seine Stimme zaghaft, so als würde er sich Gedanken darüber machen, was die Erinnerung bei mir auslöst. Aber er interessiert sich für den Entschluss, zu dem ich schon gestern Nacht gekommen bin, und das mag ich sehr.

»Ich suche mir Hilfe. Wenn du irgendwelche Vorschläge hast, würde ich mich sehr freuen, wenn du mir hilfst«, sage ich und greife nach seiner Hand.

»Du musst da nicht alleine durch, versprochen.« Dann küsst er mich auf die Nasenspitze und ich lösche wenig später das Licht.

50
Malte

Eine Woche Zeit zu haben, um ein Geschenk für eine Person zu besorgen, die ich noch nicht lange kenne, die aber einer der wichtigsten Menschen in meinem Leben geworden ist, ist hart.

Und dann war es doch ganz leicht. Ich habe viel mit Dora geredet und überlegt, worüber sich Joris freuen könnte, und bin zu dem Entschluss gekommen, dass es gemeinsame Zeit ist. Obwohl wir uns viel unterhalten, gerade über Themen, die uns bewegen, habe ich mich noch nicht getraut, den Elefanten im Raum anzusprechen. Das One-Way-Ticket. Die Reise, die ich geplant habe, als ich dachte, dass ich hier nichts habe, was mich hält. Die Reise, die ich nutzen wollte, um mich zu finden und vielleicht einen Ort, an dem ich mich zu Hause fühle.

Was ich nicht gecheckt habe, obwohl es genug Sprüche, Songs und Filme über das Thema gibt: zu Hause ist kein Ort.

Also stehe ich mit einem Strauß Blumen und meinem Handy am Ohr vor seinem Wohnhaus und hoffe, dass wir das irgendwie hinbekommen. Dass er versteht, warum ich gehe. Dass das Vermissen nicht so groß wird.

Mit einem breiten Lächeln begrüßt er mich an der Wohnungstür. Es dauert einen Moment, bis sein Blick auf die Blumen fällt und der Ausdruck in seinen Augen weicher wird.

»Happy Birthday«, sage ich, lege meine Hand an sein Gesicht und küsse ihn. Erst als ich meine Lippen von seinen löse, realisiere ich die Lautstärke in der kleinen Wohnung. Meine Hand liegt immer noch an seinem Gesicht, als ich von den dunkelbraunen Augen, die vor Freude glänzen, zu der fremden Person, die im Rahmen zur Küche steht, schaue.

»Hi«, sagt die Frau, die erstaunliche Ähnlichkeit mit Jolene hat. Beide haben den gleichen Ausdruck im Gesicht beim Lächeln.

»Hey«, erwidere ich und blicke zurück zu Joris.

»Unsere Eltern sind überraschenderweise vor einer halben Stunde vorbeigekommen. Also für mich war es überraschend. Jolene hat das alles geplant. Ich hätte dich sonst vorgewarnt … Aber ja«, sagt er und bei den letzten Worten weicht er meinem Blick aus. Ich lasse meine Hände sinken, greife mit der linken nach seinen Fingern und mache ein paar Schritte auf die Frau im Flur zu.

»Malte Gruber«, stelle ich mich vor und strecke meine Hand aus.

»Heike Hauser.«

Der Händedruck ist warm und im Gegensatz zu Jolenes Lächeln, das oft nicht ernst gemeint wirkt, ist ihres sehr herzlich.

Wenig später stehen wir zusammen in der Küche und ich weiß, was Joris meinte mit *verrückter Familie*. Ich war selten in einem Raum unterwegs, in dem so viel Energie herrscht. Joris' Vater hat angefangen, sich mit Eishockey auseinanderzusetzen, seit er weiß, dass Joris und ich ein Paar sind. Als er mich danach noch in eine Umarmung gezogen und mir erzählt hat, dass er froh sei, dass ich am Samstag da war, wäre ich fast in Tränen ausgebrochen.

Ich habe bei der Umarmung mit Joris' Mama immer noch mit dem Kloß im Hals zu kämpfen.

»Joris hat erzählt, dass du dein Psychologie-Studium in wenigen Monaten beendest?«, kommt es von Heike, nachdem sie uns allen Kuchen auf den Teller portioniert hat.

»Ja, mir fehlen nur noch wenige Credits, dann kann ich mit der Masterarbeit starten«, sage ich und nehme einen Schluck von dem viel zu heißen Tee.

»Toll, und Joris hat erzählt, dass du dir neben dem Studium eine Selbstständigkeit aufgebaut hast?« In den Augen von Joris' Mama liegt so viel Interesse, wie ich es von Eltern nicht gewohnt bin. Zumindest nicht, wenn es um mich geht.

»Ja. Ich arbeite mit alten Menschen zusammen. Meistens geben sie mich einfach als ihren Enkel aus und wir verbringen ein paar Stunden miteinander. Manchmal fühle ich mich schlecht, dafür Geld zu verlangen, weil ich die Zeit genieße.« Weil es sich meistens wie Familie anfühlt.

Joris drückt meine Hand und ich blicke kurz zu seiner Seite. Das Lächeln, das er mir daraufhin schenkt, löst ein Kribbeln in meinem Körper aus.

»Wie schön. Und was für erfolgreiche, selbstständige junge Menschen ihr seid«, kommt es von seinem Papa, was Joris' Wangen rosa färbt. Keine Ahnung, ob ich es irgendwann leid werde. Ob mein Herz irgendwann weniger wild pocht, wenn ich ihn anschaue. Aber gerade fühlt sich alles richtig an.

»Na ja, noch hat Joris keine Entscheidung getroffen«, kommt es von Jolene, woraufhin Heike ihr einen tadelnden Blick zuwirft. Zumindest gehe ich davon aus, dass er so gemeint ist, weil Jolenes Mama dabei immer noch nett aussieht.

»Jolene, du weißt, dass Joris für manche Entscheidungen länger braucht. Und nach letztem Wochenende ist das sein gutes Recht«, sagt Joris' Mama.

»Jaha«, kommt es nur genervt von Jolene.

»Du kannst ja auch einfach schon mal anfangen und ich stoße dann in einer Woche oder so dazu?«, schlägt Joris vor.

»Und was ist, wenn du dich dann doch dagegen entscheidest?«

»Es geht mir doch nur darum, dass ich noch nicht weiß, ob ich über das Stalking reden kann. Zumindest nicht, ohne vorher mit einem Therapeuten darüber geredet zu haben«, sagt Joris und wirkt dabei entschlossen.

Ich mag es, dass er so gut ausdrücken kann, was er möchte. Dass, obwohl Jolene immer lauter und fordernder wirkt, Joris ihr nicht das Feld überlässt. Und ich mag es, dass ich ihm helfen durfte, einen Therapeuten rauszusuchen.

Durch meine Arbeit im Bachelor in der psychologischen Ambulanz der Uni hatte ich noch ein paar Kontakte und konnte Joris einen Termin für nächste Woche klarmachen. Ansonsten liegen die Wartezeiten selbst von der Uni-Praxis in der Regel bei einem halben Jahr bis zu zehn Monaten.

»Okay, das ist nachvollziehbar für mich. Ich dachte nur, wir könnten zusammen wiederkommen und von unserer Only Friends Challenge berichten. Also, wer gewonnen hat und dann auf die Sicherheit im Netz eingehen. Dank Papa sind wir da ja bestens informiert«, sagt Jolene, woraufhin Joris seufzend die Augen verdreht und das Lächeln seines Vaters noch breiter wird.

»Wer hat eigentlich gewonnen?«, frage ich und streiche mit dem Daumen über Joris' Hand, die ich die ganze Zeit über nicht losgelassen habe. Auch wenn ich dafür mit links vom Kuchen nehmen muss.

»Joris. Aber es war knapp und es lag nur daran, dass Joris geschummelt hat«, kommt es von Jolene.

»Von wegen. Ich kann nichts dafür, wenn du nicht alle Funktionen der Seite nutzt. Dein persönliches Pech«, entgegnet er und schaut mich grinsend an. Ich habe absolut keine Ahnung, worum es geht.

»Das Bild von meinem Rücken und …«, flüstert Joris. Und ich erinnere mich an das Bild mit dem Pfirsich, was zu einem ziemlich heißen Nachrichtenaustausch geführt hat.

»Es war ein Bild von deinem Arsch«, sagt Jolene, woraufhin ihre Mutter kopfschüttelnd zu Joris' Eltern schaut.

»Der ist halt sehr schön, was kann ich dafür?«

»Kann ich nur zustimmen«, werfe ich ein, was Joris auf direktem Weg erröten lässt.

»Ihr zwei«, kommentiert Jolene seufzend.

»Wenn alle so weit fertig sind, wird es Zeit für die Geschenke«, sagt Joris' Mama und klatscht freudestrahlend in die Hände.

»Mama, es hat doch schon gereicht, dass ihr den ganzen Weg hergekommen seid«, entgegnet Joris.

»Sei nicht albern, Sohn.« Sein Papa erhebt sich wenig später.

»Halt dir die Augen zu«, kommt es amüsiert von Heike, die ähnlich aufgeregt zu sein scheint wie Joris' Mama.

»Muss das sein?«, fragt Joris, aber im selben Moment hat Jolene schon ihre Hände auf seine Augen gepresst.

»Ernsthaft?« Joris seufzt genervt.

»Komm schon, sei kein Spielverderber«, sagt Jolene grinsend.

Wenig später fährt ihr Vater ein lebensgroßes Skelett in den Raum.

»Lass ihn fühlen«, schlägt Heike vor.

»Gute Idee«, bekräftigt Joris' Mama sie.

Joris erhebt sich grummelnd, Jolene dicht auf seinen Fersen und an seinen Augen.

»Jetzt streck mal den Arm aus«, kommt es von ihr. Joris folgt ihrer Bitte und fährt mit den Fingern vorsichtig den Arm des Skeletts ab.

Sein Vater nimmt die Hand des Skeletts und streicht damit über Joris' Finger. Der zuckt zurück und Jolenes Hände verlassen seine Augen.

Für einen Moment ist es still in dem Raum, der die letzten Minuten nur so vor Energie vibriert hat.

»Wie verrückt seid ihr denn?«, kommt es von Joris und er grinst. Er drückt seinen Vater und wenig später sind auch Heike und Joris' Mama in dem Kreis an Umarmungen. Wahrscheinlich würde es jeden anderen an die eigene Familie erinnern, aber ich denke dabei nur an meine WG und die Eishockey-Jungs, die meine Familie sind. Und Dora. Und Joris.

Er weiß nur noch nichts von seinem Glück. Oder meinen Gefühlen für ihn.

Ich erwidere sein Lächeln, als er wieder zurück zum Tisch kommt.

»Ich weiß immer noch nicht, was ich sagen soll, außer danke«, kommt es von Joris, dessen Grinsen nicht weniger geworden ist. Ich schaue noch mal zu dem Skelett, das, anders als ich es kenne, nicht nur aus Knochen besteht, sondern auch mit aufgezeichneten Muskelsträngen versehen ist.

»Ich habe auch noch was für dich«, sagt Jolene und reicht ihm zwei Päckchen. »Das untere packst du besser alleine aus. Oder mit Malte. Ist für euch beide«, sagt sie und zwinkert Joris zu.

»Dein Ernst, Jolene?«, fragt Joris. Auch wenn er mit dem Rücken zu mir sitzt, bin ich mir ziemlich sicher, dass seine Wangen wieder rot angelaufen sind. So vielsagend wie Jolene grinst, gehe ich fast von Sexspielzeug aus. Ich besitze zwar kein eigenes, kam aber die letzten Jahre in den Genuss, welches ausprobieren zu dürfen.

»Öffne einfach das obere und das andere dann später«, sagt sie und Joris beginnt, nach einem genervten Seufzen auszupacken.

Es ist ein dunkelgrünes Stethoskop, das am unteren Ende seinen Namen eingraviert hat.

»O mein Gott, ich liebe es«, sagt er und Jolenes Lächeln wird breiter und liebevoller.

Die beiden drücken sich, bevor plötzlich alles Augenmerk auf mir liegt.

Mein Herz klopft schneller, weil Jolene und seine Eltern so coole Geschenke mitgebracht haben und ich nur einen Gutschein für ein Date seiner Wahl habe. Ich wusste nicht, ob er mehr Lust auf einen Kinoabend oder ein Konzert hat, weil ich mir nach dem Eishockeyspiel letzte Woche nicht sicher war, ob ihm die Menschenmengen am Ende nicht zu viel sind.

Ich habe ihm also nur zwei Künstler rausgesucht und Filme vorgeschlagen, die in den nächsten Monaten erscheinen. Gestern Abend musste ich Fink noch anbetteln, seinen Drucker für den Gutschein benutzen zu dürfen, weil er der Einzige in der WG ist, der einen besitzt. Seit Arslan vor ein paar Monaten mal über Tausend Vorlesungsfolien ausgedruckt hat, als Fink nicht da war, müssen wir jetzt immer fragen.

»Malte hat mir schon Blumen mitgebracht«, sagt Joris, drückt meine Hand und schaut zu dem Strauß, der auf der Küchenzeile steht. Ich habe keine Ahnung von Blumen. Habe der Frau im Geschäft gesagt, dass mein Freund Geburtstag hat und sie hat daraufhin was in Blau- und Grüntönen zusammengestellt. Eigentlich wollte ich Rosen, aber als sie so selbstverständlich nach anderen Blumen gegriffen hat, war ich mir selbst nicht mehr so sicher. Hauptsache, Joris hat sich darüber gefreut.

»Ich habe noch was, das ich dir dann später gebe«, murmele ich.

»Das klingt nach einer Auspackaktion, bei der ich gerne dabei wäre«, kommt es postwendend von Jolene.

»Jolene Hauser!«, ruft Heike von der anderen Seite des Tischs und wirkt zum ersten Mal sauer. Zumindest ist ihr Lächeln auf den Lippen gänzlich verschwunden.

»War nur ein Scherz.«

»Ich weiß nicht, wie oft wir dir noch sagen müssen, dass deine Witze nicht lustig sind«, kommt es von Joris' Papa.

Ich rechne schon fast damit, dass die Stimmung danach eine andere ist, aber wir sitzen noch lange mit seiner Familie zusammen und ich bringe es nicht über das Herz, Joris kurz in sein Zimmer zu entführen, weil er total glücklich wirkt. Er lächelt mir zum wiederholten Male verträumt zufrieden zu, und ich schaffe es endlich, ihm zu sagen, dass ich noch zum Training muss und schon verdammt spät dran bin.

Wir stehen auf. Ich würde lieber noch kurz mit ihm aufs Zimmer gehen, aber ich muss noch einen Abstecher in die WG machen, weil ich keine Sportsachen eingepackt habe.

»Ich … war mir nicht sicher, worüber du dich freuen würdest. Also fiel mein Entschluss auf gemeinsame Zeit. Dann war ich mir unsicher, ob dir bei einem Konzert zu viele Menschen sind und im Kino ist es vielleicht zu dunkel oder … Es ist nur ein Gutschein für ein Date. Ich hoffe, du freust dich«, sage ich und gebe ihm den weißen Umschlag, auf den ich nur seinen Namen geschrieben habe. Ich schließe kurz die Augen und als ich sie das nächste Mal öffne, erhellt sein Lächeln sein gesamtes Gesicht.

»Das ist eine sehr schöne Idee. Danke«, murmelt er und küsst mich nur Atemzüge später.

Wir trennen uns viel zu früh voneinander.

»Schick mir später ein Bild von Jolenes Geschenk«, sage ich und zwinkere ihm zu. Er läuft rot an und schüttelt den Kopf.

Dann mache ich mich auf den Weg nach Hause.

Ich bin der Letzte, der das Stadion verlässt, was daran liegt, dass ich für mein Zuspätkommen noch ein paar Ehrenrunden auf dem Eis drehen durfte.

Jenssen, Arslan und Fink hatten mich zwar bei Thomas entschuldigt und gesagt, dass mein Freund Geburtstag hat, aber weil ich Kapitän und damit ein Vorbild für andere Spieler bin, hat er das nicht akzeptiert. Aber es war okay, weil ich so die Zeit hatte, nachzudenken. Irgendwie bin ich die Schwere in meinem Magen nicht losgeworden, seit ich mit Joris' Familie am Tisch gesessen habe.

Noch bevor ich die Haltestelle erreiche, habe ich die Nummer meines Bruders gewählt und warte darauf, dass er abnimmt.

»Hey, was geht?«

»Dir ist schon klar, dass du Mitte zwanzig und kein Jugendlicher mehr bist?«, erwidere ich auf seine Begrüßung.

»Wusste nicht, dass du die Begrüßungspolizei bist, Malte«, sagt er lachend.

»Hast du einen Moment?«, frage ich und versuche, den Kloß in meinem Hals loszuwerden.

»Ist was passiert?« Seine Stimme hat direkt einen anderen Ton angenommen und ich mag es, dass wir uns wieder besser verstehen. Dass er merkt, wenn irgendwas nicht stimmt.

»Ich ... Joris hatte heute Geburtstag und seine Familie war da«, beginne ich. Keine Ahnung, wie ich das Ziehen in meinem Magen beschreiben soll.

»Okay. Ich hoffe, ihr hattet eine schöne Zeit zusammen«, sagt er. Seine Stimme so wie früher, wenn wir uns nachts in unserem Kinderzimmer unsere Geheimnisse anvertraut haben.

»Ja. Aber ... ich habe mich gefragt, was ich falsch gemacht habe ... Warum Mama und Papa nie so waren.« Meine Stimme bricht zum Schluss und ich schaue nach oben zum Sternenhimmel, weil ich nicht wegen ihnen weinen will.

»Malte ...«, beginnt er und seine Stimme zittert.

Keine Ahnung, warum ich plötzlich darüber reden muss. Warum ich es nicht wie sonst einfach ignoriere. Es ändert ja nichts, Maarten davon zu erzählen, wenn unsere Eltern nie was davon erfahren. »Sorry«, sage ich und versuche, beim Einsteigen in den Bus die Tränen wegzublinzeln.

»Hey, entschuldige dich dafür nicht ... Ich weiß nicht, was ich dazu sagen soll.« Ich auch nicht.

»Keine Ahnung, warum ich dir das erzählen wollte ... Ich will nicht, dass dein Verhältnis zu ihnen auch schlecht wird«, sage ich und schaue aus dem Fenster.

Für einen Moment bin ich gefangen in den hellen Lichtern, die an der Scheibe vorbeiziehen. Die mich beim Augenschließen daran erinnern, wie ich in unserem Kinderzimmer oft wach gelegen habe, und den Fernlichtern der Autos, die in das Zimmerfenster gefallen sind, dabei zugesehen habe, wie sie Muster an unsere Tapete bringen. Meistens habe ich mich gefragt, ob vielleicht in einem dieser Autos meine richtige Familie sitzt. Die, die mich wirklich lieb haben. Aber immer, wenn ich meinen Bruder angesehen habe, wusste ich, dass ich nicht vertauscht worden sein kann. Dass ich eine Familie habe. Oder zumindest einen Menschen, dem ich wichtig bin.

»Ich weiß, das reicht dir vielleicht nicht ... Aber ich bin unendlich froh, dass wir wieder miteinander reden. Dass du mich anrufst, wenn es dir schlecht geht. Ich ... liebe dich. Du bist die wichtigste Person in meinem Leben. Weit vor Mama und Papa.«

Mein Blick ist immer noch zum Fenster gerichtet und ich hoffe, dass niemand die heißen Tränen in der Spiegelung sieht, die mir über die Wangen laufen.

»Ich werde noch mal mit ihnen reden … aber ich habe noch nie verstanden, warum sie so kalt sind. Gerade dir gegenüber. Malte … Du hast so ein verdammt großes Herz, du bist loyal und liebevoll. Auch wenn die letzten Jahre ohne uns hart waren, habe ich es keine Sekunde bereut … dein Bruder zu sein.« Seine Stimme bricht irgendwann, was den Kloß in meinem Hals und das Brennen in meinen Augen größer werden lässt.

»Okay, shit … ich sitze gerade im Bus«, sage ich und bringe ein frustriertes Lachen raus.

»Das wusste ich nicht«, erwidert er.

»Als hättest du es dann anders gemacht«, murmele ich und steige bei unserer Straße aus.

»Nope.« Er lacht leise und die Schwere in meinem Bauch wird weniger.

War es vielleicht schon, seit er abgehoben hat, obwohl ich ihm vorher nicht geschrieben habe.

»Ich … liebe dich auch«, sage ich nach einigen Sekunden des Schweigens. Und es fühlt sich richtig an. Befreiend. Als hätten die drei kleinen Worte die Fähigkeit, all die Last von meinen Schultern zu heben.

»War gar nicht so schwer, oder?«

»Arsch«, erwidere ich, woraufhin wir beide lachen.

»Hast du es Joris schon gesagt?«, fragt er irgendwann, nachdem ich schon den Schlüssel in die Haustür gesteckt habe.

»Was?«, frage ich, schalte das Licht an und nehme die ersten Stufen.

»Was du für ihn empfindest.«

»Wir … sind erst seit Neujahr zusammen und das … war ihm, glaube ich, schon zu schnell«, sage ich und halte die Luft an, als ich unsere Wohnungstür öffne. Vielleicht aus Angst, dass ich wieder mitten in einen Streit gerate. Oder dass keiner da ist, mit dem ich gleich über das Telefonat mit Maarten reden kann.

Im Flur ist niemand zu sehen und so weit ist alles ruhig.

»Es gibt keinen Zeitplan für Liebe.«

387

»Hast du ein Philosophiebuch gefrühstückt?«, entgegne ich und schüttele mir die Schuhe von den Füßen.

»Witzig. Denk darüber nach. Kann sich gut anfühlen, mal über das zu reden, was einen beschäftigt.«

»Ich weiß«, erwidere ich und schließe meine Zimmertür hinter mir. »Danke, dass wir geredet haben und dass du drangegangen bist.«

»Kein Problem. Ich habe mich gefreut, von dir zu hören. Auch … wenn es dir nicht gut geht und mich das auch beschäftigt«, sagt er leise.

Wir reden noch kurz über seine Woche und dass er seinen Aufgabenbereich in der Firma gewechselt hat, bevor wir auflegen.

Erst als ich Joris' Nachrichten öffne, wird der Druck auf meinem Brustkorb weniger. Und ganz vielleicht muss ich lachen, als ich sehe, was Jolene ihm geschenkt hat. Weil ich recht hatte und ich genau weiß, wie rot Joris angelaufen sein muss, als er es in den Händen gehalten hat.

51
Joris

Seit die Uni wieder angefangen hat, sehen Malte und ich uns nur selten unter der Woche. Meistens kommt er spät nach dem Training zu mir. Während er körperlich total erschöpft ist, bin ich vom Lernen meistens so müde, dass wir sofort einschlafen. Oft stehe ich vor ihm auf und habe unsere Wohnung verlassen, bevor er wach wird.

Dadurch, dass ich einmal die Woche zu Herrn Messner gehe, um über das Stalking zu sprechen und durch die Content Produktion und den damit verbundenen Rechercheaufwand bleibt meist keine Zeit mehr für ihn und mich.

Manchmal habe ich Angst, dass er keine Lust mehr hat, darauf zu warten, dass ich fertig mit Lernen oder Videoschneiden bin, aber dann grinst er mich beim nächsten Besuch an und küsst alle Zweifel weg.

Irgendwie bin ich davon ausgegangen, dass das Bauchkribbeln und das Bedürfnis, neben ihm einzuschlafen, nach zwei Monaten Beziehung abnehmen. Dass ich dann vielleicht froh bin, auch mal eine Nacht alleine zu verbringen, aber ich vermisse ihn immer noch, wenn wir uns nicht sehen.

Er schreibt heute seine letzte Klausur im Studium und wir haben die Wohnung für uns, weil Jolene darauf bestanden hat, dass Malte und ich endlich noch mal einen Abend miteinander verbringen.

Vielleicht hätte ich ihr nicht davon erzählen sollen, dass ich nicht weiß, ob Malte mit mir schlafen will. Er hatte schließlich schon mal

Analsex und ich habe keine Ahnung, ob er das mochte oder nicht. Ja, wir haben am Anfang geredet, aber irgendwann nicht mehr. Und ich mag den Sex mit ihm. Wirklich. Aber ich will wissen, wie es sich anfühlt. Warum alle so davon schwärmen. Wie es ist, mit jemandem eine solche Erfahrung zu teilen. Und ja, vielleicht habe ich mich die letzten Wochen auch darauf vorbereitet, also auf eventuellen Sex, der wahrscheinlich nicht stattfinden wird, und nicht nur auf meine Prüfung zum zentralen Nervensystem.

Davon habe ich Jolene natürlich nichts erzählt. Ich habe ihr noch am Abend meines Geburtstags gesagt, dass ich den Dildo nicht benutzen werde und sie ihn gerne zurückhaben kann. Sie wollte ihn nicht. Und ich habe irgendwann den Kampf gegen die Neugierde verloren und mich rangetastet.

Jolene ist vor wenigen Minuten zu Romy gefahren. Ich habe die Zeit damit verbracht, zu überlegen, ob ich Kerzen aufstellen soll. Und ich habe immer noch keine Entscheidung getroffen. Was ist, wenn er darauf keine Lust hat? Dann würde ich ihn damit nur unter Druck setzen. Stellt man überhaupt noch Kerzen auf? Vielleicht zünde ich einfach nur die beiden auf der Fensterbank an?

Es ist verdammt gut, dass Jolene keinen Zugang zu meinen Gedanken hat. Sie würde mich nämlich dafür kritisieren, dass ich mir mal wieder über die unwichtigsten Dinge Sorgen mache.

Dass Malte und ich immer noch nicht darüber geredet haben, dass er bald nicht mehr in Tannstein sein wird. Dass es sein kann, dass unsere Beziehung ein Ablaufdatum hat. Zumindest ist das das, was Jolene dauernd sagt. Und langsam bin ich mir nicht mehr sicher.

Er hat schon mal erwähnt, dass er nicht damit gerechnet hat, jemanden zu finden oder eine Beziehung einzugehen, weil er ja weiß, dass er vielleicht nicht mehr zurückkommt.

Aber der romantische Teil in mir, den er erweckt hat und der gerade die beiden Kerzen anzündet, wünscht sich, dass ich der Grund bin, warum er heimkommt.

Das Klingeln meines Smartphones reißt mich aus der Gedankenspirale und wenig später höre ich die Haustür unten. Ich mag es, dass sich Malte immer noch vorher per Anruf ankündigt.

Wobei ich schon lange nicht mehr zusammenzucke, wenn es an der Tür klingelt. Tagsüber. Nachts kam es zum Glück zu keinem Vorfall mehr.

Ich drücke ihm die Tür auf und warte im Flur. Wenig später ertönt sein Klopfen und ich lasse ihn in die Wohnung.

Maltes Grübchen-Grinsen in meinen vier Wänden ist das Gefühl, was ich vor Monaten in Tannstein gesucht habe. Nicht, dass Jolene mir nicht genug Heimatgefühl gegeben hat, aber Jolene ist eben Jolene.

Chaos. Unordnung. Lautstärke.

»Wie war dein Tag?«, fragt er, hängt seine Jacke an den für ihn vorgesehenen Haken und stellt seine Schuhe neben meinen ab.

»Gut, habe mich die ganze Zeit auf das hier gefreut«, erwidere ich, woraufhin er nach meiner Hand greift und mich zu sich zieht.

Einen Moment später berühren seine Lippen endlich meine. Er schmeckt nach Kaugummi und Frühling. Und ganz viel nach Malte. Irgendwann gewöhne ich mich daran. Daran, dass er mir regelmäßig nah ist. Dass es nichts Besonderes ist, ihn zu küssen, weil ich das schon weit über Hunderte Male gemacht habe.

Aber jedes Mal, wenn sein Mund auf meinem liegt, kribbelt es überall. In meinem Kopf herrscht endlich Ruhe. Und mein Körper will mehr.

Ohne die Lippen von seinen zu lösen, dirigiere ich ihn in mein Zimmer. Könnte sein, dass wir zwischendurch an der Tür hängen bleiben und ich sein Lachen von seinen Lippen lecke, bis wir endlich bei meinem Bett angekommen sind.

Seine Finger greifen nach dem Saum meines Oberteils und jedes Stück Haut, das er dabei freilegt, ist von Gänsehaut überzogen. Keine Ahnung, ob die Kerzen es so heiß in dem Raum machen, oder ob es andere Gründe hat, warum mir immer wärmer wird.

Seine Lippen finden jede nackte Stelle meines Oberkörpers und die Hitze in meinem Inneren wird immer realer und der Platz in meiner Hose enger.

Das Einzige, woran mein Kopf denkt, ist Sex. Sex. Sex.

»Wir müssen reden«, spreche ich atemlos das aus, was am lautesten ist.

»Okay«, sagt er etwas irritiert und macht einen Schritt zurück. Ich wäre an seiner Stelle auch verwundert, weil wir das hier schließlich schon so oft gemacht haben, ohne zu reden. Uns geküsst, ausgezogen und überall berührt, bis wir gekommen sind.

»Du gehst«, sage ich leise, meinen Blick auf die Kerzen hinter ihm gerichtet. Vielleicht beruhigt das rhythmische Flackern die emotionale Achterbahnfahrt, die gerade in meinem Körper stattfindet.

»Du hast recht, wir sollten dringend darüber reden«, kommt es von ihm.

Der Abstand zwischen uns stört mich, aber vielleicht braucht er das ja, um das zu beenden.

Ich schaue zurück in seine Augen, in denen so viel Liebe und Schmerz liegen, dass ich gerade nicht sicher bin, ob das ein pessimistischer oder realistischer Gedankenzug ist.

»Möchtest du dein Shirt wieder anziehen?«, fragt er und mein Herz zieht sich zusammen.

Er tut es wirklich.

Warum sollte er?

»Du siehst aus, als würdest du frieren«, sagt er leise und schaut dann an mir herab. Sieht die Arme, die meine Mitte umschlingen. Keine Ahnung, ob es wegen des Kälteempfindens oder meinem hochgradigen Bedürfnis nach Nähe und Berührung ist.

Ich schüttele den Kopf. Wenn er unsere Beziehung beendet, bringt mir das Shirt auch nichts.

»Was ist dann mit uns … wenn du gehst?«, frage ich, ohne den Blick von seinen Socken zu heben.

»Ich …«, beginnt er.

Dann kommt er mir einen Schritt näher. Seine Fingerspitzen berühren mein Gesicht. Ich blicke in seine grünen Augen. Habe keine Ahnung, was er gerade denkt und was das hier zu bedeuten hat.

Er ist mir wieder näher. Das ist doch was.

»Ich will unsere Beziehung nicht beenden.« Seine Atemzüge tanzen über meine Lippen.

»Ich auch nicht«, sage ich schnell, weil ich ein *Aber* höre, wo hoffentlich keins ist.

»Dann ist das okay für dich, wenn ich für ein paar Monate nicht hier sein werde?«, fragt er und in seinen Augen liegt so viel Unsicherheit, dass ich endlich meine Antwort habe.

»Ich werde dich ziemlich vermissen, aber wenn du diese Reise machen möchtest, dann warte ich hier auf dich.«

Sein Lächeln ist erst zögerlich, dann erhellt es sein gesamtes Gesicht. »Wirklich?«

»Ja, Malte. Wirklich. Falls es dir nicht aufgefallen ist, ich mag dich. Ziemlich«, sage ich und fahre mit den Fingern über seine Lippen, bis ich sein Grübchen erreiche. »Versprich mir eins«, verlange ich leise.

»Alles.«

»Komm zu mir zurück.«

»Immer«, erwidert er und lehnt seine Stirn an meine.

Beim nächsten Atemzug drücke ich meinen Mund auf seinen. Lecke über seine Lippen, bis seine Zunge meine berührt. Mit den Fingern streiche ich durch sein Haar, bis sein Seufzen durch meinen Körper vibriert.

Er zieht mich näher an sich und mich stört der Stoff seines Shirts an meiner nackten Haut. Ich lasse seine Haare los und greife nach dem Bund seines Oberteils.

Er verteilt Küsse auf meinem Hals, während ich versuche, sein T-Shirt loszuwerden.

»Zieh dich aus«, verlange ich atemlos, woraufhin sein Lachen über die feuchte Haut meines Halses tanzt.

Ich trete einen Schritt zurück und beobachte, wie er sich lächelnd von seinen Kleidungsstücken trennt. »Ich kenne niemanden, der so schön ist wie du«, sage ich und lasse meinen Blick über jeden definierten Zentimeter seines Körpers wandern. Vielleicht hätte ich mich vorher schon mal mehr für Sport interessieren sollen. Oder für Sportler. »Dreh dich um«, verlange ich heiser, woraufhin er den Kopf schief legt und mich fragend anschaut. »Mit der Rückenansicht hat meine Obsession für dich begonnen«, murmele ich.

»Autsch. Vorher mochtest du mich nicht?«, kommt es von ihm und er greift sich an die Brust.

»Zeig mir deinen Arsch«, fordere ich mutiger, als ich mich fühle.

Aber in meinem Körper ist kein Platz mehr für Zögern. Nicht zwischen all dem Verlangen und der Liebe, die jede Zelle entzünden.

Er legt den Kopf in den Nacken und lacht mein liebstes Lachen, bevor er wieder zu mir schaut und der Ausdruck in seinen Augen dunkler wird. Und er sich endlich umdreht.

Ich betrachte ihn einige Atemzüge aus der Ferne. Lasse meinen Blick über seine Schultern und die definierten Muskeln auf seinem Rücken wandern. Fasziniert von dem Flackern der Kerzen, die jeden Zentimeter perfekt in Szene setzen. Ich mache ein paar Schritte auf ihn zu, bis ich direkt hinter ihm stehe. Streiche all die verblassten Sommersprossen nach. All die Berge und Täler. Mit den Lippen fahre ich die Spuren nach. Lecke über seine Haut, bis er unter mir zittert und leise Geräusche von sich gibt.

Bevor ich an seinem Hintern angekommen bin, dreht er sich um und betrachtet mich voller Verlangen. Sein Penis ragt erregt bis zu seinem Bauchnabel.

»Ich bin … habe mich nicht vorbereitet«, sagt er leise und fährt sich durch sein Haar.

»Ich schon«, entgegne ich so schnell, dass ich hoffe, dass er nichts verstanden hat.

»Was?«, fragt er.

Ich weiche seinem intensiven Blick aus und betrachte die beruhigenden Flammen der Kerzen hinter ihm. »Ich war mir nicht sicher, ob du … Lust hast, mit mir zu schlafen. Du hast gesagt, dass du schon mal Analsex hattest. Keine Ahnung, ob das bedeutet, dass du das nie wieder machen möchtest, nicht mit mir oder ob du es in Betracht ziehen würdest.« Gut, vielleicht ist meine Stimme bei Analsex höher geworden, aber ich habe es trotzdem gesagt.

Er legt seine Finger an mein Kinn und bringt mich dazu, zurück in seine Augen zu schauen. »Ich will mit dir schlafen.« Er lächelt mich liebevoll an.

»Okay. Dann …«, erwidere ich, woraufhin sein Lächeln breiter wird.

»Ich würde sagen, du könntest deine Hose mal loswerden«, schlägt er vor und seine Fingerspitzen tanzen über meinen Bauch, bevor er nach dem Bund meiner Jogginghose greift. Er schiebt mir die Hose über meinen Hintern und reibt seine Länge gegen meine.

Seine Lippen verlassen meine, berühren jede Stelle, an der er vorbeikommt. Meine Hände vergraben sich in seinen Haaren, als er vor mir auf die Knie geht.

Ich schließe die Augen und versuche, das Stöhnen zu unterdrücken, das meine Lippen dann doch verlässt, als er meinen Schwanz küsst. Viel zu zärtlich und liebevoll und trotzdem bringt es mein Blut beinah zum Überkochen. Ich schaue zu ihm, seine grünen Augen fast schwarz und lusttrunken. Er leckt über jeden Zentimeter meiner Erregung.

»O Gott«, stöhne ich, als er seine Lippen um mich legt. Ich schließe wieder meine Augen und bekomme im ersten Moment nicht mit, dass er sich von mir löst. Bis sein Griff um meine Hüften fester wird. Ich stolpere fast, als er mich dreht, weil meine Füße immer noch in den Hosenbeinen stecken. Dann sind seine Lippen an meinem Hintern und der nächste Atemzug bleibt mir im Hals hängen. Ich schlucke hart. Seine Hände wandern über meine erhitzte Haut, bis ich den Druck auf meinem unteren Rücken spüre.

»Stütz dich auf der Matratze ab«, verlangt er, sein heißer Atem streift dabei über die kühle Haut meines Hintern. Mein Körper erschaudert, bevor ich seiner Aufforderung nachkomme.

Ich denke nur eine Sekunde darüber nach, wie das alles aus seiner Perspektive aussehen muss. Spätestens, als er mit beiden Händen meinen Po positioniert und seine Küsse plötzlich eine ganz andere Richtung einschlagen, verlässt auch der Rest des Bluts meinen Kopf.

Ich will ihm sagen, dass er das nicht machen muss, aber als er über meinen Eingang leckt, verlassen nur noch unzusammenhängende Töne meine Lippen.

Ich weiß nicht, wie lange meine Beine mich noch tragen. Wie lange ich die zarten Berührungen noch ertrage, bevor ich explodiere. Mein Becken bewegt sich wie von selbst nach vorn. Sucht Erlösung an dem Laken. Meine zittrigen Beine sind plötzlich angespannt. Ohne Vorwarnung brennt sich Lust durch meinen Körper.

»Stopp!«, sage ich atemlos, obwohl jede meiner Zellen sich dagegen sträubt.

»Alles gut?«, fragt er lachend und das Gefühl von seiner stoßweisen Atmung an meiner feuchten, überreizten Haut ist beinah zu viel. Also steige ich aus meiner Jogginghose, trenne mich von meinen Socken und krabbele aufs Bett.

»Ich wäre fast gekommen«, sage ich und spüre die Hitze in meinen Wangen.

»Also war es gut?«, fragt er und zwinkert mir zu.

Ich antworte nicht, sondern greife nach dem Gleitgel in meiner Nachttischschublade, das ich in seine Richtung strecke.

Er starrt mich einfach nur an, ohne dass einer von uns beiden was sagt.

»Ich kann das auch … machen«, sage ich leise.

Vielleicht hat er es sich doch anders überlegt? Vielleicht ist ihm das dann doch zu schwul.

Er hatte gerade die Zunge in meinem Arsch.

»Auf keinen Fall«, sagt er und kommt endlich zu mir aufs Bett. Er nimmt mir die Plastiktube aus der Hand und legt sich neben mich, mit dem Kopf in meine Richtung. Dann greift er nach meiner Hüfte und dreht mich zu sich.

»Ich habe mich einen Moment zu lange in deinem Anblick verloren«, sagt er und ich weiß, dass ich daraufhin rot werde.

»Hör auf, so süße Sachen zu sagen«, verlange ich halbherzig.

Daraufhin schenkt er mir sein Grübchen-Lächeln und legt seine Lippen auf meine.

Er schmeckt anders als eben und vielleicht würde ich die Vorstellung, wo er mit seinem Mund war, eklig finden, wenn mein Körper nicht so nach Erlösung lechzen würde.

Seine Hände streicheln über meine Seite bis hin zu meinem Oberschenkel. Er umgreift mein Bein und legt es sich über die Hüfte, ohne seine Lippen von mir zu trennen.

Einen Augenblick später spüre ich seine kühlen Finger da, wo seine Zunge eben noch war. Mein Körper spannt sich an, ohne dass ich ihn aufhalten kann.

Das passiert gerade wirklich.

»Atmen«, flüstert Malte an meinen Lippen. Wenig später spüre ich ihn und es ist anders, als wenn ich es selbst probiere. Und irgendwie doch nicht. Weil es auch zieht. Weil ich mich darauf konzentrieren muss, mich zu entspannen. Weil es sich trotzdem komisch anfühlt.

»Alles okay?«

»Ja«, erwidere ich, weil ich nicht will, dass er aufhört. Weil ich weiß, wie gut es sein wird. Weil ich den Moment mit Malte teilen will. Weil ich viel zu lange dachte, dass es niemanden da draußen gibt, der mein Herz höherschlagen lässt. Der mehr besorgt um mein Wohlbefinden ist als um seine Lust.

Ich weiß nicht, wie oft Malte seinen Finger mit Gleitgel benetzt. Wie oft er mich dabei küsst und mich daran erinnert zu atmen. Wie oft er mir dabei sagt, wie unglaublich ich bin. Wie oft seine Härte meine berührt.

Irgendwann nimmt er einen zweiten Finger dazu und die Bewegungen von seinem Schwanz an meinem werden intensiver. Ich habe das Gefühl, dass er jedes Mal, wenn er nach dem Gel greift, nicht nur seine Finger, sondern auch mich und das ganze Bett einsaut. Aber ich will nicht, dass er seine Lippen von meinen nimmt. Will, dass seine Zunge weiterhin an meiner bleibt.

Das nächste Mal, als er seine Finger in mir bewegt, fühlt sich anders an. Ziehender und irgendwie mehr. Es dimmt mein Verlangen, was wahrscheinlich nicht schlecht ist, sonst wäre ich vermutlich nur vom Fingern und der Reibung seiner Erregung an meiner gekommen.

»Sag mir bitte, wenn du so weit bist«, verlangt er atemlos. Sein Blick ist voller Lust. Seine Strähnen hängen ihm unordentlich in die Stirn. Seine Gesichtszüge sind angespannt und seine Lippen dunkelrot von unseren Küssen.

»Bereit«, sage ich.

»Sicher?«

»Ja!«

»Kein Grund, laut zu werden«, erwidert er lachend und seine Finger verschwinden wenig später.

Es fühlt sich seltsam an.

Vielleicht, weil ich immer noch nicht gekommen bin?

Er setzt sich auf, umgreift meine Hüfte und dreht mich auf den Bauch. »Ich habe gelesen, dass es so angenehmer sein soll«, sagt er und verteilt Küsse auf meinen Schulterblättern, während ich mich zusammenreißen muss, meinen Penis nicht am Laken zu reiben.

Die Matratze bewegt sich.

»Sollen wir ein Kondom benutzen?«, fragt er und ich schaue über meine Schulter zu ihm.

Ich schüttele nur mit dem Kopf, woraufhin er nach der Plastiktube greift. Er verteilt ziemlich viel Gleitgel auf seinem harten Penis. Mit feuchten Fingern greift er nach meinem Becken und zieht mich ein Stück zu sich, bis ich knie.

Dann sind seine Finger wieder da, wo eigentlich sein Schwanz sein sollte.

»Worauf wartest du noch?«, frage ich und schaue noch mal zu ihm.

»Ungeduldig?«, entgegnet er lachend und entfernt seine Finger.

Dann spüre ich *ihn* endlich und atme stöhnend aus. Es fühlt sich ganz anders an als alles zuvor. Keine Ahnung, ob gut oder schlecht. Keine Ahnung, ob es mehr zieht als eben oder nicht.

Er löst eine Hand von meiner Hüfte und streichelt über meinen Rücken. »Wenn du nicht mehr möchtest, ist das auch okay«, sagt er, seine Stimme ist rau. Das ist Malte. Mein Malte.

Das nächste Mal, als ich ausatme, gleitet er weiter.

Er beginnt, sich langsam zu bewegen. Immer wieder spüre ich das kalte Gel auf meiner erhitzten Haut, bis es sich endlich anders *gut* anfühlt. Und der Sprung von anders gut zu richtig gut scheint nur Millimeter voneinander entfernt.

Sein Stöhnen hallt in meinem Körper wider. Seine Fingerspitzen hinterlassen auf jedem Zentimeter meiner Haut Gänsehaut.

Als er seine Hand endlich um meine Härte legt, komme ich beinah augenblicklich.

Ich schließe meine Augen. Er versteift sich kurz. Das Stöhnen, das daraufhin den Raum füllt, scheint meine Lust noch zu steigern. Die Bewegungen seiner Hand werden fahriger. Schneller. Rauer. Sie sind im gleichen Rhythmus wie die seiner Hüfte.

Als er mit den Fingern über meine Spitze fährt und sich noch tiefer in mich drückt, komme ich über seine Hand, meinen Bauch und das Laken unter mir. Meine ganze Welt wird für einen Moment still. Bis ich falle und er mit mir kommt. Bis ich sein Lachen spüre, höre und schmecke. Jede seiner Berührungen ist zu viel und gleichzeitig viel zu wenig.

Ich habe keine Ahnung, was er mit mir gemacht hat, aber ich will nicht, dass er damit aufhört. Will keinen Augenblick mehr ohne ihn erleben.

Aber anstatt ihm irgendwas davon zu sagen, wandert meine Hand über all die nassen und feuchten Stellen auf meinem Bett. »Ich muss das Bett frisch beziehen, bevor wir schlafen.«

Er erklärt mich nicht für verrückt, sondern rollt sich auf den Rücken und zieht mich einfach mit sich. »Machen wir«, murmelt er, bevor er mich küsst und meine Welt noch mal ein bisschen mehr auf den Kopf stellt.

Nachdem wir beide duschen waren und er sich zu viel Zeit genommen hat, meinen Körper einzuseifen, bis ich ein zweites Mal gekommen bin, liegen wir in meinem frisch bezogenen Bett und er malt Muster mit seinen Fingerspitzen auf meine Haut.

»War es nicht anders für dich?«, spreche ich das aus, was mir schon viel zu lange im Kopf herumgeistert.

»Natürlich. Aber es ist jedes Mal anders. Ganz unabhängig vom Geschlecht«, murmelt er und küsst meine Stirn.

Wahrscheinlich hat er recht.

Vielleicht ist jetzt der richtige Moment, ihm zu sagen, was ich fühle, wenn er mich küsst. Wenn er mich berührt. Wenn er mich fragt, ob alles okay ist.

Ich halte die Luft an und mache es doch nicht.

»Außerdem war es anders, weil ich noch nie das empfunden habe, was ich mit dir fühle«, sagt er und seine Stimme ist dabei so leise, dass ich mir nicht sicher bin, ob ich mir das alles nur eingebildet habe.

Ich lege den Kopf in den Nacken und schaue ihn an. Versuche, in dem hellen Grün all das zu lesen, was zwischen den Zeilen steht. Aber das muss ich gar nicht.

»Ich bin ziemlich verliebt in dich«, murmelt er mit einem kleinen Lächeln auf den Lippen.

Das Flattern in meinem Brustkorb ist zurück und ich weiß für einen Moment nicht, was ich antworten soll. Verliere mich eine Sekunde zu lang in dem liebevollen Leuchten seiner Augen. In dem Gefühl von seinen Lippen auf meinen.

»Ich bin auch ziemlich verliebt in dich«, murmele ich zwischen zwei Küssen und lösche damit endgültig das Gefühl, dass immer irgendwas nicht zu passen scheint. Dass es niemanden da draußen gibt, der das gleiche für mich empfindet wie ich für ihn. Aber ich habe mich getäuscht. Bin mir ziemlich sicher, dass all die Sachen, die in der Vergangenheit passiert sind, mich genau hierhergebracht haben. Zu Malte. Auch wenn der Weg nicht leicht war und sich zwischendurch richtig scheiße angefühlt hat, weiß ich, dass es sich gelohnt hat. Weil ich mich endlich wie *ich* fühle. Weil ich endlich der Mensch sein darf, der ich sein wollte. Und weil ich endlich weiß, wie sich *Liebe* Liebe anfühlt.

Epilog
Malte

Die letzten Wochen waren ein absoluter Traum und ich bin für meinen Geschmack viel zu schnell aufgewacht. Aber es war klar, dass es irgendwann so weit sein wird.

Letztes Jahr, als ich das Ticket gebucht habe, dachte ich, dass ich allein zum Flughafen fahre. Dass ich mich vielleicht bei den Jungs der WG verabschiede und dann den Rest der Zeit allein verbringe.

Dass mein ganzes Team auf mich wartet, als ich die Halle mit Joris und Dora betrete, hätte ich nicht erwartet.

»Du hast doch nicht gedacht, dass wir dich mit einer armselig kurzen Umarmung und einem Ciao gehen lassen, Kapitän?«, kommt es von Arslan.

»Außerdem hast du was vergessen«, sagt Luca und hält mein Tigers-Trikot mit der 22 hoch.

»Anziehen!«, fordern Ulrich, Schmitt und Williams.

Ich lasse meinen Koffer los und blicke kurz zu einem lächelnden Joris, bevor ich mir das Trikot überziehe.

»Du bist einer von uns, vergiss das nicht«, sagt Fink und einen Moment später sind sie alle bei mir. Umarmen mich. Stimmen Lieder an und johlen. Keine Ahnung, warum niemand kommt, um uns daran zu erinnern, dass wir in einer Flughafenhalle sind. Aber vielleicht traut sich keiner an den Haufen dunkelgrün gekleideter Amateur-Eishockeyspieler.

Ich liebe es. Das Zugehörigkeitsgefühl. Die Wärme, die sie in mir auslösen. Und zu wissen, dass es Menschen gibt, die hier auf mich warten. Die mich vermissen. Die zu mir aufsehen. Und die stolz auf mich sind.

Als ich das Ticket gebucht habe, wollte ich genau das finden, was ich eigentlich schon habe. Das, von dem ich dachte, es nie zu finden, weil ich nie gelernt habe, was Familie bedeutet. Dabei hat mein Team mir bedingungslos zur Seite gestanden, von Beginn an.

Nachdem Arslan mich noch weitere fünfmal umarmt hat, lassen sie mich, Joris und Dora gehen.

»Nette Jungs. Schreckliche Töne«, kommentiert Dora amüsiert, woraufhin Joris und sie lachen.

Die beiden haben sich schon beim ersten Zusammentreffen so gut verstanden, dass ich mir zwischendurch überflüssig vorkam, und ich bin unendlich froh, dass Dora nicht allein ist, wenn ich weg bin.

Von der Idee, auch in ein Pflegeheim zu ziehen, war sie nicht begeistert. Aber wenigstens hat sie sich zu einer Pflegekraft überreden lassen, die regelmäßig zu ihr nach Hause kommt. Und Joris hat mir gestern Abend versichert, dass er sie im Auge behält und sie besuchen fährt. Er wollte sie im Sommer auch mit nach Hause zu seiner Familie nehmen, aber Dora war nicht so angetan von seinem Vorschlag. Vielleicht entscheidet sie sich noch mal um.

»Mach dir nicht so viele Gedanken«, kommt es von ihr, als wüsste sie ganz genau, was in meinem Kopf vorgeht.

Wir sind an der Sicherheitskontrolle angekommen, durch die man nur mit einem Ticket kommt.

Zeit, sich zu verabschieden.

Und ich war noch nie in meinem Leben so wenig bereit wie gerade.

Ich bereue es nicht. Keine Sekunde. Ich will das machen, allein. Aber was ist, wenn sich das Alleinsein nicht so gut anfühlt wie zusammen zu sein? Wie Joris um mich zu haben?

Ich blicke zu meinem Freund, dessen Augen schon wieder rot und mit Tränen gefüllt sind. Seine Schultern sind angespannt.

Ich weiß, dass er nicht weinen will. Dass er es mir nicht noch schwerer machen möchte. Aber das macht es für mich umso härter, gegen meine eigenen Tränen anzukämpfen.

403

Spätestens als er seine Arme um meine Schultern legt, verliere ich. Ich atme ihn ein und uns aus. Küsse all die Worte von seinen Lippen, die sich keiner von uns traut auszusprechen. Küsse all die Tränen auf seiner Wange weg, bis ich meine Stirn an seine lege.

»Ich habe einen Rückflug für November gebucht«, flüstere ich.

»Nicht dein Ernst?«, erwidert er atemlos.

Ja, es ist noch ein halbes Jahr, bis ich zurückkomme, aber bis gestern Abend gab es noch kein Datum. Bis ich realisiert habe, dass ich nicht weiß, wann wir das nächste Mal nebeneinander einschlafen. »Ich komme zurück«, sage ich und presse meine Lippen kurz auf seine.

»Okay«, sagt er lächelnd, dabei laufen ihm immer noch Tränen die Wangen runter. Ich sammele jede einzelne mit meinem Finger auf, bis es weniger werden.

»Pass auf dich auf.« Seine Stimme ist heiser.

»Ich liebe dich.« Für einen Moment geht ein Ruck durch seinen Körper, dann wird sein Ausdruck weicher.

»Ich liebe dich auch.«

Es ist das erste Mal, dass wir beide die Worte zueinander sagen und ich weiß, dass es die beste Entscheidung war, den Rückflug zu buchen.

Ich trenne mich von ihm, um mich von Dora zu verabschieden. Die stärkste Person in meinem Leben, in deren Augen auch Tränen glitzern. Aber sie hat natürlich mehr Anstand als Joris und ich und räuspert sich mehrmals, bevor sie ihre Arme um mich legt.

»Meld dich zwischendurch, Junge«, sagt sie und berührt mit ihrer rauen Hand meine Wange.

»Versprochen. Und du passt bitte auf dich auf«, sage ich.

»Jaja«, erwidert sie und drückt mir einen Kuss auf die Wange. »Auf Wiedersehen.«

»Mach's gut, Dora«, murmele ich und drücke sie noch mal an mich. Dann wische ich mir mit dem Handrücken über die feuchten Wangen.

Ich gebe Joris einen letzten Kuss, bevor ich mit meinem Ticket durch die Kontrolle gehe. Tränen laufen mir unaufhörlich die Wangen runter. Und es ist nicht das erste Mal, dass ich mich frage, warum sich etwas so falsch anfühlen kann, was sich letztes Jahr so richtig angefühlt hat.

Ich schaue nochmal zurück. Sehe, wie Dora ihren Arm um Joris gelegt hat und weiß, dass es okay ist, dass ich das hier mache. Dass ich mir die Chance gebe, mich zu finden. Allein. Weil ich weiß, dass Menschen auf mich warten. Menschen, die mich lieben.

Ich liebe dich, Malte.

Joris, 16:33

Ich liebe dich, Joris.

Malte, 16:33

Triggerwarnung & Aftercare:

Stalking

Du bist nicht allein.

Normalerweise stehen meine Triggerwarnungen immer schon in der Produktbeschreibung. Bei Malte & Joris habe ich mich, in Rücksprache mit meinen Testlesenden für diese Variante entschieden.

Wenn du das Gefühl hast, dass jemand deine Grenzen im Netz oder der realen Welt so übertritt, dass du dich bedroht fühlst, such dir Hilfe. Sprich mit Menschen, denen du vertraust.

Auch wenn das Gelesene Erinnerungen und / oder Gefühle hervorgerufen hat, kannst du dich jederzeit z. B. an die Telefonseelsorge wenden oder dir professionelle Hilfe suchen.

Weißer Ring Opfer Telefon ☎ 116 006 (7 Tage / 7–22 Uhr)

Hilfetelefon Gewalt gegen Frauen ☎ 0800 0 116 016

Telefonseelsorge ☎ 0800 1 110 111 ☎ 0800 1 110 222

Pass auf dich auf,

Lisa

Danksagung

Ich werde niemals müde zu schreiben wie dankbar ich Jane für ihre Arbeit und dieses wundervolle Cover bin. Egal mit welchem Anliegen ich auf Jane zugehe, sie übertrifft sich jedes Mal aufs Neue. Ich bin unendlich froh, dich im Veröffentlichungsprozess an meiner Seite zu wissen.

Vielen Dank auch an Liam für die tolle Zusammenarbeit beim Korrektorat und dem Klappentext. Ich hoffe, dass ich einiges von deinen Vorschlägen für die Zukunft mitnehmen kann.

Ein dickes Sorry an meine Freunde und meine Familie, dafür dass Bücher schreiben (& veröffentlichen) so viel Zeit in Anspruch nimmt, sodass ich es manchmal nicht schaffe, mich bei euch regelmäßige zu melden. Ich vergesse euch nicht, auch wenn's in meinem Leben manchmal drunter und drüber geht.

Danke Papa, dein Tiger wird immer Teil des Tannstein Universums sein. Ich danke dir und Mama (und meinen Geschwistern), dass ihr mich unentwegt unterstützt und ihr euch von jeder meiner Ideen begeistern lasst.

Nur Liebe und Dankbarkeit für Maike, Jule und Nora für euer Mut machen und bestärken. Dafür, dass ihr manchmal (meistens) mehr an mich glaubt, als ich es tue.

Ein fettes Dankeschön an Leo, Kathy und den Rest meiner Schulfreund*innen dafür, dass ihr mir verziehen habt, dass ich euch diesen Teil meines Lebens vorenthalten habe. Ich habe nicht damit gerechnet, wie sehr ihr euch mit mir freut.

Danke Anna, Lisa F., Alina, Paula, Verena (und allen, die ich hier sehr wahrscheinlich vergessen habe), dass ich Teil eures Lebens sein darf und ihr mich auf unterschiedliche Weisen unterstützt und mitgewirkt habt meine Karriere zu formen.

Liebe Ina, ich weiß manchmal wirklich nicht, wo ich wäre, ohne dich in meinem Leben. Danke, dass du dir all meine Sorgen und Fragen anhörst. Dass du dich mit mir und ich mich mit dir über unsere Erfolge freuen kann/st. *Always better together.*

Ich weiß nicht wie Finja und Fabi es so lange mit mir und meinen unzähligen Ideen aushalten werden, aber ihr seid bei jeder Veröffentlichung meine Felsen in der Brandung. Ich kann mit euch träumen und über Charakterentwicklung philosophieren. Danke, dass ihr mir die Möglichkeiten gebt.

Ganz lieben Dank an meine Testlesenden Lauri, Pac, Fabi, Anne, Charlotte, Anna & Amber. Ich weiß nicht, was ich ohne euer Feedback getan hätte.

Tausend Dank an Stephanie für dein offenes Ohr und deine Erfahrungen und Insights aus dem Studium.

Meinen Blogger*innen danke ich von Herzen für ihre Unterstützung. Ich hoffe wir erreichen ganz viele Menschen mit diesem Buch.

Der vorletzte aber beinahe wichtigste Dank gilt meinen Patrons! Danke, dass ihr mir mit eurer finanziellen Unterstützung all die coolen Projekte ermöglicht, die da in Zukunft noch kommen werden. Danke Justin, dass du mich beim Aufbau des Discord Kanals unterstützt hast.

Liebe Olsens 13 ich find's Wahnsinn, dass ihr bereit seid mich so zu unterstützen. Nur Liebe für Sven, Oliver, Kathrin, Thomas, Reto, Jannick, Jasmin & Stephanie.

Danke Alex für alles. Danke, dass es für dich okay ist Serien mit mir zu schauen, während ich dieses Buch gesetzt habe. Danke, dass du nicht müde wirst, dir meine Träume anzuhören. Ich hoffe, dass du dich davon eines Tages inspirieren lässt.

Ganz viel Liebe
Lisa

Autorenbiografie

Bereits in ihrer frühestens Jugend hat Lisa F. Olsen, geboren 1994, das Schreiben von Geschichten für sich entdeckt und danach für einige Zeit aus den Augen verloren. In den letzten Jahren hat sie ihre kreative Seite wiedergefunden und schreibt seitdem vorwiegend Texte im New Adult oder Erotik Genre, wobei sie am liebsten die Liebe zwischen zwei Männern thematisiert.

Außerdem ist es der Autorin, die zeitgleich Psychologie studiert, ein großes Anliegen, vor allem die tiefgreifenden Gefühle der Protagonisten, die persönliche Entwicklung, aber auch die vorliegenden Situationen so realistisch wie möglich wiederzugeben. Dabei lässt sie sich gerne von alltäglichen Situationen und unzähligen Gesprächen inspirieren.

Weitere Veröffentlichungen der Autorin:
- Novembernachtskuss   978-3-9600-0165-2
- I kissed a Boy – Dacre   978-3-7534-7605-6
- And I liked it – Caspar 978-3-7562-0170-9

Du willst nichts verpassen? Dann trag dich für meinen *Newsletter* ein und erhalte regelmäßige Updates zu meinen Schreibprojekten. Für Einblicke in mein Arbeiten und Bonusmaterial, kannst du mich gerne finanziell auf *Patreon* unterstützen.

✉ Newsletter

I● Patreon